EVA-MARIA FAROHI

WER MONDSTAUB SIEHT

Roman

Montlake
Romance

Deutsche Erstveröffentlichung bei
Montlake Romance, Amazon Media EU S.à r.l.
5 Rue Plaetis, L-2338 Luxembourg
Dezember 2016

Umschlaggestaltung: semper smile, München, www.sempersmile.de
Umschlagmotiv: © Nikiforov Alexander /Shutterstock; © Jne Valokuvaus / Shutterstock; © Kues /Shutterstock; © SF photo /Shutterstock; © Merydolla /Shutterstock
Lektorat: Verlag Lutz Garnies, Haar bei München, www.vlg.de
Printed in Germany
By Amazon Distribution GmbH
Amazonstraße 1
04347 Leipzig, Germany

ISBN: 978-1-503-94331-5

www.amazon.de/montlakeromance

Kapitel 1

Miguel Ferrer saß auf seinem Lieblingsstuhl unter dem Vordach des steinernen Fincagebäudes, schaukelte und wartete. Worauf, wusste er selbst nicht genau. Doch er ahnte es.

Seit er vor wenigen Monaten seinen fünfundneunzigsten Geburtstag gefeiert hatte, war ihm das Warten zur Gewohnheit geworden.

An jenem besonderen Tag hatten ihm alle gratuliert. Sogar der Bürgermeister, obwohl sie einander nicht besonders gut leiden mochten.

Letzteres war zu einem guten Teil darin begründet, dass der Bürgermeister gegen den Bau der Eisenbahnlinie gestimmt hatte. Das Projekt war inzwischen zwar wegen Geldmangels eingestellt worden, dennoch konnte ihm Miguel dieses Vorgehen nicht verzeihen. Auch wenn er insgeheim wusste, dass er damit nicht ganz richtig lag, gab er dem Bürgermeister die Schuld am Scheitern des Unternehmens.

An seinem Geburtstag war die gesamte Familie erschienen. Zusammen zweihundertsechsundzwanzig Personen, darunter auch mehrere Säuglinge.

Miguel wusste von jedem Einzelnen den Vornamen. Darauf war er stolz.

Das Fest zu seinem Ehrentag hatte ihm, der überhaupt gern feierte, besonders gut gefallen.

Natürlich war Nicolau auch dabei gewesen. Er hatte bereits die Nacht bei Miguel verbracht, weil er wusste, wie gern sein Onkel den Sonnenaufgang von der Terrasse aus beobachtete, und ihm dabei Gesellschaft geleistet.

Nicolau war von jeher der Lieblings-Großneffe gewesen, mehr noch: Er war Miguel so nah wie ein eigener Sohn. Jener Sohn, den er nie hatte haben dürfen.

»Mondlicht ist etwas für die Jungen, in meinem Alter zählen nur noch die Sonnenaufgänge«, pflegte Miguel zu sagen.

Und Nicolau war bei ihm sitzen geblieben. Hatte fürsorglich eine Decke über seine Beine gebreitet – gegen die Kälte, denn immerhin war es bereits Anfang November – und ihnen beiden eine große Tasse mit heißem Kaffee gebracht.

Sie hatten nicht viel gesprochen, während sie gemeinsam beobachteten, wie das helle Licht der Dämmerung die Schatten der Nacht vertrieb, und dann ebenso schweigend dem roten Ball zugesehen, der sich seinen Weg durch die grauen Wolken am Horizont bahnte. Es bedurfte keiner Worte, um einander nahe zu sein. Das Band zwischen ihnen war eng geknüpft und überaus haltbar. Niemandem sonst gewährte Nicolau so tiefe Einblicke in sein Inneres, nicht einmal seinem eigenen Vater.

Schon aus diesem Grund war es für alle Familienmitglieder klar gewesen, dass Nicolau einmal Miguels Erbe sein würde – und damit der *Padron* über ein Stück Land, das so groß war, dass man seine Grenzen an einem einzigen Tag nur schwer abschreiten konnte. Es war schon immer Familienbesitz gewesen, hieß es. Und Nicolau hatte nie darüber nachgedacht, es war ein Erbe, das von Generation zu Generation weitergegeben wurde. Einen vom Schicksal vorbestimmten Zeitraum lang würde er der Eigentümer sein dürfen.

Auf dem Papier gehörte es ihm bereits seit Jahren, denn Miguel hatte an seinem neunzigsten Geburtstag darauf bestanden, die erforderlichen Urkunden zu unterzeichnen. Dennoch war nach wie vor Miguel der *Padron* und würde es auch bleiben, bis zum Tag seines Todes.

Höher und höher stieg die Sonne, wechselte ihre Farbe, wurde leuchtender – bis sie so hell erstrahlte, dass man ihr nicht länger mit den Augen folgen konnte.

Dafür wärmten die Strahlen jetzt die Gesichter der beiden, die nebeneinander auf der Terrasse ausharrten, und füllten alles ringsum mit dem neuen Leben des anbrechenden Tages.

Miguel griff nach Nicolaus Hand, worauf dieser ihm einen überraschten Blick zuwarf. Für gewöhnlich war es nicht Miguels Art, Gefühle in körperlichen Gesten auszudrücken, doch obwohl er sicher sein konnte, dass Nicolau über die Tiefe seiner Zuneigung genau Bescheid wusste, schien er in letzter Zeit besonders bedacht zu sein, daran keinen Zweifel aufkommen zu lassen.

»Wünsch mir, dass mein letzter Wunsch in Erfüllung geht«, sagte er daher auch jetzt zu Nicolau.

»Ich wünsche es dir«, antwortete Nicolau mit ruhiger Stimme, ehe er versuchte, Miguels Blick einzufangen. »Egal, wie viele es sind, alle deine Wünsche sollen sich erfüllen.«

Miguel schüttelte den Kopf. »Nein«, sagte er, »ich habe nur noch diesen einen Wunsch.«

»Und was genau wünschst du dir?«, fragte Nicolau, während er weiterhin die Hand des alten Mannes in seiner hielt.

Miguel lächelte. Es war ein stilles, beinahe trauriges Lächeln.

»Ich möchte, dass du alles bekommst«, sagte er.

Nicolau, der zunächst glaubte, Miguel würde von dem Land und anderen Besitztümern reden, horchte auf.

»Was meinst du damit? Was soll ich denn noch bekommen?«, fragte er, und die Ratlosigkeit, die er empfand, schwang in seiner Stimme mit.

»Alles, was wichtig ist«, sagte Miguel. »Das, worauf es im Leben ankommt.«

Nicolau sah ihn weiter unbeirrt an. Dabei bildete sich zwischen seinen Augenbrauen eine Falte, und Miguel konnte beobachten, wie er anschließend auch noch die Stirn runzelte, ehe sich seine Pupillen plötzlich verengten.

Für den alten, lebenserfahrenen Mann war es nicht schwer, den Augenblick zu erkennen, in dem Nicolau den Sinn hinter den Worten begriff, denn seine Augenlider zuckten ein wenig, ehe der Blick wie von selbst ins Leere ging, um sich an irgendeinem Punkt in der Ferne zu verlieren.

Kurz blitzte etwas wie Schmerz in den dunklen Augen auf, verwandelte sich gleich darauf wieder in den beinahe melancholischen Ausdruck, der Nicolau seit Jahren schon zu eigen war und den man, wenn man ihn nicht so gut kannte, wie Miguel es tat, leicht für eine gewisse Schwerfälligkeit hätte halten können.

Dennoch ging Nicolaus Atem jetzt ein wenig schneller, und die Hand, mit der er sich in das volle schwarze Haar fasste, zitterte.

Einmal mehr stellte Miguel fest, wie ähnlich ihm sein Großneffe war. Genau so hatte er selbst im Alter von achtundzwanzig Jahren ausgesehen: groß gewachsen, mit ebenmäßigen Zügen und einer olivfarbenen straffen Haut – kräftig von Statur, ohne füllig zu sein, mit Muskeln, die von der Arbeit auf dem Land gestählt waren.

Selbst im Charakter waren sie einander ähnlich. Obwohl beide kein Problem damit hatten, sich überall durchzusetzen, waren sie doch empfindsam.

Wie Miguel war Nicolau ein sanfter Mann, und so manche Frau hätte ihn gerne für längere Zeit – wenn nicht gar für immer – behalten, obwohl er stets betonte, an keiner dauerhaften Beziehung interessiert zu sein.

Die Hände in die Hosentaschen vergraben, stand Nicolau jetzt auf und gab vor, der aufgehenden Sonne noch ein wenig zusehen zu wollen.

Längere Zeit sprachen sie beide nichts und Miguel widmete sich seinem Kaffee.

Bis zu dem Moment, als es hupte, und ein rotes Auto inmitten einer Wolke aus staubiger Erde über den Zufahrtsweg bis vor die Terrasse rollte.

Während Nicolau gebannt auf den Wagen starrte, lächelte Miguel still vor sich hin.

Die Tür auf der Fahrerseite öffnete sich, und ein Paar Frauenbeine tauchte auf, in flachen Sandalen mit langen Riemchen, die einander überkreuzend um die gazellenschlanken Fesseln und ebenso schlanken Waden gebunden waren.

Nicolau nahm die Hände aus den Hosentaschen, während er beobachtete, wie den Sandalen zunächst der gerüschte Saum eines weißen Kleides folgte, in dem – wie man gleich darauf zu sehen bekam – der vollendete Körper einer jungen Frau steckte, die sich gerade überaus elegant aus dem winzigen Auto schälte.

Ihre blonden Haare, scheinbar achtlos zu einem Pferdeschwanz gebunden, reichten ihr fast bis zur Hüfte und glänzten wie Gold in der Sonne.

Das Gesicht, so ebenmäßig, dass man es anstarren musste, wurde von dem hellen Augenpaar noch überstrahlt, das mit dem kirschroten Mund um die Wette lachte.

»Miguel«, rief sie. Ihre weißen Zähne blitzten, während sie eine riesengroße achteckige Schachtel balancierte, »*Feliz cumple y Molts d'Anys!*«

Sie kam die Stufen heraufgestürmt, drückte Nicolau – an dem sie ohne innezuhalten vorbeilief – die Schachtel in die Hände, stürzte auf Miguel zu und warf sich in dessen Arme.

»Alles Gute zum Geburtstag«, redete sie übergangslos weiter, »ich bin so glücklich, dass ich heute bei dir sein kann. Du bist der liebste und beste Mann in meinem ganzen Leben. Und ich wünsche mir, dass du noch viele Jahre in Gesundheit mit uns hier verbringen kannst.«

Sie küsste ihn auf beide Wangen, während ihre Finger unablässig seine Schultern streichelten.

Dann fanden sich beider Hände, und Miguel umfasste die ihren mit seinen Pranken, sodass sie völlig darin verschwanden.

»Amina, *Cariño*. Dass du zu mir gekommen bist, ist das schönste Geburtstagsgeschenk, das du mir hast machen können. Seit wann bist du auf Mallorca?«

»Seit gestern Abend. Ich wusste doch, wo ich dich heute finde. Fast hätte ich es geschafft, noch eher als die Sonne zu kommen. Aber dann hätten wir auf das hier verzichten müssen.«

Sie drehte sich zu Nicolau, der immer noch stumm an derselben Stelle stand.

»Nico. *Hola*. Was sagst du? Ist mir die Überraschung gelungen?« Sie trat auf ihn zu, griff mit der einen Hand nach der Schachtel, fuhr mit der anderen durch Nicolaus Haar, zog ihn ein wenig näher an sich heran, stellte sich auf die Zehenspitzen und drückte ihm einen Kuss auf die Lippen, die er bewegungslos geschlossen hielt.

Gleich darauf wirbelte sie mit der Schachtel zu Miguel herum.

»Ganz frisch aus dem *Horno*. Genau wie diejenigen, die du früher für mich bereitgehalten hast. Damit ich nicht verhungere, wenn meine Mutter uns wieder einmal ausschließlich mit Gesundem ernährt hat. Wegen der Figur …«

Sie lachte. Es war ein glockenreiner Klang und passte zu ihr.

Noch während sie die Schachtel auf dem Tisch abstellte, zog sie an dem blau-weißen Faden, mit dem diese zugebunden war.

»Oh je, Nico«, bat sie, »jetzt hat sich hier was verknotet, kannst du das vielleicht aufbekommen? Ich hoffe, ihr habt noch genügend Kaffee, oder soll ich frischen machen?« Sie wartete keine Antwort ab, sondern lief ins Haus.

Nicolau bewegte sich nur langsam. Mit gesenktem Blick trat er an den Tisch heran. Während er nach dem Bindfaden griff, biss er sich auf die Lippen.

»Hast du gewusst, dass sie kommt?« Es schien, als hätte etwas in ihm diese Frage gegen seinen Willen gestellt.

Miguel beobachtete, wie er geschickt den Knoten löste und den Deckel abhob.

Er wurde einer Antwort enthoben, denn Amina kam im selben Moment mit einem Tablett zurück.

»Ich denke, ich habe nichts vergessen. Zerteilst du sie?«, fragte sie und reichte Nicolau, bevor er antworten konnte, ein großes Messer.

Dann schenkte sie den Männern Kaffee nach, gab ohne zu fragen Milch dazu und reichte Miguel den Zucker, nachdem sie in Nicolaus Tasse zwei gehäufte Löffel eingerührt hatte.

»Sie ist gefüllt. Mit Creme. Dir zu Ehren«, strahlte sie Miguel an, während sich Nicolau wortlos anschickte, die überdimensional große *Ensaïmada* zu zerteilen.

Zu dritt saßen sie danach an dem Tisch, jeder von ihnen ein Stück der Hefeteigschnecke auf dem Teller.

Amina schob sich einen Bissen in den Mund, Zucker rieselte auf ihren Rock. Noch während sie kaute, griff sie mit einer Hand nach Miguel und mit der anderen nach Nicolau.

»Ich kann gar nicht sagen, wie schön es hier ist. Das ist der schönste Morgen seit Monaten. Ich habe mich so danach gesehnt, endlich wieder bei euch zu sein.«

»Und warum bist du dann nicht eher gekommen?« Nicolaus Stimme klang knapp.

»Weil sie in Deutschland gebraucht wird«, mischte sich Miguel ein. »Jeder von uns muss dort leben, wo sein Platz ist.«

Nicolau sagte nichts. Beschäftigte sich mit dem Gebäck und trank einen Schluck aus seiner Kaffeetasse.

Amina lehnte sich in ihrem Stuhl zurück und musterte ihn. Dann legte sie ihren Kopf ein wenig schief. »Was ist mit dir? Du bist so schweigsam. Freust du dich nicht, dass ich hier bin?«, fragte sie.

Miguel bemerkte wieder die Falte zwischen Nicolaus Brauen, die immer dann erschien, wenn er angespannt war. Trotzdem klang seine Stimme ruhig, als er antwortete.

»Natürlich freue ich mich. Das weißt du.«

»Schön.« Irgendwie wirkte Amina plötzlich fahrig. Gleich darauf aber lachte sie wieder. »Ich freue mich auf diesen Tag mit euch beiden. Ihr wisst gar nicht, wie sehr.«

***

Nicolau holte Amina von zu Hause ab, um mit ihr gemeinsam zu dem Geburtstagsfest zu fahren.

Nicht, dass sie es vorher vereinbart hätten – das wäre auch nicht notwendig gewesen, denn es war einfach selbstverständlich. So sehr, dass niemand auch nur auf die Idee gekommen wäre, es könnte diesmal anders sein.

Nicolau kannte Amina seit seinem neunten Lebensjahr. Damals hatte sie ihren allerersten Sommer auf Mallorca verbracht.

Sie war gerade einmal sechs und ihre Mutter hatte die Finca gekauft, die im südlichen Bereich an Miguels Land angrenzte.

Wie sollte er jemals ihr erstes Zusammentreffen vergessen?

Mit den kleinen Fingern hatte sie die Maschen des Zaunes umklammert, der die Pflanzen auf dem Grundstück ihrer Mutter vor dem nie versiegenden Appetit von Miguels zahlreichen Schafen schützte.

Auch damals trug sie ein weißes Kleid, hatte blonde Zöpfe und eine Zahnlücke genau in der Mitte.

Sofort als sie ihn sah, begann sie, auf ihn einzureden.

Naturgemäß verstand er kein Wort. Denn sie sprach Deutsch.

Irgendwann tippte sie mit dem Finger auf ihre Brust und sagte »Amina«, wobei sie jede der Silben einzeln betonte.

Gleich darauf deutete sie in seine Richtung, während sie den Kopf ein wenig schräg legte und ihn strahlend anlachte.

»Nicolau«, sagte er. Ihre Augen schienen ihn zu durchbohren, so angestrengt musterte sie ihn. »Nico«, sagte sie dann, winkte ihm zu, drehte sich um und lief bergauf in Richtung des Hauses.

Er stand immer noch am Zaun und blickte ihr nach, sah das weiße Kleid zwischen den Stämmen der Mandelbäume aufblitzen. Dann erst war sie seinen Blicken entschwunden.

Was genau hatte er erwartet, als er am nächsten Tag zur gleichen Zeit an jene selbe Stelle ging? Er hätte es nicht zu sagen gewusst.

Sie aber war schon dort. Stand am Zaun und wartete.

Diesmal hatte sie ein Stück Kuchen dabei, hielt es einfach in der Hand und streckte es ihm entgegen. Die Glasur zerschmolz in der Hitze des Sommers, und nicht nur ihre Hand, auch das Kleid, das sie trug, war voller Schokoladeflecken.

»Nico«, sagte sie, zeigte auf die kleinen Quadrate des Maschendrahtzauns und bedeutete ihm, darüberzuklettern.

Er wusste, dass er das nicht tun sollte. »Du machst den Zaun kaputt«, pflegte sein Vater zu sagen.

Stumm beobachtete sie, wie er auf seiner Seite hochkletterte, um dann mit einem großen Satz auf ihrer hinunterzuspringen. Dabei quietschte sie vor Vergnügen, rief etwas in der fremden Sprache und klatschte in die Hände, wobei sie das Kuchenstück noch mehr zerdrückte.

Gleich anschließend hielt sie es ihm hin. Er nahm es und steckte es als Ganzes in den Mund.

Noch während er kaute, drängte sich ihre Hand in die seine. Klein und warm fühlte sie sich an. Und klebrig.

Sie zog ihn mit sich, den Grund hinauf. Bog vor dem Haus seitlich ab, zu dem Platz, auf dem der große Johannisbrotbaum stand, dessen dünne Äste mit den fedrigen Blättern bis fast auf den Boden herabreichten. Nachdem sie diese ein wenig zur Seite geschoben hatte, schubste sie ihn sanft unter das Blätterdach, das sich hinter ihnen wie ein Zelt wieder schloss.

Mit der freien Hand deutete sie in die Krone hinauf.

Bewundernd blickte er auf das Baumhaus, das zwischen den dicken Ästen befestigt war. Es war so groß, dass man aufrecht darin stehen konnte, hatte eine Plattform, die wie ein Balkon wirkte, und einen geschlossenen Raum mit einer Fensteröffnung. Eine hölzerne Leiter führte hinauf.

Nach der griff Amina jetzt, wobei sie gleichzeitig den Fuß auf die unterste Sprosse setzte.

Die Aufforderung in ihren Augen, ihr beim Erklimmen zu helfen, war unübersehbar.

Zusammen kletterten sie zu dem Haus – er, dicht hinter ihr, hielt sie fest, wenn sie auszurutschen drohte, sicherte sie, so gut er konnte, und schubste am Schluss ihren Po einfach über die Plattform.

Der Blick, mit dem er das Haus begutachtete, entging ihr nicht, und sie strahlte über das ganze Gesicht. Dicht nebeneinander saßen sie danach auf dem Bänkchen im Inneren des Hauses. Sogar ein Tisch war dort und ein hölzerner Schrank, aus dem Kochtöpfe, eine Puppe mit langen silbrigen Haaren und eine Schachtel bunter Bauklötze hervorquollen.

Plötzlich durchschnitt eine energische Frauenstimme die Stille: »Amina«, rief sie, und dann noch etwas, was Nicolau nicht verstand.

Amina rutschte von der Bank, kroch unter den Tisch, und deutete ihm, zu ihr zu kommen.

Die Stimme wurde lauter, kam näher.

Amina legte verschwörerisch den Finger auf ihre Lippen.

Jetzt hielt die Stimme direkt unter dem Baumhaus. Sie klang ein wenig atemlos.

»Und wer bist *du*? Was machst du dort oben?«, fragte sie plötzlich, und Nicolau fiel auf, dass die Frau, zu der sie gehörte, Spanisch sprach. Versteckt, wie er war, musste sie ihn schon beim Hochklettern gesehen haben.

Amina hielt ihn immer noch fest. Krallte sich förmlich in seinen Ärmel.

»Ich bin Nicolau. Miguels Großneffe und bei ihm auf Besuch«, rief er, während er versuchte, unter dem Tisch hervorzukommen.

»Okay, Nicolau, dann steigt ihr beide jetzt herunter. Amina darf nicht allein zu dem Haus. Dazu ist sie noch zu klein. Ich helfe euch beim Abstieg. Du kommst als Letzter.«

Zusammen kletterten sie Sprosse für Sprosse abwärts. Notgedrungen ließ Amina Nicolaus Hand los, um sich besser festhalten zu können, ergriff sie jedoch sofort wieder, als sie unten angekommen waren.

Nicolau fühlte sich etwas unbehaglich. Auch wenn er die Frau nicht verstand, war ihm klar, dass sie mit Amina schimpfte.

Die schien davon ziemlich unbeeindruckt. Sie sagte einen Satz, in dem das Wort »Nico« viermal vorkam, klammerte sich weiter an seinen Arm und sah gleichzeitig zu ihm auf.

»Wie alt bist du, Nicolau?«, fragte die Frau.

»Neun. Nächstes Jahr werde ich zehn«, antwortete er.

»Gut, Nicolau. Dann bist du bereits ein großer Junge und weißt, was Verantwortung bedeutet. Versprich mir, dass ihr nicht wieder allein hinaufklettert. Es ist zu gefährlich für Amina, sie ist erst sechs. Ihr zwei geht nur in das Baumhaus, wenn ich bei euch bin. Hast du das verstanden?«

Natürlich versprach er es. Und ebenso natürlich brach er sein Versprechen, wann immer Amina ihn darum bat. Immer wieder. Bis man sie erwischte.

Das Strafgericht würde er sein Leben lang nicht vergessen. Sogar seinen Vater hatte man herbeibeordert.

Danach durfte er nicht länger bei Miguel auf der Finca bleiben, sondern musste zu seinen Eltern in die kleine Kreisstadt zurückkehren.

Eine ganze Woche lang.

Dann brachte sein Vater ihn zurück, und Miguel erzählte ihm, dass Amina sich geweigert hatte zu essen, stattdessen nächtelang nach ihrem Nico gerufen und geweint hatte.

Schlussendlich war es ihre Mutter, die nachgab.

Amina musste ganz fest versprechen, niemals mehr ohne Nicolaus Hilfe die Leiter zu besteigen. Eine Zusage, die sie kein einziges Mal brach.

Seit diesem Tag waren sie beide, so oft es nur möglich war, zusammen gewesen. Elf Jahre lang. Jeden Sommer. Alle Tage.

Bis Amina plötzlich nicht mehr wiederkam.

***

Als Nicolau und Amina auf dem Fest eintrafen, waren die meisten anderen Gäste schon dort.

Die Geburtstagsfeier fand in einem alten Gehöft statt, am Rande der kleinen Stadt, ein wenig außerhalb des Ortskerns. Die zahlreichen Gebäude, darunter ehemalige Stallungen, Scheunen und das Wohnhaus, waren mit viel Liebe zum Detail restauriert worden und dienten jetzt agrotouristischen Zwecken.

Das Lokal selbst befand sich in der ehemaligen Ölmühle. Diese lag inmitten eines prächtigen Gartens mit uralten Olivenbäumen, üppigen Pflanzen, die trotz der späten Jahreszeit immer noch blühten, und unzähligen von Ranken bewachsenen Nischen, die im Sommer stets angenehm kühl waren.

Die reizvolle Architektur des historischen Gemäuers gab so mancher großen Feier einen festlichen Rahmen. Heute Abend war es wieder einmal erfüllt von dem Lachen der Menschen, die es mit ihrer Fröhlichkeit zum Leben erweckten.

Sie hatten es sich überall gemütlich gemacht, standen in Gruppen auf den Kieswegen, Rasenflächen und der Terrasse, unterhielten sich und sprühten vor Lebensfreude und guter Laune.

Die Steine, aus denen das Haus gebaut war, waren über die vielen Jahrzehnte verwittert, doch die weiten Bögen und hohen Decken verliehen ihm eine herrschaftliche Würde. Stolz zeigten die dunklen Holzbalken und glänzenden Steinböden im Inneren die Spuren ihres beachtlichen Alters.

Rund um die Ölpresse in der Mitte des weitläufigen Raumes hatte man zahlreiche Tische gruppiert.

An den Seiten bildeten die durch halbhohe Mauern unterteilten Lagerflächen intime Winkel und sorgten so für eine unerwartete Gemütlichkeit.

Gleich mehrere Musiker heizten die Stimmung weiter an.

Unabhängig voneinander spielten sie auf: im Garten, auf der Terrasse und im Lokal – wechselten einander ab, sodass keine Pause entstand und die Gäste immer fröhlicher wurden.

Einige der Künstler hatte man engagiert, die meisten aber waren Freunde, die darauf bestanden hatten, an diesem besonderen Tag aufzuspielen.

Auch im Garten standen noch Tische, luden zum Verweilen ein. Obgleich der Abend nicht lau war wie an Sommertagen, lag der Garten doch windgeschützt, und der Ausgelassenheit der Gästeschar tat das keinen Abbruch.

Schmiedeeiserne Lampen verströmten ihr weiches Licht, beleuchteten die Bäume entlang der Außenmauern und spiegelten sich in dem kleinen Bach, der die weiche Rasenfläche in der Mitte teilte und am Ende in einen kleinen Wasserfall mündete.

Überall brannten Fackeln. Ein großes Holzfeuer loderte vor der Terrasse, wo sich ein Spanferkel auf einem Spieß drehte.

Der Duft des knusprig gebratenen Fleisches vermischte sich auf verführerische Weise mit dem Geruch des brennenden Holzes.

Durch das dichte Spalier der unzähligen Menschen zog Amina jetzt Nicolau mit sich. Unentwegt blieb sie mal hier, mal dort stehen, um jemanden zu begrüßen oder begrüßt zu werden.

Fragen wurden gestellt, Antworten gegeben. Amina schien immer noch mit jedem Einzelnen so vertraut, als hätte man einander am Vortag zuletzt gesehen.

Nicolau blieb dicht an ihrer Seite. Er hätte selbst dann nicht von ihr fortgekonnt, wenn es sein Wunsch gewesen wäre, denn sie ließ seine Hand nicht eine Sekunde los.

Ihm kam es vor, als hätte jeder der Anwesenden fest damit gerechnet, sie beide hier zusammen anzutreffen. Ganz genau wie in den vergangenen Jahren, als sie beide noch Kinder und unzertrennlich gewesen waren.

Es dauerte einige Zeit, ehe sie das Podest erreichten, auf dem sich Miguels Ehrentisch befand.

Er winkte Amina näher heran, streckte die Arme nach ihr aus, und sie kuschelte sich sofort hinein. Wie selbstverständlich setzte sie sich dann auf den freien Stuhl dicht neben ihm. Miguel suchte ihre Hand und behielt sie fest in der seinen, gleichzeitig griff er nach Nicolau, den er auf seine andere Seite zog.

Die anderen am Tisch, die überwiegend zu Nicolaus engerer Familie gehörten, unterbrachen ihre Gespräche und Antònia, Nicolaus Mutter, überhäufte Amina mit Fragen.

Nicolau spürte, wie Miguel ihn währenddessen unablässig musterte – als wolle er tief in seinem Inneren forschen.

Er lehnte sich betont entspannt zurück und ließ seinen Blick durch den weiten Raum schweifen, betrachtete ihn so ausführlich, als wäre er noch nie zuvor da gewesen.

Ein junger Mann mit Gitarre unterbrach seinen Vortrag, mit dem er eben noch für Stimmung gesorgt hatte, um ein eigens für Miguel komponiertes Lied anzukündigen. Gleich darauf nahm er das Instrument wieder zur Hand und begann zu spielen.

Es war eine melancholische, doch zugleich auch mitreißende Weise, die alle in ihren Bann zog. Auch Miguel schien sie sehr zu gefallen, denn er wippte mit dem Fuß und klopfte gleichzeitig mit den Fingern den Takt auf das Tischtuch.

Die Gespräche verstummten.

Als Nicolau den Kopf wandte, begegnete er Aminas Blick. Er konnte nicht anders, als sie ebenfalls anzusehen, bis sie sich wegdrehte und besonders aufmerksam den Musiker beobachtete.

»Ich habe Miguel versprochen, seinen fünfundneunzigsten Geburtstag mit ihm gemeinsam zu feiern. Und was ich verspreche, halte ich«, sagte Amina später zu Nicolaus Mutter, als das Lied und der Applaus verklungen waren.

Nicolau vermied es geflissentlich, nochmals zu ihr hinüberzusehen.

»Jetzt nehmt euch endlich etwas Anständiges zu essen.« Miguel zerkrümelte ein Stück Brot zwischen den Fingern, während seine Blicke immer noch zwischen den beiden jungen Menschen hin und her wanderten.

Im hinteren Teil des Raumes hatte man das Buffet aufgebaut, und die Tische dort bogen sich unter der Last der angebotenen Speisen.

Es gab gegrilltes Fleisch, hausgemachte Würste, Pasteten, Blechkuchen, Schüsseln voll verschiedenster Salate und Berge an Kuchen.

Gerade eben trug jemand eine schwere Eisenpfanne durch den Raum. Unschwer war darin das bereits portionsgerecht zerteilte Spanferkel auszumachen.

»Nico«, bat Amina. Legte dabei fast scheu die Finger auf seinen Arm. »Bist du so lieb? Bringst du mir auch etwas mit? Ich möchte keine Minute versäumen, die ich bei Miguel sein darf. Du hast ihn schließlich jeden Tag. Ich aber werde morgen wieder fort sein. Also gönn mir diese Zeit, sie ist wie ein kostbarer Schatz.«

Er erhob sich widerspruchslos. »Das Spanferkel sieht sehr appetitlich aus. Isst du es immer noch so gerne?«

Der Druck ihrer Finger auf seinem Handrücken verstärkte sich, dennoch sah sie ihn nicht an, während sie nur leise »ja bitte« sagte.

»Er hat beinahe den ganzen Nachmittag verschlafen«, erzählte Antònia gerade, als Nicolau mit zwei gut gefüllten Tellern zurückkam. »Dabei hat er kurz zuvor noch verkündet, sich heute keinesfalls niederlegen zu wollen.«

»In meinem Alter kann schlafen ungesund sein«, zwinkerte Miguel Amina zu, »man sollte besser jede Minute nutzen, die einem noch bleibt. Es wäre doch unangenehm, wenn man aufwacht, nur um festzustellen, dass man bereits tot ist.«

»So etwas will ich nie wieder von dir hören.« Aminas Stimme hatte einen ungewohnt scharfen Unterton. »Das darfst du uns allen einfach nicht antun.«

»Ein Weilchen müsst ihr mich wohl noch ertragen. So schnell gebe ich nicht auf«, antwortete Miguel, während Amina seine Hand an ihre Wange presste.

Sie versuchte, fröhlich zu lächeln. »Du solltest stattdessen lieber nachdenken, wo wir deinen Hundertsten feiern. Außerdem habe ich dir etwas mitgebracht.«

»Nicht, *Cariño*. Wir beide wissen, dass es keinen Hundertsten geben wird.« Er streichelte ihr über den Kopf. Dann drückte er ihr einen Kuss auf die Stirn, und sofort legte sie besitzergreifend die Arme um seinen Hals.

»Dann denk bitte daran, dass ich dich brauche. Du kannst mich nicht einfach so allein zurücklassen.«

»Was hast du mir denn mitgebracht?«, fragte Miguel und überhörte die letzte Bemerkung. »Gib es mir. Spann mich nicht länger auf die Folter.«

Er streckte die Hand nach dem Päckchen aus, das sie ihm reichte, öffnete ungeduldig die Bänder und zerrte an dem hübschen Papier.

»Qué bonito!«, entfuhr es Nicolaus Mutter bewundernd.

Nicolau sagte nichts, fixierte nur das Bild, das Miguel jetzt stumm in den Händen hielt.

Es war ein einfaches Foto, das in einem wunderschön gearbeiteten silbernen Rahmen steckte.

In der Mitte des Rahmens, an seinem oberen Rand, schien etwas eingearbeitet zu sein. Es sah aus wie ein glatt polierter Stein. Weiß und kaum größer als der Fingernagel eines Kindes. Es schimmerte sanft und wies eine auffallende graue Zeichnung auf – eine spiralförmige Linie, in sich gedreht, wie bei einer Schnecke.

Das Foto zeigte Miguel und war eindeutig vor mehreren Jahren aufgenommen.

Braun gebrannt stand er vor seinem Haus und lachte. Einen Arm hatte er dabei um Nicolau gelegt, im anderen hielt er Amina. Sie strahlte und streckte dem unsichtbaren Fotografen ihre Handfläche entgegen. Auf dieser lag etwas, ein weißes Teilchen, gleich dem, das jetzt den Rahmen zierte.

Miguel drückte Nicolau hastig den Rahmen in die Hand und griff nach Amina.

Noch während er sie an sich drückte, begannen seine Augen feucht zu glänzen.

»Miguel«, flüsterte Amina, sodass kaum jemand sie verstehen konnte. »Ich habe es die ganze Zeit über aufgehoben. Jetzt soll es *dir* Glück bringen!«

Beinahe schmerzhaft umklammerte Miguel plötzlich Nicolaus Arm, während er wieder nach dem Foto griff. Mit Mühe versuchte er zu lächeln. Doch über sein Gesicht liefen Tränen.

Sofort wischte Amina sie fort und gab ihm schnell auf jede Wange einen Kuss.

»Ein Auge des Meeres!«, rief Nicolaus Mutter. Sie nahm den Rahmen an sich und betrachtete eingehend das Foto. »Das war doch in dem letzten Sommer, den du bei uns hier verbracht hast. Wann war das doch gleich? Wie alt warst du? Siebzehn? Im Jahr darauf bist du nicht mehr gekommen. Die letzten Jahre haben wir dich ohnehin kaum jemals zu Gesicht bekommen. Und wenn, dann viel zu kurz. Was ist mit deinem Studium? Hast du es inzwischen abgeschlossen?«

Amina nickte. »Schon lange. Ich bin immerhin fünfundzwanzig. Die Zeit vergeht eben«, setzte sie mit dem Versuch zu scherzen hinzu. Dennoch verriet ihre Stimme eine Spur Anspannung.

Doch Antònia betrachtete immer noch bewundernd den Rahmen.

»Wer hat denn dieses Meeresauge gefunden? Warst du das, Amina?«, fragte sie.

Amina nickte. »An demselben Tag, als das Foto entstanden ist. Nico und ich waren zusammen am Strand. Immer schon habe ich nach Meeresaugen gesucht, aber nie welche gefunden. Plötzlich lag es vor mir. Als hätte es jemand eigens dorthin gelegt. Ich wollte es damals schon Miguel schenken. Er aber sagte, ich müsse es behalten, es würde mir helfen, mein Glück zu finden.«

Sie unterbrach sich kurz und drehte sich zu Miguel. »Und du hast gesagt, dass man ein Meeresauge nicht verschenken darf, es sei denn an jemanden, den man liebt.«

Aminas Augen waren jetzt riesengroß, während sie Miguel ansah. Ihr eben noch lachendes Gesicht hatte plötzlich einen ernsten Ausdruck angenommen. »Mir hat es lange genug Glück gebracht. Meine Wünsche haben sich erfüllt. Von nun an soll dieser Schatz dir gehören. Seit ich dich kenne, warst du wie ein Großvater zu mir. Überhaupt seid ihr alle hier meine zweite Familie geworden. Trotz der Entfernung, die zwischen uns ist.« Sie senkte die Augen und griff hastig nach dem Glas auf dem Tisch. »Ja«, sagte sie nach einem tiefen Schluck, »ich verlasse mich darauf. In fünf Jahren feiern wir zusammen deinen Hundertsten. Wozu sonst gibt es Meeresaugen?!« Jetzt lachte sie wieder. Inzwischen hatten sich mehrere Gäste um ihren Tisch versammelt, redeten durcheinander, kommentierten das Foto und bewunderten den Rahmen.

Amina schien wieder ganz die Alte. Sie plauderte drauflos, sprühte vor Charme und guter Laune.

»Und du bist immer noch nicht verheiratet?«, meldete sich eine der Verwandten zu Wort. »So eine schöne Frau wie du? Was ist denn los mit den Männern in Deutschland?«

Amina lächelte. »Wer weiß? Es muss schon der Richtige sein.«

»Und?«, mischte sich Antònia in das Gespräch. »Gibt es ihn, den Richtigen?«

»Vielleicht«, antwortete Amina und lächelte weiter.

»Eine Zeitlang haben wir beinahe gedacht, dass aus euch beiden etwas wird«, sagte einer der Onkel. »So unzertrennlich, wie ihr immer wart.«

»Die zwei waren wirklich süß, als sie noch klein waren«, seufzte Antònia. »Die Zeit verfliegt viel zu schnell. Ja, Nicolau muss endlich auch die Richtige finden. Rosas Kinder sind mittlerweile eingeschult, es wird wirklich Zeit für weitere Enkelkinder. Und Miguel möchte sicher noch einige Urgroßneffen, oder?«

Aminas Anspannung war für Nicolau deutlich spürbar. Er sah sie an. Versuchte, nicht daran zu denken, was sie vorhin angedeutet hatte.

Natürlich würde sie irgendwann heiraten. Sie beide waren eben keine Kinder mehr. Wieso bereitete es ihm solche Schwierigkeiten, sie als erwachsene und selbstständige Frau zu sehen – die nichts mehr mit seinem Leben zu tun hatte? Nichts weiter als eine Erinnerung war?

»Hast du inzwischen auch eines gefunden?«

Aminas Frage riss ihn aus seinen Gedanken.

»Was gefunden?«

»Ein Meeresauge.«

»Nein«, antwortete er, ohne nachzudenken. »Mein einziges Mal war mit dir.«

Ihre Blicke verfingen sich, hielten einander fest, und die Zeit schien stillzustehen.

»Dann wird es aber Zeit, mein Junge.« Das war Miguels Stimme. »Entweder du findest endlich selbst eines, oder du suchst dir ein Mädchen, das es dir schenkt«, polterte er.

Nicolau sah ihn an und bemerkte wieder diesen seltsamen Ausdruck, den Miguel schon den ganzen Abend über hatte.

»Fährst du morgen noch mit mir an den Strand?«, fragte plötzlich Amina, blickte Nicolau dabei aber nicht an, »ich fliege erst am späten Nachmittag.«

»Ich glaube nicht, dass ich Zeit habe …«, begann er, doch sie unterbrach ihn.

»Wer weiß, vielleicht finden wir sogar ein Meeresauge.« Dann sprang sie auf, griff nach seiner Hand.

»Lass uns tanzen. Komm«, sagte sie und zog ihn zu der Tanzfläche, die sich immer mehr füllte.

Sie tanzten, sie lachten, es war ein ausgelassenes und wunderbares Fest.

In den Tanzpausen saßen sie bei Miguel, unterhielten sich prächtig und redeten mit unzähligen von Leuten. Gingen miteinander zum Büffet, genossen die Köstlichkeiten – nur um gleich darauf zur Tanzfläche zurückzukehren und sich so unbeschwert und gelöst wie seit vielen Jahren nicht mehr dem Rhythmus der Musik hinzugeben.

Kapitel 2

Die Luft war schwül und trieb ihm den Schweiß ins Gesicht. Dabei war es noch früher Morgen.

Fahles Dämmerlicht ließ die Konturen der Landschaft erahnen. Immer noch verbarg sich die Sonne hinter den Wolkengebirgen des Horizonts. Schwer lastete die Feuchtigkeit über dem Land, hinderte das Atmen und machte die glühende Hitze des Tages noch unerträglicher.

Kein Windhauch regte sich.

Zusammen liefen sie zwischen den endlosen Reihen der Mandelbäume entlang, deren grüne Schalen sich langsam öffneten und die reifenden Früchte zur Ernte freigaben.

Nicolau hielt Aminas Hand fest in der seinen, während sie im stillen Einvernehmen den Weg in Richtung des Hügels einschlugen.

Der steinige Weg führte bergauf und ließ beide schwer atmen.

Gleichzeitig blieben sie stehen.

Nicolau hob ihren Kopf ein wenig zu sich und presste die Lippen hungrig auf ihren Mund.

Sie erwiderte seinen Kuss mit der gleichen Gier, drängte sich an ihn, umfasste seine Hüften und schob sich ihm entgegen.

Seine Zunge bahnte sich einen Weg in ihren Mund, schob sich zwischen ihre Zähne, die sich verlangend in seine Lippen gruben, ehe er auf ihre Zunge traf, und ein wildes Spiel begann.

Sie keuchten, als sie voneinander abließen und weiter den Berg hinaufliefen.

Immer wieder blieben sie stehen. Gierig nach den Küssen, die sie so berauschten, dass sie nicht genug davon bekommen konnten.

Langsam wurde es heller. Das ewige Schauspiel auf dem östlichen Himmel begann, doch keiner der beiden schenkte ihm Beachtung.

Alles, was Nicolau wollte, war, sie endlich zu besitzen. Er verzehrte sich nach ihr mit einer Lust, die ihn zu ersticken drohte. Am liebsten hätte er ihr an Ort und Stelle die Kleider vom Leib gerissen und sie genommen.

Doch er lief weiter bergan. Immer näher dem erhofften Ziel entgegen.

Ihre zarte Hand in der seinen war heiß und schweißnass.

Das Blut rauschte in seinen Ohren, und er glaubte, es nicht länger ertragen zu können.

Endlich erreichten sie die Kuppe. Waren blind für das verfallene Herrenhaus auf dem Hügel, dessen düstere Fensteröffnungen von den ersten Strahlen der aufgehenden Sonne in warme Farbe getaucht wurden.

Ohne innezuhalten liefen sie zu dem Abhang, von dem aus sich ihnen ein einzigartiger Blick über die gesamte Küste bot.

Doch sie sahen weder die Röte der Sonne noch das schimmernde Meer, das in ihrem Licht den Tag begrüßte.

Am Fuße des alten Talaiot, des Turms, der seit Jahrtausenden schon den Hügel bewachte, sanken sie zusammen in den Staub des ausgetrockneten Bodens.

Noch im Fallen griff Nicolau zwischen ihre Beine, fand mit tastenden Fingern ihre heiße und feuchte Mitte.

Er riss am Bund seiner Hose, schob sich auf sie, und ohne noch eine einzige Sekunde warten zu können, drang er in sie ein.

Ihr Stöhnen berauschte ihn. Die Beine fest um seine Hüften geschlungen, trieb sie ihn weiter.

Sie rief seinen Namen, vergrub die Hände in seinem Haar, um ihn dann nur noch enger an sich heranzuziehen.

Schneller und noch schneller trieben sie aufeinander zu, bewegten sich im selben Rhythmus.

Bis er mit einem Schrei auf ihr zusammenbrach.

Nicolau schreckte aus dem Schlaf. Keuchend setzte er sich auf und fuhr sich durchs Haar, das nass an seinen Schläfen klebte, ehe er feststellte, dass sein ganzer Körper schweißgebadet war.

Er brauchte einige Sekunden, um den Raum ringsherum wahrzunehmen.

Immer noch hielt ihn der Traum gefangen. Fast konnte er wieder den Duft ihres Haares riechen, der sich mit dem Geruch der wilden Kräuter mischte, die auf dem graslosen Boden rund um den alten Talaiot wuchsen.

Er stellte die Beine nebeneinander auf den Boden, besann sich kurz und stand auf.

Fahles Morgenlicht schimmerte durch die Vorhänge seines Schlafzimmers. Hastig schob er sie zur Seite, öffnete die Fenster und stieß die Läden auf.

Nur langsam fand er in die Wirklichkeit zurück.

War es möglich, sie immer noch dermaßen zu begehren? Warum konnte er nicht endlich vergessen?

Es war so lange her, über acht Jahre schon. Damals war sie siebzehn gewesen. Und er zwanzig.

Doch in jenem bewussten Sommer war alles anders als in den Jahren zuvor.

Irgendwann war es dann passiert. Für sie war es das erste Mal, und er war sich sicher gewesen, dass auch sein Leben erst in diesem Moment begann.

Jeden Tag waren sie zusammen gewesen. Meist früh am Morgen, wenn noch keiner wach war.

Amina hatte erklärt, in ihrem Baumhaus schlafen zu wollen, weil ihr die Hitze im Haus zu groß war und sie das Rauschen der Klimageräte störte.

Niemand fragte nach. Keiner hegte einen Verdacht.

Außer Miguel.

Als sie sich eines Morgens in dem alten Schafsunterstand geliebt hatten, tauchte der Schäfer plötzlich auf und rief laut nach seinen Tieren. Hastig hatten sie ihre Kleider zusammengesucht.

Zum Glück sah er in eine andere Richtung, sodass sie unbehelligt den nahen Weg erreichen und vorgeben konnten, auf einem morgendlichen Spaziergang unterwegs zu sein.

Da erst schien er sie gesehen zu haben. Grüßte und bemerkte nicht die Röte auf ihren Gesichtern.

Als Nicolau an diesem Abend spätabends auf die Finca kam, schlief Miguel bereits.

Im Dunkeln zog er sich schnell aus, legte sich nackt auf das Bett – und spürte die kleine Schachtel, die sich in seinen Rücken bohrte.

Sogar jetzt noch fühlte er sich unbehaglich, wenn er daran zurückdachte, wie er sie im Licht besehen und festgestellt hatte, dass es eine Packung Kondome war.

Am nächsten Morgen hatte er nicht gewagt, Miguel beim Frühstück in die Augen zu sehen.

Irgendwann ließ dieser seine Hand auf Nicolaus Schulter fallen.

»Du bist erwachsen«, sagte er. »Aber sie nicht. Also hast du die Verantwortung. Ist das klar?«

»Ich«, Nicolau konnte nicht verhindern, dass eine glühende Röte in seine Wangen stieg, »es kann nichts passieren. Wir passen auf. Sie … wir haben die Tage nachgerechnet«, sagte er zögerlich, weil ihm unter Miguels Blick noch heißer wurde.

Der nickte. »Ich habe euch immer vertraut«, sagte er langsam und wartete, bis Nicolau ihm in die Augen sah. »Ab jetzt verwendest du sie. Versprochen?«

Fast hätte Nicolau geschmunzelt, während er sich erinnerte, wie Miguel dann stets für Nachschub gesorgt hatte.

Dabei war er damals schon zwanzig gewesen, wie er nicht ganz ohne Verlegenheit zugeben musste. Und verliebt wie nie zuvor oder danach in seinem Leben.

Sie hatten Pläne geschmiedet. Für ein gemeinsames Leben.

Nur noch ein einziges Jahr, das sie voneinander trennen sollte – gleich nach dem Abitur würde Amina es ihrer Mutter sagen.

Dass sie nach Mallorca übersiedeln wollte. Zu ihm. Für immer.

Schon während des laufenden Jahres würde sie in Deutschland jobben, ein wenig Geld sparen und gleich in der ersten Saison in einem der Hotels zu arbeiten beginnen.

Nicolau hatte an seinem achtzehnten Geburtstag von Miguel die kleine *Casita* neben der großen Scheune geschenkt bekommen und sie in jeder freien Minute umgebaut und renoviert. Das meiste davon hatte er selbst gemacht, nur selten Hilfe benötigt.

Groß war sie nicht. Es gab gerade mal eine Küche, die auch als Wohnraum diente, ein Schlafzimmer und ein Bad. Aber es war mehr, als sie beide brauchten.

Ehe das Jahr zu Ende war und sie zu ihm übersiedelte, würde er mit der Renovierung fertig sein, das schwor er sich.

Sie sollte von Anfang an ein gemütliches Heim haben.

Jetzt wohnte er immer noch in der *Casita*. Allein.

Für ihn war das Häuschen mehr als groß genug. Außerdem konnte er so auch immer ein Auge auf die vielen Maschinen haben, die allesamt in der angrenzenden Scheune untergebracht waren und an denen er nicht nur deshalb hing, weil sie viel Geld gekostet hatten.

Während der folgenden Jahre war die Scheune ausgebaut worden, um all den Geräten, die er zum Bestellen des riesigen Grundbesitzes benötigte, ausreichend Platz zu bieten.

Wozu auch sollte er mehr Wohnraum brauchen?

Früh morgens stand er auf, spät am Abend ging er schlafen.

Wenn er Hunger hatte und nicht mit Miguel zusammen aß, begnügte er sich damit, unterwegs etwas hinunterzuschlingen.

Er wusste, dass es Miguel an nichts mangelte. Seine Mutter kümmerte sich um ihn. Kochte, putzte und besorgte die Wäsche.

Mindestens einmal täglich ging er selbst hinüber in das alte Steinhaus, in dem Miguel lebte, seit er sich erinnern konnte.

Es war eine der schönsten Stunden des Tages. Und er wusste, dass Miguel das ebenso empfand.

Seit Miguels neunzigstem Geburtstag schlief er auch des Öfteren bei ihm. In demselben Zimmer, in dem er als Junge seine Ferien verbracht hatte.

Nicolau schloss die Fensterläden und ging ins Bad.

Es machte keinen Sinn, sich nochmals niederzulegen. Die Arbeit wartete. Es war Zeit, sich mit etwas anderem zu beschäftigte.

***

»Nimm das blaue Satinkleid mit diesem sanften, grünlichen Schimmer«, sagte Aminas Mutter, »das passt dir ausgezeichnet.«

Amina stand vor dem hohen Spiegel in dem Ankleideraum des bekannten Designergeschäftes, während ihre Mutter sie von allen Seiten betrachtete.

Isabel Harris war immer noch eine bildschöne Frau, daran hatten auch drei Scheidungen nichts geändert. Zurzeit mit einem Londoner Finanzmakler verheiratet, lebte sie einen Großteil des Jahres nicht in Deutschland.

Wenn sie jetzt gekommen war, hatte das einen Grund. Diesmal hieß er Berlinale, genau genommen die Verleihung des »Goldenen Bären«.

Alain Lavie wurde als einer der möglichen Preisträger gehandelt. Viel interessanter war allerdings die Tatsache, dass er seit fast einem Jahr Aminas Freund war. Und wenn es nach Isabel ging, demnächst auch ihr Ehemann.

Aber die Sache dauerte bereits lange. Viel zu lange für Isabels Geschmack.

Wenn Amina nicht endlich vernünftig wurde und tat, was notwendig war, würde sie es schaffen, immer noch unverheiratet zu bleiben. Höchste Zeit, etwas zu unternehmen. Schließlich war Amina bereits Mitte zwanzig.

Eine geschiedene Endzwanzigerin konnte sich im Licht ihrer voll entfalteten Schönheit sonnen, eine in diesem Alter noch immer Ledige hingegen verkündete der ganzen Welt, dass mit ihr etwas nicht stimmte.

Selbst dann, wenn sie so schön war wie Amina. Denn Schönheit war ein Kapital, das ganz von selbst Jahr für Jahr abnahm.

Zu allem Überfluss war Amina tatsächlich wieder einmal auf Mallorca gewesen – und das, ohne es Isabel vorher zu sagen.

Isabel, sonst mehr als neugierig, vermied bewusst jede tiefergehende Frage, begnügte sich mit einer oberflächlichen Schilderung von Miguels Geburtstagsfeier und einer etwas längeren über den ausgezeichneten Zustand ihrer Finca.

Doch selbst in diesen wenigen Sätzen kam das Wort »Nico« mehrmals vor und beunruhigte Isabel stärker, als sie sich selbst eingestand.

Während sie jetzt an dem Champagnerglas nippte, das man ihnen angeboten hatte, nickte sie. »Wir werden uns dafür entscheiden. Das Kleid ist genau richtig, und zu all dem aufdringlichen Rot, das sie dort alljährlich aufspannen, kontrastiert es hervorragend«, stellte sie fest, womit die Sache beschlossen war.

Denn schließlich bezahlte auch sie die Rechnung.

Nachdem man das Kleid auf Aminas Maße abgesteckt hatte – wobei sich die Änderungen in minimalen Grenzen hielten, wie Isabel nicht ohne eine gewisse Befriedigung feststellte –, schlug sie vor, miteinander eine Kleinigkeit essen zu gehen.

Isabel aß immer nur Kleinigkeiten. Selbst wenn diese aus mehreren Gängen bestanden.

Amina war derzeit wirklich perfekt in Form, das musste man ihr lassen, dachte Isabel. Also musste man das Eisen schmieden. Dafür würde sie sorgen.

***

Amina folgte ihrer Mutter bereitwillig, die wie selbstverständlich den Weg zu ihrem Lieblingsitaliener einschlug.

Das Wetter in München meinte es gut mit ihnen an diesem Tag. Der Himmel war blau, die Sonne wärmte, und es war ausgesprochen mild für diese Jahreszeit, obwohl es auf Weihnachten zuging.

Einige besonders Abgehärtete saßen sogar draußen. Denn der Innenhof, in dem sich der Gastgarten befand, war mit großvolumigen Schirmen gegen Wind und Wetter geschützt. Mehrere Heizlampen sorgten für eine akzeptable Temperatur, und unzählige rote Decken lagen bereit, um allfälliger Kühle sofort entgegenzuwirken.

Isabel würdigte das Szenario mit keinem Blick, steuerte auf den Lokaleingang zu und wählte einen Tisch in einer geschützten Nische, direkt an der großen Fensterscheibe. »Paolo«, ordnete sie an, »bringen Sie uns zwei Gläser Prosecco, und dann verraten Sie uns, welche Köstlichkeiten heute nicht auf der Karte stehen.«

Danach wandte sie sich an Amina.

»Wann kommt Alain zurück, sehe ich ihn noch, ehe ich zurückfliege? Es hat mich schon gewundert, dass du in London nicht an seiner Seite warst. Aber jetzt weiß ich ja, warum.«

Amina wartete auf eine weitere Bemerkung, doch diesmal schien ihre Mutter das Thema Mallorca nicht weiter zu interessieren.

Der Kellner brachte ihnen die Vorspeise – einen Lachsraviolo auf Hummerschaum mit Trüffeln – und zog sich sofort wieder zurück, nicht ohne ein besonders freundliches »buon appetito« zu wünschen.

»Alain kommt irgendwann im Laufe der nächsten Woche, wenn er da ist, machen wir sicher ein Treffen aus«, antwortete Amina.

»Hervorragend. Dieser Raviolo ist wirklich großartig«, stellte Isabel fest.

Sie nahm einen winzigen Schluck aus ihrem Wasserglas, in dem eine Scheibe Zitrone mit den aufsteigenden Kohlensäureblasen um die Wette tanzte, und sah Amina an.

»Was willst du damit sagen? Dass du ihn nicht in seinem Haus erwarten wirst, wenn er nach so langer Zeit endlich heimkommt?«

Amina schüttelte den Kopf. »Wozu? Wenn er erst wieder hier ist und sich von dem ganzen Stress erholt hat, wird er sich melden. Schließlich sind wir beide berufstätig.«

»Also das ist doch nicht das Gleiche!« Isabel erhob ein wenig die Stimme. »Alain ist ein hochbegabter und demnächst weltbekannter Regisseur. Mit etwas Glück bekommt er den Oscar. Und du beschäftigst dich mit gelegentlichen Reportagen. Meistens ehrenamtlich!«

»Mutter. Bitte«, sagte Amina ungeduldig. »Das haben wir hunderte Male durch. Ich bin mit Alain zusammen, *weil* er meinen Beruf respektiert und mich nicht nur als hübsche Staffage für seine öffentlichen Auftritte braucht. Eben weil wir eine Beziehung miteinander führen, die auf Respekt und Gleichberechtigung basiert.«

»Ich dachte, du liebst ihn.«

Isabel kniff ein wenig ärgerlich die Augen zusammen.

Amina starrte schweigend vor sich hin und schob dabei ein Stück Pasta auf dem Teller hin und her.

»Willst du denn plötzlich keine Kinder mehr?«, hakte Isabel nach. »Ihr solltet vielleicht besser vorher heiraten, meinst du nicht? Jedenfalls lass dir nicht zu lange Zeit. Auch deine biologische Uhr tickt.«

Amina hob den Kopf. Eine leichte Röte breitete sich auf ihren Wangen aus, und für einen Moment flackerte etwas wie Schmerz in ihren Augen, ehe sie das Besteck auf den Teller zurücklegte und nach der Stoffserviette griff, die auf ihrem Schoß lag.

»Ich bin noch lange keine dreißig«, erwiderte sie, »und Alain wird sicherlich in Zukunft viel unterwegs sein müssen. Da können wir uns mit einem Kind ruhig Zeit lassen.«

»Hat er das gesagt?«, fragte Isabel. Ihre Augen waren auf Aminas Gesicht gerichtet.

»Nein. Aber er würde mich sicher verstehen.«

»Will er denn keine Kinder?«

»Doch. Aber ich bin noch nicht so weit, dass ich bei ihm einziehen will«, entfuhr es Amina. »Ich möchte nicht die Ehefrau von irgendjemandem sein, der alle paar Wochen einmal nach Hause kommt.«

Isabel presste die Lippen aufeinander, wurde dann einer Antwort enthoben, weil man ihnen die Hauptspeise brachte.

Erst danach sprach sie weiter.

»Wovon redest du eigentlich? Du liebst Alain, er liebt dich«, sie hob abwehrend die Hand, als Amina etwas sagen wollte. »Ihr versteht euch, respektiert einander. Er hat alles, was man sich wünschen kann. Sieht gut aus, ist reich genug, um dir ein sorgenfreies Leben bieten zu können. Du kannst Kinder haben, die du unbedingt möchtest, also bitte, was willst du noch?«

»Nico«, dachte Amina, ehe sie entsetzt nach ihrem Glas griff.

Wie kam sie auf einen dermaßen abwegigen Gedanken?

Trotzdem spürte sie, wie sich ihr Puls beschleunigte. Das konnte niemals sein. Nico und sie – das war ein völlig anderes Leben und längst vorbei.

Sie zwang sich, an Alain zu denken.

Sie liebte ihn. War gern mit ihm zusammen.

Vielleicht hatte ihre Mutter recht. Sie sollten heiraten. Immerhin könnte sie dann ein Kind bekommen. Und endlich vergessen …

***

Am Heiligen Abend fuhren sie zusammen auf den Friedhof. Nicht, dass es etwas Besonderes gewesen wäre. Sie fuhren allwöchentlich dorthin.

Aber diesmal musste es genau der heutige Tag sein.

Nico half Miguel aus dem Wagen, reichte ihm den Stock, den er seit zwei Jahren benutzte, und ging mit ihm zusammen auf den Eingang zu.

Als sie durch das schmiedeeiserne Tor traten, umfing sie sofort die freundliche, friedliche Atmosphäre dieses stillen Ortes. Einige Palmen wuchsen hier, Zypressen und immergrüne Hecken, die zu strengen Formen beschnitten waren.

Die begehbaren Grabstätten ähnelten ein wenig kleinen Kapellen, standen Seite an Seite in langen, schnurgeraden Reihen. Den First der blassroten Dächer zierte jeweils ein großes steinernes Kreuz – Wände und Böden bestanden aus dem für die Gegend so typischen hellen Sandstein.

Unter dem Giebel des Mausoleums, vor dem sie nun Halt machten, standen zwei Namen: *Familias Pons y Ferrer.* Links und rechts des Eingangs hingen in einer senkrechten Reihe zahlreiche Tafeln. *Mari Carmen Pons Servera* las Nicolau mehr aus Gewohnheit. Er kannte das Geburts- und Sterbedatum seiner Großtante auswendig: 1918–1992.

Ebenso gewohnheitsmäßig bückte er sich ein wenig, um durch die niedrige Öffnung in das Innere des Häuschens zu gelangen.

An der Stirnseite war ein kleiner Altar, auch er ganz aus Sandstein. Dorthin stellte Nicolau die mitgebrachte Kerze und zündete sie an. Den Topf mit den leuchtenden Chrysanthemen schob er unter den Altar neben die unzähligen anderen Blumen, die schon hier standen und davon zeugten, dass in den letzten Tagen außer ihnen beiden noch andere Familienmitglieder die Grabstätte besucht hatten.

Miguel war draußen geblieben, blickte reglos auf die Tafeln, schien dabei ganz in ihren Anblick versunken.

Nicolau wartete ein wenig, ehe er wieder zu ihm ging, zögerte, um ihn nicht bei seinem Gedenken an die verstorbene Frau zu stören.

Als er schließlich nähertrat, griff Miguel nach seinem Arm und hielt sich daran fest.

»Catalina«, sagte er so leise, dass Nicolau zuerst dachte, er habe sich verhört.

Doch dann fiel sein Blick auf den Schriftzug unmittelbar darunter: *Catalina Pons Servera 1921–1936.*

Ein wenig unschlüssig drehte er den Kopf zur Seite und beobachtete Miguel, der immer noch die Tafeln ansah.

Nicolau wusste sehr wohl, dass Catalina die jüngere Schwester seiner Großtante gewesen war. Doch es war ihm bisher nie bewusst gewesen, dass sie in Miguels Erinnerungen eine besondere Rolle spielte.

Während er wartend dastand, rechnete er nach. Sie musste fünfzehn gewesen sein, als der Bürgerkrieg die Insel erreicht hatte. Und Miguel sechzehn.

Ohne darüber nachzudenken, fragte er: »Hast du sie gekannt?«

Miguels Finger umschlossen Nicolaus Arm noch fester. Er nickte mehrmals kurz mit dem Kopf, ehe er in seinen Taschen zu kramen begann.

»Halt mal«, sagte er und gab Nicolau den Stock. Endlich schien er gefunden zu haben, wonach er suchte, und zog seine Hand wieder heraus.

Als er jetzt zu Nicolau aufsah, schwammen seine Augen und er wischte erst umständlich mit einem großen bunten Stofftaschentuch über das ganze Gesicht, ehe er Nicolau zu sich zog.

»Leg es ihr hinein. Auf den Altar. Gleich unter das Kreuz«, sagte er und drückte Nicolau ein weißes Steinchen in die Hand.

Es fühlte sich glatt an, wie poliert – und warm. Beim näheren Betrachten erkannte Nicolau, dass es ein Meeresauge war.

Überrascht sah er das kleine Ding auf seiner Handfläche an, und ein merkwürdiges Gefühl beschlich ihn, das er sich nicht erklären konnte.

Er wusste, dass es sich dabei nur um ein Stück Muschelkalk handelte, mit dem die Meeresschnecken den Eingang ihres Gehäuses zum Schutz verschließen. Der Rest waren bloß Erzählungen, nichts als Aberglaube.

Amina. Sie hatte ein Meeresauge gefunden, am Strand. Damals. Und es Miguel geschenkt. Weil man es nur demjenigen schenken durfte, den man liebte.

Er merkte verwundert, dass er aufgeregt war, während er nochmals in die Grabstätte ging und den mit der spiralförmigen Linie verzierten Muschelkalk auf den Altar legte. Die Zeichnung, die dem Steinchen den Namen gegeben hatte, verlieh ihm tatsächlich das Aussehen eines Auges.

Er schalt sich verrückt, doch als er nochmals zurückblickte, hatte er das Gefühl, dass ihn das Auge ansah.

Schnell trat er hinaus in das sonnige Licht des strahlenden Tages, das den Friedhof zu einem beinahe heiteren Ort machte.

»Wo hast du es gefunden?«, fragte er, nur um etwas zu sagen. Der Klang seiner eigenen Stimme beruhigte ihn irgendwie.

»Catalina hat es gefunden«, antwortete Miguel und Nicolau fröstelte plötzlich, trotz des warmen Sonnenscheins.

»Immer schon hat sie so gerne nach Meeresaugen gesucht, und einige davon gefunden. Sie hat alle mir geschenkt«, sagte Miguel und hakte sich wieder bei Nicolau ein.

Schwer stützte er sich auf dessen Arm, als sie langsam die Reihe der Gräber entlanggingen. Am Ende angekommen, blieb Miguel nochmals stehen und drehte sich um. Sein Blick ging in die Ferne.

»Ich habe sie geliebt. Mehr als mein Leben. Mehr als irgendjemanden sonst auf dieser Welt«, sagte er, bevor sie weiter in Richtung des Wagens gingen.

Nicolau wusste, auch ohne dass Miguel es ihm erst sagen musste, dass er nicht von seiner Ehefrau sprach.

Kapitel 3

Die neu erbaute Villa im klassisch-modernen Stil, die sich unweit des Schlosses Nymphenburg befand, war hell erleuchtet.

In der breiten Auffahrt parkten zahlreiche Autos, und im Inneren herrschte bereits eine gesellige und angeregte Stimmung.

Amina stand – in einen Hosenanzug aus mitternachtsblauem Goldbrokat gekleidet, der ihre makellose Figur perfekt zur Geltung brachte – inmitten einer Gruppe von Gästen und versuchte, sich auf die Gespräche zu konzentrieren.

Die Haare waren zu einem raffinierten Knoten zusammengesteckt, aus dem ein Teil der goldblonden Locken hervorquoll und über ihren Hals hinab bis tief hinein in ihren Ausschnitt fiel, wo er die Blicke ebenso auf sich zog wie der funkelnde Solitär.

Sie spielte mit dem Stiel des Champagnerglases und lächelte.

Die Halle der Villa, die durch eine faltbare Glaswand vom Wohnbereich getrennt wurde, schmückte eine ebenmäßige, über drei Meter hohe Silbertanne. Der Baum war prächtig aufgeputzt, wobei die Farben Silber, Gold und Blau dominierten und wie zufällig auf Aminas Kleidung abgestimmt waren.

Es war Heiligabend.

Alain Lavie trat hinter Amina und fasste nach ihrer Taille.

Gewohnheitsmäßig ließ sie dabei den Kopf ein wenig zurückfallen, sodass er an Alains Schulter zur Ruhe kam.

Niemand der Anwesenden wäre auf die Idee gekommen, jemals ein perfekteres Paar gesehen zu haben.

Das Menü war erlesen und raffiniert. Der Partyservice, der mit der Zubereitung beauftragt worden war, verstand sein Handwerk, und die Gäste würden sich noch nach Jahren an den wundervollen Weihnachtsabend erinnern können.

Amina war eine routinierte Gastgeberin. Schließlich hatte sie schon als Mädchen an den diversen Festen teilnehmen dürfen, die ihre Mutter so gerne arrangierte.

Nach dem Essen wurden die Geschenke ausgetauscht. Man bewunderte ausgiebig die erhaltenen Präsente, bedankte sich bei den Schenkenden und ließ sich bereitwillig die Freude der Beschenkten gefallen.

Danach wurde der Hausherr so lange gebeten, bis er schließlich nachgab und sich an den glänzenden schwarzen Flügel in der Bibliothek setzte.

Die Stimmung war auf dem Höhepunkt.

Amina schlüpfte aus der Terrassentür und trat in die kalte Nacht hinaus.

Über ihr funkelten die Sterne. Millionen von blinkenden Lichtern gleich, glitzerten sie am nachtschwarzen Himmel.

Sie schlang die Arme fester um ihren Körper, konnte den Hauch ihres Atems sehen, und tat noch einen Schritt weiter nach vorne bis hin zu dem Geländer, an das sie sich lehnte.

Die tiefe Traurigkeit, die sie schon den ganzen Abend lang verspürte, breitete sich jetzt noch weiter in ihr aus, ohne dass sie hätte sagen können, warum.

Ein Geräusch hinter ihrem Rücken verriet ihr, dass sie nicht länger allein war.

»Du wirst dich erkälten, *ma chère*«, sagte Alain, und legte ihr einen Mantel um die Schultern, dann drehte er sie sanft zu sich. »Du bist wunderschön«, flüsterte er, ehe er seinen Mund auf den ihren legte.

Der Kuss war kosend und warm. Sie öffnete sich seinen Lippen, sog den gewohnten Geruch ein und ließ sich gegen ihn sinken.

»Danke noch einmal für die wunderschöne Kette«, sagte sie und verschränkte ihre Hände hinter seinem Hals. »Der Stein ist ein Traum.«

Er küsste sie noch einmal. Fordernder diesmal, leidenschaftlicher.

»Nicht halb so schön wie du«, flüsterte er, während Amina mit den Händen über seinen Körper abwärts wanderte.

Er ließ sie gewähren. Sein Atem beschleunigte sich ein wenig, und er hielt die Augen geschlossen.

Dann jedoch fasste er nach ihren Händen und schob sie ein Stück von sich fort.

»Ich würde mir deine Dankbarkeit jetzt sehr gerne gefallen lassen«, raunte er ihr ins Ohr. »Aber ich glaube, wir müssen es noch ein wenig verschieben, bis wir allein sind. Unsere Gäste warten«, sagte er und zog sie mit sich hinein in die helle Wärme des Hauses.

***

María und Tomeu saßen ihm gegenüber an dem schmalen Tisch in diesem alten Lokal, das sich schon seit so vielen Jahren auf dem Platz vor der Kirche befand. Der hohe Raum mit den dunklen Deckenbalken war gut besucht.

Die meisten Tische waren besetzt, und um den Tresen standen mehrere Männer und redeten.

Eine der Serviererinnen polierte Gläser, eine andere war damit beschäftigt, ein Tablett mit verschiedenen Getränken zu füllen.

Nicolau war hierhergekommen, weil er, wie an jedem Christtag in den letzten Jahren, mit den Kindern seiner Schwester unterwegs war. Dieses Zusammensein mit ihrem Onkel war für die beiden bereits so etwas wie ein Teil des alljährlichen Weihnachtsrituals, was Nicolau eine unerwartete Freude machte.

María tunkte soeben ein Stück der mit Unmengen von Puderzucker bestreuten Hefeteigschnecken in die Tasse mit der cremigen Schokolade, während ihr Bruder mit einem langen Löffel in der dicken, fast puddingartigen Masse nach versunkenen Krümeln suchte.

Wie immer hatten sie jede Menge Spaß miteinander, denn Nicolau war ihr erklärter Lieblingsonkel.

Das lag nur zum Teil daran, dass er lediglich eine einzige Schwester hatte. Schließlich stammte Toni, Nicolaus Schwager, aus einer vielköpfigen Familie, hatte drei Brüder und zwei Schwestern. Daher war zumindest von dieser Seite für eine stattliche Anzahl von Onkeln und Tanten gesorgt.

Dennoch hingen María und Tomeu wie Kletten an Nicolau, wann immer sie seiner habhaft werden konnten.

Der gemeinsame Café-Besuch am Christtag war inzwischen ebenso Pflicht wie die Ausflüge ins Aquarium nach Palma, die Fahrt mit dem Glasbodenboot oder der Besuch des Safari-Zoos.

Kein Zweifel. Er war der erklärte Lieblingsonkel.

Auch Nicolau hing an den beiden. Wobei sich dieser Umstand von Jahr zu Jahr noch verstärkte, was nur zum Teil daran lag, dass sie alle immer älter wurden.

María war inzwischen sieben, ihr Bruder Tomeu neun.

»Oh«, rief María gerade, »jetzt habe ich gekleckert!«

»Tust du doch immer, Kleckersuse«, sagte Tomeu ungerührt und löffelte weiter.

»Tue ich nicht.« Marías Gesicht verzog sich, sie war nahe daran, in Tränen auszubrechen.

»Nicolau«, ihre Stimme klang ganz dünn und hoch. »Ich habe einen Fleck auf meinem neuen Kleid«, klagte sie und deutete auf ihren Rock, den jetzt ein großer brauner Klecks verunzierte.

Nicolau nahm eine der Servietten, tauchte sie in sein Wasserglas und versuchte, das Malheur ein wenig zu lindern. Viel half es nicht. Eigentlich gar nicht.

Aber María hielt sofort still, sah ihrem Onkel mit großen Augen zu, wie er auf dem Rock wischte, und verzog sogar die Lippen zu einem kleinen Lächeln.

»Sieh mal, ist schon viel besser. Und außerdem kann man es auswaschen«, beendete Nicolau seinen Samariterdienst.

»Ist jetzt noch größer«, verkündete Tomeu, während er einen weiteren Löffel Schokolade in seinen Mund schob.

Als sich Marías Mundwinkel sofort wieder weinerlich verzogen, kniff Nicolau leicht die Augen zusammen und fixierte seinen Neffen in stummer Zwiesprache.

Der presste die Lippen zusammen, lief kurz rot an und murmelte: »War nur ein Scherz. Man sieht den Fleck überhaupt nicht mehr.«

Einträchtig saßen sie weiter zusammen um den Tisch. Die beiden Kinder löffelten in der dicken Schokolade, und Nicolaus Gedanken kehrten zu dem gestrigen Weihnachtsabend zurück.

Sie hatten ihn im Haus seiner Eltern gefeiert, in der kleinen Kreisstadt. Miguel war für die Dauer der Feiertage ebenfalls hierher übersiedelt.

Damit Miguel an diesem Heiligen Abend seine beiden Urgroßneffen um sich haben konnte, wurde beschlossen, die sonst getrennten Weihnachtsfeiern von Nicolaus Eltern und Tonis Eltern zusammenzulegen.

So waren sie alle in dem großen Stadthaus zusammengekommen, das gleich hinter dem Kirchplatz, im Zentrum der Stadt, gelegen war.

Achtzehn Erwachsene zählten sie dann, und sieben Kinder.

Rosa, Nicolaus Schwester, war selbstverständlich ihrer Mutter bei den Vorbereitungen zur Hand gegangen, auch eine von Tonis Schwestern war bereits am Nachmittag gekommen, um zu helfen.

Sie hatten mehrere Tische zu einer langen Tafel zusammengeschoben und den Kindern einen eigenen Bereich abseits gedeckt, von dem aus sie nach Lust und Laune aufspringen und wieder zurückkehren konnten.

Weiße Tischtücher, das beste Geschirr, funkelnde Gläser und glänzendes Besteck verliehen dem Raum ein feierliches Aussehen.

Überall standen Töpfe mit roten Weihnachtssternen und Alpenveilchen.

Rund um den Kamin blinkte die von Nicolaus Vater angebrachte bunte Lichterkette, und aus dem CD-Spieler in der Ecke tönten abwechselnd amerikanische Weihnachtslieder, lateinamerikanische Weisen und klassische Weihnachtsmusik. Den Ehrenplatz an der Tafel hatte natürlich Miguel inne, der dieses Privileg sichtlich genoss und wie stets darauf bestand, Nicolau an seiner Seite zu haben.

Es gab die traditionelle *Sopa de Nadal,* eine üppige Fleischsuppe mit Teigwaren, außerdem gefüllte Hühner, kalten Braten, frittierte Kartoffeln, Gemüse und jede Menge Süßigkeiten.

Das Mahl zog sich vom frühen Abend an bis in die späte Nacht hinein.

Die Stimmung wurde immer ausgelassener, und obwohl die Geschenke erst von den Heiligen Drei Königen gebracht werden sollten, wie es Tradition war, hatte es sich doch mit der Zeit eingebürgert, den Kindern auch schon am Heiligen Abend das eine oder andere Päckchen zu überreichen. Kein Wunder also, dass sie herumtollten und sich mindestens so gut unterhielten wie die Erwachsenen.

Am späten Nachmittag hatte Miguel – wie er das immer tat, seit er sich zu alt fühlte, um noch in die Mette zu gehen – in die Kirche seines Heimatdorfes fahren wollen. Nicolau begleitete ihn.

Danach hatte er ihm einen schmalen Umschlag zugesteckt.

»Von mir und von Catalina, zur Erinnerung«, hatte Miguel gesagt, und Nicolau dann beinahe rüde das Wort abgeschnitten, als dieser auf das Meeresauge in seiner Hand starrte und zum Sprechen ansetzte.

»Es wird dir Glück bringen«, war alles, was Miguel noch hinzufügte, ehe er das Thema wechselte.

Immer noch berührte es Nicolau eigenartig. Fast schon machte es ihn nervös.

Er hatte das weiße Steinchen inzwischen in ein Stück Alufolie gewickelt und dann in seinem Portemonnaie verstaut. Ständig musste er daran denken.

Was war zwischen Catalina und Miguel gewesen, welche Erinnerungen verbanden ihn mit ihr?

Nicolau sah immer noch den Ausdruck auf Miguels Gesicht vor sich, wie er von ihr gesprochen hatte. Die Liebe darin. Die Sehnsucht.

Warum hatte er dann ihre Schwester geheiratet?

Und wieso wusste niemand in seiner Familie davon?

Wie beiläufig hatte er versucht, seine Mutter ein wenig auszuhorchen, doch die hatte nur kurz aufgeschaut, um dann weiter Eierteigwaren mit Farce zu füllen.

»Catalina? Wer soll das sein? Mari Carmens Schwester?«, fragte sie. »Nein, von der weiß ich nichts. Wie kommst du darauf?«

Und Nicolau hatte sich beeilt, das Thema zu wechseln.

***

Die Luft war wohltuend warm. Amina lag ausgestreckt auf der dick gepolsterten Liege mit dem grün-goldenen Bezug und sah über den Rand des kleinen privaten Pools. Von der Terrasse aus bot sich ihr ein grandioser Blick auf die Landschaft.

Saftig grün wirkte alles, nur Himmel und Meer strahlten in einem intensiven Blau. Palmen wuchsen auf den Hängen und dichter Tropenwald.

In allen Farben leuchtete die Blütenpracht rund um das Luxushotel, in dem sie erst gestern, nach einem endlos langen Flug, angekommen waren.

Eine Woche wollten sie hier zusammen ausspannen. Fern von Filmstudios, weit weg von München – und fern von jedem Telefon.

Auf St. Lucia schien der Rest der Welt wie ausgeblendet.

Nur sie beide zählten noch. Und die sieben Tage Zweisamkeit, die sie miteinander haben würden.

Alain trat neben sie, zwei Gläser in der Hand, in denen eine Flüssigkeit, deren Farbskala von orangegelb bis rubinrot reichte, mit einigen Eiswürfeln um die Wette schaukelte. Ein mit lila Blüten verzierter Fruchtspieß ragte daraus hervor.

Er reichte ihr einen der Drinks und hob sein Glas leicht an, während er ihr zulächelte.

»Auf diese wundervollen Tage und auf dich«, sagte er.

Amina zog ein wenig an dem Trinkhalm. Es schmeckte süß, irgendwie angenehm. Das Wort »exotisch« kam ihr in den Sinn.

Wie alles hier exotisch war.

Der Strand zu Füßen des stufenförmig auf einem Hügel errichteten Hotels war karibisch weiß, das Meer türkisblau, und die Palmen ragten hoch und kräftig in den wolkenlosen Himmel.

Von der Suite aus hatten sie einen Rundumblick auf das Meer und die *Twin Pitons*, die beiden erloschenen Vulkane, die wie zwei Wächter den Seezugang der Insel überblickten.

Sogar aus ihrem Himmelbett, das mit dem weißen Moskitonetz mehr einem Brautbett glich, konnte man über den kleinen Pool hinweg auf das weite Meer hinaussehen, bis hin zum Horizont und den grünen Kegeln der Berge hin.

Es war einfach märchenhaft.

Alain erwies sich nicht nur als amüsanter Gesellschafter, der sich aufmerksam um sie kümmerte, er war außerdem noch ein unterhaltsamer Begleiter und fantasievoller Liebhaber.

Obwohl vom langen Flug – der sie aus dem im kalten Matschregen der ersten Januartage versinkenden München hierhergebracht hatte – und der Zeitverschiebung müde, hatten sie doch schon an ihrem ersten Abend ein an Romantik nicht zu überbietendes Dinner auf der mit unzähligen warmen Lichtern erleuchteten Speiseterrasse verbracht und vorher gemeinsam den Sonnenuntergang bewundert, der allerdings überraschend schnell in eine sternklare karibische Nacht übergegangen war, wie Amina nicht ohne Verwunderung festgestellt hatte.

Heute Morgen waren sie an den Strand gegangen, und obwohl das Resort gut besucht war, schien es, als wären sie alleine dort gewesen – so weitläufig war die gesamte Anlage.

Das Wasser war fast so warm wie die Luft. Und kristallklar. Überall lagen riesige Muscheln herum, die von außen zwar eine raue, wenig reizvolle Oberfläche aus hellem Muschelkalk hatten, sich innen aber glatt und kühl anfühlten und verführerisch glänzten. Von pastellartigen Rosétönen bis hin zu einem tiefen Flamingorot reichte der Farbbogen.

Amina hätte sie am liebsten alle mitnehmen wollen, sah aber ein, dass das unmöglich war, und entschied sich nach längerem Zögern für vier besonders farbige Exemplare.

Danach ruhten sie sich auf ihrer Terrasse aus, während das Wasser im Pool mit ständigem Plätschern in die Überlaufrinne schwappte.

Amina räkelte sich auf der Liege, genoss es, als Alain sie mit Sonnenschutz eincremte, und revanchierte sich, indem sie mit zärtlichen Berührungen Creme in seinen Rücken massierte, was ihn zu einem vielversprechenden Kuss animierte.

Ihre Mutter hatte recht, dachte Amina träge. Ein Leben an Alains Seite würde wunderbar werden.

Sie konnte all das erleben, wovon viele andere Menschen nur träumten. Außerdem würde sie die ganze Welt kennenlernen: berühmte Orte, aufregende Menschen, interessante Gespräche. Niemals wäre ihr langweilig. Zudem hätte sie ja auch noch eine Familie – und Kinder.

»Wann musst du wieder fort aus Europa?«, fragte sie.

»Ich bleibe bis zur Berlinale. Für ein, vielleicht auch zwei Wochen möchte ich dazwischen nach London. Dort kann ich besser arbeiten. Danach muss ich ohnehin so schnell es geht nach L.A. Je eher ich dort bin, desto besser. Bei diesem Film arbeite ich endlich wieder mit Stankovski zusammen, dem nicht nur in meinen Augen besten Kameramann der Welt.«

Er unterbrach sich. Es schien irgendwie, als würde er bereuen, was er gerade gesagt hatte. »Aber darüber musst du dir nicht deinen hübschen Kopf zerbrechen, mein Liebling. Das ist ohnehin nur langweilig für dich.«

»Es interessiert mich aber«, sagte sie. »*Du* bist schließlich wichtig für mich. Also möchte ich auch etwas über deine Arbeit wissen.«

Er schüttelte den Kopf. »Davon verstehst du doch überhaupt nichts«, erwiderte er und wollte nach ihrer Hand greifen, die sie ihm spontan entzog.

Schnell setzte sie sich auf und stellte die Füße dabei fest nebeneinander auf den Boden.

»Dann erklär es mir«, bat sie. »Ich möchte an dem teilhaben, womit du dich beschäftigst. Die Arbeit, die hinter einem Film steckt, ist sicher unglaublich aufregend. Ich möchte mehr darüber wissen. Dir erzähle ich doch auch alles über meinen Job.«

Er lächelte – fast ein wenig nachsichtig. Wieder griff er nach ihrer Hand, während seine Lippen ihre Schläfe berührten.

»Wozu willst du dich denn mit Dingen beschäftigen, die nicht wichtig sind?«, fragte er.

Sie zuckte zurück. Sah ihn an und suchte seinen Blick.

»Ich bin nicht das kleine Dummchen, das von nichts eine Ahnung hat. Du hast dich doch hoffentlich nicht nur wegen meines Aussehens in mich verliebt, oder?« Ihre Stimme klang ein wenig abgehackt.

Er zog sie näher an sich heran, strich über ihren Rücken.

»Aber natürlich nicht, mein Schatz«, sagte er, »ich bin mächtig stolz darauf, was für eine intelligente und gebildete Frau ich habe«, lächelte er.

Sie wollte protestieren, wollte ihn zwingen, sie ernst zu nehmen und nicht aus einem wesentlichen Teil seines Lebens auszuschließen. Doch sie ließ es bleiben.

Sie spürte seine Hände und gab nach.

***

Nach dem ausgedehnten Frühstück des nächsten Tages, das sie sich in ihre Suite hatten bringen lassen, platzte die Nachricht völlig unerwartet herein.

Ärgerlich zog Amina die Augenbrauen hoch. Hatten sie nicht vereinbart, niemandem zu verraten, wo sie sich aufhielten?

Alain warf nur einen kurzen Blick auf das Papier, das sich in dem eleganten hauseigenen Umschlag befand.

»Merde!«, sagte er, während er sich schon zum Verlassen ihres Appartements anschickte.

Flüchtig berührte er mit den Lippen ihre Haare, seine Gedanken waren bereits woanders.

»Ich fürchte, du musst ein wenig auf mich verzichten. Das hier duldet keinerlei Aufschub. Ich muss sofort an einen Computer.«

»Wir hatten doch gemeinsam beschlossen, diese sieben Tage unerreichbar zu sein«, sagte sie und stand auf. »Reicht es nicht, dass du den Rest des Jahres pausenlos verfügbar bist?«

»Es ist, wie es ist. Ich würde dich nicht allein lassen, wenn es nicht sein müsste«, seine Stimme klang beinahe schroff. Gleich darauf lächelte er wieder. »Du könntest doch zur Abwechslung ein wenig einkaufen. Diese wunderbare Boutique hier im Hotel … Erinnerst du dich an das Kleid in der Auslage, das du gestern Abend erst bewundert hast? Warum vertreibst du dir nicht dort ein wenig die Zeit? Betrachte es als ein nachträgliches Weihnachtsgeschenk.« Bereits völlig abwesend küsste er sie auf die Wange und war aus der Tür, noch ehe sie etwas antworten konnte.

Amina wusste nicht genau, warum sie plötzlich eine dermaßen große Leere verspürte. Bestimmt nicht nur deshalb, weil sie einen Vormittag allein verbringen sollte – das war sie schließlich gewohnt. Auch in dem fremden Land würde sie sich problemlos zurechtfinden.

Ein wenig trödelte sie herum, kostete von den Früchten, die auf dem Tisch standen, und beschloss, ans Meer zu gehen.

Sie legte sich in den warmen Sand und sah zum Himmel hinauf.

Eine Erinnerung wurde wach. An einen anderen Strand, an einen anderen Kontinent.

Auch dort war der Sand weiß und warm, der Himmel von einem strahlenden Blau. Statt der Vulkankegel befand sich dort jedoch eine Landzunge. Mit Pinien und niedrigem Buschwerk, Wacholdersträuchern, Pampasgras und dem Duft nach Rosmarin.

Sie hatten zusammen an diesem Strand gelegen, im letzten Sommer, den sie auf der Finca ihrer Mutter verbracht hatte …

Erschreckt fuhr Amina hoch. Bemerkte, dass sie kurz eingenickt war, und bemühte sich mit Gewalt, ihren Erinnerungen zu entfliehen.

Sie war hier in der Karibik. Mit Alain. Dem Mann, den sie liebte und irgendwann sicher auch heiraten würde.

Rastlos sprang sie auf, lief den Strand entlang, die Füße im feuchten Sand immer genau an der Linie, wo die sanften Wellen kurz verharrten, um gleich darauf wieder ins Meer zurückzufließen.

Am Ende des Strandes machte sie kehrt und ging den Weg zurück. Sie hatte keinen Blick mehr über für die Muscheln, die darauf warteten, eingesammelt zu werden, oder für die Herrlichkeiten der Natur.

Nico hatte ihr immer alles erklärt. Niemals schob er sie zur Seite, wenn er arbeitete oder sich mit Dingen beschäftigte, die ihm wichtig waren – so wie seine Motoren, die ihn faszinierten.

Ständig war er am Zerlegen, Reinigen, Reparieren.

Sie hatte dabei neben ihm gesessen, in der großen Scheune, in der er vor sich hinwerkte. Stunde um Stunde hatte sie ihm zugesehen. Manchmal auch irgendwelche Teile gehalten und ihm gereicht, obwohl ihre Kleidung stets Ölflecken bekam, was ihre Mutter verärgerte.

Wenn sie währenddessen mit Nico reden wollte, schob er sie niemals weg. Erklärte ihr geduldig, was er machte, und ließ sich ihre unzähligen Fragen ohne Murren gefallen.

Was dachte sich Alain dabei, sie dermaßen auszugrenzen? Hielt er sie wirklich für ein oberflächliches Dummchen, das sich ausschließlich für Kleider interessierte?

Unruhig geworden, packte sie ihre Badetasche und kehrte um.

Alain war immer noch nicht zurück in ihrer Suite, also machte sie sich auf die Suche – und fand ihn in einem der perfekt ausgestatteten Büros, die den Gästen hier zur Verfügung standen.

Unwillig blickte er auf, und seine Gereiztheit verstärkte sich noch, als er sie erkannte.

»Ich habe zu tun. Du kannst dich von mir aus massieren lassen, oder geh zum Friseur. Es dauert noch.«

»Was ist denn überhaupt passiert?«, fragte sie und versuchte, sich die Frustration nicht anmerken zu lassen.

»Wir sollen in zwei Monaten drehen und haben keine Hauptdarstellerin mehr. Weil die Beste ausgerechnet jetzt schwanger werden muss. Als ob sich so etwas nicht planen ließe. Der Ersatz ist zwar nicht oscargekrönt, dafür zumindest jünger und noch nicht am ganzen Körper umoperiert. Trotzdem ist es mehr als ärgerlich. Also bitte, lass mich weitermachen!«

»Ist es nicht möglich, den Drehplan ein wenig abzuändern und die Szenen vorzuziehen?«, fragte Amina.

»Ich sage es dir noch einmal: Misch dich nicht in meine Arbeit ein! Und jetzt geh bitte endlich.«

Amina spürte, wie sie fröstelte. Sie machte kehrt und verließ ohne ein weiteres Wort den Raum.

***

Am Nachmittag lag sie auf der Terrassenliege und versuchte zu lesen.

Auf Mallorca hätte sie nur den Wagen zu nehmen brauchen und wäre irgendwohin gefahren, dachte sie gerade, als es klopfte.

Sie sprang auf und öffnete.

Alles was sie sah, war ein riesiger Korb voller langstieliger leuchtendroter Rosen, der den Träger dahinter vollständig verdeckte.

Der junge Mann ging an ihr vorbei, stellte die Blumen auf den Tisch, von wo aus sie beinahe den gesamten Raum für sich einnahmen, dann reichte er ihr einen Umschlag, lächelte mit strahlend weißen Zähnen und ging.

Hastig öffnete sie das Kuvert und las:

»Verzeih mir. Ich mache es wieder gut. Liebst
Du mich noch?
Heute Abend um sieben. *Je t'aime.*«

Sinnend betrachtete sie die Zeilen, und ihr Gesicht wurde weich. Wie magisch angezogen ging sie zu dem Korb mit den Blüten und versenkte ihr Gesicht darin.

Als Alain viel später die Suite betrat, war sie bereits fertig. Er zog sie sofort an sich, und sie schmolz unter seinen Küssen.

Alles, was sie hatte sagen wollen, blieb ungesagt.

»Ich bin gleich wieder bei dir, muss nur kurz unter die Dusche«, raunte er ihr zu. »Ich hoffe, du hast inzwischen Hunger.«

»Was hast du vor?«, fragte sie und konnte nicht verhindern, dass ihre Stimme ein wenig atemlos klang.

»Überraschung«, rief er und verschwand im Bad.

Mit einer klimatisierten Limousine brachte man sie zum Meer.

An dem intimen Strandabschnitt war bereits alles für ein romantisches Dinner vorbereitet.

Unter einem zeltartigen Baldachin stand ein einziger blütenweiß gedeckter Tisch mit zwei bequemen Stühlen. Überall brannten Fackeln und tauchten alles ringsum in ein sanftes Licht.

Noch bevor er sie zum Tisch führte, reichte ihnen ein Kellner zwei Champagnerkelche.

Alain blickte ihr tief in die Augen, während er mit ihr anstieß. »Auf einen wundervollen Urlaub, mein Liebling. Und auf ein wunderbares Leben«, sagte er.

Erstaunt blickte sie ihn an, doch er nahm sie bei der Hand und folgte dem Kellner.

Das erlesene Menü schmeckte hervorragend, der Service war erstklassig. Die Kulisse aber gehörte zum Schönsten, was Amina jemals gesehen hatte.

Leise bewegten sich die weißen Vorhänge des Zeltes im sanften Windhauch. Die winzigen Wellen glucksten gegen den Strand, dem die flackernden Lichter einen magischen Zauber verliehen.

Irgendwo im Hintergrund spielte Musik.

Amina drehte den Stiel ihres Glases und beobachtete, wie die Blasen langsam in der roséfarbenen Flüssigkeit aufstiegen.

»Amina«, hörte sie Alain sagen und merkte, wie er zu ihr kam, um gleich darauf neben ihrem Stuhl niederzusinken.

»Du weißt, dass ich dich liebe. Ich möchte, dass du meine Frau wirst«, sagte er und zog eine kleine Schachtel aus seiner Tasche. Er ließ den Deckel aufspringen, entnahm einen Ring mit tiefblauem Saphir und steckte ihn an ihren Ringfinger, ehe er ihre Hand an seine Lippen zog.

Amina hatte das Gefühl, in einem Traum gefangen zu sein. Sie hob die Hand und betrachtete den wundervollen Stein in der schlichten Goldfassung. Verwundert merkte sie, dass ihre Finger dabei eiskalt waren.

»Was ist. Sagst du ›Ja‹?«, bat er leise.

Ihr war, als würde sie gerade aufwachen.

»Ja«, sagte sie, worauf er aufstand und sie aus ihrem Sitz hochzog.

Amina war überzeugt davon, unendlich glücklich zu sein.

***

Irgendwann in der Nacht vom fünfzehnten auf den sechzehnten Jänner stand Miguel auf und ging in die Küche, als ihm schwindlig wurde.

Er versuchte noch, die Spüle zu erreichen, um sich daran festzuhalten, denn seinen Stock hatte er im Schlafzimmer gelassen.

Dass er stürzte, merkte er noch, den Aufprall auf dem Boden spürte er nicht mehr.

***

Nicolau war in jener Nacht in Palma gewesen. Ein Freund aus Kindertagen feierte seinen Geburtstag, und es war ein langer Abend geworden. Er war doch ein wenig müde, als er den unbefestigten Weg zu seiner *Casita* hinauffuhr.

War es das brennende Licht im Küchenfenster oder eine innere Stimme, die ihn zwang, abzubiegen und zu Miguels Haus zu fahren?

Auch wenn er mittlerweile zwei- bis dreimal pro Woche bei Miguel übernachtete – eine stillschweigende Übereinkunft, da die gesamte Familie es wesentlich lieber gesehen hätte, wenn Miguel gar nicht über Nacht alleine geblieben wäre, was dieser allerdings vehement ablehnte –, verbrachte er Nächte, in denen er erst spät heimkehrte, in seinem eigenen Zuhause.

Nicolau schloss behutsam die Wagentüre, um möglichst keinen Lärm zu machen, lief die wenigen Stufen zur Terrasse hinauf und öffnete die Haustür, die wie immer unversperrt war.

Im schwachen Licht der Deckenlampe entdeckte er Miguel augenblicklich, doch er wusste nicht, ob der Schock, ihn so auf dem Boden liegend zu sehen, größer war oder die Erleichterung, dass er sich sofort bewegte, als er Nicolau eintreten hörte.

Hastig kniete er neben Miguel nieder, fasste ihn unter den Armen und half ihm, sich aufzusetzen.

Miguel stemmte sich mit den Beinen gegen den Boden, bestand darauf, aufzustehen.

Mehr instinktiv und ohne nachzudenken half Nicolau ihm, bettete ihn danach auf die Sitzbank, holte Kissen und Decken und gab ihm zu trinken, während sein eigenes Herz fest und rasend schnell gegen die Rippen schlug.

Der Rettungswagen kam gleichzeitig mit dem Arzt.

Doktor Guillem Amengual hatte lediglich einen Mantel über seinen Schlafanzug gezogen, nachdem ihn Nicolaus Anruf erreicht hatte.

»Es dürfte dem Himmel sei Dank nur ein Schwächeanfall sein, gebrochen ist auch nichts«, sagte er, und Nicolau hätte nicht zu sagen gewusst, womit man ihm in diesem Moment ein größeres Glücksgefühl hätte bescheren können.

Inzwischen waren auch Nicolaus Eltern eingetroffen.

Aller Protest half Miguel diesmal nichts. Selbst der Arzt bestand auf einer Untersuchung im Krankenhaus.

»Was der schon weiß«, brummte Miguel, doch als er sich erheben wollte, versagten seine Beine, und er sank auf die Couch zurück.

»Und du gehorchst diesmal«, sagte Guillem, der sich bereits seit Jahren um Miguel kümmerte. »Ich sage dir schon die längste Zeit, dass du dich einmal durchchecken lassen sollst.«

»Mir fehlt nichts«, widersprach Miguel, doch es klang nicht besonders kräftig. »Wenn ich jetzt sterbe, bin ich mit Sicherheit der Gesündeste auf dem gesamten Friedhof.«

Der Arzt und Nicolau stützten Miguel, der sich immer noch beharrlich weigerte, mit einer Trage in den Rettungswagen gebracht zu werden. Die Stufen allerdings trugen sie ihn mehr hinunter, als dass er selbstständig ging.

Nicolau erklomm den Wagen hinter dem Arzt, und der Fahrer schloss die Tür.

Doktor Amengual zog den roten Riemen über Miguels Brust fest, dann erst staute er das Blut in der Vene und setzte die Nadel für die Infusion.

Miguel war immer noch erschreckend bleich, als er nach Nicolaus Hand tastete.

»Catalina«, sagte er.

»Du sollst jetzt nicht sprechen«, unterbrach ihn Nicolau und hielt die Hand fest in der seinen.

»Warum holst du sie nicht zurück?«, sprach Miguel weiter und umklammerte die Hand mit aller Kraft. »Du hast doch noch die Möglichkeit dazu, ich hatte sie nicht.«

Nicolau suchte den Blick des Arztes, der ihm beruhigend zunickte.

»Amina«, murmelte Miguel und schlief ein.

***

»Weißt du, worüber ich schon längere Zeit nachdenke?«, fragte Nicolau, als er eine Woche später wieder neben Miguel auf der Terrasse saß.

Es war ein sonniger Tag und für die Jahreszeit auffallend mild. Dennoch war Miguel in mehrere Decken gehüllt, und die Heizlampe, die Nicolau besorgt hatte, verströmte eine angenehme Wärme.

Nach der Zeit im Krankenhaus war Miguel erst wieder seit Kurzem zu Hause, und in stillschweigendem Übereinkommen war Nicolau bei ihm eingezogen.

Keiner von ihnen sprach darüber.

Stumm hatte Miguel dabei zugesehen, wie Nicolau mit dem Wagen hin und her fuhr und seine Sachen in das Zimmer räumte, das ihm schon in der Kindheit als Schlafraum gedient hatte.

Nicolau wusste, wie sehr Miguel es hasste, die Morgen im Inneren des Hauses zu verbringen, und jede Möglichkeit nutzte, um in seinem Schaukelstuhl auf der Terrasse zu sitzen.

»Was beschäftigt dich derart?«, fragte Miguel.

»Unsere Familie«, antwortete Nicolau. »Du hattest außer meiner Großmutter noch mehrere Geschwister. Das ganze Land hier, das du mir überschrieben hast, wurde von Mari Carmen in die Ehe gebracht, das weiß ich. Aber was ist mit *deiner* Familie? Normalerweise sind Familienmitglieder doch mehr oder weniger im gleichen Teil der Insel zu Hause, da das Land zwischen ihnen vererbt wird, und sie, wenn sie Grund zukaufen, dies in der Nähe ihres Wohnorts tun. Nicht so bei uns. Jeder ist in einem anderen Gebiet. Verstreut über ganz Mallorca. Wieso?«

Miguel schaukelte und sprach so lange nichts, dass Nicolau dachte, er würde sich einer Antwort entziehen.

»Das ist eine sehr lange Geschichte«, sagte er schließlich. »Wie viel Zeit hast du denn?«

Nicolau hob verwundert den Kopf.

»Ich kann die Bewässerungsschläuche auch später noch kontrollieren«, meinte er.

Miguel lächelte. »Ich meine nicht heute. Es wird viele Abende brauchen, um sie dir zu erzählen. Und viele Morgen – während wir dabei zusehen, wie die Sonne aufgeht. Hast du so viel Zeit?«

Nicolau spürte ein eigenartiges Gefühl. Noch nie hatte er sich über das Leben seiner Vorfahren den Kopf zerbrochen, wusste darüber nur die wenigen Dinge, die seine Mutter eher selten erwähnte.

»Ja«, sagte er, »ich habe alle Zeit der Welt.«

Kapitel 4

Isabel war unwahrscheinlich glücklich gewesen, als sie die Nachricht vernahm.

»Seltsam«, dachte Amina. »Sie ist dermaßen aufgeregt, während ich absolut ruhig bin. Beinahe so, als würde sie heiraten und nicht ich.«

Den Kopf in die Hände gestützt, sah sie durch die hohen Terrassentüren in den winterlich kahlen Garten. Alain war jetzt schon seit zwei Wochen in London und Amina inzwischen in das Haus eingezogen, das bald auch offiziell ihr gemeinsames Heim sein würde. Sie hatte nach und nach alle ihre Sachen aus der Wohnung, in der sie als Kind gemeinsam mit ihrer Mutter gelebt hatte und die in den letzten Jahren ihr Zuhause gewesen war, in die Villa übersiedelt.

»Wenn du weitere Schränke brauchst, ruf einfach den Architekten an, der hier alles eingerichtet hat. Ich gebe dir seine Nummer«, hatte Alain noch gesagt, ehe er abflog.

Er würde nun doch um einiges länger in London bleiben, als ursprünglich geplant. Die Umbesetzung erforderte seine Anwesenheit.

Amina störte das nicht, war sie doch selbst ausreichend mit der Tätigkeit für die Zeitschrift beschäftigt, die manchmal sogar einen kleinen Artikel von ihr druckte. Außerdem betreute sie redaktionell eine monatlich erscheinende sozial ausgerichtete Zeitung – das allerdings nur ehrenamtlich.

Seit Alain in London war, hielt sich ihre Mutter in München auf.

»Wir müssen schon jetzt mit den Planungen beginnen«, hatte sie gemeint. »Vielleicht könnt ihr ein Datum festlegen, sobald Alain zurückkommt. Die Einladungen sollten dann so schnell wie möglich verschickt werden.«

Nicht, dass Amina kein Interesse an den Hochzeitsvorbereitungen gehabt hätte. Es machte Spaß, mit ihrer Mutter zusammen durch die Stadt zu ziehen und dem einen oder anderen Geschäft einen Besuch abzustatten.

»Es geht doch dabei in erster Linie um ihn und mich«, versuchte sie einzuwenden. »Darum, dass wir für immer zusammenbleiben wollen, den Rest unseres Lebens.«

»Vor allem geht es darum, dass es die Hochzeit des Jahres wird«, entgegnete ihre Mutter ungerührt. »Ich bitte dich. Amina. Mit dieser Ehe öffnen sich sämtliche Türen. Du gehörst ab jetzt zur Oberliga.«

»Mama. Ich heirate Alain nicht wegen einer gesellschaftlichen Stellung, ich werde seine Frau, weil ich ihn liebe«, wandte sie ein und fügte nach einer Pause hinzu: »Und er liebt mich.«

»Natürlich«, entgegnete ihre Mutter und blätterte weiter in dem Katalog mit Brautkleidern.

»Komisch«, dachte Amina wieder, »ich bin wirklich überhaupt nicht aufgeregt. Alles erscheint mir so selbstverständlich, wie etwas, das nun mal sein soll. Wir werden heiraten und bestimmt unendlich glücklich miteinander.«

Sie stieg in den neuen Wagen, den ihr Alain trotz ihres Protestes geschenkt hatte, und summte eine Melodie, während sie sich in den dichten Verkehr einreihte, um in die Redaktion zu fahren.

Sie müsste rechtzeitig ihren Vater einladen, dachte sie. »Ob er wohl kommt?«

Ehe sie den Gedanken weiterführte, hielt sie kurz inne. Natürlich würde er kommen, was für eine Frage. Er musste sie schließlich in die Kirche führen.

Doch musste er das wirklich?

Mit einem unguten Gefühl erinnerte sie sich daran, dass sie zu seiner Hochzeit nicht erschienen war. Sie hatte nicht gekonnt, war gerade mit ihrer Mutter auf einer Kreuzfahrt gewesen, die sich nicht verschieben ließ.

»Jetzt heiratet er diese graue Maus auch noch!«, war Isabels wenig schmeichelhafter Kommentar gewesen.

Dennoch hatte Amina einen kurzen Moment lang das Gefühl gehabt, dass ihre Mutter diese Hochzeit mehr berührte, als sie zugeben wollte.

Seither hatte sie ihren Vater nicht mehr gesehen.

Das war über drei Jahre her.

Nicht, dass sie böse miteinander waren. Schließlich telefonierten sie regelmäßig. Ab und zu schickten sie einander auch eine Mail – und manchmal ein Foto.

»Und liebe Grüße an Erika«, schrieb Amina dann jedes Mal, ohne bisher einen einzigen Gedanken an die Frau verschwendet zu haben, die ihre Stiefmutter war.

Dabei kannte sie Erika sogar persönlich. Immerhin war sie vor der Eheschließung jahrelang die Privatsekretärin ihres Vaters gewesen, der nach der Scheidung ihrer Mutter in Südspanien sein Zuhause gefunden hatte.

Seither beschäftigte er sich ausschließlich mit persönlichen Interessen, schrieb Aufsätze in Fachzeitschriften und hielt bei der einen oder anderen Gelegenheit auch einen Vortrag. Darüber hinaus führte er ein ziemlich zurückgezogenes Leben. Die Anteile an dem Firmengeflecht, das ihr Großvater aufgebaut hatte, waren schon lange verkauft.

Warum war sie nie zu ihm geflogen?

Amina summte nicht mehr. Sie parkte den Wagen auf dem hauseigenen Parkplatz des Zeitungsverlages, schloss ab und ging auf den Eingang zu.

***

Wieder einmal ging die Sonne auf und versprach einen freundlichen Tag.

Nicolau hörte das wohlbekannte Geräusch von Miguels Stock auf den Fliesen und stieg aus dem Bett.

Seit er hier wohnte, hatte sich sein Tagesablauf grundlegend verändert. Er stand wesentlich früher auf, ging dafür aber auch zeitiger schlafen.

Irgendwie wäre es ihm unangenehm gewesen, spätnachts heimzukommen. Er wusste selbst nicht genau, warum.

Trotzdem fühlte er sich rundum wohl. Redete sich ein, dass es an Miguel lag und daran, dass ihm die Fürsorge, die seine Mutter jetzt über ihnen beiden walten ließ, einfach guttat – eine Abwechslung darstellte in seinem jahrelangen Junggesellenleben.

»*Hola*, Miguel«, sagte er, als er mit den Kaffeetassen die Terrasse betrat, »guten Morgen. Hast du gut geschlafen?«

Fürsorglich stopfte Nicolau die Decken um Miguels Beine fest, ehe er sich ebenfalls setzte.

»Catalina hat den Sonnenaufgang geliebt. Ich habe ihn gehasst«, sagte Miguel plötzlich, und Nicolau stellte seine Tasse auf dem Tisch ab.

»Sobald die Sonne aufging, musste sie schnellstens ins Haus zurückkehren. Es wäre eine Katastrophe gewesen, wenn man uns entdeckt hätte.«

Miguel sah der aufgehenden Sonne zu, die sich mit dem täglich immer gleichen Ritual aus den Wolkentürmen des Horizonts emporarbeitete.

»Sie war fünfzehn in jenem Sommer. Und wunderschön. Für mich war sie das schönste Mädchen der ganzen Insel. Ihre Augen waren so groß und ganz dunkel. Jedes Mal, wenn sie mich ansah, hatte ich das Gefühl, dass sie alle meine Gedanken lesen kann. In ihren kastanienbraunen Haaren glänzten goldene Strähnen, die wohl von der Sonne ausgebleicht waren.

Und erst ihr Lachen! Es breitete sich über das ganze Gesicht aus, bis es auch die Augen erreichte. Ihre roten Lippen teilten sich dann wie von selbst und man konnte die strahlend weißen Zähne sehen.

Ich war nicht erst seit jenem Sommer in sie verliebt. Jahrelang schon habe ich sie bewundert, wenn sie am Markttag in unser Dorf kam, oder in der Kirche. Manchmal traf ich sie auch auf den Fincawegen, wenn ich dem alten Schäfer bei seiner Arbeit half oder sonst mit irgendetwas ein wenig Geld dazuverdiente. Heimlich beobachtete ich sie, wie sie mit ihren Freundinnen auf dem Hauptplatz zusammenstand, mit ihnen redete und lachte.

Ich konnte es nicht fassen, als sie mich dann eines Tages ansprach.

›Wollen wir zusammen Schnecken suchen?‹, fragte sie.

Ich glaube, ich brachte so etwas Ähnliches wie ein Nicken zustande. Meine Hände klebten, und im Hals schien etwas zu stecken. Ich weiß noch, dass ich die Stunde, in der wir uns treffen wollten, kaum erwarten konnte.

An diesem Tag verzichtete ich sogar auf das Mittagessen, das meine Mutter immer für uns alle kochte. Mit einer fadenscheinigen Ausrede blieb ich fern, gab vor, wegzumüssen, irgendeinen kleinen Job zu haben.

Nur, damit man mich nicht mit sonst einer Arbeit beauftragen konnte und ich dadurch den vereinbarten Termin versäumte.

Die ganze Zeit über saß ich in dem alten Schafsunterstand, in der Biegung, etwas unterhalb der Gabelung, an der man nach *Sa Canova* hinaufkommt, wo sie zu Hause war.

Ihrem Vater gehörte alles Land hier. Samt dem Herrenhaus. Ich hingegen lebte mit meiner Familie in einem kleinen Haus unten im Dorf.

Wir kamen mehr schlecht als recht über die Runden. Nicht, dass wir Hunger gehabt hätten, aber meine Mutter musste eisern wirtschaften.

Alles, was wir besaßen, war das Stück Land an der Straße, wo du im letzten Jahr die Olivenbäume gepflanzt hast. Außerdem gab es noch eine kleine Finca auf der anderen Seite des Dorfes. Dort bauten wir Gemüse an. Meine Mutter hielt auch mehrere Hühner, ein paar Ziegen und Schweine.

In jenem Sommer sollte ich auf dem großen Gut, zu dem auch die Landzunge unten am Meer gehört, aushelfen. Als Landarbeiter – einer von vielen, die bei der Ernte benötigt wurden, so wie alle meine Geschwister längst hart arbeiten mussten. Mateo, der Älteste, war in einer Schmiede, Antonio, der Zweitgeborene, in einer Tischlerei. Beide kamen nur am Wochenende heim, lieferten ihren kargen Lohn ab, damit wir alle über die Runden kamen.

Auch meine zwei Schwestern haben schon als Mädchen mitgearbeitet, wo immer sie gebraucht wurden. Bernat, mein dritter Bruder, der nur ein Jahr älter war als ich, schlug sich mit Gelegenheitsjobs durch, ebenso wie ich.

Catalina aber war die Tochter eines der größten Landbesitzer in der ganzen Gegend.«

Hier machte Miguel eine Pause, sah Nicolau an, der sich nicht rührte.

»Ich weiß noch genau, wie mein Herz klopfte, als ich viel zu früh zu dem Platz ging, an dem wir uns treffen wollten, und versuchte, möglichst unbeteiligt zu wirken.

Sie war bereits da. Stand an den Stamm eines Mandelbaumes gelehnt im Schatten, hatte einen Korb über dem Arm hängen und wartete.

Als sie mich kommen sah, lächelte sie.

Dann hielt sie mir den Korb entgegen.

›Nimm du ihn‹, sagte sie.

›Es ist zu trocken, um Schnecken zu suchen‹, brachte ich hervor.

›Ist es nicht.‹

›Schnecken gibt es nur, wenn es regnet. Und es hat schon seit Tagen nicht geregnet. Also gibt es keine‹, beharrte ich.

Sie blieb stehen und sah mich an. ›Und warum bist du dann gekommen?‹

Ich merkte, wie eine glutheiße Welle meinen Rücken aufwärts floss, in die Wangen stieg, sodass meine Ohren zu brennen anfingen.

›Ich war ganz zufällig in der Nähe‹, brachte ich heraus, ›und jetzt gehe ich wieder.‹

Den Korb stellte ich ab und drehte mich um. Ich konnte keinen logischen Gedanken fassen, wollte nur einfach fort.

Da spürte ich, wie sie nach meiner Hand griff.

›Lauf nicht weg. Ich habe mich doch so auf dich gefreut‹, sagte sie.

Immer noch war mir unerträglich heiß und ich bekam kaum Luft. Merkte, dass sie mich an der Hand mit sich zog, bis wir nebeneinander im Schatten des Mandelbaumes auf einem morschen Baumstamm hockten.

›Ich habe dir etwas mitgebracht‹, sagte sie. ›Hast du Hunger?‹

Ich schüttelte den Kopf. Hätte um nichts in der Welt zugegeben, dass mein Magen bereits laut knurrte.

Sie griff in ihren Korb und holte ein Päckchen hervor. Es war in eine rot-weiß karierte Serviette eingeschlagen, die sie vorsichtig zurückschob. Vier Stück *Cocarrois* lagen darin, bei deren Anblick mir das Wasser im Mund zusammenlief.

Solche Köstlichkeiten gab es bei uns höchstens zu großen Festen, niemals an einem ganz gewöhnlichen Wochentag.

Während ich das erste Stück der mit Rosinen, Fleisch und Spinat gefüllten Teigtaschen verschlang, saß sie weiterhin neben mir und sah mir dabei zu.

›Schmeckt es dir?‹, fragte sie.

Ich nickte mit vollem Mund.

›Wenn du willst, bringe ich dir jeden Tag etwas mit.‹

›Ich kann nicht. Ich muss unten am Gut aushelfen.‹

Sie sah mich weiterhin an, während ich mir das letzte Stück in den Mund schob.

›Aber heute nicht‹, stellte sie fest.

›Doch. Aber ich bin nicht hingegangen‹, log ich.

›Wieso nicht?‹, bohrte sie weiter.

Ich zuckte die Schultern. ›Weiß nicht. Keine Lust gehabt.‹

Wieder griff sie nach meiner Hand.

›Ich weiß, dass du arbeiten musst. Bei uns helfen jetzt auch eine Menge Jungen mit.‹

›Ich bin kein Junge mehr, ich bin schon ein Mann.‹

Wieder lächelte sie.

›Morgen?‹, fragte sie. ›Hier, auf diesem Platz. Nach der Arbeit. Wenn es dunkel wird.‹

Sie wartete keine Antwort ab. Nahm den Korb, stand auf und machte sich auf den Weg.

Kurz nur drehte sie sich um, während sie mir zuwinkte. Dann war sie verschwunden.

Ich hockte immer noch auf dem Baumstamm und sah ihr nach.

Wusste nicht, wie mir geschah.«

Miguel hielt inne. Sein Blick war in die Ferne gerichtet. Auf den Hügel, auf dem man die Ruine des alten Herrenhauses sehen konnte.

Erst dann sah er zu Nicolau, der auf seinem Stuhl saß und erst jetzt bemerkte, dass er die ganze Zeit den Atem angehalten hatte.

»Es ist spät, du musst sicher los«, sagte Miguel, während er sich anschickte, aufzustehen.

Nicolau half ihm dabei. Doch die Gedanken ließen ihn nicht los.

Fast meinte er die Gestalt von Catalina zu sehen, die an einem der Mandelbäume lehnte und lächelnd zu ihnen beiden herübersah.

***

Nicolaus Mutter Antònia und ihre Tochter Rosa standen zusammen in der Küche des Stadthauses.

Es war ein ziemlich großes Eckhaus mit einem hübschen Patio, in dem sogar eine Palme ihre weit ausladende Blätterkrone hoch über dem Dach ausbreitete. Entlang der Mauern, die den Innenhof begrenzten, rankten sich Bougainvilleas in verschiedenen Farben, die sogar jetzt im Winter einige hartnäckige Blüten zierten.

Ein stämmiger Zitronenbaum blühte in der hinteren Ecke und verströmte einen berauschenden Duft, während sich gleichzeitig seine Äste vor leuchtend gelben Früchten bogen.

Antònia knetete den Teig auf der marmornen Arbeitsplatte, während Rosa die Rosinen wusch und nach noch vorhandenen Stielenden suchte, die sie akribisch abzupfte, bevor sie die getrockneten Beeren zu dem kleingeschnittenen Fleisch gab, das in einer lilafarbenen Schüssel auf seinen späteren Einsatz wartete.

»Gib mir noch ein wenig von dem Orangensaft«, sagte Antònia, »der Teig ist zu trocken.«

Rosa begann den blanchierten Mangold in feine Streifen zu schneiden.

»Wie geht es Miguel?«, fragte sie.

»Gut. Wenn man von der Männerwirtschaft absieht, die die zwei dort veranstalten«, antwortete ihre Mutter und bearbeitete den Teig mit einem Nudelholz.

»Ich glaube beinahe, Nicolau fühlt sich jetzt wohler als vorher, alleine in seiner Behausung.«

»Im letzten Herbst habe ich gedacht, es würde endlich etwas Ernsteres sein. Mit Núria, meine ich. Aber offensichtlich doch nicht«, fuhr Rosa fort.

Sie hielt ein großes Glas in der Hand, mit dem sie jetzt aus dem dünn ausgewalkten Teig kreisrunde Stücke ausstach.

Antònia seufzte.

»Núria ist so ein nettes Mädchen. Aber ausgerechnet da musste diese Amina wieder auftauchen.«

Sie knetete die Teigstücke mit den Knöcheln, als wären sie schuld an diesem Ereignis.

»Ich mag Amina. Meistens zumindest«, sagte Rosa.

Wieder seufzte ihre Mutter.

»Ich mag sie auch. Sie ist wirklich unglaublich nett. Außerdem ist sie eine Schönheit. Aber für Nicolau ist sie Gift. Sie sieht in ihm lediglich den Spielkameraden aus vergangenen Kindertagen. Ich bin sicher, sie hat nicht die leiseste Ahnung, dass er mehr für sie übrig hat.«

Rosa verteilte mit einem Löffel die Fleisch-Spinat-Rosinen-Füllung auf den Teigkreisen. Kurz hielt sie inne und sah ihre Mutter mit großen Augen an.

»Aber … also das glaube ich jetzt nicht. Jeder, der Nicolau auch nur ein wenig kennt, sieht doch, wie er sie anschaut. Sie braucht bloß den Kopf zu heben, und er springt schon. So gerne ich sie auch habe, aber manchmal wünsche ich sie dorthin, wo der Pfeffer wächst. Wenn sie nicht ständig herkommen würde, hätte er längst geheiratet und wäre sicher glücklich.«

Antònia seufzte zum dritten Mal.

Dabei nahm sie die befüllten Teigstücke eines nach dem anderen in ihre flinken Hände, faltete sie in der Mitte, drückte den Rand ein Stückchen zusammen und drehte ihn Zentimeter um Zentimeter zwischen Daumen und Zeigefinger, sodass dabei eine dekorative Ziernaht entstand. Dann legte sie die fertigen Teile auf ein Blech und schob es in den vorgewärmten Ofen.

»Aber jetzt heiratet sie endlich. Damit wird hoffentlich Schluss sein. Ich glaube kaum, dass sie danach immer noch nach Mallorca kommen wird. Und wenn, hat sie sicherlich anderes im Sinn als uns oder Nicolau. Amina selbst hat mir bei Miguels Geburtstagsfeier gesagt, dass sie den Richtigen inzwischen gefunden hat.«

Rosa, die aus dem zweiten Teil des Teiges weitere Kreise ausstach, hielt kurz inne.

»Armer Nicolau«, sagte sie leise. Dann biss sie sich auf die Lippen und arbeitete weiter.

»Leg sie ein wenig enger auf das Blech, damit wir alle unterbringen«, meldete sich wieder Antònia und schob die Teigtaschen näher zueinander.

»Meinst du wirklich, dass Miguel morgen herkommen wird? Wäre es nicht doch besser, wir feiern Papas Namenstag bei ihm auf der Finca?«

»Du kennst ihn doch. Stur wie ein Maulesel. Seit sie in dem Krankenhaus nichts gefunden haben, ist er noch eigensinniger. Jedenfalls besteht er darauf, dass wir hier feiern. Nicht einmal über Nacht will er diesmal bleiben. ›Nicolau fährt ohnehin zurück‹, hat er gesagt, ›also kann auch ich zu Hause schlafen.‹«

Rosa lächelte.

»Haben wir genügend *Cocarrois* gemacht? Miguel isst sie mindestens so gerne wie Papa.«

»Wir haben fünfzig Stück! Kein Mensch kann das aufessen. Aber du hast recht. Vermutlich nimmt Miguel alle übriggebliebenen mit.«

»Also ich esse sie auch gerne. Aber ein, zwei Stück reichen.«

»Mir ebenfalls. Und María und Tomeu essen höchstens jeder eines.«

Antònia zog das Backblech aus dem Backofen.

»Sieh sie dir an. Die sind uns wirklich gelungen«, stellte sie befriedigt fest und schaufelte die goldgelben Gebäckstücke vorsichtig auf eine bereitgestellte Platte.

»Dabei wäre Nicolau ein wunderbarer Vater«, fing Rosa wieder an und schob das zweite Blech in die Röhre. »María und Tomeu sind ganz verrückt nach ihm. Wenn man die drei zusammen sieht und sie nicht kennt, hält man ihn ohnehin für den Vater. Außerdem sieht ihm Tomeu unwahrscheinlich ähnlich.«

Antònia seufzte ein viertes Mal.

»Ich mache mir langsam Sorgen. Er wird bald dreißig«, sagte sie und wischte sich die Hände an der Schürze ab. »Jetzt sitzt er mit Miguel allein auf der Finca. Nicht, dass ich nicht ausgesprochen froh darüber wäre. Ohne Nicolaus Hilfe hätte ich keine Ahnung, wie wir das Problem lösen sollten. Miguel würde niemals jemanden von uns den ganzen Tag um sich dulden. Aber Nicolau wird dabei immer mehr zum Eigenbrötler.«

»Vielleicht sollten wir ein wenig nachhelfen?«, fragte Rosa zögernd. Es schien ihr zu widerstreben, in dieser Weise über den Bruder zu sprechen.

»Wie denn? Er kann doch wirklich jede haben. Kein Wunder, so wie er aussieht.« In Antònias Stimme klang unüberhörbarer Stolz. »Aber er will nicht. Kaum, dass er mit einer ein paarmal ausgeht, schon zieht er sich wieder zurück. Wir können nur warten. Je weniger wir uns einmischen, desto besser.«

Sie machte eine Pause, ehe sie fortfuhr. »Kannst du ein Geheimnis für dich behalten?«

Rosas Kopf schoss in die Höhe. »Natürlich«, rief sie. »Was?«

»Ich habe versucht, mit Miguel zu reden. Auf ihn würde Nicolau hören.«

»Und?«, fragte Rosa ein wenig atemlos.

Antònia zuckte die Schultern. »Du kennst ihn ja. Bei ihm weiß man nie genau. Aber er hat mich immerhin zu Ende reden lassen.«

Dieses Mal seufzte Rosa.

»Ich würde Nicolau so sehr wünschen, dass er endlich glücklich wird«, sagte sie.

***

Nicolau saß auf dem Bagger mit der riesigen Schaufel und fuhr die leichte Anhöhe hinauf zu den neuen Mandelbäumen, die erst vor wenigen Wochen dort eingesetzt worden waren.

Er schaltete den Motor aus und sprang mit einem Satz aus dem Führerhaus auf den Boden.

Mit weit ausholenden Schritten ging er die Reihen ab. Fast sechshundert Bäume hatten sie hier gepflanzt.

Auf exakt einen Meter Höhe zurückgeschnitten standen sie jetzt da, und man konnte genau sehen, wo sie demnächst austreiben würden.

Stolz durchfuhr ihn. Kein Hochmut, sondern ein Gefühl der tiefen Befriedigung mit der Arbeit, die er hier leistete.

Es waren die Glücksmomente in seinem Leben, wenn er zusehen konnte, wie alles wuchs und gedieh.

Gewohnheitsmäßig hielt er Ausschau nach möglichen Fehlern im Bewässerungssystem, nach Anzeichen von Schädlingen oder Baumkrankheiten, während er Reihe für Reihe abschritt.

»Und das ganze Land hier hat einmal Catalinas Vater gehört«, schoss es ihm durch den Kopf, während er einen der

Bäume geradebog und sich dann bückte, um einen verschobenen Schlauch mit einem Stein zu beschweren.

Er richtete sich auf und sah automatisch zu dem Hügel hin, auf dem man das riesige Herrenhaus sehen konnte, das immer noch das gesamte Land zu überblicken schien.

Wieder verspürte er dieses eigenartige Gefühl, das ihn nicht mehr losließ, seit Miguel begonnen hatte, ihm die Geschichte seines Lebens zu erzählen.

»Catalina«, dachte er und drehte sich nach hinten um, wo noch die alten Mandelbäume standen, die ihre schon zartgrünen Äste mit den letzten Blütenspuren in den blauen Himmel streckten.

Er konnte sie beinahe sehen. In einem weißen Kleid. Wie sie lächelnd unter einem der Bäume lehnte und ihn zu beobachten schien.

Während er so hinüberstarrte, veränderte sich ihr Gesicht, wurde vertraut – lange goldene Locken, ein roter Mund und blitzblaue Augen erwiderten seinen Blick.

Hastig fuhr er sich mit der Hand über die Stirn, schloss kurz die Lider und merkte, wie sein Puls raste.

Ruckartig drehte er sich wieder um und ging zu dem Bagger zurück. Mit einem rasselnden Schnaufen sprang der Motor an, schwarzer Rauch kam aus dem Auspuff, und das schwere Gerät setzte sich in Bewegung. Rollte vorwärts, bis zu dem Steinhaufen, der am Ende der Neupflanzung aufgeschichtet war.

Nicolau stieg ab, hob die einzelnen Brocken, die sie erst vor Kurzem dort zusammengesammelt hatten, auf und warf sie in die Baggerschaufel.

Schweiß rann ihm über die Stirn, tropfte in die Augen und brannte. Dennoch machte er sich nicht die Mühe, ihn abzuwischen.

Stein um Stein fiel mit lautem Poltern zu den anderen.

Er arbeitete wie besessen. Gönnte sich keinen einzigen Moment der Ruhe.

Als könnte er mit den Steinen auch seine schweifenden Gedanken erschlagen, so kraftvoll schleuderte er sie in die Schaufel.

Erst als sie so gefüllt war, dass kein einziges Stück mehr Platz fand, hielt er inne – merkte, dass er vergessen hatte, seine Arbeitshandschuhe überzuziehen, und sah das Blut an seinen zerschundenen Händen, während er fast erstaunt registrierte, dass sie von der übermäßigen Anstrengung zitterten.

Ein pfeifender Atemzug hob seine Brust, er griff in die Hosentasche und suchte das Taschentuch, das er dort eingesteckt hatte.

Immer noch verfolgte ihn ihr Gesicht.

Mit schlurfenden Schritten kehrte er zum Führerhaus zurück, zog sich hoch, warf den Motor an und machte sich auf den Heimweg.

***

Angestrengt kramte Miguel in dem großen Kleiderschrank seines Schlafzimmers. Er wusste, dass er die sauber geschlichteten Stöße heillos durcheinanderbrachte, doch das war ihm egal. Ebenso egal wie das Wissen darum, dass Antònia sie am nächsten Tag wieder so lange ordnen würde, bis sie makellos und wie mit dem Lineal vermessen übereinander liegen würden.

Er schien endlich gefunden zu haben, wonach er suchte, nahm es heraus und machte sich auf den Weg zur Küche.

Es war früher Nachmittag, und eine der wenigen Zeiten des Tages, zu denen er noch alleine gelassen wurde – in der Annahme, dass er seinen Nachmittagsschlaf hielt.

Was er meistens auch tat.

Heute war er zu aufgewühlt gewesen.

Mehr als er zugeben wollte, beschäftigte ihn die Geschichte, die zu erzählen er sich entschlossen hatte. Einmal noch wollte er alles ganz genau durchleben, selbst wenn es nur in seiner Erinnerung war.

Bei dem Esstisch angekommen, zog er das Gummiband ab, das den Deckel auf der schwarzen Blechdose fixierte, legte ihn zur Seite und begann den Inhalt vor sich auf dem Tisch auszubreiten.

Viel war es nicht, was er hier aufbewahrte. Doch für ihn war es alles.

Er langte nach dem kleinen Beutel aus abgegriffenem purpurrotem Samt und zog das Band auseinander, das den oberen Rand verschnürte, ehe er mit den Fingern darin zu suchen begann.

Drei kleine weiße Steinchen holte er heraus, die er sorgsam nebeneinander auf den Tisch legte. Weiß waren sie – und selbst wenn man die Zeichnung darauf nicht sofort bemerkte, weil sie mit der Rückseite nach oben zu liegen kamen, hätte Miguel die Meeresaugen nicht mit gewöhnlichen Steinen verwechseln können.

Er drehte eines nach dem anderen um, sodass die Zeichnung darauf deutlich sichtbar wurde, und richtete sie in einem Dreieck aus, schob sie so lange hin und her, bis alle Seiten des Dreiecks gleich lang waren.

Erst dann nahm er ein geschnitztes Holzkästchen zur Hand, drückte das Häkchen des Verschlusses aus der Öse und öffnete es.

Ein schmales, in weißes Seidenpapier eingeschlagenes Päckchen kam zum Vorschein, das er heraushob und mit einer fast zärtlichen Vorsicht auswickelte.

Seine Hände bebten so stark, dass er mehrmals unterbrechen musste, bevor er die Haarlocke herausnehmen konnte.

Er hob sie erst an seine Lippen, zog tief den Geruch ein, der ihm entgegenströmte, und drückte die Haare dann an seine

Augen, ehe er sie vorsichtig, als wären sie zerbrechlich, wieder zurücklegte.

Den Tiefen der Blechdose entnahm er noch einen Rosenkranz mit winzigen weißen Perlen, an dem ein kleines silbernes Kreuz befestigt war, und ein säuberlich zusammengelegtes Taschentuch.

Mit seinen klobigen Fingern versuchte er es auseinanderzufalten, fuhr dann unendlich zärtlich über die fein gehäkelten Spitzen am Rand und legte es ebenso behutsam zu den anderen Schätzen auf dem Tisch.

Lange betrachtete er sie, stumm und so versunken, dass er nichts von seiner Umgebung wahrnahm.

Auch nicht, dass Nicolau schon die längste Zeit in der Tür stand und ihn beobachtete – offensichtlich unschlüssig, ob er sich diskret zurückziehen oder doch lieber ausharren sollte.

In Ermangelung einer Entscheidung blieb er weiterhin stehen, so lange, bis Miguel den Kopf hob und ihn entdeckte.

»Warum stehst du herum? Setz dich zu mir«, forderte er ihn auf.

Ein wenig unschlüssig trat Nicolau näher.

»Das hat alles ihr gehört«, sagte Miguel und verschob die drei Meeresaugen auf der Tischplatte, sodass sie jetzt in einer geraden Linie nebeneinander lagen.

»Catalina hat sie gefunden, am Strand. Später hat sie gesagt, dass sie Glück bringen, und dass man sie nur jemandem geben darf, den man liebt.«

Nicolau griff nach dem Rosenkranz und hob ihn hoch. Das Perlmutt der kleinen Kugeln schimmerte im Licht. Als er nach der Locke greifen wollte, legte sich Miguels Hand über seine.

»Nein«, sagte er. »Nicht einmal du.«

Nicolau wartete ein wenig, trotzdem klang seine Stimme heiser, als er wieder sprach. »Hast du kein Bild von ihr?«

»Doch. Sie wurden alle zusammen fotografiert. Die ganze Familie. Aus irgendeinem Anlass. Hilf mir.« Miguel streckte den Arm nach der Dose aus, die Nicolau zu ihm hinüberschob.

Er kippte sie aus, wobei ein kleines Papierbildchen herausfiel. Es war an den Rändern zerfranst, so als hätte man es irgendwo herausgerissen.

Miguel sah nicht hin, während er Nicolau das Bild in die Hand drückte.

Es zeigte ein ganz junges Mädchen, beinahe noch ein Kind. Nur die Augen waren bereits erwachsen. »Das war einige Wochen vorher«, sagte Miguel, noch ehe Nicolau danach fragen konnte.

Catalina trug ein helles Kleid und lächelte. Es war ein bezauberndes Lächeln, bei dem man ihre weißen, geraden Zähne sehen konnte. Die Haare, zu einem dicken Zopf gebunden, lagen schwer über der Schulter. Züchtig hielt sie die Hände vor dem Körper verschränkt. Selbst auf der bräunlichen Fotografie konnte man die Unschuld erkennen, die sie ausstrahlte. Ihre Augen jedoch schienen den Betrachter direkt anzusehen, beinahe so, als wolle sie aus dem Foto heraus auf ihn zukommen.

Miguel tastete jetzt gleichfalls nach dem Foto. Fasste dabei wieder nach Nicolaus Hand.

»Versprich mir etwas«, bat er.

Nicolau nickte. Aber Miguel schien keine Antwort zu erwarten.

»Wenn ich gestorben bin, dann will ich diese Dinge bei mir haben. Hörst du?«

Er sah Nicolau an.

»Versprichst du mir das? Und dass niemand sie anfasst. Nur du«, sagte er und umklammerte dabei weiterhin Nicolaus Hand.

Der nickte, räusperte sich dann mehrmals. »Du kannst dich auf mich verlassen. Ich verspreche es dir.«

»Und noch etwas wünsche ich mir.«

Er wartete, bis Nicolau den Kopf hob.

»Die drei Meeresaugen. Eines nehme ich mit auf meine Reise. Eines soll dir gehören. Und das dritte«, er atmete mehrmals tief ein und wieder aus, als würde ihn jedes einzelne Wort anstrengen. »Das dritte gibst du Amina.«

Nicolau sagte kein Wort, während Miguel begann, die Sachen in die Blechdose zurückzugeben, deren ehemals silberne Aufschrift nur mehr zu erahnen war.

Als Abschluss legte er die Haarlocke obenauf und reichte Nicolau den Gummiring, damit er den Deckel, dessen Scharniere längst gebrochen waren, wieder befestigen konnte.

»Lass uns hinaufgehen«, sagte Miguel und stand auf. »Komm hilf mir. Ich möchte mich ein wenig niederlegen. Ich bin müde.«

Kapitel 5

»Du bist wunderschön«, Alain beugte sich über Amina, zog sie an sich und gab ihr einen Kuss auf die Lippen, »und strahlender als jeder Diamant.«

Sie lächelte geschmeichelt, während ihre Hand nach dem funkelnden Stein tastete, der sich in die Vertiefung unterhalb ihres Halses schmiegte.

Das Kleid stand ihr wirklich ausgezeichnet. Das musste man ihrer Mutter lassen, sie hatte einen Blick dafür, dachte Amina und genoss die Umarmung.

Gestern erst war Alain aus London zurückgekommen.

Vier lange Wochen hatte sie ihn nicht gesehen. Umso mehr suchte sie jetzt seine Nähe und Aufmerksamkeit, die er ihr ausgiebig schenkte.

So wenig er sich die letzten Wochen um sie gekümmert hatte, so sehr beschäftigte er sich jetzt mit ihr. Kaum, dass er einen Blick auf seine Mails geworfen hatte, selbst das Handy durfte vor sich hinsummen. Wenn es nicht Andy, sein persönlicher Assistent, war, hob er nicht ab.

»Am liebsten würde ich mit dir allein hier zu Hause bleiben«, raunte er ihr ins Ohr.

Eine wohlige Wärme durchlief sie, sehr wohl wissend, dass er ihr Erschauern gespürt haben musste, denn sein Blick wurde noch um eine Spur dunkler.

»Du machst mich verrückt«, sagte er, und seine Stimme klang heiser.

»Dann musst du eben öfters einmal hier vorbeikommen.« Spielerisch zupfte sie am Revers seines Sakkos, sah ihn mit leicht geöffneten Lippen schräg von unten an und hielt die Augen dabei halb geschlossen, während sie ihre Hand über seine Brust abwärts wandern ließ.

Mit aufkeimender Leidenschaft riss er sie an sich und presste seine Lippen fast brutal auf ihre. Als er sich nach einer kleinen Ewigkeit von ihr löste, merkte sie, dass ihn nur ein allerletzter Rest von Selbstbeherrschung daran hinderte, ihr das Kleid herunterzureißen und das zu tun, was sie beide in diesem Moment wohl mehr als alles andere begehrten.

Er schluckte und trat hastig einen Schritt zurück.

»Ich fürchte, wir müssen gehen.«

»Schade eigentlich«, flüsterte sie, während sie ihm folgte und ihn dabei wie zufällig berührte. Dass er dabei die Luft scharf einzog, ließ sie lächeln.

Er fasste nach ihrer Hand und schob gleichzeitig Amina ein Stück von sich fort, führte ihre Finger an seine Lippen und hauchte einen Kuss auf die Innenseite ihres Handgelenks.

»Komm«, sagte er. »Der Wagen wartet.«

Sie warf ihm einen tiefen Blick zu. »Du musst mich einen kleinen Moment entschuldigen. Mein Lippenstift«, sagte sie, ehe sie in Richtung des Badezimmers verschwand.

***

Amina war dankbar, dass ihre Mutter darauf bestanden hatte, das elegante Aussteigen aus einer Limousine zu proben.

Damals hatte sie sich noch ausschütten wollen vor Lachen, als sie in der großräumigen Garage von Alains Villa anhand ihres kleinen Wagens übten, aus dem sie jedes Mal wieder mehr oder weniger verrenkt herauskroch.

Vor der Motorhaube stand ihre Mutter mit dem Smartphone in der Hand und schoss ein Bild nach dem anderen.

Als sie später gemeinsam die Ergebnisse auf dem Bildschirm bewunderten, lachte Amina nicht mehr, vielmehr übte sie heimlich am nächsten Tag weiter.

Jetzt stieg sie mit ihren über zehn Zentimeter hohen Absätzen aus dem glänzend schwarzen Wagen, als hätte sie nie etwas anderes gemacht, hob gekonnt den Saum ihres Kleides an, um einen perfekten Blick auf ihre Beine zu gewähren, und lächelte so strahlend, dass das Blitzlichtgewitter, das eben noch in Richtung des Eingangs zielte, augenblicklich zu ihnen umschwenkte.

Hier schien tatsächlich alles rot zu sein. Auch damit hatte Mutter wieder einmal recht gehabt, schoss es ihr kurz durch den Kopf. Nicht nur der Boden, auch die Wände der Absperrungen waren in dieser Farbe überzogen.

Zum Glück schneite es gerade nicht, doch ihr war ohnehin dermaßen heiß, dass sie die beißende Kälte der Februarluft nicht bemerkte.

Das in mehreren Blautönen bis hin ins Grünliche schimmernde Kleid schmiegte sich an ihren Körper, als hätte man sie darin eingenäht. Vorne war es bis zum Hals geschlossen. Der hohe Ausschnitt gab eben noch einen Blick auf den Diamanten frei, den Alain ihr zu Weihnachten geschenkt hatte. Umso betörender war der Rückenausschnitt, der ihre seit der Karibik – und mehreren Sitzungen auf dem Sonnenbett – golden getönte Haut freigab.

»Du musst mit jeder Faser wissen, dass du wirkst«, hatte ihre Mutter gepredigt. »Dann wirkst du auch.«

Selbst ohne diese Ermahnung hätte sie es gewusst.

Sämtliche Teleobjektive waren jetzt auf sie beide gerichtet. Mehrfach hörte sie Alains Namen aus dem Dunkel der gesichtslosen Menge heraus, die sich hinter den Fotografen um die besten Plätze drängte.

Im Blitzlichtgewitter schritt sie neben Alain den Weg auf den Eingang des Theaters zu, posierte so, wie sie es vor dem Spiegel tagelang geübt hatte, und strahlte mit den Tausenden von Lichtern um die Wette.

Zuerst noch etwas aufgeregt, begann ihr die Sache immer größeren Spaß zu machen.

Außerdem stand Alain neben ihr, war ihr Fels in der Brandung, führte sie sicher durch die Menge.

Sein Arm lag um ihre Mitte, sie fühlte den vertrauten Griff auf der Haut ihres Rückens und spürte nichts von der eisigen Luft um sie herum. Nur Hitze war in ihr.

Sie hob den Kopf und begegnete Alains Blick, der sich in ihrem verfing.

Das Blitzlichtgewitter schien sie zu verbrennen, doch Amina fuhr fort zu lächeln, während Alain ihre Hand nahm und mit ihr zusammen auf den Eingang zuging.

***

Stunden später schwirrte ihr der Kopf.

Sie stand dicht neben Alain, hielt ein Champagnerglas in den Händen und war umringt von Menschen, die sie bisher nur aus Hochglanzmagazinen gekannt hatte.

Jetzt waren das ihre Freunde. Sie genoss die Umarmungen, die bewundernden Blicke, die Gespräche.

Inmitten des ganzen Glamours war sie der Mittelpunkt.

Alle wollten mit ihr reden, überschlugen sich mit Nettigkeit.

Es schien, als hätte man nur darauf gewartet, sie endlich kennenzulernen.

»Gilt das alles mir?«, fragte sie sich beinahe verwundert.

Alain selbst war überaus liebenswürdig. Keine Sekunde ließ er sie aus den Augen. Unablässig ruhte sein Arm um ihre Taille, so als wollte er auch dem Letzten signalisieren, dass Amina zu ihm gehörte.

Sogar während der Filmvorführung hatte er sie nicht losgelassen.

Amina verfolgte das Geschehen auf der Leinwand, spürte, wie er sie von der Seite musterte, ihre Reaktionen auf den Film beobachtete. Es war ein merkwürdiges Gefühl, dass ihr zukünftiger Mann der Star des Abends war, der berühmte Regisseur, der jetzt im Fokus der Aufmerksamkeit stand, und gleichzeitig zu wissen, dass sie von Tausenden von Frauen beneidet wurde.

»Du bist mein wichtigstes Publikum«, flüsterte er, während sie atemlos neben ihm saß und dem Film folgte.

»Mit dieser Heirat bist du in der Oberliga«, die Worte ihrer Mutter fielen ihr ein.

Doch das allein war es nicht. Konnte es nicht sein. Sie wurde bestimmt nicht nur um Alains willen akzeptiert. *Sie* selbst war es, die man mochte und sympathisch fand.

»Du kommst doch mit Alain nach L.A?«, fragte sie die Freundin von Jeff, dem Schauspieler, der ebenso wie Alain für einen der begehrten Preise nominiert war.

Amina sah kurz zu Alain, der prompt für sie antwortete.

»Ich denke nicht, dass Amina das möchte. Sie hat hier ihren Job, der sie vollständig ausfüllt. Und wenn ich arbeite, habe ich ohnehin keine Zeit.«

Die Rothaarige schüttelte den Kopf. »Aber das macht doch nichts, Jeff arbeitet ja ebenfalls. Dann unterhalten wir beide uns währenddessen auf unsere Weise. Mir fällt dazu bestimmt eine Menge ein. Wir könnten tagsüber shoppen gehen. Oder am Pool liegen. Außerdem findet jeden Abend irgendwo eine Superparty statt.

Wenn ihr abends zu müde seid, gehen Amina und ich auch ohne euch aus. Sie wird bestimmt jede Menge Spaß haben, dafür verbürge ich mich«, ihre Augen blitzten.

»Mag sein, Patty, aber das ist nichts für Amina. Sie fühlt sich wohl bei uns in München, da ist sie zu Hause. Wir beide sind erwachsen genug, um auch einmal eine Zeit ohne einander auszukommen. Amina ist sicherlich keine Frau, die in meiner Abwesenheit auf Dutzenden von Partys zu finden ist.«

»Ach du meine Güte«, rief die Rothaarige mit gespielter Verzweiflung. »Das wäre nichts für mich. Ich liebe den Trubel, Partys, Aktion. Schließlich sind wir nur einmal so jung und schön!« Sie zwinkerte Amina verschwörerisch zu.

»Nun, vielleicht komme ich ja auf Besuch zu euch«, sagte sie zögernd und merkte, dass Alains Griff sich verstärkte.

»Vielleicht«, sagte er und wechselte das Thema.

***

»Was denkst du?«, fragte Amina am nächsten Tag, nachdem sie am sehr späten Vormittag bei einem Brunch am Esstisch ihrer Suite saßen.

Die letzte Nacht schien eine Achterbahnfahrt der Empfindungen gewesen zu sein. Völlig überdreht war Amina ins Hotel gekommen, hatte sich bereits am Gang vor ihrer Türe herausfordernd gegen Alain gedrängt und seine Lippen gesucht.

Diesmal war er nicht beherrscht gewesen.

Sofort spürte sie wieder dasselbe Verlangen, als sie daran zurückdachte.

»Kann ich dich irgendwann in L.A. besuchen kommen? Ich möchte nicht so lange Zeit ohne dich sein«, sagte sie.

»Es ist überhaupt nicht lange. Und ich habe während des Drehs keinen Kopf für Privates«, antwortete er knapp und griff nach einem der Brötchen.

»Es sind drei Monate«, sagte sie und hielt in der Bewegung inne, um ihn anzusehen.

»Zweieinhalb. Nur wenn etwas nicht nach Plan laufen sollte, dauert es länger.«

»Das ist beinahe ein Vierteljahr«, sagte sie leise.

»Was soll das, Amina? Ich denke, das haben wir längst geklärt.«

Sie hob den Kopf. Die Hochstimmung, in der sie sich die ganze Zeit über befunden hatte, machte einer Ernüchterung Platz, die sie nach und nach unter seinem Blick erstarren ließ.

»Du wirst immer irgendwo arbeiten. Willst du mir damit sagen, dass ich dich nur vier Mal im Jahr sehen darf?«, fragte sie mit leiser Stimme. Schnell griff sie nach dem Gebäckkorb und nahm sich eine Schnitte Vollkornbrot.

Er starrte sie mit gerunzelter Stirn an.

Amina spürte seinen Ärger und hielt den Blick auf den Teller gesenkt.

Als er endlich sprach, schwang ein scharfer Unterton in seiner Stimme mit. »Ich habe einen Beruf, der mich zur Gänze fordert. Keinen Bürojob, von dem ich pünktlich nach Hause komme, um mit dir abends vor dem Fernsehapparat zu sitzen. Ich denke, das war von Anfang an klar zwischen uns. Dafür kann ich dir ein Leben bieten, um das dich wohl einige beneiden würden. Du musst nichts arbeiten, wenn du nicht willst. Aber natürlich freut es mich, wenn du einer kleinen Beschäftigung nachgehst, die dir Freude bereitet und dich ausfüllt.

Meine Tätigkeit möchte ich aus unserem Privatleben herausgehalten wissen. Weder will ich die wenige Zeit, die ich ohne den Stress meines Berufes daheim sein kann, endlose Geschichten über den Klatsch am Set erzählen, noch denke ich daran, die Anfordernisse meiner Tätigkeit mit meiner Frau zu diskutieren. Dazu sind andere da. Fachleute, die sich in der Materie auskennen. Also könntest du bitte ein für alle Mal damit aufhören.«

Er legte den Löffel, mit dem er in der Marmeladeschale gerührt hatte, auf seinen Teller zurück. Das klirrende Geräusch, das dabei entstand, ließ sie seine Erregung noch stärker spüren.

Amina schluckte. »Es tut mir leid«, sagte sie leise. »Ich wollte dich nicht nerven. Es ist nur so, dass ich dich gerne … also ich dachte einfach, dass ich einmal auf ein Wochenende zu dir kommen kann. Dazwischen, meine ich.«

Sie brach ab.

Eine Zeitlang sprachen sie beide nichts.

Bis Alain wieder anfing. »Hör zu«, sagte er. Seine Stimme klang jetzt weich. Er fasste über den Tisch und zwang sie, den Blick zu heben. Mit den Fingern fasste er unter ihr Kinn und hob es ein Stückchen an.

»Mein Liebling. Ich wollte dich nicht kränken. Aber ich bin allergisch gegen Menschen, die klammern. Ich kann es nicht ertragen, wenn meine Partnerin kein eigenes Leben führt, ständig mich dazu verwendet, um Ansprache zu haben. Das hat nichts damit zu tun, dass ich dich nicht liebe. Im Gegenteil.

Wenn ich endlich nach Hause komme, ist alles noch schöner für mich. Ein Heim, ein Mensch, dem ich wichtig bin. Der auf mich wartet. Irgendwann hoffentlich auch Kinder. Das alles gibt mir die Kraft, die ich brauche.

Regisseur zu sein ist ein verdammt aufreibender Job. Für alles bist du verantwortlich. Du bist schuld, wenn es nicht so läuft, wie es soll. Der Produzent hängt dir im Nacken – und dann noch diese Schauspieler. Sie sind wie kleine Kinder – ständig musst du dich um sie kümmern, sie motivieren und loben. Das erfordert eine ungeheure Konzentration.

Ich kann mich in dieser Situation nicht auch noch um eine Frau kümmern, die mich braucht, um sich nicht einsam zu fühlen.

Wenn wir zusammen sind, will ich nur für dich da sein. Das Leben mit dir – unser Leben – voll genießen. Das ist wesentlich wertvoller, als den ganzen Tag aneinanderzukleben und einander im Alltagstrott zu ersticken. Eine strikte Trennung von Beruf und Privatleben ist für mich lebensnotwendig.«

Er machte eine Pause, sah sie immer noch durchdringend an.

»Amina, ich bin sicher, dass du die richtige Frau für mich bist. Auch du brauchst deinen Freiraum, ohne dich sofort auf irgendwelche obskuren Partyaktivitäten einzulassen. Das weiß ich genau. Du bist selbstbewusst, intelligent und eigenständig. Und vor allem verlässlich. Ich bin überzeugt, du wirst dich kein Stückchen daheim langweilen, während ich fort bin. Du hast genügend eigene Interessen, die dich beschäftigen.

Warst du nicht eben erst auf Mallorca?« Er wartete kurz auf ihre Reaktion, ehe er weitersprach. »Siehst du. Es gibt so viele Möglichkeiten für dich. Flieg hin, wann immer du magst, amüsier dich. Und ehe du dichs versiehst, bin ich auch schon zurück.«

Er beugte sich vor. Seine Lippen spielten mit den ihren, ehe er sie sanft küsste.

»Außerdem habe ich eine Überraschung für dich. Sobald wir mit dem Dreh fertig sind, kommst du zu mir nach Amerika. Dann machen wir uns dort eine schöne Woche zusammen. Was meinst du?«

Amina versuchte zu lächeln. Es gelang ihr nur teilweise.

»Ich habe keine Angst davor, meine Zeit ohne dich zu verbringen«, sagte sie schließlich. »Ich will nur nicht völlig aus deinem Leben ausgeschlossen sein.«

»Das bist du doch nicht«, beteuerte er. »Du bist der wichtigste Mensch in meinem Leben.«

***

Zusammen mit seinen beiden Helfern war Nicolau auf der Finca oben am Berg, die an den dichten Pinienwald anschloss, dessen wuchtige Baumkronen den steilen Hang im Sommer vor der Hitze schützten.

Jetzt war die Luft allerdings angenehm kühl. Morgens konnte man sogar den Hauch des Atems vor dem Mund sehen.

Um die Mittagszeit aber, wenn die Sonne hoch am wolkenlosen Himmel stand und alles ringsum mit ihren kräftiger werdenden Strahlen erwärmte, konnte man schon das Erwachen der Natur fühlen.

Die Mandelblüte war beinahe vorbei. Lediglich einige verspätete Nachzügler öffneten ihre Blütenkelche den geschäftigen Bienen, die hier und bei den bereits zahlreich blühenden Gewächsen entlang der Raine nach Nahrung suchten.

Nicolau fuhr sich mit dem Ärmel über die verschwitzte Stirn. Seine Jacke hatte er schon längst abgelegt.

Die Männer, die ihm beim Bewirtschaften des Landbesitzes halfen, arbeiteten jetzt mindestens ebenso hart wie er selbst.

Heute, wie schon an den vorangegangenen Tagen auch, holzten sie auf dem mehrere *Quarteradas* großen Grundstück die fast blattlosen Mandelbäume ab. Es waren alte Bäume, deren Zeit längst abgelaufen war.

Der große Bagger zog die Eisenkette, die sie einem Baum nach dem anderen umlegten, ehe die schwere Maschine kurz anfuhr und den Baum, ähnlich einem hohlen Zahn, samt dem Wurzelballen ausriss.

Das Geräusch der Motorsägen zerschnitt die Stille der Abgeschiedenheit, in der sonst nur das ferne Bimmeln von Schafsglocken oder der seltene Schrei eines Vogels zu hören war.

Immer weiter arbeiteten sich die Sägen durch die zum Teil schon morschen Äste und zerlegten sie, bevor ihr Holz auf den Kipper geworfen und fortgebracht wurde.

Unentwegt fuhr der Traktor mit einem vollen Wagen den Berg hinunter, um bald darauf mit einem leeren zurückzukommen. Er transportierte seine Fracht zu dem großen Holzlagerplatz gleich hinter der Scheune, die unmittelbar an Nicolaus kleine *Casita* anschloss.

Irgendwann während der nächsten Wochen würden alle vorbeikommen. Die Cousins ebenso wie Nicolaus Onkel. Aus sämtlichen Teilen der Insel würden sie anfahren, um das Holz abzuholen, das ihnen für die nächsten Winter als Brennmaterial dienen sollte.

Seit er denken konnte, war es so gewesen. Der Zusammenhalt der weit verstreut lebenden Familie war fest wie ein unsichtbares Band um jeden Einzelnen geschlungen – untrennbar und dauerhaft, selbst dann, wenn sie fast ausschließlich bei großen Ereignissen zusammenkamen, wie es eine Hochzeit war oder eben Miguels letzter Geburtstag.

So gut wie nie tauschten sie Neuigkeiten am Telefon aus. Trotzdem sprachen sich diese in Windeseile herum. Ein jeder verbreitete sie weiter, überbrachte sie dem nächsten, der sie den anderen weitergab.

Alles, was über den eigenen Bedarf hinausging, wurde immer schon unter der ganzen Familie aufgeteilt: das selbstgepresste Olivenöl, grüngelb wie Sirup und mit einem unvergleichlich würzigen Duft, das aus dem salzlosen Brot im Handumdrehen die größte Köstlichkeit zauberte, ebenso wie die herrlichen Würste, die man nach altem Familienrezept aus dem saftigen Fleisch der Schweine anfertigte, die auf den Fincagrundstücken des Nordens inmitten roter Erdklumpen wühlten.

Nicolau konnte sich nicht daran erinnern, jemals ein Stück Fleisch oder gar Eier gekauft zu haben, denn es gab nicht nur eine Hühnerfarm und Schafherden, sondern ebenso Ziegen, deren Milch zu frischem Käse verarbeitet wurde. Auch Antònia, seine Mutter, hätte nie zugelassen, dass jemand anderes als sie selbst das Brot im hauseigenen Backofen für die Familie anfertigte.

»Nicht, dass wir Hunger gelitten hätten, aber meine Mutter musste eisern wirtschaften.« Das hatte Miguel über seine eigene Kindheit erzählt.

Heute musste niemand von ihnen mehr eisern wirtschaften, um seine Familie zu ernähren. Dennoch wären sie nicht auf die Idee gekommen, irgendetwas zu verschwenden.

Und auch wenn jeder von ihnen über ausgedehnte Ländereien verfügte, schien es doch, als wäre Miguel das ungekrönte Oberhaupt der gesamten Sippe.

Früher hatte Nicolau niemals darüber nachgedacht. Es war einfach so.

Jetzt aber musste er ständig daran denken, wollte mehr darüber erfahren und fühlte die Ungeduld, mit der er sich nach Miguels Berichten geradezu sehnte; beinahe wie ein Kind, das die Fortsetzung der Geschichte nicht erwarten konnte.

»Manche im Dorf gingen nicht mehr zur Kirche«, hatte Miguel erst heute Morgen seine Erzählung fortgesetzt.

»Mein Vater aber bestand darauf. Auch zur Beichte gingen wir regelmäßig.

›Diese verfluchte Politik wird uns noch alle zusammen ins Unglück stürzen‹, pflegte er zu sagen.

Und ein anderes Mal, als ich eines der Flugblätter mit nach Hause brachte, die sich die Landarbeiter untereinander zusteckten, schlug er mit der Faust auf den Tisch und wurde schrecklich zornig.

Ich kann mich nicht erinnern, ihn jemals so wütend gesehen zu haben. Er war ein eher ruhiger Mann, der von morgens bis abends seiner Arbeit nachging, danach die Abende meist zu Hause verbrachte und nur wenig sprach.

An diesem Tag aber griff er nach meinem Arm und zwang mich, ihn anzusehen.

›Lass dich nicht mit ihnen ein‹, sagte er. ›Mach deine Arbeit und kümmere dich nicht darum. Es wird nicht gut gehen. Das werden die sich nicht gefallen lassen.‹

Ich war überrascht, beinahe erschreckt. ›Wer wird es sich nicht gefallen lassen?‹, fragte ich ihn.

›Die Grundherren. Und auch die anderen nicht. Die werden immer zu ihnen halten. Weil dort das Kapital ist.‹

Ich spürte eine Art neugieriger Aufregung. ›Woher weißt du das?‹, fragte ich.

›Das war schon immer so. Das wird sich niemals ändern‹, antwortete er und sah mich durchdringend an.

›Versprich mir, dass du dich da raushältst. Und auf keinen Fall zu irgendwelchen Veranstaltungen gehst‹, sein Blick war immer noch auf mich gerichtet.

Ich versuchte, ihm auszuweichen, aber das ließ er nicht zu. ›Miguel. Sag mir die Wahrheit. Warst du schon dort?‹

Ich konnte ihn nicht ansehen.

Überall fanden diese Veranstaltungen statt. Man traf sich einfach nur so unter Freunden – und irgendwer fing an zu reden. ›Das Land soll denjenigen gehören, die es bearbeiten‹, sagten sie. ›Nicht diesen Ausbeutern, die auf unsere Kosten immer reicher werden.‹

Ich konnte mir nicht vorstellen, wie das funktionieren sollte, aber es faszinierte mich.

Außerdem besuchten zwei meiner Kumpel ebenfalls diese Versammlungen.

Mit Pep war ich zur Schule gegangen. Seine Mutter musste ihn allein großziehen, nachdem der Vater bei einem Unfall ums Leben gekommen war. Sie wohnten recht und schlecht in einem winzigen Haus am Rande des Dorfes. Das Dach war löchrig und die zerborstenen Fensterscheiben hatte man einfach mit dicken Brettern zugenagelt. Innen roch es modrig. Nach Feuchtigkeit und nach Schimmel.

Pep war immer hungrig. Öfters teilte ich mein Brot mit ihm, gab vor, keinen Appetit mehr zu haben.

Auf diese Weise waren wir zu dicken Freunden geworden. Auch in jenem Sommer halfen wir gemeinsam auf dem Landgut bei der Ernte.

Pep war schon vor mir öfters zu diesen Versammlungen gegangen, hatte immer wieder davon erzählt und mich schließlich überredet, mitzukommen.

Was ich hörte, gefiel mir. ›Eigentum ist Diebstahl an uns allen‹, verkündete einer. ›Helft mit, unsere Rechte gegen die parasitären Feinde zu schützen‹, forderte ein anderer. ›Produktionsmittel müssen Gemeineigentum werden.‹

Wieso hatten die einen so viel und die anderen so wenig? Wozu brauchte es Grundeigentümer, die uns Arbeit gaben, selbst nicht mitarbeiteten und kargen Lohn zahlten? War es nicht viel logischer, die Arbeit gleichermaßen aufzuteilen, und jeder hätte ausreichend zum Leben? Wer bestimmte, dass Catalinas Vater in der Kirche immer in der ersten Bank saß? Warum konnte sich Pep nicht satt essen, während andere im Überfluss hatten?

Zögernd erst, dann immer feuriger, versuchte ich, meinen Vater zu überzeugen.

›Du arbeitest den ganzen Tag. Und wofür?‹, rief ich, nachdem ich mich in Rage geredet hatte, die ›Don Mateos und Don Salvatores dieser Insel zahlen uns Hungerlöhne, und sie selbst werden dabei immer fetter.‹

Mein Vater holte aus und schlug mir mit der Hand ins Gesicht. Der Schlag war so stark, dass ich zurücktaumelte. Hätte mich die Wand hinter meinem Rücken nicht aufgehalten, wäre ich wohl zu Boden gegangen. Blut lief aus meiner Nase, rann in meinen Mund. Ich konnte den herben Geschmack auf der Zunge spüren.

Niemals hatte mein Vater die Hand gegen einen von uns erhoben. Allein die Vorstellung, er könnte jemals Gewalt anwenden, war undenkbar.

Ich hielt mir die Hand vor die Nase. Wir starrten einander an. Ich weiß nicht mehr, wie lange wir so voreinander standen. Keiner bewegte sich. Mein Blut tropfte auf den Boden.

Plötzlich packte mich der Vater am Arm, zerrte mich in den Raum hinein und zwang mich auf einen Stuhl nieder. Er zog ein Taschentuch aus seiner Hose und warf es mir hin.

›Ich habe mein Leben lang gearbeitet. Ebenso wie deine Mutter. Und nicht nur sie. Wir alle hier. Auch die Eltern der Don Mateos und Don Salvatores, wie dir zu sagen beliebt. Es *ist* ungerecht, was Pep passiert ist – und seiner Mutter. Das ist richtig. Aber das Leben ist nun einmal nicht gerecht. Was dich betrifft, oder unsere Familie, möchte ich wissen, *was* du daran für ungerecht hältst.

Haben wir nicht genug zu essen? Oder gefällt dir unsere Familie nicht? Deine Mutter arbeitet hart. Aber sie würde sich niemals beklagen. Sie strengt sich an, um uns allen ein gutes Essen zu kochen, ein schönes Heim zu schaffen. Und für mich gilt das ebenso.

In dieser Familie halten wir zusammen. Wir bilden eine Einheit. Helfen einander. Jeder, so gut er kann.

Deine Brüder arbeiten genauso dafür wie du selbst auch. Was dem einen gehört, gehört dem anderen.

Aber das betrifft *unsere* Familie. Und nicht die anderen. Du kannst die Familie, wie sie uns Gott gegeben hat, nicht durch irgendwelche Ideen ersetzen. Versuch es, und die Welt wird im Chaos versinken.

Was willst du haben in deinem Leben? Uns hier? Deine Brüder, deine Schwestern? Oder irgendwelche Seelenfänger mit ihren Sprüchen? Wer wird für dich sorgen, wenn es dir schlecht geht? Wenn du krank bist? Wir? Oder deine Ersatzfamilie?

Wenn du Pep und seiner Mutter helfen willst, dann tu es. Aber nicht, indem du die bestehende Ordnung zerstörst und gegen Unordnung ersetzt.

Nicht, indem du Peps Mutter zusätzlich zu ihrem Mann auch noch den Sohn nimmst!‹

Ich konnte meinen Vater nicht ansehen. Alles in mir rebellierte. Wut und Scham, Furcht und Zorn stritten miteinander. Ich presste das Taschentuch gegen meine Nase und schwieg trotzig.

Er trat an mich heran, zog mich an meinem Hemd hoch und riss mir das Tuch vom Gesicht.

›Ich habe vor langer Zeit geschworen, dass ich deine Mutter beschützen werde. In guten und in schlechten Tagen. Und darum lasse ich nicht zu, dass dir irgendetwas zustößt.‹

Immer noch hielt er mich am Arm fest. Sein Blick bohrte sich in meinen.

›Du hast mich niemals belogen‹, sagte er. ›Also will ich jetzt und hier von dir wissen: Gibst du mir dein Ehrenwort, dass du dich aus dem Ganzen raushältst? Und niemals wieder zu einem dieser Treffen gehst?‹

Wieder entstand eine Pause. Mein Trotz wurde immer stärker, ich spürte ein übermächtiges Verlangen, es ihm heimzuzahlen, und so schüttelte ich den Kopf.

Er kniff die Augen leicht zusammen, ehe er mit leiser Stimme weitersprach.

›Wenn du dich weigerst, dann werde ich jetzt sofort deine Mutter holen. Ich werde ihr sagen, dass du im Begriff stehst, dein Leben wegzuwerfen – weil keiner von uns dir genügend bedeutet, dass du bereit wärest, deine eigenen Interessen zurückzustecken. Dass du nur an dich selbst denkst.

Danach wirst du dich von ihr verabschieden und dieses Haus verlassen.

Du weißt genau, dass du ihr damit das Herz brichst. Sie wird nicht mehr lächeln, wenn sie unser Essen auf den Tisch stellt, und kein Lied singen, während sie im Hof die Wäsche aufhängt. Weil *du* unsere Familie zerstört hast. Also überleg es dir gut, wie du dich entscheidest.‹

Ich konnte ihn nur anstarren. Ich glaube, in diesem Moment habe ich ihn gehasst.

Mit zusammengepressten Zähnen nickte ich, konnte kaum sprechen, als er mir die Hand entgegenstreckte.

›Gib mir dein Wort‹, forderte er, und ich legte meine Hand in die seine.

Wortlos zog er mich an sich heran, ich sträubte mich gegen die Berührung, doch er gab nicht nach. Hielt mich einfach nur umarmt.

›Ich entschuldige mich bei dir‹, sagte er fast zögernd. ›Du wirst das erst viel später verstehen, aber ich habe eben nur meine Familie gerettet.‹

***

Als Nicolau mittags pünktlich um zehn Minuten nach ein Uhr zu Miguels Haus zurückkehrte, war Antònia gerade dabei, mit einer großen Kelle den Linseneintopf auf die Teller zu verteilen.

Sie legte mehrere Stücke der gebratenen *Sobrassada* obenauf und stellte den Brotkorb in die Mitte des Tisches.

Es waren nur zwei Teller, die sie bereitstellte, und Nicolau wusste, dass sie sofort nachdem sie ihnen beiden das Essen gegeben hatte, mit einem lauten *»bon profit«*, was gleichzeitig auch ihr Abschiedsgruß war, die Finca verlassen und so schnell wie möglich nach Hause zurückkehren würde.

Seit sie sich um alles hier kümmerte, musste sein Vater deutlich später essen als gewohnt, dachte Nicolau plötzlich.

Natürlich war das grundsätzlich egal, und Vater hätte niemals ein Wort darüber verloren.

Es war nur so, dass in allen Familien das Essen pünktlich um zehn Minuten nach ein Uhr auf dem Tisch stand. Sein Vater musste jetzt zurückstecken. Weil er und Miguel Vorrang hatten.

Früher wäre das Nicolau niemals aufgefallen. Genauso, wie es ihm egal war, um welche Uhrzeit er sein Mittagessen bekam.

Dazu hatte er viel zu lange allein gelebt, gegessen, wann es ihm gerade passte.

Erst Miguels Erzählung über dessen eigene Mutter ließ ihn Antònia aus einem anderen Blickwinkel betrachten.

Auch sie sang meistens dabei, wenn sie die Wäsche aufhängte, dachte er. Und sie umsorgte ihre Familie, der es daher auch an nichts fehlte. War stets zur Stelle, wenn man sie brauchte. Ganz selbstverständlich. Ohne jemals darüber zu reden.

Nicolau erinnerte sich, wie er letztes Jahr durch einen Infekt gezwungen war, das Bett zu hüten.

Sie war gekommen. Er hatte sich nicht einmal darüber gewundert, woher sie es wusste.

Sie hatte ihn gepflegt und bemuttert, solange er es brauchte. War dann ebenso selbstverständlich wieder ferngeblieben und hatte ihn sich selbst überlassen, als er wieder gesund war.

Plötzlich verspürte er den Wunsch, ihr etwas zu sagen.

»Antònia«, rief er, sprang vom Tisch auf und lief nach draußen. Erreichte sie, kurz bevor sie in ihren Wagen stieg.

Sie blieb stehen und drehte sich nach ihm um.

Immer schon hatte er sie beim Vornamen genannt. Auch das fiel ihm plötzlich auf. Ganz anders als Amina, die ihre Mutter stets nur »Mama« nannte.

Er blieb knapp vor ihr stehen.

»Danke«, sagte er. »Ich weiß, wie viel Mehrarbeit du jetzt mit uns hast.«

Sie sah ihn an. Lächelte und fuhr ihm mit der Hand durchs Haar. »Ist doch selbstverständlich. Geh du nur zurück, sonst wird dein Essen kalt. *Hasta mañana*«, sagte sie, stieg ein und fuhr davon.

Kapitel 6

Nicolau wachte auf. Noch bevor er das allmorgendliche Geräusch von Miguels Stock auf den Fliesen des Treppenhauses hören konnte, sprang er aus dem Bett, griff nach seiner wattierten Jacke und ging die Stufen hinunter.

In dem großen Raum im Erdgeschoss, der gleichzeitig als Eingangshalle und Wohnzimmer diente, war es noch finster. Ohne Licht zu machen, stieß er die Persianas, verwitterte Fensterläden aus altem Holz, auf und trat hinaus.

Im Osten dämmerte es bereits. Immer noch waren vereinzelt Sterne zu sehen, obwohl der Himmel schon die Farbe wechselte.

Im Stock über ihm hörte man das Klappen einer Tür. Gleich darauf das einer zweiten.

Er lächelte. Nach Miguel konnte man die Uhr stellen. Keine Macht der Welt schien ihn davon abhalten zu können, den Sonnenaufgang zu betrachten.

Es war empfindlich kalt, und Nicolau sah seine Atmung wie Rauch in die klare Luft aufsteigen.

Er schaltete die Heizlampe ein und nahm die Decken aus der Box, in der sie zum Schutz gegen die nächtliche Feuchtigkeit untergebracht waren. Erst dann ging er zurück in die Küche.

Während er den Kaffee in das Sieb der dreiteiligen Espressokanne löffelte, Wasser in den unteren Teil füllte und sie dann zuschraubte, merkte er, wie sehr es ihn danach verlangte, mehr von Miguels Geschichte zu hören.

Er blieb neben dem Herd stehen, stellte die Flammen eine Spur kleiner, sodass sie nicht mehr über den Bodenrand hinausschlugen, und wartete.

Was wohl Catalina zugestoßen war?

Vor drei Tagen erst war er zu seiner *Casita* gefahren und hatte in der Unordnung des Bücherregals nach jenen Heften gesucht, die er vor Jahren schon gekauft hatte, ohne sie jemals näher zu betrachten.

Es war eine Sammlung alter Fotos und tagebuchähnlicher Aufzeichnungen aus der Zeit des Bürgerkriegs, die man zu irgendeinem Jubiläum herausgegeben hatte. Jeder hatte sie damals gekauft. Er auch.

Jetzt aber nahm er sie mit und blätterte später in seinem Zimmer im ersten Stock von Miguels Finca darin herum. Dort saß er dann bis spät in die Nacht, tief über den Tisch gebeugt, die Arme aufgestützt, einen Teil der Hefte auf den Knien, während andere ungehindert auf den Boden gerutscht waren.

Die Fassaden der Häuser. Sie waren so vertraut und doch wieder fremd. Beinahe unwirklich. Die Menschen – möglicherweise kannte er sogar den einen oder anderen der Abgebildeten, doch ohne jede Chance, ihn auf dem Bild zu erkennen – waren damals alle noch Kinder gewesen.

Die verschiedenen Uniformen. Gewehre. Kriegsgerät, das er nicht einmal dem Namen nach kannte.

»Granatenhülsen« stand unter einem der Fotos. Er betrachtete es lange. Seine Gedanken drehten sich im Kreis, immer schneller.

Am nächsten Tag war er eigens in die Straße gefahren, in der er aufgewachsen war.

Doch das Haus seiner Eltern betrat er diesmal nicht. Grüßte lediglich die Nachbarn, die ihm begegneten, und achtete darauf, möglichst unauffällig zu wirken. Als er das dritte Mal an dem Friseurladen vorbeikam, steckte Josep den Kopf heraus.

»Was vergessen?«, grinste er.

Nicolau zuckte zusammen. Er hob den Wagenschlüssel und murmelte etwas wie: »Was man nicht im Kopf hat, hat man …«

Er kam sich selbst lächerlich vor, wie er hier so herumschlich, als würde er etwas Unerlaubtes tun.

Dennoch wäre es ihm peinlich gewesen, zuzugeben, was es war, das er unbedingt sofort sehen musste.

Da war diese Tür mit ihren grün gestrichenen Lamellen, zwei Häuser weiter, genau gegenüber von seinem Elternhaus.

María, die Nachbarin, hielt sie tagsüber stets offen, dicht an die Hausmauer gedrückt, damit der ohnehin schon schmale Bürgersteig durch sie nicht noch enger wurde. Fixierte die Tür dort mit einem kleinen rostigen fassähnlichen Gegenstand.

Immer schon hatte das Teil dort gestanden und die Tür daran gehindert, einfach wieder zuzufallen.

Erst heute aber weckte das Fässchen sein Interesse. Es war ihm die ganze Zeit über nicht aus dem Kopf gegangen und war auch der Grund gewesen, warum er in den Wagen gestiegen war, um es sich näher anzusehen.

Als er das vierte Mal vorbeiging, blieb er stehen und starrte es an.

»Du bist aber heute ganz schön weggetreten«, rief Josep ihm zu.

Nicolau hob den Kopf und versuchte ebenfalls ein Lächeln.

»Ich muss noch in die *Gestoria*«, sagte er hastig, »ständig fehlen irgendwelche Unterlagen. Ich fürchte, es sind immer noch nicht alle.«

»Ja, ja«, nickte Josep. »Sie wollen mehr und immer mehr. Es lohnt beinahe nicht mehr, zu arbeiten. Alles nehmen sie einem weg auf dieser verdammten *Hazienda* …«

Josep war in Fahrt. Wenn er über das Finanzamt und das Steuerwesen herzog, konnte ihn kaum etwas bremsen.

Nicolau drehte sich ein wenig in seine Richtung und gab sich den Anschein zuzuhören. Ab und an nickte er wie zustimmend mit dem Kopf, was Josep zu weiteren Tiraden ermutigte.

Währenddessen konnte Nicolau das rostige Stück ungestört betrachten. Es war einen knappen halben Meter hoch – doch auffallend breit – und hatte im unteren Teil eine eigenartige Verzierung; ein grünliches, geripptes Band, dessen Sinn sich ihm nicht erschloss.

Wie oft schon war er hier achtlos vorbeigegangen, ohne dem allen eine Beachtung zu schenken.

Nicolau hob den Kopf und unterbrach Joseps Redefluss mit einem gemurmelten »*es un desastre*«, in der Hoffnung, dass dieser immer noch bei seinem Lieblingsthema war.

Dann verabschiedete er sich hastig und kehrte zu seinem Wagen zurück. So also sah eine Granathülse aus. Er hatte noch nie zuvor eine bewusst angesehen.

María, überlegte er, war jetzt weit über achtzig. Und er begann automatisch nachzurechnen. Sie musste damals ebenfalls gelebt haben. Als Kind.

Ein lautes Pfeifen unterbrach seine Gedanken, gleich darauf brodelte und zischte es noch lauter.

Verwirrt hob er den Kopf und merkte, dass der Kaffee aus dem Schnabel der silbernen Kanne herausspritzte. Hastig zog er sie vom Feuer und verbrannte sich dabei die Hand.

Er griff nach einem Tuch und wickelte es um den heißen Griff. Geistesabwesend schenkte er den Kaffee in zwei Tassen, gab Milch und Zucker dazu, kramte in dem Schrank nach der Dose mit den *Magdalenas,* legte zwei Stück heraus, überlegte kurz, und angelte nach zwei weiteren. Mit dem Tablett in den Händen ging er anschließend zur Terrasse.

Es überraschte ihn, Miguel in seinem Stuhl sitzen zu sehen. Er hatte ihn nicht gehört.

»Guten Morgen«, sagte er.

Miguel lächelte und streckte die Hand nach seiner Tasse aus.

Nebeneinander saßen sie wieder einmal dort, tranken ihren Kaffee, aßen das süße Gebäck und beobachteten, wie es langsam heller wurde.

»Was habt ihr so gemacht? Ich meine, Catalina und du?«, fragte Nicolau, ohne weiter nachzudenken.

Miguel drehte seinen Kopf herum, grinste und zog dabei eine Augenbraue hoch. »Das hast du mich aber jetzt nicht wirklich gefragt, oder?«, nuschelte er, verschluckte sich, und hustete ein wenig.

Nicolau klopfte ihm den Rücken und war dankbar für die Unterbrechung. Es hätte nicht viel gefehlt und er wäre rot geworden.

»Ich habe etwas ganz anderes gemeint …«, begann er.

Miguel unterbrach ihn. Irgendetwas schien ihn unheimlich zu belustigen.

»Glaubst du, bei mir war das anders als bei dir?«, sagte er. »Denkst du, ihr Jungen seid die einzigen?« Er blickte in Richtung des Hügels hinauf und wartete ein wenig, ehe er weitersprach.

»Der Talaiot dort oben ist ein hervorragender Ort. Was meinst du?«

Nicolaus Atem ging ein wenig schneller, während ihm heiß wurde.

Miguel sah ihn weiterhin an. Immer noch funkelten seine Augen und die Lippen kräuselten sich dabei ein wenig.

»Du hast wirklich gedacht, ich wüsste nicht, *wo* ihr beide seid?« Langsam verschwand das Grinsen aus Miguels Gesicht, ging über in ein mildes Lächeln.

»Eines Tages wirst *du* hier sitzen. Wirst versuchen, dich zu beruhigen, nachdem du feststellen musstest, dass deine Tochter in der Nacht nicht nach Hause gekommen ist.

Du wirst dir die Zunge an einem viel zu heißen Kaffee verbrennen und ständig zu dem Turm dort hinaufsehen. Tausende Bilder gehen dir dabei durch den Kopf. Keines möchtest du mit deinem Mädchen in Verbindung gebracht wissen.

Du wirst überlegen, ob du hinauflaufen und den Kerl von ihr fortreißen oder ihn lieber gleich erschießen sollst. Doch nichts von alledem kannst du tun. Stattdessen wirst du die Tasse auf dem Tisch stehen lassen und in dein Schlafzimmer zurückkehren, in der Hoffnung, noch ein wenig Ruhe zu finden.«

An dieser Stelle unterbrach Miguel. Das Lächeln war aus seinem Gesicht verschwunden. »Wenn du unendliches Glück hast, dann wird in dem großen Ehebett oben deine Frau liegen und schlafen. Und noch während du deinen kalten Körper an ihren schlafwarmen presst und sie ganz fest in die Arme schließt, wirst du dich an den Talaiot erinnern, bevor auch du wieder einschläfst.«

»Ja, wir waren dort oben zusammen, in jenem letzten Sommer, nach dem sie nicht mehr wiederkam«, sagte Nicolau mehr zu sich selbst und starrte vor sich hin. Sah nichts von dem Sonnenaufgang, nichts von der wunderbaren Landschaft, die gerade wieder zu einem neuen Tag erwachte. »Niemals hätte ich von ihr gedacht, dass sie nicht wiederkommt.«

»Hast du sie gefragt, warum das so war?« Miguels Stimme war so leise, dass es fast einem Flüstern gleichkam.

Nach einiger Zeit schüttelte Nicolau leicht den Kopf.

Miguel streckte seine Hand aus und legte sie auf Nicolaus Arm.

»Das solltest du aber«, sagte er. »Glaub mir. Genau das solltest du endlich tun.«

***

Alain war fort. Abgereist nach L.A. Dabei hatte er ursprünglich noch die ganze Woche über bleiben wollen, sich aber plötzlich anders entschieden.

»Ich muss mich persönlich um unsere Neubesetzung kümmern und möchte die ersten Szenen noch vor Drehbeginn selbst mit ihr durchgehen. Andy ist spitze. Aber es ist *mein* Film«, hatte er gesagt.

In dieser Nacht hatte Amina lange wach gelegen. Sie überlegte, ob sie ihm zeigen sollte, wie sehr sie sein Verhalten verletzte, und ob es einen Sinn hatte, mit ihm darüber zu reden.

Am nächsten Morgen hatte sie tiefe Ringe unter den Augen gehabt, die Alain nicht verborgen geblieben waren.

»*Chérie*«, sagte er, während er sie wie gewohnt umarmte, »es macht mich unglücklich, wenn du traurig bist. Du ahnst nicht, wie sehr ich mich bereits jetzt auf unser Wiedersehen freue.«

Wird das immer so sein? Ständige Trennungen? Die ein Gefühl von Fremde hinterlassen, fragte sie sich und wischte schnell den Gedanken fort.

Sie war nicht mit zum Flughafen gefahren.

»Kein Grund für Abschiedsszenen«, hatte er betont locker gesagt. »Wir hören uns mindestens einmal am Tag. *Ich* werde dich anrufen. Wann immer ich Ruhe dazu habe. Denn wenn es nicht der richtige Zeitpunkt ist, kann ich mich nicht so auf dich konzentrieren, wie ich das gerne möchte.«

»Pass auf dich auf. Und guten Flug«, es klang so banal, dachte sie, noch während sie die Worte aussprach, und redete schnell weiter. »Außerdem wünsche ich dir, dass dieser Film noch besser wird als die bisherigen. Und dass du dann endlich den längst verdienten *Oscar* bekommst.«

Er lächelte. »Ich danke dir, mein Liebling. Wenn du mir die Daumen drückst, klappt es bestimmt. Und wenn wir den

Oscar wirklich bekommen, nehme ich dich natürlich mit. Vorerst aber kommst du zu mir nach L.A., sobald abgedreht ist. Dann machen wir uns eine wunderschöne Woche. Ich freue mich bereits darauf. Und außerdem vergiss nicht: Der zwölfte September kommt rascher, als wir denken. Danach entführe ich dich auf die wunderschönste Hochzeitsreise, die du dir erträumen kannst.«

Einige hastige Küsse noch. Eine flüchtige Umarmung. Irgendwann war dann die Tür ins Schloss gefallen.

Amina trat hinaus auf die Terrasse und sah dem cremefarbenen Taxi nach, das Alain zum Flughafen bringen sollte.

Ihr war plötzlich kalt. Schnell ging sie ins Haus und schloss die Glastür. Trotzdem wurde ihr nicht wärmer.

Was sollte sie jetzt anfangen?

»Er fehlt mir bereits«, dachte sie. Sie sprang vom Sofa, auf das sie sich eben erst gesetzt hatte, und begann, im Raum umherzulaufen.

Was genau war eigentlich mit ihr los? Sie war doch sonst nicht so.

Liebte sie ihn wirklich dermaßen, dass er ihr bereits fehlte, wenn er nur zur Tür hinausging?

Es musste wohl an diesem grauen und unwirtlichen Wetter liegen, überlegte sie. Nirgendwo konnte man hingehen. Überall nur Staub oder Matsch. Außerdem fror sie ständig.

Auf Mallorca blühen gerade die letzten Mandelbäume, überlegte sie, während sie vor der Glastür stand und über die Terrasse hinweg in den unwirtlichen Garten starrte.

Die ersten Blumen öffnen bereits ihre Blüten, weiße und gelbe Farbtupfen zieren die sonst noch kahlen Felder, und an den Wegrändern wächst der wilde Spargel.

Sie war mit Nico stundenlang die Fincawege entlanggelaufen, hatte nach den jungen Trieben gesucht und die Spitzen, wie er es ihr gezeigt hatte, abgebrochen. Dabei mochte sie überhaupt keinen Spargel. Aber das Omelett, das er für sie beide zubereitet hatte, würde sie ihr ganzes Leben lang nicht vergessen.

An diesem Tag hatte es angefangen. Eigentlich schon viel früher, aber damals hatte er sie zum ersten Mal geküsst.

Amina erschrak, als sie merkte, dass ihr Gesicht ganz nass war.

Ärgerlich wischte sie die Tränen fort, suchte nach einem Taschentuch.

Wieso fiel ihr das gerade jetzt ein? Es musste wohl daran liegen, dass ihr der Abschied von Alain zu schaffen machte, versuchte sie sich selbst zu beruhigen.

Jetzt war er vermutlich schon auf dem Flughafen. Ob er sich noch einmal melden würde, ehe er abflog? Zumindest per SMS?

Sie unterbrach fast zornig ihre Wanderung durch den Raum. Es fehlte nicht viel und sie hätte mit dem Fuß gestampft.

Schluss damit, befahl sie sich. Sie war kein liebeskranker Teenager, sondern eine erwachsene Frau.

Also war es Zeit, sich wieder einzukriegen. Am besten ging sie zum Friseur oder zur Kosmetikerin, das half immer.

Vielleicht sollte sie beginnen, ihren neuen Artikel zu schreiben. Arbeit war vermutlich das Beste.

In diesem Moment läutete ihr Handy und sie stürzte darauf zu. »Mama«, stand da.

Einen kleinen Moment lang überlegte sie, ob sie es läuten lassen sollte, als sie das Gespräch auch schon annahm.

Die ersten fünf Minuten kam sie nicht zu Wort, danach schwirrte ihr der Kopf und sie konnte sich auf nichts mehr konzentrieren.

»Ja«, sagte sie daher. »Das ist wunderbar, dass du so unerwartet hier bist. Ich komme gern in unsere Wohnung und übernachte dann auch bei dir. Außerdem tut mir ein wenig Ablenkung vermutlich ganz gut. Es ist wirklich nicht mein Tag heute. Und den Artikel für die Zeitung kann ich schließlich auch noch später schreiben.«

***

»Selbstverständlich braucht er dort seine Ruhe«, sagte Isabel, als sie nach der Vorstellung noch eine Kleinigkeit zusammen essen gingen.

Amina suchte nach Crevetten in ihrem Avocadosalat, pickte sie heraus und schob die Avocadostücke zur Seite.

»Darum geht es doch überhaupt nicht«, antwortete sie gereizt. »Ich habe noch nie geklammert. Aber er stellt mich ab wie ein lästiges Gepäckstück. Wieso weigert er sich, mit mir über seine Arbeit zu reden? Warum grenzt er mich dermaßen aus?«

Ihre Mutter griff nach Aminas Hand.

»Aber Liebling. So sind sie nun einmal, die Männer. Ihre Geschäfte sind ihnen heilig. Du kannst doch von einem Mann wie Alain nicht erwarten, dass er seine Projekte mit dir diskutiert!«

Ihre Mutter rührte in der Hummercremesuppe. »Ein Hauch zu viel Sherry«, sagte sie und nahm ein wenig von der weißen Sahnehaube auf den Löffel. »Sei doch dankbar, dass er dich damit nicht belastet. Es gibt doch tatsächlich Männer, die auch noch privat pausenlos über ihre Arbeit reden. Was denkst du, wie einem das erst auf die Nerven geht? Raoul war so einer. Ich denke, das war einer der Hauptgründe, warum ich mich schnellstmöglich wieder scheiden ließ.«

Sie griff in den Korb mit den winzigen Weißbrotstücken und nahm eines heraus. »Was Alain dir bieten kann, ist einmalig. Du hast alles, was du nur willst, kannst sogar deiner eigenen Arbeit nachgehen. Verreisen, wann immer es dir Spaß macht. Dennoch kümmert er sich rührend um dich. Will sogar, dass du ihn besuchen kommst, wenn sein Dreh beendet ist. Plant jede Menge Zeit für euch beide ein. Der Mann ist einfach perfekt.«

Wieder nahm sie einen kleinen Löffel Suppe. Winkte dann dem Kellner. »Viel zu viel Sherry, servieren Sie das ab. Wie ist dein Salat?«, fragte sie Amina, während der Kellner an den Tisch trat. Als Amina nickte, wandte sie sich an ihn:

»Dann bringen Sie mir auch so einen. Und es wäre nett, wenn es ein wenig schneller gehen würde, nicht dass meine Tochter inzwischen fertig ist und ich alleine essen muss.« Sie wartete ab, bis der Kellner sich entfernt hatte, ehe sie weitersprach.

»Ich verstehe dich nicht. Du hast doch alles, was man sich nur wünschen kann, und dennoch bist du unzufrieden. Oder«, sie unterbrach sich und lächelte, »ist es das gar nicht. Hast du etwa so starke Sehnsucht nach ihm, dass du derartig unleidlich bist?«

Amina runzelte die Stirn. »Natürlich fehlt er mir. Aber das allein ist es wohl nicht. Ich möchte einfach nicht den Rest meines Lebens allein und wartend verbringen, während mein Mann quer über den Erdball unterwegs ist.«

Ihre Mutter musterte sie eine Weile.

»Schätzchen«, sagte sie dann, während sie die Stimme nochmals senkte, sodass Amina Mühe hatte, sie zu verstehen. »Geht es vielleicht darum, dass du eifersüchtig bist?«

Verwundert schüttelte Amina den Kopf.

Sie versuchte sich über ihre Gefühle klarzuwerden, runzelte dabei die Stirn, ehe sie den Kopf schüttelte. »Nein«, sagte sie. »An so etwas habe ich überhaupt nicht gedacht. Das würde Alain niemals tun. Völlig unmöglich.«

»Danke«, sagte ihre Mutter knapp, da der Kellner ihr soeben den Avocadosalat gebracht hatte. Sie probierte, nickte kurz, und sprach dann weiter. »Alain ist auch nur ein Mann. Ich bitte dich. Davon würde die Welt bestimmt nicht untergehen. Schließlich sind wir alle inzwischen erwachsen, oder? In so einem Fall hat eine vernünftige Frau zwei Möglichkeiten. Sie sieht großzügig über diese Angelegenheit hinweg. Natürlich nicht, ohne ihrer berechtigten Verletzung entsprechend

Ausdruck zu verleihen und ihn seine zerknirschte Reue teuer bezahlen zu lassen. Vorausgesetzt natürlich, er verhält sich bei der ganzen Sache entsprechend diskret. Oder sie revanchiert sich. Was durchaus auch seinen Reiz hat, glaub mir. Danach ist der Beste für eine längere Zeit kuriert. Das kann ich dir versichern«, sagte sie und spießte ein weiteres Stück Avocado auf die Gabel. Anschließend brach sie ein Stück vom Brötchen ab und schob es sich in den Mund.

Amina starrte sie an. Sie wusste, dass ihre Mutter in vielen Dingen andere Ansichten vertrat als sie selbst. Jetzt allerdings war sie doch ein wenig überrascht.

»Es tut mir leid«, sagte sie, »aber was das anbelangt, bin ich völlig anderer Meinung. Sollte ich meinen Mann auch nur ein einziges Mal mit einer anderen Frau erwischen, kann er für immer verschwinden.«

Ihre Mutter lächelte nachsichtig. »Das wäre das Dümmste, was du machen kannst. Es sei denn«, kurz unterbrach sie und fixierte Amina, »es rechnet sich.« Damit war das Thema für sie beendet.

Amina hörte nicht weiter zu. Ihre Gedanken kreisten um Alain. War es möglich, dass er sie nicht am Set haben wollte, weil er dort frei sein wollte? Frei für eine Affäre?

Sie verwarf den Gedanken sofort wieder. Das passt nicht zu ihm, dachte sie und lehnte sich wieder einigermaßen entspannt zurück.

Gleichzeitig drängte sich ein anderer Gedanke in ihre Erinnerung. Das Bild eines Mannes, der den Arm um eine Frau gelegt hatte, seinen Kopf ganz eng zu ihr neigte, lachte, während die Frau ihm dabei irgendetwas ins Ohr flüsterte.

Immer noch spürte sie denselben Schmerz wie damals.

Warum hatte Nico nicht auf sie gewartet? Und wieso war sie so sicher gewesen, er würde es tun?

***

»Es war allein Catalinas Idee gewesen, an den Strand zu fahren«, begann Miguel wieder zu sprechen, nachdem sie es sich bequem gemacht hatten.

Es war ein anstrengender Tag gewesen. Die neuen Bäume mussten jetzt gepflanzt werden.

Dazu hatten sie zunächst das Land vermessen und Reihe um Reihe markiert, ehe Nicolau anfangen konnte, mit dem kleinen Bagger die Gruben auszuheben, aus denen sie im nächsten Schritt die Steine entfernen und anschließend eine Humusschicht einbringen mussten.

Nicolau streckte die Beine aus und versuchte, sich ganz auf Miguels Erzählung zu konzentrieren.

»Damals fuhr man normalerweise nicht zum Strand. Wozu auch? Er war viel zu weit entfernt. Aber Catalina wollte dorthin. Sie hatte den alten Kutscher überredet, und er nahm uns mit – nach dem Mittagessen, als er seine Maultiere getränkt hatte und wieder hinunterfuhr, um von den Feldern, auf denen gerade das Korn geerntet wurde, weitere Strohballen zu holen.

Wir versteckten uns auf der Ladefläche zwischen einigen Fässern, und er brachte uns bis zu der Straßenkreuzung, von der es nur mehr eine Viertelstunde zu laufen war.

Auf dem Rückweg wollte er uns wieder mitnehmen.

Sie hatte ihn einfach becirct. Ihr zuliebe fuhr er einen Umweg, den er sonst niemals gemacht hätte.

Aber so war sie. Niemand konnte ihr etwas abschlagen. Ihr Lächeln allein genügte.

Wir kauerten unter der Decke, die uns der Alte übergeworfen hatte. Es war kochend heiß darunter, aber ich merkte es nicht. Spürte nur ihren Körper, der sich gegen meinen drückte, wusste nicht, wohin mit meinen Armen, meinen Händen vor lauter Angst, sie unabsichtlich zu berühren. Irgendetwas an ihr flößte mir einen ungeheuren Respekt ein, beinahe eine Art Furcht. Um nichts in der Welt wollte ich etwas tun, das sie verschreckte. So jung und unerfahren ich damals auch sein mochte, wusste ich doch genau, dass sie etwas ganz Besonderes war.

Sie dagegen suchte förmlich meine Nähe, schmiegte sich an mich, kuschelte sich in meine Arme, als gehöre sie dorthin. Ich glaubte zu ersticken. Traute mich nicht einmal zu atmen, um mich auf keinen Fall falsch zu bewegen.

Auch als wir schon den Hügel hinter uns gelassen hatten und der Kutscher uns zurief, dass wir unter der Decke herauskommen könnten, wurde mir nicht kühler. Mein Herz schlug so laut gegen die Rippen, dass ich dachte, sie müsste es hören.

Doch sie war völlig ungerührt. Setzte sich nach hinten auf die Ladefläche, ließ die Beine hinabhängen und zog mich neben sich.

An der Kreuzung sprang sie einfach ab. Winkte dem Kutscher zu und lief voraus, den staubigen Weg abwärts, der direkt zum Meer führte.

Es war heiß. Die Sonne brannte herunter, doch das alles war unbedeutend. Ich folgte ihr. Sie drehte sich zu mir um, warf ihre Zöpfe zurück und streckte mir die Hand entgegen. Zusammen liefen wir weiter, atemlos. Ihre Augen strahlten.

›Miguel, sieh mal. Ist es nicht wunderschön?‹ Sie deutete auf das Meer, das sich vor uns ausbreitete.

Es sah damals ganz anders aus als heute. Nicht ein einziges Hotel war dort. Nur einige weit verstreut liegende Fincagebäude. Niedrige Steinhäuser, Unterstände, eine Scheune.

Wieder stand sie so dicht bei mir, dass ich ihren Atemrhythmus teilen musste.

Mir war schwindelig. Ob von der Hitze oder von dem schnellen Laufen, ich hätte es nicht sagen können. Ich glaube aber, dass es ihre Nähe war, die mich um den Verstand brachte.

›Sieh nur, was ich für uns mitgebracht habe!‹ Aus den beiden Taschen ihres Rockes zog sie je einen Apfel und hielt mir einen davon hin.

Ich beobachtete, wie sie mit festen Zähnen hineinbiss.

›Was ist? Magst du keine Äpfel?‹, fragte sie.

Hastig biss ich ebenfalls ab. Wieder fasste sie nach meiner Hand.

Dann erreichten wir den sandigen Abschnitt, auf dem nichts mehr wuchs. Wir gingen durch Seegras, und sie zog ihre Schuhe aus. Ich beeilte mich, es ihr gleichzutun. Kurz darauf kamen wir ans Wasser.

Es war angenehm kühl, kleine Wellen rollten über unsere nackten Füße, während wir zusammen weitergingen, immer entlang des nassen Sandes, auf dem die Wellen ausrollten, um wieder ins Meer zurückzufließen. Irgendwann setzten wir uns in den Sand, sahen den Möwen zu, die sich auf der Jagd nach einem Fisch mit wildem Geschrei ins Wasser stürzten.

Sie legte ihre kleine Hand auf meine Brust und sah mich an. ›Hast du schon einmal ein Mädchen geküsst?‹, fragte sie.

Ich glaube, ich bin rot geworden, jedenfalls wusste ich nicht, was ich antworten sollte, und versuchte, so überlegen wie möglich zu wirken.

›So etwas fragt man nicht‹, schnauzte ich sie an und versuchte, ihrem Blick auszuweichen.

›Aber ich bin doch deine Freundin, oder nicht?‹, antwortete sie.

Ich war unglaublich verlegen. ›Warum willst du das wissen?‹, fragte ich.

›Weil ich wissen will, ob es dir gefallen hat. Ist es wirklich so schön, wie man sagt?‹, sie sah mich immer noch an, ihr Blick schien mich zu durchbohren.

›Es geht so‹, murmelte ich.

Da strahlte sie plötzlich. ›Dann war es bestimmt nicht die Richtige. Denn wenn es die Richtige gewesen wäre, hätte es dir gefallen.‹

›Unsinn. Küssen ist einfach …‹

›Was ist einfach?‹, bohrte sie.

Vor lauter Verlegenheit wusste ich nicht mehr weiter. ›Einfach notwendig‹, sagte ich daher. ›Und jetzt lass das.‹

Sie schwieg eine Weile. Beinahe glaubte ich schon, dass sie jetzt böse war, bis sie weitersprach.

›Würdest du mich küssen wollen?‹, fragte sie.

Ich starrte sie an.

Wir waren allein am Strand, es war helllichter Tag. Ohnehin wäre es eine Katastrophe gewesen, wenn uns jemand dort zusammen entdeckt hätte. Jemand, der es ihrem Vater erzählen konnte.

Sie lachte.

›Weißt du, ich habe gehört, wenn man den richtigen Mann küsst, kann man dabei den Mondstaub sehen.‹

Ich vermochte immer noch nichts zu sagen.

›Ich möchte wissen, ob du der Richtige bist. Darum musst du mich küssen. In der Nacht, wenn der Mond scheint. Ich werde auf dich warten. Vorne am Abhang, wo der Talaiot steht. Wirst du kommen?‹, fragte sie.

›Mal sehen‹, brachte ich heraus.

Sie aber war schon aufgesprungen. Lief weiter den Strand entlang, sprang den Wellen hinterher, sodass das Wasser um ihre nackten Waden herum hochspritzte.

Ich rannte ihr nach, holte sie ein und hob sie hoch.

›Was machst du, wenn ich dich hier ins Wasser werfe?‹, rief ich. Das Gewicht ihres Körpers in meinen Armen jagte Schauer über meinen Rücken.

Sie klammerte sich an mich, hielt die Hände hinter meinem Nacken verschränkt.

Plötzlich wurde sie ernst. Sah mich an, und ich hatte das Gefühl, dass sie in mein Innerstes blicken, alle meine Gedanken lesen konnte.

›Das würdest du nicht tun‹, sagte sie. ›Weil du mich nämlich immer beschützen wirst.‹

Plötzlich zitterten meine Arme so stark, dass ich sie nicht länger halten konnte und sie langsam zu Boden gleiten ließ, wobei sich unsere Körper noch stärker berührten.

Als sich ihre Hand wieder in meine schmiegte, konnte ich sie nicht ansehen. Ich schämte mich der Gedanken, die durch meinen Kopf jagten, und fürchtete mich bereits, was der Pfarrer bei der nächsten Beichte dazu sagen würde.

Sie aber sah mich weiterhin nur lächelnd an.

›Ich vertraue dir. Du wirst mir niemals etwas Böses tun‹, sagte sie.«

Kapitel 7

Es war sieben Uhr morgens, als Alain anrief.

»Wie geht es dir, mein Schatz, alles in Ordnung?«, fragte er.

Amina überlegte kurz, wo sie überhaupt war. Das Telefon hatte sie aus einem tiefen Schlaf gerissen. Anscheinend war sie nochmals eingenickt, nachdem sie sich die halbe Nacht von einer Seite auf die andere gewälzt hatte.

»Alain. Wo bist du? Wieso meldest du dich erst jetzt?«, fragte sie.

»Ich bin sofort vom Flughafen ins Studio gefahren und habe bis vor wenigen Minuten schon gearbeitet«, antwortete er. »Jetzt bin ich ziemlich geschafft und lege mich gleich nieder. Aber zuvor wollte ich unbedingt deine Stimme hören. Es muss jetzt sieben Uhr bei euch sein – habe ich dich etwa geweckt?«

»Nein, überhaupt nicht«, beeilte sie sich zu sagen. »Ich habe nur schlecht geschlafen. Ich bin bei meiner Mutter in der Wohnung, wir waren gestern zusammen im Theater.«

»Weil du mich vermisst?«, fragte er.

»Vermisst du mich denn nicht?«

»Natürlich. Das weißt du doch. Was habt ihr euch angesehen?«

»Mutter hatte Premiere-Karten für *Torquato Tasso*«, sagte Amina.

»Du großer Gott. Und?«

»Es war schon gut. Ich meine toll gespielt, sehr interessante Regie. Aber … also das Stück selbst hätte ich mir freiwillig nicht ausgesucht.«

»Verstehe. Und was treibst du heute?«

»Arbeiten. Ich muss endlich anfangen, meinen Artikel zu schreiben. Außerdem wird es Zeit, wieder nach Hause zu fahren.«

Sie hörte ihn lachen. »Das ist schön. Vor allem die Art, wie du ›nach Hause‹ gesagt hast. Dann wünsche ich dir einen schönen Tag. Ich liebe dich. Arbeite nicht zu viel. Ich rufe dich morgen wieder an. Okay?«

»Okay«, sagte sie. Dann rief sie »Alain!«

Aber er hörte sie nicht mehr, hatte bereits aufgelegt.

Kurz überlegte sie, ob sie nochmals ins Bett zurück sollte, entschied sich aber dagegen und ging in das angrenzende Badezimmer.

Als sie bereits bei einer Tasse Kaffee in der Küche saß, kam ihre Mutter aus dem Schlafzimmer.

»Gütiger Himmel. Was treibst du denn so früh? Kannst du nicht schlafen?«, rief sie.

»Doch. Aber Alain hat mich gerade angerufen. Und ich wollte ohnehin heute noch etwas arbeiten.«

»Ich dachte, wir gehen vormittags zusammen shoppen. Schließlich bin ich übermorgen nicht mehr hier. Jetzt komm schon. Heute ist Samstag.«

»Also gut. Du hast ja recht. Nächste Woche ist Zeit genug, da kann ich alles in Ruhe erledigen. Wohin wollen wir denn?«

***

Jetzt war sie also ganz allein in München.

Immer noch fühlte sich Amina nicht entspannt. Natürlich war es noch ungewohnt für sie in der großen Villa. Aber das allein konnte es nicht sein.

Alain rief sie pünktlich jeden Tag um sieben Uhr morgens an. Am Gehalt dieser Anrufe veränderte sich nichts.

Er fragte nach ihrem Tagesablauf, versicherte ihr, dass sie ihm fehlte, und legte ziemlich schnell wieder auf.

»Mein letzter Gedanke vor dem Einschlafen gilt dir«, hatte er irgendwann gesagt.

Amina wusste, dass es zu dieser Zeit in L.A. dreiundzwanzig Uhr war. »Gehst du nach der Arbeit nicht noch etwas trinken?«, hatte sie fast gegen ihren Willen gefragt.

Er hatte nur kurz gelacht. »Wo denkst du hin? Ich stehe morgens um fünf auf und muss mich den ganzen Tag über schwer konzentrieren. Jede Minute ist genauestens eingeteilt. Nächste Woche beginnen wir bereits mit dem Außendreh, da wird es noch Probleme genug geben. Verstehst du jetzt endlich, wieso ich dich hier nicht brauchen kann? Was ich mache, ist Knochenarbeit, dabei würdest du mich nur stören.«

Als sie schwieg, fügte er – wohl als Versuch, noch etwas Nettes zu sagen – hinzu: »Und du selbst hättest auch nichts davon. Verzeih mir. Ich weiß, dass ich etwas schwierig bin. Überhaupt, wenn ich erst einmal mittendrin stecke. Aber ich bin unendlich glücklich, dass ich dich gefunden habe.«

Dann hatte er wie immer schnell aufgelegt.

Natürlich verstand sie ihn. Und er hatte völlig recht. Aber verdammt noch mal, es passte ihr nicht. Wenn sie hier in München den ganzen Tag allein herumhing, hätte sie das auch in L.A. machen können.

Doch wer sagte, dass sie den ganzen Tag herumhängen sollte? Warum unternahm sie nicht endlich etwas?

Sie könnte ihre Freundinnen anrufen, sich verabreden, abends ausgehen.

Kein Mensch verlangte von ihr, dass sie allein herumsaß.

Schon griff sie zum Handy – und ließ es wieder bleiben.

Sie hatte einfach keine Lust dazu.

Auf Mallorca war jetzt bereits Frühling. Ob sie hinfliegen sollte?

Und was sollte sie dort machen? Allein?

Wen auch immer sie dort besuchen würde, es ließe sich nicht verhindern, dass sie auch *ihn* traf.

Schnell dachte sie an etwas anderes.

Ihr Vater hatte immer noch nicht zugesagt, zur Hochzeit zu kommen. Überhaupt hatte er sich kaum dazu geäußert, fiel ihr auf.

Sie hatten einander inzwischen mehr als drei Jahre nicht gesehen.

Der Gedanke ließ sie nicht mehr los.

Ohne weiter darüber nachzudenken, griff sie nach dem Hörer und wählte seine Nummer.

***

»Bist du hingegangen?«, fragte Nicolau.

Miguels Augen blitzten, als er ihn ansah. »Wärest du nicht?«, fragte er, und ein fast schelmisches Lächeln breitete sich auf seinem Gesicht aus. Gleich darauf wurde sein Blick wieder ernst, doch um den Mund blieb der Hauch eines Lächelns, das ein wenig wehmütig wirkte.

»Ich hatte in der Zwischenzeit einigen Ärger am Hals. Immerhin war ich bereits zwei Mal von der Arbeit ferngeblieben, jedes Mal mit irgendeiner dummen Ausrede, die mir kein Mensch glaubte.

Natürlich schlich ich mich in jener Nacht aus dem Haus, kaum dass sich alle schlafen gelegt hatten.

Es ist ein ganz schön weiter Weg vom Dorf bis nach *Sa Canova* hinauf, aber ich rannte die Strecke in einem durch, als ginge es um mein Leben.

Am Fuß des Hügels hielt ich kurz inne, um ein wenig zu verschnaufen.

Den Fahrweg konnte ich nicht benutzen, zu leicht hätte mich jemand sehen können. Also ging ich um den gesamten Hügel herum auf die andere Seite und kämpfte mich durch das dichte Gebüsch, das dort unter den Bäumen wuchs. Dornen zerkratzten mir die Beine, doch das war egal. Ich spürte es nicht einmal. Kurz vor dem Ziel hielt ich an.

Was, wenn sie nicht dort war?

Daran hatte ich zuvor überhaupt nicht gedacht, und mit Schrecken spürte ich, wie sich bereits die Enttäuschung in mir breitmachte.

Zögernd nur ging ich auf den Turm zu. Die Nacht war hell. So, wie Catalina es vorausgesagt hatte, erleuchtete der Mond mit seinem milchigen Licht die gesamte Umgebung. Ich aber hatte keinen Blick dafür.

Plötzlich raschelte es, und ich fuhr herum. Da stand sie.

Die offenen Haare fielen ihr bis fast zur Taille. Sie hatte nur ihr Nachthemd an. Ein züchtiges Ding, das ihr bis zur Mitte der Waden reichte, mit halblangen Ärmeln, trotz der Hitze.

Ich blieb wie angewurzelt stehen. Konnte fast nicht atmen, geschweige denn sprechen.

Bei meinem Anblick lächelte sie. ›Komm herein, ich habe uns eine Decke gebracht‹, sagte sie und verschwand wieder in der niedrigen Öffnung des Turms.

Ich bückte mich und ging ihr nach. Zunächst konnte ich nichts sehen, dann spürte ich ihre Hand, die mich näherzog. Ich ging auf die Knie. Dabei umfasste ich automatisch ihre Mitte.

In dem Turm war es stickig, doch jetzt, da ich den Ausgang nicht mehr versperrte, fiel das Mondlicht bis ins Innere, und ich konnte Catalinas Gesicht genau erkennen.

Sie lehnte sich an mich, und ich schloss meine Arme um sie. Keiner von uns beiden sprach.«

Miguel unterbrach, sah hinauf, in Richtung des Talaiots.

»Ich war nie wieder dort oben, weißt du das? Nicht mehr, nachdem sie …« Er stockte.

Lange sprachen sie nicht.

Nicolau suchte nach Worten, die er hätte sagen können, doch er fand keine. »Sie war so weich«, die Worte waren heraus, ehe Nicolau ihnen Einhalt gebieten konnte. »Und sie roch so unglaublich gut.«

Miguel drehte ihm ein wenig nur den Kopf zu, während er nickte, und Nicolau sprach weiter. Er musste dabei gar nicht denken, die Worte fanden ihren Weg allein.

»Es ist das Schönste, was ein Mann erfahren kann. Niemand kann das nachempfinden, der es nicht selbst erlebt hat.

Du hast das Gefühl, plötzlich alles zu können, und noch viel mehr. Auf einmal bist du ein Held. Glaubst es am Ende selbst, weil du genau weißt, dass du es für diese eine einzige Frau bist.«

Wieder schwiegen sie, bevor Miguel weitersprach.

»Ich hatte inzwischen jeden Überblick verloren. Sie in den Armen zu halten war für mich das Größte, und doch wollte ich mehr. Fühlte, dass ich nicht ruhen würde, ehe sie mir alles gegeben hatte – auch wenn ich es mehr ahnte, als ich es wusste. Nichts außer ihr selbst konnte mich daran hindern zu nehmen, was immer das sein sollte.

Gleichzeitig stieg in mir eine panische Angst auf. Ich hatte ja keine Ahnung, was passieren würde, wusste es bisher nur aus den prahlerischen Geschichten, die sich Jungs so untereinander erzählen.

Sie jedoch schien überhaupt keine Furcht zu haben. Ihr Vertrauen war grenzenlos, und sie schmiegte sich an mich, ließ zu, dass ich sie berührte.

›Küss mich jetzt‹, flüsterte sie.

Ich vergaß die ganze Welt in jenem Moment, als sich unsere Lippen trafen.

Plötzlich war alles selbstverständlich. Zeit und Raum hörten auf zu existieren. Es gab nur noch uns beide.

Eine Ewigkeit später lag sie immer noch neben mir, ich hielt sie im Arm, so als hätte ich das schon mein Leben lang getan. Sie streckte die Hand aus und deutete auf den Eingang.

Der niedrige Einlass des Talaiots sah mehr aus wie ein Fenster, eigens geschaffen, um die Landschaft besser betrachten zu können.

Draußen stand der Mond hoch am Himmel, er schien direkt auf uns herabzusehen.

Ein breiter, milchiger Kranz umgab ihn, was sein strahlend weißes Licht noch mehr leuchten ließ.

Vor ihn hatte sich eine eigenartige, beinahe durchsichtige Wolkenwand geschoben, es sah fast aus wie ziehende Nebelschwaden. Das Licht brach sich darin und flimmerte, als würde Flitter zur Erde herabsinken.

›Sieh nur, der Mondstaub‹, rief Catalina, stützte sich halb auf den Ellenbogen, um besser sehen zu können. Ihre Stimme klang ein wenig atemlos. ›Miguel, genau das muss es sein. Das ist bestimmt der Mondstaub.‹

Ihr Nachthemd war ein wenig verrutscht, und das Haar mit den glänzenden Strähnen ergoss sich über die nackten Schultern.

Ich konnte mir nicht vorstellen, sie jemals aus meinen Armen zu lassen, immer noch war da dieser brennende Wunsch nach mehr, der nicht so schnell zu beruhigen war. Sie muss es ebenfalls gespürt haben. Denn sie kniete sich auf die Decke und sah mich an.

›Miguel‹, sagte sie, ›ich habe es die ganze Zeit über gewusst. Dass du der Richtige für mich bist. Ich will nie mehr ohne dich sein. Du wirst doch morgen wiederkommen?‹

Nur die letzten Reste meines Verstandes hinderten mich daran, sie an mich zu reißen, vielleicht war es auch die Angst vor der ewigen Verdammnis, die mich zurückhielt, ich weiß es nicht. Möglicherweise aber begriff ich bereits in jenem Moment, dass dieses Mädchen meine Bestimmung war.

Unsere Finger verschränkten sich ineinander, und ich sah dieses unendliche Vertrauen in ihren Augen, das sie mir wie das größte aller Geschenke entgegenbrachte. Wenn mich nichts anderes mehr aufgehalten hätte, ihr Blick tat es. Ganz behutsam nahm ich ihr Gesicht in die Hände, so als könnte schon diese sanfte Berührung zu viel sein.

›Immer‹, sagte ich. ›Ich verspreche es dir. Wann immer du mich brauchst. Und es wird nie wieder ein Tag vergehen, an dem ich nicht bei dir bin.‹«

Miguel schwieg lange, ehe er plötzlich seinen Blick Nicolau zuwandte, der ihn immer noch reglos ansah.

»Wieso hast du sie gehen lassen, damals?«, fragte er.

Nicolau schob die Unterlippe über die Zähne. Fuhr sich dann mit der Hand über den Mund.

»*Sie* hat mich verlassen«, sagte er. »Nach jenem Sommer ist Amina nicht mehr wiedergekommen.«

»Und du hast nicht gefragt, warum?«

Nicolau schüttelte den Kopf. »Sie hat auf meine Briefe nicht geantwortet. Später dann war mir klar, weshalb.«

Immer noch beobachtete Miguel ihn. »Amina hat dich geliebt«, sagte er langsam.

Nicolau sprach nichts. Sah nur vor sich hin.

»Du weißt doch, dass sie dich geliebt hat?«, beharrte Miguel.

»Möglich. Aber sie ist eben nicht Catalina«, entfuhr es Nicolau.

Immer noch sah ihn Miguel an.

»Doch«, sagte er. »Sie ist ganz genau wie Catalina. Eines Tages wirst du auch draufkommen. Ich habe nur Angst, dass es dann zu spät ist.«

***

Amina hatte fünf lange Tage damit zugebracht, ihren Artikel zu schreiben. Dabei war er nur knapp eine Seite lang. Normalerweise erledigte sie ihre Arbeit an einem Nachmittag, las den Beitrag am nächsten Tag durch, nahm noch einige Korrekturen vor und gab ihn ab.

Schließlich erhielt sie nicht einmal so viel Honorar dafür, wie sie für einen Friseurbesuch ausgab.

Trotzdem schrieb sie die kleinen Geschichten gern.

Doch irgendwie war diesmal alles ein wenig anders. Sie hatte sich regelrecht hineingesteigert. Hatte gründlicher als sonst recherchiert, sich umfassend eingelesen und eine ganze Menge Hintergrundmaterial gesammelt.

Nun fühlte sie sich auf seltsame Weise befriedigt. Die Geschichte handelte von einer jungen Frau, die voller Träume aus ihrer weit im Osten liegenden Heimat nach München gekommen war, und jetzt ihr Leben inmitten der glitzernden Welt aus ungetrübtem Wohlstand als Bettlerin fristete.

Auf dieses Thema hatte sie eine unbekannte Frau in der Fußgängerzone gebracht. Die offensichtlich Obdachlose hatte auf dem kalten Boden gekauert, von vielen unbeachtet – und zum ersten Mal in ihrem Leben überlegte Amina, was für ein Schicksal sich möglicherweise hinter der Fassade aus Resignation und Trauer verbarg.

Was hatte diese Bettlerin wohl erlebt, was würde sie ihr alles erzählen können? Doch abgesehen davon, dass sie vermutlich nicht dieselbe Sprache sprachen, hielt eine seltsame Scheu Amina davon ab, auf die Frau zuzugehen und sie anzusprechen.

Dennoch musste sie immer wieder an sie denken. Wo war sie hingegangen? Woher kam sie? Wie lebte sie?

Mehrfach ertappte Amina sich dabei, wie sie überlegte, womit man der Frau vielleicht helfen konnte.

Als sie die fertige Geschichte dann per E-Mail an den Zeitungsverlag abgeschickt hatte, war sie stolz auf ihr Werk, aber auch ein wenig aufgeregt. Beinahe hätte sie vergessen, den Artikel anzuhängen – aus lauter Nervosität.

Dennoch war sie tief befriedigt, wusste sie doch, dass diese kurze Skizze wohl das Beste war, das sie jemals abgeliefert hatte.

Am nächsten Samstag würde sie endlich zu ihrem Vater fliegen. Seltsamerweise fühlte sie sich angespannt bei dem Gedanken. Eigentlich schon seit ihrem Anruf. Erika war dran gewesen und hatte gesagt, ihr Vater gehe gerade am Strand spazieren.

Amina versuchte, sich Erikas Gesicht in Erinnerung zu rufen.

Vor der Hochzeit war sie jahrelang die Privatsekretärin ihres Vaters gewesen. Eine aparte Frau, nicht allzu groß, schlank, mit kurzen dunkelblonden Haaren, die stets den Eindruck machten, als hätte der Wind sie in alle Richtungen zerzaust.

Immer schon schien sie für alles zuständig gewesen zu sein, was ihren Vater betraf, für neue Tonerkartuschen ebenso wie für die Reservierung eines Tisches im Restaurant oder den Einkauf von Lebensmitteln. Bei ihren wenigen Besuchen war sie Amina gegenüber freundlich, wenn auch ein wenig zurückhaltend gewesen. Ihre ganze Fürsorge galt Aminas Vater. Sie brachte ihm den Postordner mit denselben zärtlichen Worten wie seine Medikamente. Und vergaß niemals etwas. Umso überraschter hatte Amina die Nachricht der bevorstehenden Hochzeit zur Kenntnis genommen.

Wann immer sie seither am Telefon mit Erika gesprochen hatte, fühlte sich Amina ein wenig unbehaglich. Doch Erika begegnete ihr mit der immergleichen, beinahe schon herzlichen Freundlichkeit.

»Sag ihm bitte, dass ich euch gerne auf einige Tage besuchen käme«, hatte Amina hervorgebracht.

Kurz nur schien Erika zu zögern.

»Das ist eine wundervolle Idee«, sagte sie dann. »Bei euch ist das Wetter ohnehin fürchterlich. Und Konrad wird sich unglaublich freuen, wenn du ihn besuchen kommst.«

»Und du?«, entschlüpfte es Amina, ehe sie die Worte zurückhalten konnte.

»Ich freue mich sehr auf dich«, hörte sie Erika sagen, »und ich bin froh über alles, was Konrad glücklich macht.«

Was war das eigentlich für eine Frau, dachte Amina.

Natürlich war ihr Vater eine überaus gute Partie gewesen. Doch wie es schien, hatte sie ihn nicht ausschließlich deswegen geheiratet. Und was empfand ihr Vater für Erika?

»Putzfrau, Krankenschwester, Haushuhn«, waren noch die nettesten Bezeichnungen ihrer Mutter gewesen. Nicht, dass sie es sonderlich böse meinte. Erika war in ihren Augen nichts weiter als eine graue Maus, die sich schlussendlich eine gute Partie geangelt hatte.

Warum nur war sie nicht zur Hochzeit gekommen?

Ein Gefühl von Scham stieg in ihr auf. Wenn schon nicht aus Liebe zu ihrem Vater, wäre es als einzige Tochter zumindest ihre Pflicht gewesen, an dem für ihn doch wichtigen Ereignis teilzunehmen.

Immer noch glaubte sie die leise Enttäuschung in seiner Stimme zu hören, als sie damals abgesagt hatte.

Erika schien ihr das in keinster Weise nachzutragen. Oder war alles Fassade, und Erika tatsächlich nur am Geld interessiert, das ihr Vater besaß?

Je kürzer die verbleibende Flugzeit war, die sie noch von ihrem Zielort trennte, desto unruhiger wurde Amina. Was sollte sie antworten, wenn man sie fragte, wieso sie gerade jetzt kam?

Schließlich wusste sie es selbst nicht, gestand sie sich ein. Es war lediglich ein Gefühl, das ihr sagte, dass es richtig war, endlich wieder nach Malaga zu fliegen.

Seit beinahe zwanzig Jahren lebte ihr Vater schon dort. Und fast ebenso lange war Erika bei ihm. Hatten die beiden vorher eine Affäre gehabt? Wie war es zu dieser plötzlichen Hochzeit gekommen?

Amina merkte, wie sich immer mehr Fragen in ihrem Kopf drehten, auf die sie keine Antwort wusste.

Als die Maschine landete, sah sie aus dem Fenster. Beinahe glaubte sie, auf Mallorca zu sein, und runzelte die Stirn.

Sie war aber nicht auf der Insel. Es war nur natürlich, dass die Flughäfen einander ähnelten, auch wenn der von Palma um einiges größer war. Letztendlich waren alle Airports irgendwie gleich. Bei diesem kam noch hinzu, dass es dieselben Ladenketten waren, die hier Filialen betrieben, dementsprechend boten sie auch ein ähnliches Bild.

Erika wartete vor der Absperrung und umarmte sie ganz selbstverständlich.

»Lass dich ansehen. Du bist noch schöner geworden, als ich dich in Erinnerung habe«, sagte sie.

Die hohlen Worte klangen bei ihr warm und aufrichtig.

Amina riskierte einen schnellen Blick aus den Augenwinkeln.

Erika wirkte völlig natürlich und war bis auf den roten Lippenstift ungeschminkt. Die von der Sonne leicht gebräunte Haut hatte einen samtigen Schimmer, und rund um die Nase zeigten sich einige kleine Sommersprossen.

Sie trug enge Jeans und einen flauschigen weiten Pulli. Die Schuhe waren flach, aus blauem Jeansstoff, mit weißen Schnürbändern. Wie immer schienen die Haare vom Wind zerzaust, und mit ihrer zierlichen Figur wirkte sie wesentlich jünger als sie war.

»Wie war dein Flug?«, fragte sie und gab sich selbst gleich die Antwort. »Gut, nehme ich an. Bist du müde? Wann musstest du denn aufstehen?«

Dankbar für das unverfängliche Gesprächsthema, ließ sich Amina sofort darauf ein, während sie miteinander zum Wagen gingen. »Vater ist zu Hause?«, fragte sie.

»Er ist zum Strand gefahren. Mittags macht er immer einen Strandspaziergang. Aber er wird zurück sein, wenn wir kommen. Du weißt ja, er ist ein Pünktlichkeitsfanatiker.«

Amina sah sie überrascht an. So wie Erika das aussprach, war es beinahe eine Liebeserklärung.

»Ihr seid glücklich.« Das klang nicht nach einer Frage, eher wie eine Feststellung, und war ihr einfach herausgerutscht.

Erika sah kurz zu ihr, bevor sie den Blick wieder auf die Straße richtete.

»Sind wir«, sagte sie schlicht.

»Es tut mir leid, dass ich bei eurer Hochzeit nicht da sein konnte«, begann Amina.

»Dafür bist du jetzt gekommen.« Es hörte sich an, als fände Erika es normal, dass sie es nicht einmal der Mühe wert gefunden hatte zu kommen, wenn ihr Vater heiratete.

Plötzlich war es einfach, das auszusprechen, was sie schon länger dachte: »Ein wenig zu spät, nicht wahr?«

Erikas Antwort kam ohne Zögern. »Er freut sich auf dich«, war alles, was sie sagte, »und ich mich auch.«

Amina entspannte sich. Erikas Art war so unkompliziert, alles schien irgendwie selbstverständlich.

Als gäbe es da nicht ihre Mutter, eine Scheidung und dann noch sie selbst.

Eine erwachsene Tochter, deren einziger Kontakt zum Vater aus regelmäßigen E-Mails und weniger regelmäßigen Telefongesprächen bestand.

»Hast du eigentlich noch irgendwo Familie?«, fragte Amina. Wieder hätte sie die Frage am liebsten zurückgenommen, aber dazu war es zu spät. »Entschuldige, das geht mich eigentlich überhaupt nichts an. Vergiss es«, sagte sie hastig.

»Ich habe noch einen Bruder. Irgendwo. Es ist traurig, aber wir beide haben uns schon als Kinder nicht verstanden. Da

Konrad ebenfalls ein Einzelkind ist, bleibt uns einiges an Verwandtschaft erspart. Dich allerdings liebt er«, sagte Erika übergangslos, es klang nach einer versteckten Botschaft.

Amina blickte zu ihrer Stiefmutter. Wusste nicht genau, was sie sagen sollte. »Natürlich liebt er mich. Er ist schließlich mein Vater. Ich liebe ihn übrigens ebenfalls.«

»Nein. Nicht nur so, wie man eben seine Tochter lieben sollte. Er liebt dich wirklich. Sehr sogar. Aber er zeigt es nicht. Wenn es dir wichtig ist, wirst du ein wenig genauer hinsehen müssen.«

Amina runzelte die Stirn, als Erika in die schmale Straße abbog, die zum Haus führte.

»Ich hoffe, du magst *Gambas* immer noch so gerne.« Erikas Ton war ganz locker, so als hätten sie vorher nur über das Wetter geplaudert. »Ich habe mir gedacht, ich mache uns Spaghetti dazu, das geht schnell. Einverstanden?«

Sie erreichten das Haus, das Amina noch genau in Erinnerung hatte.

Es war nicht allzu groß. Verglichen mit den Villen, die ringsherum standen, wirkte es eher bescheiden.

Dennoch wusste Amina, dass es genügend Platz für eine mehrköpfige Familie bot. Die Architektur war freundlich und ein wenig verspielt. Das Haus wirkte, als hätte es jemand aus mehreren Einzelteilen eher zufällig zusammengefügt.

Der sonnengelbe Anstrich, das zimtfarbene Dach, auf dem man etliche Schornsteine erkennen konnte, die weißen bogenförmigen Fenster – alles war gemütlich.

Erika fuhr in die Garage, stellte den Motor ab und schloss das Einfahrtstor.

»Lass mich das tragen«, sagte sie und nahm Amina auch noch die Tasche ab, nachdem sie bereits den Koffer aus dem Wagen geholt hatte.

Bevor Amina protestieren konnte, ging Erika zu der Verbindungstür und verschwand im Haus, sodass Amina nichts anderes übrigblieb, als ihr zu folgen.

Sofort als sie die lichtdurchflutete Wohnhalle betrat, sah sie ihren Vater, der mit dem Rücken zu ihnen auf der Terrasse stand.

Er musste sie gehört haben, denn er drehte sich um.

»Daddy«, rief Amina und lief auf ihn zu, ohne zu bemerken, dass Erika sich in die Küche zurückzog. »Daddy«. So hatte sie ihn als kleines Mädchen genannte. Seit Langem schon nannte sie ihn nur mehr »Vater«.

Jetzt aber war ihr die alte Anrede einfach wieder entschlüpft.

Er breitete die Arme aus und zog sie an sich.

»Mein Mädchen. Schön, dass du gekommen bist. Ich freue mich sehr, dich zu sehen. Lass dich anschauen. Du bist noch schöner als auf den Fotos.«

Sie lachte. Es fühlte sich so gut an, ihn nach dieser langen Zeit wieder zu umarmen.

»Welche Fotos meinst du?«, fragte sie, noch während er sie an sich drückte.

»Erika hat sämtliche Zeitschriften aufgekauft. Du weißt schon. Die Preisverleihung in Berlin. Ich bin richtig stolz auf dich. Ihr beide seid ein tolles Paar. Ich bin so froh, dass du endlich glücklich bist.«

Den Arm um ihre Schultern gelegt, führte er sie zu der Garnitur mit den hellen Polstern, in denen man beim Sitzen tief versank.

»Jetzt erzähl. Wo ist denn dein Alain? Und wann lernen wir ihn einmal kennen?«

Es war schön. Obwohl sie nicht aufhören konnte zu reden, fast übersprudelte, kam es ihr vor, als hätte sie noch gar nicht damit begonnen, als Erika auch schon zum Essen rief.

Hand in Hand mit ihrem Vater ging sie hinüber.

»Wenn wir keine Gäste haben, essen wir immer hier«, sagte Erika.

In der hellen Wohnküche mit dem kleinen Erker stand ein runder Tisch, der jetzt für sie gedeckt war.

Durch die Fenster schien die Sonne herein, und die Tür, die zur Terrasse führte, war weit geöffnet.

»Natürlich essen wir hier«, sagte ihr Vater, »Amina ist schließlich kein Gast.«

Erika brachte die Teller. Winkte ab, als Amina ihr helfen wollte.

»Heute nicht. Ihr beide habt euch bestimmt eine Menge zu erzählen«, sagte sie.

Als Amina an diesem ersten Abend ziemlich früh in ihrem Bett lag, war sie zwar müde, aber gleichzeitig so entspannt, als würde sie schweben.

Ihr fiel auf, dass sie beinahe den ganzen Tag – und auch später noch, während des gesamten Abends – unentwegt geredet hatte, nur manchmal unterbrochen von einer weiteren Frage ihres Vaters, während Erika bei ihnen saß und still zuhörte.

»Ich weiß kaum etwas von den beiden«, dachte Amina, ehe sie das Licht ausmachte und sofort in einen tiefen Schlaf fiel.

***

Strahlender Sonnenschein weckte sie, und Amina sah sich überrascht um. Erst nach und nach fiel ihr alles wieder ein.

Ein Blick auf die Uhr ließ sie auffahren. Es war bereits nach neun.

Wieso hatte Alain heute nicht angerufen?

Wo war überhaupt ihr Handy? Sie musste es samt ihrer Handtasche gestern Abend irgendwo im Wohnraum gelassen und einfach dort vergessen haben. Offenbar war sie doch müder gewesen, als sie dachte. Dazu noch der wunderbare Wein, den sie getrunken hatten …

Ohne Zeit zu verlieren, stand sie auf und trat hinaus. Das Wetter war prächtig, und sie betrachtete ihre Umgebung. Einige Häuser waren seit ihrem letzten Besuch dazugekommen, stellte sie fest. Aber das Meer war immer noch dort, wo es hingehörte. Ruhig und unendlich weit.

Den Gedanken an ein anderes Meer, an einem anderen Ort, unterdrückte sie so schnell, wie er gekommen war.

Die Luft wirkte noch ein wenig kühl, und sie trat schnell ins Zimmer zurück. Im Laufe des Vormittags würde es bestimmt um einiges wärmer werden, überlegte sie, während sie ins Bad ging.

Wenig später kam sie in die Küche und fand dort Erika vor, die das Frühstück zubereitete.

»Guten Morgen, gut geschlafen?«

»Wunderbar, danke. Viel zu gut. Ich muss nur schnell mein Handy holen.«

»Alain hat angerufen«, holte Erikas Stimme sie zurück.

Amina blieb stehen.

»Ich habe das Handy aus deiner Handtasche genommen. Außerdem habe ich mit ihm abgemacht, dass er dich, solange du hier bist, anruft, wenn er morgens aufsteht. Um diese Zeit ist es hier früher Nachmittag. So kannst du in Ruhe ausschlafen. Ich soll dir ausrichten, dass er an dich denkt.«

»Ich mag es normalerweise nicht, wenn man meine Handtasche öffnet«, sagte Amina gedehnt.

Erika hielt kurz inne. »Wenn du nicht möchtest, dass ich künftig rangehe, dann sag es bitte.«

Plötzlich kam Amina ihre Bemerkung lächerlich vor.

»Ist schon gut«, sagte sie schnell, »ich … ich habe nur gemeint, dass ich es nicht bei Fremden mag. Und danke, dass du abgehoben hast.«

»Um draußen zu frühstücken, ist es ein wenig kühl. Wie möchtest du dein Frühstücksei?« Erikas Stimme klang so warm wie immer.

»Bitte mach dir keine Mühe. Ich trinke nur Kaffee.«

»Es ist schon alles vorbereitet. Was du nicht magst, lässt du einfach stehen.«

Amina kam nicht zum Antworten, weil ihr Vater in der Tür stand.

Eine Stunde später saßen sie immer noch alle um den Tisch herum und plauderten, erst dann zog sich ihr Vater in sein Arbeitszimmer zurück.

»Und was möchtest du heute unternehmen?«, fragte Erika, als sie zusammen die Spülmaschine einräumten. »Wann immer du alleine losziehen willst, nimmst du bitte meinen Wagen. Die Schlüssel liegen in der blauen Glasschale neben dem Eingang und die Papiere sind im Handschuhfach.«

»Und was planst *du* heute, brauchst du den Wagen nicht?«

»Mach dir keine Gedanken. Zum Einkaufen kann ich später Konrads Wagen nehmen.«

»Hättest du vielleicht Lust, mit mir zusammen etwas zu unternehmen?« Aminas Frage überraschte sie selbst.

Kurz nur schien Erika zu zögern, ehe sie antwortete. »Klar doch. Sehr gern.«

***

Obwohl er den ganzen Tag gearbeitet hatte, konnte Nicolau nicht schlafen.

Die Nacht war kalt, kaum sechs Grad – doch er griff nach seiner Jacke und ging auf die Terrasse.

Es war eine sternenklare Nacht. Still leuchtete der Mond am Himmel, in der Ferne konnte man den silbernen Streifen des Meeres sehen.

Nicolau versenkte die Hände in den Taschen der Jacke und betrachtete das Land.

Die langen Äste der Feigenbäume leuchteten seltsam hell und warfen bizarre Schatten. In der Ferne hörte man einen Hund bellen.

»Es wäre vielleicht gut, einen Hund zu haben«, dachte er kurz.

Früher war er sicher gewesen, einmal mehrere zu besitzen, später, wenn er sein eigener Herr war.

Das war er jetzt – einen Hund hatte er trotzdem nicht.

Wozu auch? Er hätte ohnehin keine Zeit für ihn. Aber für Miguel wäre es vielleicht unterhaltsam, ein Tier um sich zu haben, versuchte er sich einzureden.

Wie von selbst überflog sein Blick weiter das Land, das jetzt ihm gehörte, blieb an den Mandelbäumen am Fuße des Hügels hängen.

Sie waren inzwischen drei Jahre alt und für ihr Alter auffallend groß gewachsen. Auch wenn er versuchte, nicht dorthin zu sehen, arbeitete sich sein Blick weiter hinauf, bis er an dem Herrenhaus hängen blieb.

Die ehemals weiß getünchte Fassade rund um die Loggia im oberen Stock schien an den Stellen, wo der Putz noch nicht gänzlich abgebröckelt war, von innen heraus zu leuchten.

Imposant wirkte alles, beeindruckend.

Das sanfte Licht verhüllte die Spuren der Zeit und bescherte dem Haus Gelegenheit, noch einmal seine alte Pracht zu entfalten – verbarg geschickt das bereits eingestürzte Dach, die baufälligen Stiegen und geborstenen Mauern, in denen zahlreiche Büsche wuchsen und den unterschiedlichsten tierischen Bewohnern ein Zuhause boten.

»Es müsste eine wundervolle Herausforderung sein, es wieder aufzubauen und mit neuem Leben zu füllen«, dachte er und betrachtete weiter das Haus.

Während er es so ansah, schien es irgendwie von selbst zum Leben zu erwachen.

Bei den Stallungen herrschte reger Betrieb. Zahlreiche Knechte waren damit beschäftigt, die Tiere zu versorgen. Heu wurde verteilt, Stroh aufgeschüttet.

In großen Eimern trug man das Wasser über den Hof.

Ein Fuhrwerk bahnte sich den Weg zum Hügel hinauf. Es war ein hölzerner Karren, auf dessen Kutschbock ein alter Mann hockte – die Zügel der beiden Maultiere fest in den Händen, schwang er mit der anderen eine lange Peitsche, die er im immer gleichen Takt durch die Luft zog, ohne dass sich sein Gespann darum zu kümmern schien.

Schritt für Schritt im selben Trott, zogen die Tiere das mit Fässern schwer beladene Gefährt hinauf in Richtung der Stall- und Wirtschaftsgebäude.

Es waren langgezogene Gemäuer, einstöckig, zum Teil mit unzähligen Fensteröffnungen, die sich u-förmig gleich neben dem Haupthaus erstreckten und so in ihrer Mitte einen geschlossenen Hof bildeten, den man noch zusätzlich mit einem großen Tor versehen hatte.

Das helle Bimmeln einer Glocke durchschnitt die einförmigen Bewegungen des täglichen Arbeitsablaufs, und es schien, als hätten alle nur darauf gewartet.

Sie ließen die Arbeit stehen und strömten in Richtung des Haupthauses.

Auch der Kutscher hatte inzwischen den Hof erreicht. Versorgte schnell seine beiden Tiere im Schatten des vorspringenden Daches und folgte, erstaunlich flink für sein Alter, den anderen nach.

Es war ganz genau dreizehn Uhr und bereits ziemlich warm an diesem frühen Junitag des Jahres neunzehnhundertsechsunddreißig.

Immer noch sah Nicolau wie gebannt zu dem Hügel hin.

Miguels Erzählungen beschäftigten ihn, und je stärker er es vermeiden wollte, desto mehr zog ihn sein Blick weiter vom Haus fort in Richtung des steilen Abhangs.

Dort musste er stehen. Der Talaiot.

Obwohl Nicolau ihn von der Terrasse aus nicht sehen konnte, hätte er den weit über zweitausend Jahre alten Wachtturm mit einer Genauigkeit beschreiben können, die keine noch so unbedeutende Kleinigkeit des Bauwerks unerwähnt ließ.

Trotz der Kälte der Nacht wurde ihm heiß.

Amina und er. Dort. Im Schutz des Talaiots.

Nicolau versuchte wieder, die Erinnerungen zu verdrängen, die ihn immer stärker verfolgten, je mehr Miguel von seiner Geschichte erzählte.

Etwas in Nicolau sehnte sich danach, es zu beenden. Miguels Erzählung nicht länger zu folgen.

Aber ebenso gut hätte man einem Bach befehlen können, er solle aufhören zu fließen, und Nicolau wusste, dass er die Geschichte bis zum Ende erfahren *wollte*. Dass er nicht genug davon hören konnte, sosehr es ihn auch aufwühlte.

Miguel und Catalina. Im Schutz des Talaiots.

Sie hatten einander dort getroffen, jeden Abend, wenn die Sonne untergegangen war und in den Mauern des Anwesens langsam Ruhe einkehrte.

Dann war Catalina im Schutz der Dunkelheit aus dem Haus geschlüpft, dem Zimmer, das sie zusammen mit Mari Carmen, ihrer Schwester, bewohnte.

Stets hatte sie etwas zu essen dabeigehabt. Hatte es mit Hilfe der Schwester besorgt und so lange versteckt, bis sie es abends mitnehmen konnte.

Wieso hatte Mari Carmen ihr dabei geholfen? Hatte sie geahnt, was noch kommen sollte?

»Ich habe mich lange nicht getraut, sie wirklich anzufassen.« Nicolau hörte wieder Miguels ruhige Stimme, mit der er langsam weitererzählte.

»Catalina war es gewesen, die mich dazu drängte. Während ich alle diese herrlichen Dinge aß, die sie mir wie jeden Abend mitbrachte.

So ist es irgendwann dann passiert. Wie selbstverständlich. So einmalig, wie man es nur ein einziges Mal im Leben erlebt. Es war Mondstaub, es war ein ganzer Regen an Sternschnuppen, es war einfach alles, und ich weiß, dass es für sie genauso war. Ich spürte ihren Körper dicht an meinem und hätte sie nicht loslassen können, auch wenn mein Leben davon abgehangen hätte.«

Miguel war fortan jeden Abend den weiten Weg vom Dorf hinaufgestiegen, später dann den noch weiteren von ganz unten, von der Küste, wo er auf dem anderen großen Landgut der Umgebung während der Sommermonate bei der Ernte aushalf.

Es war Mitte Juni und bereits glühend heiß.

Die Luft zitterte vor Hitze, doch zwischen den Steinquadern war es angenehm und beinahe kühl.

Die Nächte rochen nach der Glut des versunkenen Tages, nur selten wehte ein leichter Wind vom Meer zu den beiden herauf. Der Duft der großen Kiefern, die den gesamten Hügel bewaldeten, vermischte sich mit dem Geruch der wildwachsenden Kräuter und Gräser.

Es war ein heißes Jahr – doch was wussten die beiden schon? Zwei junge Menschen, die sich jeden Abend im Schutz des alten Talaiots trafen.

Was ahnten sie von den Ereignissen auf der großen Bühne Spaniens, was von den schwarzen Wolken, die nicht nur dort, sondern längst über ganz Europa aufzogen?

Wohl wenig. Nur, was sie zu Hause hörten, und auch das konnten sie in seiner Tragweite wohl kaum begreifen, geschweige denn erahnen, was alles noch passieren würde.

Nicolau spürte, wie er fror.

Er sah in den Himmel hinauf und bemerkte die Wolken, die sich jetzt immer stärker über den Mond schoben. Bis sie ihn schließlich ganz verdeckten.

Da erst zog er die Hände aus den Taschen, drehte sich um und ging ins Haus zurück.

Kapitel 8

Sie parkten in der Tiefgarage bei der *Avenida del Mar.* Inzwischen war es so warm, dass sich Amina ihren leichten Pulli nur locker um die Schultern legte.

»Ihr habt es wirklich gut hier«, sagte sie. »Während wir frieren, scheint bei euch immer die Sonne.«

»Du kannst ja öfters kommen«, antwortete Erika.

»Sei vorsichtig mit solchen Angeboten. Sonst mache ich das wirklich.«

»Du weißt genau, das hier ist für immer auch dein Zuhause«, sagte Erika, und Amina schwieg.

Wieder hatte sich eine Tür geöffnet, und überrascht stellte sie fest, dass sie es genoss, mit Erika zusammen zu sein.

Irgendwann kehrten sie in einem der hübschen Lokale in der Altstadt ein.

Mehrere Tische standen in der Sonne, bunte Kissen schmückten die Stühle, und die zahlreichen Sonnenschirme verbreiteten ein südliches Flair.

Amina streckte entspannt die Beine aus und hob ihr Gesicht der Sonne entgegen.

»Du sprichst wirklich gut Spanisch«, stellte Erika fest, »hast du das alles ausschließlich auf Mallorca gelernt?«

Amina nickte. Sagte nichts, spürte aber, wie Erika sie musterte.

»Tabuthema?«, fragte sie plötzlich.

Überrascht sah Amina auf, setzte zu einer Antwort an, schloss dann wieder den Mund.

Eine ganze Weile verstrich.

Plötzlich war da das Verlangen, mit Erika darüber zu sprechen. Etwas drängte sie, ihr mehr zu erzählen, mehr, als sie sich selbst eingestand.

»Er hieß Nico«, begann sie. »Als ich ihn das erste Mal traf, war ich sechs und er neun. Er verbrachte jeden Sommer bei seinem Großonkel auf der Finca, die genau an unsere angrenzt. Mutter hat sie gekauft, nach der Scheidung.

Ich soll schon nach dem ersten Sommer recht gut Spanisch gesprochen haben. Du weißt ja, wie Kinder sind. Er war mein Spielgefährte.« Amina unterbrach und nahm einen Schluck aus ihrem Campariglas. Während ihr Erika still zuhörte, sprach sie weiter.

»Vom ersten Moment an war er für mich der große Bruder. Wir steckten den ganzen Tag zusammen. Keine Ahnung, was er an mir fand. Normalerweise spielen Jungs in dem Alter nicht mit Mädchen. Aber irgendwie wurden wir zwei unzertrennlich. Ich habe mich jedes Jahr schon wie verrückt darauf gefreut, nach Mallorca zu kommen.

Mutter war zunächst nicht besonders glücklich darüber. Sie hatte keine Lust, die ganzen Ferien ausschließlich dort zu sein. Ich aber habe es durchgesetzt. Mehr noch – als ich älter wurde, bestand ich darauf, in jeden Schulferien dorthin zu fliegen. Später sogar die verlängerten Wochenenden.

Da streikte Mutter endgültig. Außerdem war sie zu jener Zeit das zweite Mal verheiratet. Das war mein Glück. Denn ihr damaliger Mann hatte eine Tochter aus erster Ehe – Michelle. Die war um einiges älter als ich und ein ebenso leidenschaftlicher Mallorca-Fan. Also flogen wir zusammen.

Es war ein perfektes Arrangement. Ich steckte ohnehin den ganzen Tag mit Nico zusammen, und sie konnte machen, was sie wollte. Nicht, dass sie viel unternommen hätte«, fügte Amina nachdenklich hinzu, »sie war eine Leseratte, außerdem furchtbar ehrgeizig in ihrem Studium. Also lag sie die meiste Zeit am Pool, oder im Winter auf der Couch vor dem Kamin. Wir beide kamen perfekt miteinander aus.«

»Wie alt warst du, als du das erste Mal mit ihr unterwegs warst?«

Überrascht sah Amina sie an. »Keine Ahnung. Etwa dreizehn. Sie jedenfalls hatte bereits einen Führerschein, das weiß ich noch.«

»Habt ihr viel Kontakt?«, fragte Erika.

Amina schüttelte den Kopf. »Überhaupt nicht. Es ... also, als ich achtzehn war, ließ sich Mutter wieder scheiden. Und Michelle ging nach Amerika. Es war eine schwierige Zeit, damals.«

Amina fiel gar nicht auf, dass sie schon längere Zeit schwieg, bis Erika nach ihrer Hand griff. »Ich wollte dich nicht traurig machen.«

Amina schreckte auf. »Wieso?«, begann sie, als ihr Erika ein Taschentuch reichte. »Die Sonne blendet«, flüsterte sie und nahm es Erika aus der Hand.

»Entschuldige bitte«, immer noch beobachtete Erika sie.

»Dazu gibt es keinen Grund. Es ist nur ... ich wusste gar nicht, dass ich mir das so zu Herzen genommen habe. Die Scheidung meine ich. Und Michelle. Weißt du was?«, sie versuchte zu lächeln. »Du bist richtig nett.«

Später liefen sie zusammen über die Uferpromenade.

»Wie habt ihr einander eigentlich kennengelernt? Vater und du?«, fragte Amina.

»Ich bin ihm gewissermaßen vor die Füße gefallen«, antwortete Erika. »Damals war ich bei einem Makler beschäftigt. Und dein Vater hatte sich eines der Objekte angesehen.

Auf der Treppe im Garten bin ich gestolpert, und er fing mich im letzten Moment auf. Trotzdem war mein Fuß verstaucht. Er war sehr besorgt, setzte sich sogar ans Steuer und fuhr den Wagen zurück. Am nächsten Tag erkundigte er sich, wie es mir gehe.«

»War es das Haus, das er gekauft hat?«

»Nein. Leider nicht. Oder Gott sei Dank. Je nachdem.« Sie schwieg.

Amina sagte eine Weile nichts, dann hob sie entschlossen den Kopf, blieb stehen, sodass auch Erika anhalten musste, und fragte direkt: »Tabuthema?«

Befriedigt registrierte sie die Überraschung auf Erikas Gesicht, ehe sie lächelte.

Als sie dann zu erzählen begann, hängte Amina sich bei ihr ein.

»Ich hatte Konrad eine ganze Weile nicht mehr gesehen. Einige Wochen später kam er überraschend.

Ihm war eine *Gestoria* empfohlen worden, und er wollte wissen, ob ich sie kenne. Damals hatte er bereits sein Haus gefunden, stand knapp vor dem Vertragsabschluss.

Er kam jeden Tag. Ständig hatte er irgendwelche Fragen. Es schien, als wäre ich die Einzige, von der er sich beraten ließ. Er bat mich sogar, mir das Haus anzusehen, ihm zu sagen, was ich davon halte, und er nahm mich zur Kaufvertragsunterzeichnung mit. Nachher lud er mich zum Mittagessen ein und gab mir ein Kuvert.

Obwohl er mich bat, es erst zu Hause zu öffnen, machte ich es heimlich auf.

Ich habe mich strikt geweigert, das Geld anzunehmen. Er war richtig sauer, und ich war sicher, ihn nie mehr wiederzusehen.«

Hier machte Erika eine Pause. »Sieh mal. Die Jacht dort draußen, die ist echt schön. Im Sommer sieht man ständig welche. Aber um diese Jahreszeit sind sie seltener.«

»Du lenkst ab«, mahnte Amina.

»Drei Wochen später wartete er auf mich. In dem kleinen Café gegenüber unseres Büros. Er fragte mich, ob ich für ihn arbeiten möchte. – Was ist, willst du schon nach Hause, oder fahren wir noch ein wenig zum Jachthafen?«

Amina fragte nicht weiter und folgte Erika zum Wagen. Kurze Zeit später waren sie am Ziel.

Der Anblick der Jachten mit dem *Pico de la Concha* im Hintergrund war seltsam vertraut. Immer stärker spürte Amina, wie sie sich entspannte.

Die Geschäfte ringsherum waren ebenso exquisit wie teuer. Nobelmarken, wie es sie an allen Luxusadressen dieser Welt gibt, waren hier vertreten.

Automatisch schlug Erika den Weg zu den edlen Geschäften ein. »Du sollst dir etwas aussuchen«, sagte sie. »Befehl von Konrad.«

Amina blieb stehen. Dann schüttelte sie den Kopf. »Kommt nicht infrage. Ich habe, was ich brauche. Daddy unterstützt mich immer noch jeden Monat, nur damit es mir an nichts fehlt.«

»Jetzt mach ihm doch die Freude«, bat Erika.

Amina überlegte, wieso es sie plötzlich störte, auf Kosten ihres Vaters zu shoppen. Mit ihrer Mutter war sie immer in diese Läden gegangen. Dennoch widerstrebte es ihr.

»Kaufst du hier ein?«, fragte sie.

Erika lachte vergnügt. »Ich? Nein. Wirklich nicht. Ich bin doch schon fünfzig.«

Das ist Mutter beinahe auch, dachte Amina. »Und woher hast du deine Sachen?«, fragte sie laut.

»Ich habe eine Freundin, die führt eine kleine, aber hübsche Boutique. Dort finde ich immer etwas Passendes, wenn ich einmal ein neues Stück brauche. Mein Schrank ist ohnehin überfüllt. Aber du sollst dir heute eine Freude machen. Also komm schon.«

»Gut. *Ein* Stück. Zur Erinnerung. An Dad – und an dich«, sagte sie schnell. »Aber nicht hier. Bei deiner Freundin. Einverstanden? Vorher würde ich gerne ein wenig am Strand spazieren gehen. Willst du?«

***

Nicolaus Hände lagen auf dem Lenkrad. Er hielt es krampfhaft fest und fuhr die gewohnte Straße entlang, ohne auch nur einen Blick an seine Umgebung zu verschwenden.

Dabei war ein sonniger Tag. Der Anblick der lieblichen Landschaft, die zunehmend aus dem Winterschlaf erwachte, hätte ihn sonst zu einem zweiten Blick verführt.

Heute aber sah er weder die Blumen am Wegesrand noch die neu geborenen Lämmer, die ihre ersten Sprünge versuchten.

Er wollte zunächst zu Miguel fahren, wie er es geplant hatte, überlegte es sich dann anders und schlug den Weg zu seiner *Casita* ein, in der er schon seit Wochen nicht mehr gewesen war – es sei denn, um die Fensterläden zu öffnen oder später wieder zu schließen.

Finster war es in dem kleinen Haus, obwohl der Himmel draußen noch letzte Reste von Tageslicht zeigte. Dennoch drehte er das Licht nicht auf.

Außerdem war es kalt. Hier war nicht mehr geheizt worden, seit er zu Miguel übersiedelt war. Entsprechend klamm fühlten sich die Möbel an.

In ihm tobte ein Chaos, das er nicht beherrschen konnte. Was hatte er eigentlich erwartet?

Erschöpft von dem Aufruhr seiner Gefühle zog er einen Stuhl heran und setzte sich, bevor er das Kinn auf seine gefalteten Hände stützte. Lange Zeit saß er so da. Merkte nicht einmal, wie die Kälte immer stärker durch ihn hindurchkroch.

Seine Finger waren eisig, als er irgendwann in das Innere seiner Jacke griff und die Zeitschriften hervorzog, die er in der Brusttasche verstaut hatte.

Eine davon war für seine Mutter bestimmt, die das Blatt gerne las, wie er wusste. Deshalb hatte er spontan beschlossen, es ihr zu besorgen, da sie selbst meist darauf vergaß.

Er starrte auf das Titelblatt, von dem ihm ein unbekanntes Gesicht entgegenlächelte.

Wie unter Zwang schob er das Heft zur Seite und zog darunter ein anderes hervor.

Das deutsche Wochenmagazin titelte: »Die Gewinner.« Darunter stand: »Alain Lavie, der große Sieger.«

Das Bild zeigte Amina, die jetzt ein anderer Mann in seinem Arm hielt.

Verlobter. Starregisseur. Preisträger. Heiraten.

Die Worte verschwammen.

»Er ist verdammt attraktiv«, schoss es Nicolau durch den Kopf.

Und sie war wunderschön. Fast meinte er, sie wieder unter seinen Händen zu spüren, so konzentriert betrachtete er die Umrisse auf dem Foto. Der halbnackte Rücken, ihr Körper, dessen Konturen sich unter dem dünnen Stoff abzeichneten. Das Gesicht. Und erst der Blick, mit dem sie den Mann an ihrer Seite ansah.

»Sie liebt ihn«, dachte er immer wieder, konnte nichts anderes mehr tun.

Er wusste, er sollte es nicht lesen. Nicht jetzt. Jeder Nerv in ihm spürte ohnedies, was geschehen war.

Das Unvermeidliche. Das, wovor er sich immer schon am meisten gefürchtet hatte. Jetzt war es passiert.

Er schlug das Blatt auf und begann den Artikel zu studieren. Bekam nicht mit, was er gelesen hatte, und las von Neuem.

Danach starrte er reglos auf die Bilder.

Seine Amina.

Irgendwann legte er den Kopf auf die verschränkten Arme, die er immer noch über der Zeitschrift verkrampft hielt, und presste das Gesicht in den weichen Ärmel der Jacke.

***

»Guck mal! Ist die nicht toll?«

Amina stürmte in das Arbeitszimmer ihres Vaters, ohne sich die Mühe zu machen, vorher anzuklopfen.

Er hob den Kopf. Es dauerte einen Moment, bis er mitbekam, wer ihn störte.

Doch da war sie schon bei ihm. Umarmte ihn und gab ihm einen Kuss. Dann tänzelte sie einige Schritte zurück und drehte sich um die eigene Achse.

Langsam schien er zu begreifen und lächelte.

»Du siehst großartig aus«, sagte er. Doch man konnte ihm anhören, dass er mit seinen Gedanken ganz woanders war.

»Es tut mir leid. Ich habe dich gestört«, sagte Amina. »Ich hätte warten sollen. Aber Erika und ich, wir hatten einen so wunderbaren Tag miteinander. Ich lasse dich am besten wieder allein. Wir sehen uns zum Abendessen.«

»Bleib doch.« Seine Stimme zwang sie stehenzubleiben. »Komm und setz dich.«

»Ich habe es völlig vergessen. Dass du nicht gestört werden willst, wenn du arbeitest.« Sie biss sich auf die Lippen und spielte, unsicher geworden, mit dem Fuß auf dem weichen Teppich.

Ihr Vater streckte die Hand nach ihr aus. Deutete auf den dick gepolsterten Fauteuil, der in der Ecke stand.

»Ich bin sehr froh, dass du bei mir bist. Arbeiten kann ich später noch genug. Außerdem habe ich kein Zeitlimit«, sagte er und zwinkerte ihr zu. »Was ist, genehmigen wir zwei uns einen trockenen Sherry vor dem Essen?«

»Ich denke, ich sollte Erika etwas helfen«, unternahm Amina einen weiteren Versuch.

»Lass nur. Sie kocht unglaublich gern.« Ihr Vater erhob sich, nahm die Flasche von dem silbernen Tablett auf der blankpolierten Kommode und schenkte ein wenig von der goldbraunen Flüssigkeit in zwei der funkelnden Gläser.

Anschließend reichte er eines Amina und hob das seine ein wenig in die Höhe.

»Auf dich. Auf dein Glück und darauf, dass du im Leben alles erreichst, was du dir erträumst.«

»Nein«, sagte sie. »Darauf, dass wir jetzt hier zusammen sind. Und es noch viele Male sein werden.«

Sie wusste selbst nicht, woher sie diese Worte nahm, sie waren ihr einfach herausgerutscht. Lag es daran, dass sie sich auf einmal rundum glücklich fühlte, so als hätte sie immer schon in diesem Haus gelebt, würde hierhergehören, als Teil der Familie?

»Jetzt erzähl mir. Was haben meine beiden Mädchen miteinander unternommen?«

Noch während sie redete, spürte Amina, wie nahe sie ihrem Vater plötzlich wieder war. Sie sprang auf, wirbelte herum, damit er die Jacke, die sie erstanden hatte, ausgiebig bewundern konnte, und wurde immer aufgedrehter, als sie merkte, dass er sich ganz offensichtlich darüber freute.

Als Erika irgendwann anklopfte und zur Tür hereinsah, saß Amina auf dem Schoß ihres Vaters und hatte den Kopf an seine Schulter gelehnt, während seine Arme sie fest umschlungen hielten.

Erika schob die Tür ganz auf, und Amina bemerkte mit Freude, wie sich ein Lächeln über ihrem Gesicht ausbreitete. »Würdet ihr bitte kommen, das Essen ist fertig«, sagte sie.

***

Warum hatte Erika vorhin am Strand nicht weitererzählt? Ob sie einfach fragen sollte? Wie war es weitergegangen?

Amina dachte an den gestrigen Nachmittag zurück, während sie die Zähne putzte und anschließend ihre Haare zu einem lockeren Zopf zusammenband.

Auch der Abend war so schön gewesen.

Nach dem Essen hatten sie noch alle drei zusammen im Wohnzimmer gesessen.

Die unzähligen Bücher an den Wänden ließen es mehr wie eine Bibliothek aussehen, und Amina wunderte sich, wie genau sie jede Einzelheit in Erinnerung hatte. Der schwarz glänzende Flügel stand am selben Platz wie schon seit Jahren.

»Spielst du eigentlich Klavier?«, wandte sich Amina an Erika. Der anschließende Blickwechsel mit ihrem Vater entging ihr dabei nicht. Erika schien etwas antworten zu wollen, als plötzlich Konrad aufstand und schweigend zum Flügel ging.

Überrascht beobachtete Amina, wie er den vorderen Teil behutsam aufklappte und dann den Deckel über den Tasten hob.

Er setzte sich und begann zu spielen.

Eine halbe Stunde später spielte er immer noch. Aminas Herz schlug gegen die Rippen, während sie ihm zuhörte.

Auch als Laie erkannte sie, dass er großartig spielte. Er schien es ebenfalls zu genießen, denn er war völlig versunken, hatte sie beide offensichtlich vergessen.

Irgendwann hörte er auf.

Amina merkte, dass die Stimme ihr nicht ganz gehorchte. »Ich … ich hatte keine Ahnung. Du hast noch nie … ich wusste überhaupt nicht, dass du spielen kannst.«

»Hat es dir gefallen?«

»Daddy«, sie sprang auf und lief zu ihm, fiel ihm um den Hals.

Er hielt sie ein wenig von sich weg und musterte sie. »Spielst du morgen wieder? Bitte!«

»Wenn du willst.«

»Natürlich. Wieso weiß ich das alles nicht? Ich war doch schon öfters hier, sogar mit Mutter. Noch nie hast du gespielt.«

»Ich spiele nur für meine Mädchen«, sagte er. »Oder für mich selbst.«

Dann hatte er den Arm um sie gelegt und sie sanft zu der Sitzgarnitur zurückgeführt.

Immer noch hielt Amina die Zahnbürste in der Hand. Das Wasser strömte ungehindert aus dem Wasserhahn.

Schnell drehte sie ihn ab, schloss die Tube mit der Zahncreme und verließ das Bad.

»Unternehmen wir heute wieder etwas zusammen?«, fragte Amina später, während sie ihr Ei löffelte. Nur mehr Erika war in der Küche, räumte ein wenig herum. Offensichtlich hatte sie schon vorher mit ihrem Vater gemeinsam gefrühstückt.

Jetzt saßen sie nebeneinander auf dem felsigen Vorsprung am Strand und sahen aufs Meer.

Es war warm. Amina schob die Ärmel ihres Sweaters nach oben und genoss die Sonnenstrahlen auf der Haut.

Zwei Möwen zogen ihre Kreise, stürzten sich abwechselnd mit lautem Kreischen ins Wasser, um gleich darauf wieder in den Himmel aufzusteigen.

Die Wellen, die gegen den Strand schlugen, plätscherten leise.

»Ich habe wirklich nicht gewusst, dass er Klavier spielt.« Amina schien keine Antwort zu erwarten. »Ich frage mich, ob ich ihn überhaupt kenne. Immer dachte ich, ich wüsste, wie er ist, was er macht. Er war einfach mein Vater. Plötzlich ist er ein mir unbekannter Mann.«

»Enttäuscht?«, fragte Erika.

Amina schüttelte heftig den Kopf. »Nein«, rief sie. »Natürlich nicht! Im Gegenteil. Nur … überrascht. Neugierig … und vielleicht auch ein wenig aufgeregt«, fügte sie hinzu.

Erika sagte nichts, und nach einer Weile legte Amina ihre Hand auf Erikas Arm, während sie bat: »Würdest du es mir erzählen? Von euch beiden. Wie es weiterging. Damals, nachdem du seine Sekretärin wurdest?«

Erika sah aufs Meer, schien zu überlegen. Ein wenig fürchtete Amina schon, sie könnte ihre Bitte ablehnen.

»Ich war nie seine Sekretärin«, sagte Erika endlich.

»Wieso? Ich meine … du sagtest doch, er hätte dich gefragt, ob du für ihn arbeiten willst.«

»Ja. Ihm helfen, bei Behördengängen, dem Abschluss einer Versicherung, der Stromanmeldung, dem Gang in die Gestoria … all das, was man so tun muss, wenn man sich in einem fremden Land niederlässt. Ich habe abgelehnt«, sagte sie dann und sah Amina über den Rand ihrer Sonnenbrille an, während sie lächelte. »Ich sagte ihm, dass ich nur Freunden helfe. Und dass man das nicht bezahlen kann. So begann es.

Wir verbrachten von Anfang an ziemlich viel Zeit miteinander, ehe alles so war, wie er es wollte. Ich weigerte mich zwar hartnäckig, Geld von ihm zu nehmen, aber seine Einladungen habe ich sehr gerne angenommen.

Also sind wir beinahe jeden Abend zusammen ausgegangen. Nicht in diese teuren Lokale unten am Hafen, in die er anfangs wollte. Sondern in die kleinen Kneipen, wo auch die Einheimischen hingehen.

Er war unglaublich zurückhaltend. Fast zu still. Irgendwie spürte ich, dass ihn etwas bedrückte. Er erzählte mir ziemlich viel von sich, von seinem Vater, der Firma, deren Anteile er verkauft hatte. Aber ich spürte, dass da noch etwas war.

Ich hatte schon eine gescheiterte Beziehung hinter mir. Mit einem Windhund, der mich nur ausgenützt hat. Die letzte Zeit über wusste ich es zwar, kam aber nicht los von ihm. Glaubte immer wieder seinen Beteuerungen und Liebesschwüren. Am Schluss hat er mich eiskalt abserviert, als er eine bessere Partie machen konnte.

So bin ich hierhergekommen. Der Makler, bei dem ich in Deutschland gearbeitet habe, hatte hier einen Geschäftspartner. Also bewarb ich mich und wurde genommen, weil ich fließend Spanisch und Englisch sprechen konnte. Ich war zu dieser Zeit nur wenig älter als du heute und hatte mir geschworen, mich niemals wieder auf eine Beziehung einzulassen.

Als Konrad auftauchte, lebte ich seit drei Jahren hier, hatte mir eine neue Existenz aufgebaut und gerade eine kleine Eigentumswohnung anbezahlt. Um Männer machte ich einen riesen Bogen. Bis dein Vater kam.

Ich weiß nicht, wann genau ich mir eingestand, dass er mich interessierte. Jedenfalls spürte ich, dass er nicht glücklich war, redete mir ein, nur Mitleid mit ihm zu haben.

Es dauerte drei Monate, bevor er mir das erste Mal von dir erzählte. Damals zeigte er mir das Bild, das er immer noch in seinem Portemonnaie mit sich trägt.

Du warst fünf, es muss also kurz vor der Scheidung entstanden sein.

Er kam nicht damit zurecht, von dir getrennt zu sein. Vermisste dich grenzenlos. Und mir wurde klar, dass ich mich in ihn verliebt hatte.«

Erika zuckte die Schultern, blickte kurz zu Amina hinüber.

»Er war sicher, du würdest ihn wenigstens während der Ferien besuchen kommen. Ich weiß noch, wie er dein Zimmer neu einrichten ließ und diesen riesigen Bären für dich kaufte.

Doch dann erstand deine Mutter die Finca auf Mallorca und du hast den Sommer dort verbracht.

Natürlich war zwischen deinen Eltern vereinbart, dass du einen Teil der Ferien auch bei deinem Vater verbringen solltest. Aber da hattest du bereits deinen Nico kennengelernt. Du wolltest bei ihm sein, und als deine Mutter dir sagte, dass du zu deinem Vater sollst, hast du bitter geweint.«

Erika stockte, seufzte dann. »Er hat es nicht übers Herz gebracht. Also warst du auf Mallorca, und er blieb allein.«

»Aber er wohnte doch mit uns zusammen in Deutschland, weil er dort noch arbeiten musste.«

Erika sah sie an. Schien zu zögern.

»Dein Vater hat seit dem Verkauf der Firma nicht mehr gearbeitet. Natürlich hatte er ständig etwas zu tun. Er schreibt an einer Familienchronik. Das ist sozusagen seine Lieblingsbeschäftigung, der er schon jahrelang nachgeht. Nenn es Hobby oder eine liebgewordene Tätigkeit.

Dafür recherchiert er und korrespondiert mit der halben Welt. Einmal ist er sogar bis nach Moskau geflogen, weil irgendwelche Ahnen im Ersten Weltkrieg in russische Gefangenschaft gerieten.

Doch eine Beschäftigung im engeren Sinn, die auch seine Anwesenheit irgendwo erfordert hätte, die hat er seit damals nicht mehr ausgeübt.«

»Aber ... ich weiß genau, dass er mindestens zweimal im Monat in München war. Er hat mit uns zusammen dort gewohnt. Und später, als Mutter wieder heiratete, blieb er allein in der Wohnung. Hat mich besucht, auch bei uns in der Villa. Oder ich habe bei ihm übernachtet.«

»Er hat die Wohnung gekauft, damit er euch jederzeit besuchen kommen kann. Sie sind übereingekommen, dir zu erzählen, dass er viel arbeiten muss und deshalb hin- und herfliegt. Aber er kam nur deinetwegen. Um dich zu sehen und den Kontakt nicht zu verlieren. Außerdem wollte er, dass du ein eigenes Heim hast. Ein Zuhause, das irgendwann einmal dir gehört. Nicht nur diese Villa, von deinem neuen Stiefvater.«

»Wir waren doch auch hier in Marbella. Sogar meine Mutter war mit. Immer haben sie mir erzählt, dass du für ihn arbeitest. Damals … du und er … also da wart ihr schon zusammen?« Amina stockte, konnte Erika nicht ansehen.

»Natürlich. Als du in jenem Sommer nicht gekommen bist, war er völlig zerstört.« Sie drehte sich zu Amina, und ein kleines Lächeln lag auf ihrem Gesicht. »Aus Verliebtheit und Mitleid wurde schnell mehr. Zuerst wollte ich ihm nur helfen, redete es mir zumindest ein. Bis er eines Tages alles für mich war.«

»Und wieso hat er gesagt, du wärst seine Sekretärin?«

»Weil er dich nicht verletzen wollte. Du warst ohnehin bereits ziemlich verunsichert. Hin- und hergerissen zwischen den beiden. Du brauchtest deine Ordnung, etwas, worauf du dich verlassen konntest.

Seine regelmäßigen Besuche in Deutschland gaben dir den Halt, der dir fehlte. Er war wieder dein Vater. Du hast ihn jeden Tag hier am Festnetzanschluss angerufen. Zu dieser Zeit mussten wir immer zu Hause sein, niemals hätte er ein Gespräch mit dir versäumt.

Ich glaube, er hat nicht ganz zu Unrecht befürchtet, eine neue Frau, eine Art böse Stiefmutter, könnte dich neuerlich beunruhigen, weil du Angst hättest, ihn wieder zu verlieren. Also haben wir dir diese Geschichte erzählt. Und auch damals nicht geheiratet.«

Amina spürte, wie sie die Luft anhielt. Versuchte angestrengt aus- und wieder einzuatmen.

Meinetwegen, dachte sie. Hilflos schüttelte sie den Kopf.

»Das alles muss dich doch gestört haben«, begann sie. »Es war *dein* Heim. *Dein* Mann. Stattdessen ist auch noch meine Mutter mitgekommen«, sie brach ab, wusste nicht, wie sie es sagen sollte.

»Du meinst, ich hätte eifersüchtig sein sollen?« Erika blinzelte ihr zu. »Darum ging es nie. Ich wusste genau, was dein

Vater für mich empfand. Mit dir zu konkurrieren wäre völlig sinnlos gewesen. Du bist sein Ein und Alles. Niemand könnte ihn je von dir trennen. Es sei denn du selbst. Aber ich glaube, auch dann würde er nach Wegen suchen, um wieder zu dir zu kommen.«

»Es tut mir so leid«, sagte Amina hilflos. »Ich habe das alles nicht gewusst.«

»Doch«, sagte Erika. »Im Grunde hast du es gewusst. Du liebst ihn ebenso, bist ihm so ähnlich. Genau wie er ziehst du dich zurück, statt deine Gefühle offen zu leben. Dennoch bist du an Beständigkeit ganz seine Tochter.«

Amina sah Erika an, umarmte sie spontan. »Ich bin so froh«, sagte sie, »so glücklich, dass er dich gefunden hat.«

***

Blaugraue Wolken bedeckten den Himmel, bewegten sich nicht, schienen dort oben zu stehen, als wären sie gemalt.

Miguel wartete bereits. Hob nur kurz den Kopf, als Nicolau die Terrasse betrat.

»Es ist zu kalt heute Morgen«, sagte Nicolau. »Sollen wir nicht lieber hineingehen?«

»Es ist nicht kalt, sieht nur so aus. Stell uns die Heizlampe näher. Warum setzt du dich nicht?«

»Ich möchte nicht, dass du dich erkältest. Außerdem strengt dich das Erzählen an.«

Miguel betrachtete ihn genauer. »Ich glaube, es strengt eher dich an. Was ist los?«

»Nichts«, sagte Nicolau. »Ich würde deine Geschichte gerne weiterhören. Was ist nachher geschehen? Wieso ist sie gestorben? Weißt du, wann es passiert ist?«

»Am sechsundzwanzigsten August neunzehnhundertsechsunddreißig. An demselben Tag, als sie unser Dorf eingenommen haben. Zehn Tage vorher waren die Truppen der Republikaner unten, bei Sa Coma, an Land gegangen, genau bei dem großen Gutsgebäude.«

Miguel unterbrach sich, sah Nicolau an und fragte noch einmal. »Was ist passiert?«

Nicolau begegnete Miguels Blick, merkte, dass es sinnlos war, nach Ausflüchten zu suchen.

»Sie wird heiraten«, sagte er und ließ sich auf einen der Stühle fallen.

Miguel starrte vor sich hin, bevor ein tiefer Atemzug seine Brust hob. »Woher weißt du das?«

»Aus der Zeitung. Ich habe es gestern erfahren. Ihr Bild ist auf dem Titelblatt.«

»Wieso hast du es mir nicht gleich gesagt? Wo warst du überhaupt die ganze Nacht?«

»Ich bin noch ein wenig umhergefahren.« Er log. Und er wusste, dass Miguel ihn durchschaute.

»Willst du hören, wie es war?«, fragte Miguel nach einer Weile.

»Ja«, sagte Nicolau. »Wieso ist sie gestorben?«

»Sie wurde erschossen«, antwortete Miguel. Sein Blick wanderte ins Leere, ehe er langsam zu erzählen begann.

Kapitel 9

»Seit dem Aufstand Francos Mitte Juli in Marokko redete Pep von nichts anderem mehr, als dass wir uns wehren müssten. Die Insel retten. Die Republik beschützen. Was immer auch er darunter verstand.

Ständig fanden irgendwelche Versammlungen statt, und er erschien meist in letzter Minute zur Arbeit. Wir haben uns schließlich zerstritten, als ich mich weigerte mitzukommen.

Nicht, dass ich es nicht gewollt hätte, aber ich hielt mein Versprechen. Was ich auch darüber denken mochte, niemals hätte ich meinen Vater hintergangen.

Als sich hier auf Mallorca zwei Tage später der Militärkommandant offiziell auf die Seite der Aufständischen stellte, mussten diese Versammlungen noch geheimer gehalten werden, denn es herrschte ab sofort Kriegsrecht.

Ich weiß noch, dass es ein Sonntag war.

Wie immer waren wir alle zusammen zur Kirche gegangen. Die Stimmung war eigenartig.

Manche wirkten bedrückt, andere völlig überdreht. Nicht alle, aber meine Eltern und auch deren Freunde sahen eher sorgenvoll aus, die Frauen schienen ängstlich darauf bedacht, sich ihre Unruhe nicht anmerken zu lassen. Schon beim Frühstück war mir aufgefallen, dass meine Mutter rotgeweinte Augen hatte.

Einige unserer Nachbarn standen in Gruppen zusammen, und alle sprachen auffallend laut. So, als würden sie unbedingt wollen, dass man ihre Gespräche gut hören konnte.

›Es ist heuer besonders trocken‹, begann Xisco, der mit seiner Familie das Haus neben unserem bewohnte.

›Ja‹, antwortete ein anderer. ›Letztes Jahr um diese Zeit hat es geregnet. Ich erinnere mich noch genau daran, weil die Tomaten, die wir in der Sonnenhitze konservieren wollten, in ihren Gläsern verfault sind.‹

Mateo, mein Bruder, zuckte nur die Schultern, ehe er sich in das Gespräch einmischte. ›Ich hoffe, dass wir dieses Jahr genügend Tomaten bekommen werden.‹

›*Hola*‹, sagte jemand hinter meinem Rücken. Es war Damian. Er wohnte etwas außerhalb des Dorfes und galt als einer der wenigen, die sich mit der Freundschaft zu Don Salvatore, Catalinas Vater, brüsten konnten. Betont langsam schlenderte er an uns vorbei, blieb schließlich stehen. ›Jetzt kommt endlich wieder Ordnung ins Land. Was ist mit euch? Ihr seid doch hoffentlich meiner Meinung?‹

Ich öffnete schon den Mund, als ich den harten Griff meines Vaters spürte. ›Es war auch bisher Ordnung. Mag sein, dass sie vielleicht nicht allen gefallen hat‹, sagte er.

›Und dir?‹, Damian starrte meinen Vater an, steckte seine beiden Daumen in den Hosenbund und wippte auf den Zehenspitzen vor und zurück. Dabei betrachtete er die Gesichter der Männer so genau, als würde er sie später zeichnen wollen. ›Was ist denn dir lieber?‹

›Mir ist das am liebsten, was uns hier Ruhe bringt. Und wobei es uns allen gut geht. Bei der ganzen Politik ist noch nie etwas Gescheites herausgekommen. Wir alle arbeiten für unser Geld. Das war früher so und wird auch in Zukunft so sein. Das Wichtigste ist, dass wir Frieden haben.‹

›Ich habe gehört, dass sich dein Miguel hier ziemlich ausführlich für die Politik interessiert. Na?‹, er sah mich jetzt direkt an. ›Was denkst denn du darüber? Gehörst du auch zu denen, die uns das Land wegnehmen und irgendwelchen anarchistischen Schmarotzern geben wollen?‹

Die Hand meines Vaters umschloss meinen Arm wie ein Schraubstock.

›Ist mir egal‹, maulte ich, ›sind auch nur leere Versprechungen. Nichts als heiße Luft.‹ Ich hielt den Kopf gesenkt, konnte keinem von ihnen in die Augen sehen, spürte, wie ich rot geworden war. Aber nicht aus Scham.

In mir kochte die Wut auf diesen Kerl. Wäre mein Vater nicht gewesen, hätte ich mich wohl nicht zusammenreißen können und ihm die Wahrheit ins Gesicht gespien. Dass Menschen wie er überhaupt das Widerwärtigste sind. Die so tun, als wären sie etwas Besseres, sich bei den Oberen anbiedern und ihresgleichen verraten. Ich wusste, mein Vater dachte genauso.

›Dann freust du dich sicher mit uns, dass dieser Spuk ein Ende hat. Die Regierung in Madrid hat die Sache längst nicht mehr im Griff. Der einzige Garant für den Frieden ist eine stabile Ordnung. Die werden wir hier wiederherstellen. Zu unser aller Bestem. Und wer nicht für uns ist, der ist nun einmal gegen uns.‹

Er musterte mich. Sah mich von oben bis unten an. Am liebsten hätte ich mich auf ihn gestürzt.

Nur mühsam hielt ich mich zurück.

›Ich meine es gut mit dir. Halte dich von diesen Versammlungen fern‹, sagte er und versuchte, mich in die Wange zu kneifen. Ich riss gerade noch rechtzeitig den Kopf zurück und biss die Zähne aufeinander, damit ich ihm nicht seine Hand wegschlug.

›Es könnte sonst gefährlich für dich werden‹, sagte er mit einem schmalen Lächeln, nickte den anderen zu und ging weiter.

Mein Vater lockerte den Griff, ich spürte, wie er mir die Hand auf die Schulter legte, und auch wenn ich immer noch schrecklich wütend auf ihn war wegen dieser Geschichte und wir seither nur das Nötigste miteinander sprachen, merkte ich, wie sehr ich ihn trotz allem mochte und stolz darauf war, dass er niemals seine Ehre verkauft hätte.

›Komm, es ist Zeit zu gehen‹, sagte er. Immer noch lag seine Hand auf meiner Schulter. Als wir außer Hörweite der anderen waren, fügte er hinzu: ›Geh ihnen aus dem Weg, so gut du kannst, und lass dich auf keinen Fall provozieren, hörst du.‹

›Damian ist ein widerlicher Mensch‹, flüsterte mir Catalina viel später zu, als wir uns wie jede Nacht beim Talaiot trafen. ›Ständig schleicht er hier herum. Kaum erfährt er irgendetwas, schon kommt er angerannt. Letzte Woche hat er meinem Vater gesteckt, dass eine der Frauen, die in der Küche helfen, öfters ein Stück Brot mit nach Hause nimmt. Und einmal wohl auch eine ganze *Sobrassada.* Keine Ahnung, woher er das wusste. Es muss bei uns Leute geben, die es ihm zutragen.

Vater hat sie sofort rausgeschmissen. Dabei ist ihre Mutter schon lange krank und kann nicht arbeiten, und ihren Vater hat sie nie gekannt.‹

Meine einzige Freude in dieser Zeit waren die Stunden mit Catalina. Es fiel mir deshalb auch nicht sonderlich schwer, mich von allem fernzuhalten, wie ich es versprochen hatte. Auch dass Pep sauer auf mich war, interessierte mich wenig. Ich lebte nur von Abend zu Abend. Wartete sehnsüchtig, dass die Tage vorbeigingen, um Catalina endlich wieder in den Armen zu halten.

Pep dagegen wurde immer wütender auf mich. Ob es bei ihm Eifersucht war, weil ich ihn – wie ich zugeben muss – sträflich vernachlässigte, oder ob er sich von mir verraten fühlte, kann ich dir nicht sagen. Jedenfalls gerieten wir eines Tages bei der Arbeit aneinander. Ein Wort gab das andere, plötzlich sprang er mich an und verpasste mir eine.

Sofort waren wir in eine wüste Schlägerei verwickelt, so schlimm, dass uns mehrere der Männer trennen mussten.

Pep hatte ein blaues Auge und ich eine aufgeplatzte Lippe. Beide mussten wir zum Verwalter.

Als der verlangte, dass wir einander die Hand reichen, spuckte Pep vor mir aus. Einem Verräter würde er niemals mehr die Hand reichen, sagte er.

Arnau Gomila stellte ihn vor die Wahl, entweder einzulenken oder zu verschwinden. Da erst schlug er ein, hielt aber den Blick dabei zu Boden gesenkt. Als er dann doch aufsah, starrten mich seine Augen beinahe hasserfüllt an.

Von da an ging er mir aus dem Weg, blickte in die andere Richtung, wenn er mich sah.

Überall wurde inzwischen von dem Aufstand geredet. Natürlich nicht so öffentlich, mehr untereinander. Die meisten von uns verfolgten zwar das Geschehen, die wenigsten aber waren glühend fanatische Anarchisten wie Pep oder offene Anhänger der Franquisten wie Damian. Zumindest sagten sie es nicht. Es schien, als wären wir alle eine Herde von Schafen, die darauf warteten, was irgendein Führer über sie bestimmt.

Menorca blieb republikanisch. Ibiza und Formentera hingegen schlossen sich den Putschisten an.

Hinter vorgehaltener Hand fiel bereits das Wort ›Krieg‹. Auch meine Mutter murmelte immer wieder: ›Wenn daraus bloß am Ende nicht noch ein Krieg wird.‹

Wie ein Lauffeuer sprach es sich herum, als am darauffolgenden Donnerstag Palma bombardiert wurde.

›Du wirst sehen, sie werden kommen‹, sagte mein Vater. Ich habe ihn selten so aufgebracht gesehen. ›Und du schläfst ab jetzt in der Nacht zu Hause‹, befahl er mir.

Ich schüttelte den Kopf. ›Das mache ich nicht. Die anderen schlafen alle auf dem Gut.‹ Mein Vater schien nicht nachgeben zu wollen. ›Wenn ich jetzt fortbleibe, werden sie glauben, ich gehe mit Pep zu den Versammlungen‹, fiel mir ein.

Um nichts in der Welt hätte ich bei meinen Eltern übernachten wollen. Auch wenn das den doppelten Weg für mich bedeutete.

Inzwischen kannte ich eine Menge Abkürzungen und Schleichpfade durch das Gebiet am Meer, dort, wo heute das Naturschutzgebiet ist. Und auch über den Hügel hier herauf kannte ich mich bestens aus. Das tägliche Hin und Her hatte mich noch kräftiger gemacht. Ich hätte vermutlich jeden Marathonlauf gewonnen.«

Miguel unterbrach sich, lachte ein wenig, nahm einen großen Schluck aus seinem Glas, ehe er weitererzählte.

»Mein Vater gab nach. Die nächsten drei Wochen verbrachte ich in dem Gutshaus an der Küste die Nächte hier bei Catalina. Es war die glücklichste Zeit meines Lebens.

Wir träumten davon, dass wir eines Tages heiraten würden – es ihr schon irgendwie gelingen würde, ihren Vater herumzukriegen. Denn natürlich war uns beiden klar, dass ihr Vater – sollte er jemals von uns erfahren – Mittel und Wege finden würde, um unsere Beziehung sofort zu beenden.

Ohnehin schien er zunehmend zu planen, seine Töchter nach Manacor zu einer Tante zu bringen.

Noch hatten ihn die beiden Schwestern davon überzeugen können, dass sie in ihrem Elternhaus sicher aufgehoben waren. Dennoch befanden wir uns in ständiger Angst, er könnte sein Vorhaben in die Tat umsetzen.

Überhaupt herrschte auf der Insel damals eine beinahe gespenstische Ruhe.

Nur durch Catalinas Erzählungen wusste ich, dass am Festland bereits Barrikaden errichtet wurden und in Andalusien und Barcelona Kämpfe stattfanden.

Ein wenig später hörten wir, dass Palma nochmals bombardiert worden war. Und irgendwann erzählte sie mir, dass die Anarchisten, wie sie sich ausdrückte, Cabrera und dann auch Ibiza eingenommen hatten. Wir bekamen davon nichts mit. Vielleicht habe ich auch alles verdrängt, was außerhalb meines Interesses lag.

Ich wusste, dass sie ihre Informationen von ihrem Vater hatte. Jeden Tag kamen eine Menge Leute zu ihm auf das Gut. Wir beide mussten jetzt noch vorsichtiger sein.

Ständig war auch Damian dort oben. Oft bis spät in der Nacht waren die Fenster in den unteren Wohnräumen des großen Hauses erleuchtet.

›Ist doch gut für uns‹, sagte Catalina, ›Vater ist den ganzen Tag über beschäftigt, kümmert sich um nichts anderes, als pausenlos mit diesen ganzen Männern zu reden, die seit Wochen schon bei uns ein- und ausgehen. Letzte Woche war er sogar mehrere Tage in Palma. Ich weiß nicht genau, aber ich habe deutlich gehört, dass auch von Juan March die Rede war. Der soll sich jetzt irgendwo in Italien aufhalten.

Jedenfalls ist Vater mit seinen Gedanken ganz woanders. Nicht einmal um die Ernte kümmert er sich dieses Jahr. Überlässt das Meiste unserem Verwalter.‹ Irgendwann später kam sie noch einmal darauf zurück: ›Meine Tante ist auch nicht mehr in Manacor. Also brauchen wir uns nicht zu fürchten, dass Vater auf die Idee kommt, Mari Carmen und mich dorthin zu bringen.

Die Tante ist in ihr Haus nach Palma gezogen. Ich glaube, dort treffen sich auch alle. Der Bischof soll bei ihr aus- und eingehen. Außerdem noch irgendwelche Leute, die gute Kontakte zum Gouverneur haben.‹

Ich wusste von Pep, dass Catalinas Vater aufseiten der Aufständischen stand. Schließlich war er nicht nur von ungefähr eines seiner Feindbilder. Auch als ich seinerzeit bei dieser Versammlung teilgenommen hatte, hatten sie von ihm gesprochen und ihn einen Steigbügelhalter der Nazis genannt, der nicht nur Emigranten ausspionierte, sondern auch gute Kontakte nach Palma unterhielt.

Dort hatte sich offenbar eine starke deutsche Kolonie etabliert. Es waren zum Teil Juden, die dem beginnenden Naziterror entkommen konnten, aber neuerdings auch merkwürdige Typen, die ihre Geschäfte betrieben. Pep schien überzeugt davon, dass sie Nazis waren, die zusammen mit den Falangisten schwarze Listen anfertigten und den Sturz der Regierung vorbereiteten.

Damals habe ich das für Auswüchse seiner blühenden Fantasie gehalten.

Wieder war Sonntag, genau vier Wochen nach der Machtübernahme durch die Aufständischen, und wieder einmal war ich rennend unterwegs.

Es war ganz früher Morgen, die Dämmerung hatte noch gar nicht eingesetzt. Catalina war jetzt besonders vorsichtig darauf bedacht, rechtzeitig in das Haus zurückzukommen. Sie hatte es ihrer Schwester versprochen.

Gerade in dem Moment, als ich um die Ecke bog, um zu dem Nebengebäude zu gelangen, in dem die Erntehelfer untergebracht waren, sprang mich jemand von der Seite an.

Es dauerte eine Weile, bis ich überhaupt mitbekam, dass es Pep war.

Ohne Vorwarnung drosch er auf mich ein. Ich schlug natürlich zurück, und wir prügelten uns so lange, bis wir beide vor Erschöpfung nicht mehr konnten.

Er lag der Länge nach ausgestreckt auf dem staubigen Boden, zwischen diesen vertrockneten Grasbüscheln, und ich versuchte irgendwie gegen den Schmerz anzukämpfen, den mir einer seiner Schläge in die Rippen verursacht hatte.

›Was zum Teufel ist mit dir los?‹, keuchte ich, als ich wieder etwas zu Luft kam.

›Du hast unsere Sache verraten. Du bist auch um nichts besser als sie alle‹, schrie er mich an.

›Bist du völlig verrückt geworden? Mich interessiert doch dein ganzer politischer Dreck überhaupt nicht. Wir zwei waren immer Freunde. Wieso nur geht das in deinen verdammten Schädel nicht hinein?‹

›Willst du vielleicht leugnen, dass du dich mit diesem Gesindel von Ausbeutern abgibst? Glaubst du, ich weiß nicht, wo du jeden Abend hinrennst? Dass du bei Don Salvatore bist. Was machst du überhaupt dort? Ihm erzählen, wo wir uns treffen? So wie sein anderer Spitzel, Damian, dieser Hurensohn?‹

Ich muss ihn völlig perplex angesehen haben. Dann spürte ich, dass ein beinahe hysterisches Lachen in mir hochstieg. Ich konnte nicht anders, obwohl mir dabei das Blut aus der Nase lief. Er hatte mich ganz schön erwischt. Aber ich bin ihm auch nichts schuldig geblieben, das kannst du mir glauben.

›Du bist das größte Rindvieh unter der Sonne‹, sagte ich, während er mich sprachlos anglotzte, ›glaubst du wirklich, ich hätte nichts Besseres zu tun, als mich mit dem Alten zu treffen? Denkst du, ich bin so dämlich, nur deshalb den weiten Weg dorthin zu gehen?‹ Ich spuckte vor ihm aus. Weniger aus Verachtung, sondern mehr um den Sand, den ich in den Mund bekommen hatte, wieder loszuwerden. Mit dem Zeigefinger stieß ich ihn in die Brust. ›Wenn du das wirklich glaubst, bist du noch blöder, als ich dachte.‹

Immer noch starrte er mich an.

›Und was um so viel Besseres solltest du ausgerechnet dort zu tun haben?‹ Pep wischte sich über den Mund. Bemühte sich, irgendwie den Dreck von seinem Hemd zu klopfen. Nestelte an der Hose und gab den Versuch wieder auf.

Wir beide sahen aus, als hätte man uns aus dem Müll gezogen. Verdreckt und zerrissen unsere Kleider, die Augen zugeschwollen, mit blutigen Lippen.

Inzwischen hatte es endgültig zu dämmern begonnen, sodass ich sein verschwollenes Gesicht schon ziemlich gut erkennen konnte. Vermutlich sah ich selbst um nichts besser aus.

Pep starrte mich an. Plötzlich schien er es zu begreifen, denn er verzog abfällig das Gesicht.

›Hast du nie darüber nachgedacht, was du eigentlich tust?‹, fauchte er. ›Kannst du nur mit dem Schwanz denken? Wieso, glaubst du, gelingt es Don Salvatore, so einfach nach Palma durchzukommen? Nichts davon gehört, dass überall Straßensperren sind und kontrolliert wird?‹, schrie er. ›Weil er der Oberverbrecher hier ist und mit diesem Dreckspack unter einer Decke steckt! Uns alle hier ausspioniert. Die ganze Familie gehört dazu, samt seiner Schwester in Manacor. Und du Vollidiot weißt dir nichts Besseres, als seine Tochter zu vögeln. Welche eigentlich – die alte oder die junge?‹

Er hatte noch nicht ganz fertiggesprochen, da stürzte ich mich schon auf ihn. Ich glaube, in diesem Moment wollte ich ihn tatsächlich umbringen.

Noch während ich ihn ansprang, grub sich dieses Bild in mein Gedächtnis ein. Wie eine Fata Morgana. Doch da brüllte Pep auch schon los. ›Was ist das? Siehst du es? Die Schiffe!‹

Schlagartig hatte unsere Rauflust ein Ende. Wir hockten nebeneinander auf dem sandigen Boden und starrten hinaus aufs Meer.

Trotz der einsetzenden Dämmerung konnte man noch nichts Wirkliches erkennen. Die Sicht war verschwommen. Wir starrten auf den Horizont, an dem wie immer die Wolkentürme der Feuchtigkeit alles verschlangen. Doch davor, eingetaucht noch in den undurchdringlichen Nebel, waren eindeutig die Umrisse mehrerer Schiffe zu erkennen. Riesig wirkten sie. Und bedrohlich.

›Was zum Teufel ist das?‹, flüsterte Pep. ›Wo kommen die her?‹

Plötzlich sprang er auf, warf die Arme in die Luft, schrie.

›Sie sind da! Das sind sie. Wir sind gerettet!‹

Er begann wie verrückt herumzuspringen, trampelte den Boden mit den Füßen fest und hörte nicht auf zu brüllen.

Auch ich war aufgestanden, versuchte, die Schiffe genauer zu sehen, sie zu zählen, doch immer wieder verschwammen die Umrisse in der bleiernen Dämmerung. Schienen sich zu bewegen, tauchten auf und verschwanden wieder.

›Das sind unglaublich viele. Acht bestimmt. Nein zehn. Oder noch mehr‹, ich spürte mein Herz rasen vor Aufregung.

Es wurde immer heller. Die Morgendämmerung brach an, im Osten konnte man bereits den hellen Streif der aufgehenden Sonne durch die Wolken hindurchschimmern sehen.

Wir starrten auf den Punkt, wo die Schiffe immer sichtbarer wurden. Auch Pep war jetzt verstummt. Seine Hände hatten sich in meinen Arm gekrallt. Keiner von uns rührte sich.

›Sie sind wirklich gekommen‹, mehr als ein heiseres Flüstern brachte er nicht mehr heraus.

Unglaublich viele Gedanken schossen mir durch den Kopf. Meine Eltern. Catalina. Die Stimme meiner Mutter, wie sie ›es wird Krieg geben‹ sagte.

›Weg hier‹, keuchte ich. ›Schnell. Wir müssen sie warnen.‹

Gleichzeitig liefen wir los. In diesem Moment krachte es bereits und dann wieder. Wir warfen uns zu Boden.

›Bist du in Ordnung?‹, flüsterte Pep. Ich nickte, obwohl er das vermutlich nicht sehen konnte, aber ich traute mich nicht zu sprechen.«

Miguel sah auf. Betrachtete eine Weile Nicolau, der ihm reglos zuhörte.

»Weißt du, wenn du das erste Mal in deinem Leben den Einschlag einer Schiffsgranate hörst, dann fällt dir einfach das Herz in die Hose.

Genauso ging es uns beiden. Natürlich waren wir schon richtig erwachsen. Das jedoch war etwas völlig anderes. Wenn wir sonst nichts begriffen, war uns eines klar: Das hier war ernst.

Irgendwie erreichten wir zusammen das Haus. Dort waren bereits alle auf den Beinen. Rannten durch den Hof. Wie ein riesiger Krater prangte in der Fassade oberhalb des einen Fensters ein unglaubliches Loch.

Arnau, der Verwalter, hatte das Kommando übernommen. ›Schnell alle hinunter in den Keller.‹ Er warf einen Blick auf uns beide. ›Seid ihr verletzt? Nein? Dann runter mit euch.‹

›Ich muss zu meinen Eltern‹, schrie ich, als es wieder krachte.

Er packte mich und stieß mich zu dem Kellereinstieg. Panisch kletterte ich hinter den anderen her, dicht gefolgt von Pep. Unten war es feucht und kalt. Man konnte ganz genau die weiteren Einschläge der Granaten hören.

Alles vibrierte. Wir kauerten auf dem nackten Boden. Die Öllampen waren ausgegangen. Es war vollkommen finster.

Die Kinder schrien, man hörte Weinen.

›Hört alle her‹, ertönte Arnaus befehlsgewohnte Stimme. ›Es wird uns nichts geschehen. Kein Grund zur Panik. Also beruhigt euch.‹

Ich habe keine Ahnung, wie lange wir dort unten verbrachten. Es kam mir wie eine Ewigkeit vor. Bei jedem Einschlag schrien alle durcheinander. Es war schrecklich.

Und plötzlich war es still.

So still, dass man das Atmen der Personen hören konnte, die neben einem kauerten.

Wie schlimm der Beschuss vorher auch gewesen war, ich glaube beinahe, diese Stille war noch ärger.

Obwohl es mitten im heißesten Sommer war, fror ich plötzlich. Ich weiß nicht, ob es die Anspannung war oder die Feuchtigkeit in diesem pechschwarzen Verlies.

Dann wurde die Tür aufgerissen. Ich sah Gewehre, Männer in Uniformen. Einer nach dem anderen kletterten wir wieder hinauf. Sie umringten uns. Soldaten. Überall wimmelte es von ihnen. Ich warf einen Blick zurück, sah die Landungsboote an der Ostseite der Bucht.

Sie schleppten Kisten, über unseren Köpfen erscholl der Lärm eines Flugzeugs. Zwei weitere schaukelten auf den Wellen in der Nähe der Barkassen.

Auf dem Meer waren alle möglichen Schiffe zu sehen, und weit draußen das mächtige Schlachtschiff, das wir vorhin im Morgengrauen entdeckt hatten.

›Bist du der Eigentümer?‹, fragte einer der Milizionäre Arnau.

›Wir arbeiten hier. Keiner von uns besitzt davon etwas.‹

›Dann gehört es jetzt euch, wer das Land bestellt, dem gehört es auch.‹

Obwohl er bestimmt ebenso aufgeregt war wie wir anderen auch, verfolgte Pep den Wortwechsel mit vor Begeisterung glühenden Augen.

Einer der Soldaten mischte sich in das Gespräch. ›Du bleibst hier‹, wandte er sich ebenfalls an Arnau. ›Wir brauchen Quartiere. Wir brauchen Essen. Und wir müssen Platz für Verwundete schaffen. Du wirst uns dabei helfen. Ihr anderen geht ins Haus zurück und wartet, bis wir euch sagen, was ihr zu tun habt.‹

Irgendwie war es dann Mittag geworden. Aus der Ferne, von Porto Cristo her, war ständiger Feuerwechsel zu hören, und es dauerte auch nicht lange, bis sie die ersten Verwundeten zu uns brachten.

Ich aber hatte nur das eine im Kopf. Ich wollte von dort weg. Wollte wissen, was mit meinen Eltern los war und wie es Catalina erging.

Doch daran war nicht zu denken. Zu dicht hatten sie das Gebiet abgeriegelt. Pausenlos flogen die Flugzeuge, und die Schüsse wurden immer heftiger.

Erst viel später erfuhren wir, was in dem Nachbarort geschehen war. Die Faschisten hatten die Landungstruppen dort gestellt. Es gab ein schreckliches Blutvergießen mit Hunderten von Toten.

Pep aber war im Freudentaumel. Er hielt sich nicht mehr an die Vorgaben des Verwalters. Trieb sich zwischen den Militärs herum, verbrüderte sich mit den Matrosen, die er ständig zu überzeugen versuchte, wie begeistert er von ihrem Hiersein war.

Ich wiederum wollte nur eines: fort.

So vergingen die ersten Tage und Nächte.

Der Kommandant der Truppen hatte sich sein Quartier ein wenig abseits eingerichtet. Immer wieder wurde Arnau zu ihm gerufen.

Wenn er zurückkam, bestürmten wir ihn mit Fragen.

So erfuhren wir, dass im Hinterland bereits heftig gekämpft wurde. In Son Servera war ein Großteil der Bevölkerung geflohen, wer immer konnte, hatte die Stadt verlassen. Auf den Hügeln hatten sich die Invasoren verschanzt, die Stadt selbst war in den Händen der Aufständischen.

Sie plünderten die Häuser, nichts war vor ihnen sicher. Ihr Hauptquartier hatten sie übrigens dort, wo sich heute das große Café am Hauptplatz befindet.

Ununterbrochen flogen die Flugzeuge mit ihrer tödlichen Fracht, vom Meer aus stand die Stadt unter ständigem Beschuss.

Immer wieder dachte ich daran, mich davonzuschleichen. Merkte aber, dass es nicht möglich war.

Inzwischen hatte sich das ganze Haus in ein Lazarett und Truppenquartier verwandelt. Alles hatten sie eingenommen, und wir waren damit beschäftigt, sie zu verköstigen und ihnen auch sonst zu geben, was sie wollten.

Was an Lebensmitteln vorhanden war, haben sie beschlagnahmt, nach und nach alle Schafe geschlachtet.

In der Nacht, wenn es ruhiger wurde, schlich ich um das Haus herum. Immer in der Hoffnung, doch eine Fluchtmöglichkeit zu finden.

Als ich wieder einmal draußen war, hörte ich einige von ihnen näherkommen. Sie durften mich auf keinen Fall dort erwischen.

Es war uns verboten, das Gebäude in der Nacht zu verlassen. Auch wenn sie uns eigentlich immer recht korrekt behandelten, so wusste ich doch, dass sie mit Kollaborateuren kurzen Prozess machten. Und in der aufgeheizten Stimmung genügte bereits ein leiser Verdacht.

Schnell also versteckte ich mich in einem der Wirtschaftsgebäude, dort wo das Stroh gelagert wurde. Ich hörte sie immer näher kommen und kroch unter die Ballen, noch tiefer hinein, bis ich plötzlich einen Widerstand spürte. Zuerst einen Schuh, dann ein Bein.

Beinahe hätte ich aufgeschrien, da presste mir jemand seine Hand vor das Gesicht.

›Hey. Halt den Mund, sonst sind wir alle dran.‹

Ich konnte nichts erkennen, spürte nur, wie man mir am Rücken die Arme zusammenhielt.

›Sei still. Ich bin es doch. Gabriel‹, zischte jemand.

Ich hörte auf, um mich zu schlagen. Der Druck auf meinen Armen ließ nach, und als ich mich umdrehte, sah ich die beiden Männer besser. Sie trugen Uniformen der Aufständischen. Aber ich kannte sie.

Früher einmal waren wir gemeinsam durch die Wälder rund um unseren Ort gestreift, hatten zusammen Schnecken gesammelt, später dann Kaninchen gejagt.

Sie waren um einiges älter als ich und hatten das Dorf schon vor Jahren verlassen.

›Was macht ihr hier?‹, fragte ich.

›Wir haben versucht, zu unserer Einheit zu kommen. Dabei haben sie uns abgedrängt.‹

›Wenn sie euch erwischen, erschießen sie euch‹, sagte ich.

›Verdammt, hilf uns. Du kennst dich doch hier aus. Wir müssen fort hier.‹

Ich zögerte. Rundherum wimmelte es von Republikanern. Wie nur sollten wir das schaffen? Andererseits wollte auch ich nichts lieber als weg.

Ich nickte. ›Also gut. Wir gehen gemeinsam. Ihr nehmt mich mit, und ich zeige euch den Weg.‹

›Das geht nicht‹, sagte Gabriel. ›Viel zu gefährlich. Zu zweit ist es schon fast unmöglich. Zu dritt schaffen wir es auf keinen Fall.‹

›Wir gehen zusammen. Oder eben nicht‹, sagte ich.

Wir sahen uns an. Ich konnte den inneren Kampf auf Gabriels Gesicht sehen. Dann nickte er. ›Also gut. Kannst du irgendetwas zu essen auftreiben? Und Wasser. Wir sind jetzt schon seit drei Tagen unterwegs.‹

In den nächsten vierundzwanzig Stunden versorgte ich sie, so gut es möglich war.

Die folgende Nacht war zum Glück ziemlich dunkel. Es war gegen ein Uhr früh, als ich aus dem Haus schlich und zu dem Schuppen lief.

Niemand sah mich. Die beiden warteten schon. Ich hatte noch eine Milchkanne mit Wasser dabei, die sie austranken.

Dann brachen wir auf.

Es war ein halsbrecherisches Unterfangen. Jeden Moment konnten wir entdeckt werden. Aber irgendwie haben wir es geschafft, gelangten hinter die feindliche Linie und sie zumindest waren in Sicherheit.

Ich allerdings nicht. Jetzt war ich derjenige, den man wohl erschossen hätte, wenn man ihn hier entdeckt hätte.

Das ganze Gebiet hier war unter Kontrolle der Aufständischen. Natürlich auch unser Dorf. Überall befanden sich ihre Stellungen. Ich hatte keine Ahnung, ob meine Eltern überhaupt noch dort ausharrten oder ob sie alle zusammen bei Mateo und Antonio in Manacor waren.

Jedenfalls durfte ich mich keinesfalls blicken lassen, das war mir klar. Denn wie sollte ich erklären, weshalb man mich von dort unten durchgelassen hatte?

Ich hatte es geschafft, für beide Seiten gleichermaßen ein Kollaborateur zu sein.

Aber auch das interessierte mich nur bedingt. Denn ich hatte ein Ziel. Den Talaiot.

Inzwischen war es beinahe Morgen. In gut einer Stunde würde es anfangen zu dämmern. Doch das kümmerte mich nicht.

Ich rannte an diesem Tag buchstäblich um mein Leben.

Nichts geschah. Niemand begegnete mir, und in geduckter Haltung lief ich weiter, bis ich mein Ziel endlich erreichte.

Ich wusste nicht, was ich erwartet hatte.

Aber meine Enttäuschung, sie dort nicht zu finden, war grenzenlos. Verzweifelt setzte ich mich ins Gras, und als ich dort so saß, fiel mein Blick ins Innere des Turms. Dort lag etwas, beschwert mit einem Stein.

Als ich nachsehen ging, fand ich dieses Gefäß aus Ton. Darin war ein Stück *Coca,* und daneben stand ein Krug mit Wasser.

In diesem Moment war die Sehnsucht nach ihr so groß, dass ich mich hinhockte und nur mehr heulte.

Beim Morgengrauen versteckte ich mich in den Wäldern, hoch über unserem Dorf, wartete, bis endlich der Abend kam. Zählte die Minuten, die so langsam wie nie zuvor zu Stunden wurden.

Mit klopfendem Herzen schlich ich mich dann abermals hin. Wissend, dass ich es nicht überleben würde, wenn sie nicht kam.

Doch sie war da. In dieser Nacht tauschten wir sämtliche der wundervollen Versprechungen, die seit jeher alle Liebenden tauschen, schmiedeten Pläne für die Zeit danach und schworen uns, dass uns nichts im Leben jemals wieder trennen sollte.

Immer wieder liebten wir uns. Mit einer fast verzweifelten Hingabe, so als wäre es das letzte Mal.«

Miguel machte eine Pause. Sein Atemzug klang wie ein Seufzer.

»Nur ungern ließ ich sie dort zurück. Immer noch verschob ich die notwendige Trennung um einige Minuten. Die Sonne tauchte schon aus den Wolken auf, und das Haus begann zum Leben zu erwachen.

›Du musst jetzt gehen, Miguel‹, sagte sie und hielt mich gleichzeitig fest umschlungen. Noch während ich sie ansah, merkte ich, dass sie weinte.

Das brachte mich zur Besinnung. Sie zu trösten und ihr all das zu versprechen, was sie so gerne hören wollte, gab mir selbst mehr Trost als alles andere.

Irgendwann rissen wir uns voneinander los. Es war ohnehin viel zu spät, und das Risiko, entdeckt zu werden, stieg mit jeder Minute.

Dann lief ich den Berg hinunter, zurück zu dem Versteck, das mir schon gestern Nacht Schutz geboten hatte.

Ich hatte es kaum erreicht, als ich den beginnenden Kanonendonner hörte, der an diesem Tag nicht mehr aufhören sollte.«

Wieder unterbrach Miguel.

»Komm«, sagte er zu Nicolau, der sich nicht bewegte und nichts sagte. »Ich denke, wir sollten jetzt hineingehen. Mach uns ein Frühstück, du siehst müde aus. Dann erzähle ich es dir zu Ende.«

Kapitel 10

»Nächste Woche ist endlich Drehbeginn«, sagte Alain. Amina hatte sich auf die Terrasse zurückgezogen, um bei dem Telefonat mit ihm ungestört zu sein.

Nach einem ausgedehnten Spaziergang mit Erika waren sie soeben nach Hause gekommen, als er pünktlich anrief. Amina wusste, dass es in L.A. gerade einmal sechs Uhr dreißig morgens war.

»Warum sagst du mir denn nicht, dass ich dich immer geweckt habe?«, hatte er gefragt, als er sie zum ersten Mal in Marbella erreichte.

»Normalerweise bin ich zu dieser Zeit längst wach, es ist ja nur, weil ich hier bei meinem Vater bin.«

»Wie geht es dir? Gefällt es dir dort? Ich freue mich schon sehr darauf, deinen Vater endlich kennenzulernen. Vielleicht sagst du ihm einen schönen Gruß und fragst, ob wir ihn besuchen dürfen, sobald wir aus L.A. zurück sind.«

»Du fehlst mir.« Sie hatte das eigentlich nicht sagen wollen, es war ihr herausgerutscht.

Er schien kurz nur zu zögern. »Du fehlst mir ebenfalls«, sagte er dann. »Mehr als mir lieb ist.«

Amina hielt die Luft an, spürte die warme Welle, die in ihr hochstieg. »Oh Alain. Das ist das Netteste, was du mir seit Langem gesagt hast.«

»Hör mal? Ich sage dir doch immer, wie sehr ich dich liebe.«

Sie kicherte. »Schon. Aber dich dermaßen leiden zu sehen, ist echt erfrischend.«

»Sadistin.« Sein warmes Lachen drang an ihr Ohr. »Aber im Ernst. Es ist das erste Mal, dass es mich wirklich stört, so lange von dir getrennt zu sein. Dennoch war die Entscheidung richtig. Wir arbeiten beinahe die ganze Nacht durch. Diese Vorbereitungen sind so mühsam und zeitraubend. Danach falle ich todmüde ins Bett, damit ich am nächsten Tag wieder fit bin.

Um Punkt sieben kommt mich schon der Wagen abholen. Ich hätte hier noch weniger von dir als so. Zumindest kann ich diese halbe Stunde ungestört mit dir reden. Ich glaube kaum, dass du gerade voller Begeisterung wärst, wenn ich dich so früh wecken würde.«

»Wenigstens hätte ich das Gefühl, in deiner Nähe zu sein«, sagte sie, um gleich darauf schnell fortzufahren: »So trennen uns Tausende von Meilen. Auch wenn alles nichts weiter als Einbildung ist.«

»Braves Mädchen. Du wirst sehen, es vergeht viel schneller, als wir jetzt fürchten. Und dann werden wir mit einem wunderschönen Wiedersehen belohnt, das wir ausgiebig genießen wollen. Was hast du denn heute Abend vor?«

»Ich glaube, wir gehen irgendwohin essen. Stell dir vor, mein Vater spielt ausgezeichnet Klavier. Genau wie du. Ich habe es erst vorgestern erfahren. Es ist wundervoll. Ich …«

Er unterbrach sie.

»Liebling, ich muss. Der Wagen kommt gleich. Erzähl mir das alles später ausführlich. Ich freue mich darauf. Einen schönen Abend euch dreien. Und vergiss nicht, meine Grüße auszurichten. Ich liebe dich.«

»Ich liebe dich a…«, wollte sie erwidern, doch da hatte er schon aufgelegt.

Das Telefon in der Hand, trat sie an die Brüstung. Die Sonne schien immer noch warm, ein wenig Wind war aufgekommen. Die Blätter der Bäume bewegten sich und rauschten.

Unbemerkt war Erika neben sie getreten.

»Und? Alles in Ordnung?«

Sie drehte sich um. »Ja, natürlich. Das war Alain«, sagte sie schnell.

Erika nickte. »Sehnsucht?«

Amina wollte den Kopf schütteln, dann sah sie in Erikas Augen, bemerkte das Verständnis darin und senkte den Kopf. »Schon«, sagte sie.

Erika legte ihr den Arm um die Schulter. »Du wirst sehen, nach ein, zwei Wochen geht es viel besser. Dann hast du bereits ein Drittel der Zeit vorbei, und der Rest vergeht beinahe von allein. Falls du es gar nicht aushältst, fliegst du einfach auf ein Wochenende zu ihm.«

»Er will mich dort nicht haben, wenn er arbeitet«, entfuhr es Amina.

Erika sah sie kurz an. »So«, sagte sie nur und schwieg.

Amina lehnte sich ein wenig an sie.

»Du weißt ja, wie das ist. Vater ist damals auch alle vierzehn Tage ohne dich weggeflogen. Das muss ziemlich nervig für dich gewesen sein.«

»Na ja«, sagte Erika nur. »Ich wäre seinerzeit auch sehr gerne mitgekommen.«

Ein wenig standen sie noch so nebeneinander, ehe Erika weitersprach. »Ich glaube, Konrad würde sich freuen, wenn du ein wenig zu ihm gehst. Was meinst du?«

Amina hob den Kopf. »Ich dachte, ich störe ihn vielleicht.«

»Warum tust du nicht einfach, was dir dein Herz sagt?«

Amina biss sich auf die Lippen. »Du hast recht«, murmelte sie. »Es ist höchste Zeit.«

***

Amina schlüpfte zur Tür hinein und schloss sie leise hinter sich. Ihr Vater hob den Kopf. Noch während er sie ansah, nahm er die Brille ab.

»Gibt es hier diesen leckeren Sherry?«, fragte Amina und lächelte.

Er deutete auf den Fauteuil, als er aufstand. Gab ihr ein Glas und schenkte sich ebenfalls ein.

»Falls ich dich störe, musst du es mir sagen«, begann sie. »Was schreibst du hier eigentlich? Erika sagte, du arbeitest an einer Familienchronik.«

»Es macht mir Spaß«, antwortete er. »Außerdem ist es eine wunderbare Beschäftigung. Weißt du, dass ich früher davon geträumt habe, Wissenschaftler zu werden?«

Sie schüttelte den Kopf. »Und warum bist du es nicht geworden?«

»Mein Vater hat darauf bestanden, dass ich Betriebswirtschaft studiere.« Er zuckte die Schultern und lächelte. »Ich war ein braver Junge.«

»Und doch hast du die Firma später verkauft.«

Er nickte. »Ich habe sie beinahe sieben Jahre lang geführt. Soll ich dir etwas verraten? Ich war nie wirklich gut darin. Mir fehlte dieses Unternehmerische. Dieser Mut zum kalkulierten Risiko. Der glühende Wille, der Beste zu sein. Auf jeden Fall zu gewinnen.« Er zuckte die Schultern. »Nachdem wir … also nachdem deine Mutter und ich beschlossen hatten, uns scheiden zu lassen, hatte ich endlich den Mut gefunden, auch einen Schlussstrich unter mein Berufsleben zu ziehen.«

»Hast du es bereut?«, fragte Amina. »Wer von euch beiden hat damals eigentlich die Scheidung gewollt?«

»Nein, ich habe es niemals bereut. Es war eine meiner besten Entscheidungen.«

»Wieso habt ihr euch getrennt?«, fragte sie nochmals, als er schwieg.

Er seufzte. »Wir waren zu unterschiedlich. Im Grunde haben wir nicht zueinander gepasst.«

Sie schüttelte den Kopf. »Das ist mir zu einfach. Bitte, sag mir die Wahrheit.«

»Amina, mein Liebes. Das ist so lange her.«

»Daddy. Ich muss es einfach wissen. Mich interessiert *deine* Sichtweise. Mutters kenne ich inzwischen zur Genüge.«

»Ich werde dir kein einziges schlechtes Wort über deine Mutter sagen. Dazu gibt es auch absolut keinen Grund. Wir hatten eine wunderbare Zeit zusammen. Und das Wunderbarste daran bist du«, er unterbrach, nahm einen Schluck. »Ich hatte mich in sie verliebt. Sie war so temperamentvoll. Du kennst sie ja. Mein bisheriges Leben kam mir plötzlich so freudlos vor. Ein Studium, das mich nicht interessierte, ein Beruf, in dem ich nie gut genug sein würde.

Sie gab mir jede Menge Selbstvertrauen, wirbelte in mein Leben und brachte es völlig durcheinander. Doch ich konnte sie nicht halten. Niemand kann das. Aber das war mir damals nicht bewusst. Ich selbst brauche die Beständigkeit. Verlässlichkeit. Klare Richtlinien. Eine Ordnung im Leben.«

»All das hast du mit Erika gefunden.«

»Ja«, sagte er. »Das habe ich mit Erika bekommen. Obwohl ich lange gebraucht habe, um es zu begreifen. So lange, bis es beinahe zu spät war.«

Amina hob den Kopf. »Wieso? Ich meine, … ich dachte, ihr hättet euch auf den ersten Blick verliebt … entschuldige, ich möchte dich nicht ausfragen …«

Sie fühlte sich unruhig unter seinem konzentrierten Blick.

»Nein«, sagte er, »lass nur. Es wird Zeit, es dir zu erzählen. Natürlich fühlte ich mich vom ersten Moment an zu Erika hingezogen. Immer schon war sie für mich da gewesen. Nahm mir alle Unannehmlichkeiten ab. Irgendwann lebte sie dann mit mir zusammen. Es war zu jener Zeit, in der ich ständig hin- und hergeflogen bin. Doch das hat sie dir alles bereits gesagt.«

»Woher weißt du das?«

Er lächelte. »Es gibt nichts, was mir Erika nicht erzählt«, sagte er. »Sie gab mir Wärme, war auch der Grund dafür, weshalb ich begann, mich in diesem Haus wohlzufühlen, es als mein Heim zu betrachten.

Ich hatte ja im Grunde genommen alles. Konnte mit meiner Schreiberei weitermachen, dich regelmäßig besuchen und hier mit ihr das Leben genießen. Sie sorgte für mich, verwöhnte mich auf eine Art, die ich bis dahin nicht gekannt hatte.

Deine Mutter … sie war immer voller Leben. Aber das war auch irgendwie anstrengend. Mit Erika lief alles viel ruhiger ab. Gemütlich.

Ich war glücklich mit ihr, fühlte mich wohl. War sicher, ihr ginge es genauso. Dachte … Das heißt, nein«, unterbrach er sich, »ich dachte eben nicht. Ich nahm alles als selbstverständlich hin.

Vor gut drei Jahren wurde Erika operiert. Eine Routineoperation, einige gutartige Wucherungen machten ihr zu schaffen, also riet man ihr zu dem Eingriff.

In der Nacht nach der Operation ist die Naht geplatzt, ohne dass man es sofort bemerkte. Erst am nächsten Morgen stellten sie es fest. Plötzlich herrschte totale Aufregung. Ich war gerade erst gekommen. Man schickte mich aus dem Zimmer. Der Professor kam, die Assistenten gingen aus und ein. Sie mussten die Wunde dann nochmals aufmachen.

In der Folge verlegten sie Erika auf die Intensivstation. Sie hatte zu viel Blut verloren.

Ich war wie erstarrt. Saß dort in dem kahlen Besuchsraum, in den sie mich gebracht hatten. Wollte nicht heimfahren, durfte nicht bei ihr sein. Nichts. Es war ein Albtraum.

Die Vorstellung, sie zu verlieren, war unerträglich. Plötzlich lief das ganze gemeinsame Leben wie ein Film an mir vorbei. Alles, was sie für mich getan hatte. Was sie mir bedeutete.

›Hat die *Señora* Angehörige?‹, fragte mich eine freundliche Schwester.

›Mich‹, sagte ich. ›Ich bin ihr Mann.‹

›*Sí Señor*, aber Sie sind nicht verheiratet‹, erklärte sie mir, ›in diesem Fall brauchen wir eine Vollmacht. Haben Sie eine?‹

Das war für mich wie ein Schock. Die ganzen drei Tage, die Erika auf dieser Intensivstation lag, konnte ich nur immer denken, dass ich ihr niemals gesagt hatte, was ich für sie empfinde.

›Und was, wenn ich es ihr niemals mehr sagen kann?‹, dachte ich unablässig. Sie war der wichtigste Mensch in meinem Leben, und ich hatte es ihr nicht ein einziges Mal gesagt.«

Er sah Amina kurz an. »Außer dir natürlich, du bist ebenso wichtig für mich, aber das ist ein anderes Thema.«

Wieder unterbrach er sich kurz, ehe er fortfuhr. »Ich hatte nicht einmal die Loyalität aufgebracht, mich öffentlich zu ihr zu bekennen. Anfangs war alles noch irgendwie entschuldbar. Du warst klein. Brauchtest meinen Schutz, meine Rücksichtnahme. Aber das ist schon lange vorbei. Längst hätte ich Erika den Platz geben müssen, der ihr gebührte. Verstehst du?«

Amina konnte in seinem Blick immer noch eine Spur der damaligen Verzweiflung erkennen und nickte.

»Ich hatte ihr niemals gesagt, was sie mir bedeutet. Natürlich konnte ich sicher sein, dass sie es weiß. Aber gesagt habe ich es nie. Damals habe ich mir geschworen: Wenn sie nur wieder gesund werden würde – dann gäbe es niemals wieder einen Tag, an dem ich ihr nicht sagte, was ich für sie empfinde.«

Er sah kurz auf seine zusammengefalteten Hände, hob anschließend den Kopf und sah seine Tochter ernst an.

»Amina, was ich dir damit sagen will: Wenn du jemanden liebst, verlass dich nicht darauf, dass er es ohnehin weiß. Sprich aus, was du fühlst. Geh nie davon aus, dass andere deine Gedanken und Gefühle lesen können. Und heirate niemals einen Menschen, mit dem du nicht alles teilen kannst.«

Amina spürte, wie ihre Augen schwammen, sie wischte sich kurz mit der Hand über das Gesicht.

»Oh Daddy!« Sie schluckte mühsam, stockte ein wenig. Dann sprang sie auf und warf sich an seine Brust. »Es tut mir so leid!«, rief sie. »Ich habe überhaupt nicht nachgedacht, damals, und auch später nicht. Ich hätte kommen müssen. Ich war nicht da, bei euch. Als ihr geheiratet habt. Bitte verzeih mir. Ich weiß nicht, wie ich das je wiedergutmachen soll.«

Er hielt sie fest an sich gedrückt. Lange verharrten sie so. Sprachen nichts.

»Mein Mädchen«, sagte er ruhig, »hör auf, dir Vorwürfe zu machen. Du bist ja endlich bei uns. Ich bin so froh darüber. Und Erika auch. Es wäre sehr schön, wenn wir das manchmal wiederholen könnten. Und wenn du möchtest, kommen wir beide euch irgendwann ebenfalls besuchen, Dich und Alain. Einverstanden?«

***

Kaum, dass er den letzten Bissen seiner *Magdalena* aufgegessen hatte, den er mit einem Schluck aus der Kaffeetasse hinunterspülte, lehnte sich Miguel zurück und begann wieder zu erzählen.

Es schien, als müsse er sich alles einmal von der Seele reden. So, als hätten diese Worte schon lange darauf gewartet, endlich ausgesprochen zu werden.

»Es war jener furchtbare Tag, an dem unser Dorf von den Roten, wie Pep sie nannte, eingenommen wurde.

Kaum, dass ich mein Versteck erreicht hatte, ging es auch schon los.

Ich hörte den Lärm der Flugzeuge, die jetzt ununterbrochen flogen, um ihre tödliche Fracht abzuwerfen. Der Kanonendonner der Seegeschütze begleitete sie, ebenso wie das ständige Rattern der Maschinengewehre. Inzwischen war ich schon gut in der Lage, die einzelnen Positionen auszumachen. Diesmal waren sie sehr nah, kamen immer näher.

Doch nicht nur aus einer Richtung. Mir schien, als ob sie überall wären.

Unwillkürlich duckte ich mich noch enger in den Steinhügel hinein, in dem ich Schutz gefunden hatte – irgendein vor Jahren schon eingestürzter Unterstand, der inzwischen vollständig überwuchert war.

Plötzlich sah ich durch den winzigen Spalt eine Bewegung, begriff, dass es sich um Menschen handelte, die unmittelbar an mir vorbeiliefen.

Wer waren sie? Wohin wollten sie?

Wieder flogen die Flugzeuge. Der Beschuss hörte inzwischen überhaupt nicht mehr auf.

Ich presste mich gegen den Boden. Wagte kaum zu atmen, obwohl man das bei dem Lärm ohnehin nicht hätte hören können.

Viel später erst erfuhr ich, dass sie an diesem Tag aus drei Richtungen auf unser Dorf zumarschiert sind. Vom Osten her, wo ich mich befand, vom Süden und von Porto Cristo aus.

Ich kauerte weiter in meinem Versteck. Ständig drehten sich meine Gedanken um die Eltern, die Geschwister. Wo waren sie? Im Dorf? Oder doch hoffentlich schon fort?

Stunde um Stunde verging, ohne dass sich etwas änderte. Ab und zu noch merkte ich, wie jemand vorbeilief, sah den Schatten durch die Ritzen, einmal hörte ich Stimmen, Schreie.

Ich hatte jedes Gefühl für Raum und Zeit verloren. Hatte ich im Anfang noch vor Furcht am ganzen Körper gezittert und war bei jedem Bombeneinschlag zusammengezuckt, so fühlte ich jetzt nur noch eine lähmende Erschöpfung, war zu müde, um Angst zu haben – zu ausgelaugt, um etwas zu empfinden.

Da war nur mehr der einzige Wunsch, es möge doch endlich aufhören.

Wo war Catalina während der ganzen Zeit? War ihr Vater bei ihnen oder waren sie allein im Haus? Ich hatte nicht danach gefragt, als wir einander getroffen hatten.

So viel Wichtigeres war zu sagen gewesen.

Jetzt aber dachte ich nur an sie. Ich weiß noch, dass ich mir sogar ausmalte, ich würde hinauflaufen, zu dem Haus, zu ihnen, mich über sie werfen und sie mit meinem Körper beschützen.

Stattdessen hockte ich unbeweglich unter den Steinen und tat nichts. Konnte nichts tun. Geschweige denn irgendwo hinlaufen.

Plötzlich fiel Geröll herein, Erde regnete auf mich herab, und dann schob sich auch schon ein Körper durch die enge Öffnung. Ich war wie erstarrt, überzeugt, dass meine letzte Stunde geschlagen hatte. Es war mir durchaus bewusst, dass jeder, egal welcher der beiden Fronten er angehörte, in mir einen Feind sehen musste. Entsprechend sicher war ich mir der tödlichen Bedrohung, die von dem anderen ausging.

Ich hörte einen Schrei, begriff erst später, dass ich es war, der so geschrien hatte.

Der andere schnellte herum, schrie ebenfalls. In diesem Moment erkannte ich ihn. Es war Manolo. Er wohnte ebenfalls im Dorf, sein Bruder war mit einer meiner Cousinen verheiratet, erst vor wenigen Monaten hatten wir alle gemeinsam Hochzeit gefeiert. Ein riesiges Fest war das, mit weit mehr als zweihundert Gästen. Wie immer, wenn hier die ganzen Familien zusammenkommen.

Jetzt lagen wir Seite an Seite hier. In dieser Höhle, die keine war. Im Dreck. Voller Todesangst. Keiner von uns wusste, wie es weitergehen sollte.

›Was machst du hier?‹, fragte er. Er schien genauso unter Schock zu stehen wie ich, denn seine Stimme gehorchte ihm kaum.

›Ich bin von unten fort. Die Roten haben das ganze Gebiet eingenommen. Und du?‹

›Aber hier sind überall Aufständische. Sie haben sich auf die Hügel zurückgezogen. Die Republikaner rücken auf unser Dorf zu, wahrscheinlich haben sie es inzwischen in ihrer Gewalt. Den ganzen Tag über haben sie es beschossen. Die meisten von uns sind fort. Irgendwohin, nach Manacor oder nach Son Servera.‹

›Wieso bist du noch hier?‹

›Ich wollte ebenfalls weg. Aber dann kamen die Flugzeuge. Da habe ich mich zuerst versteckt, bin dann aus dem Dorf hinaus und wusste nicht, wohin. Völlig egal, wer dich heute erwischt. Du wirst auf jeden Fall erschossen.‹ Seine Stimme bebte.

›Meine Eltern sind noch im Dorf. Meine Schwestern.‹ Immer mehr begriff ich, was sich draußen abspielte. Die Republikaner marschierten darauf zu, hatten es vielleicht schon eingenommen. Gleichzeitig wurde es von den Aufständischen verteidigt.

Jeder schoss. Es gab kein Gut und kein Böse. Ich dachte nur an meine Familie. Im Grunde genommen war es völlig egal, wer politisch was vertrat. Einzig die Worte meines Vaters waren mir im Gedächtnis: ›Hauptsache Frieden‹. Und genau der war inzwischen vorbei. Wir hatten Krieg.

In diesem Moment wurde mir das entsetzlich klar. Meine Familie war irgendwo. Vermutlich in schrecklicher Gefahr. Catalina befand sich in diesem Haus am Hügel. Auch sie in Gefahr. Und ich und Manolo hockten hier. Wenn uns jemand gefunden hätte, wäre das vermutlich unser Ende gewesen.

Ich sah Manolo an. Sah das Entsetzen in seinem Gesicht. Merkte, dass er das Gleiche dachte wie ich.

›Was sollen wir nur machen?‹, sein Flüstern war nicht mehr als ein heiseres Krächzen.

›Auf keinen Fall uns draußen blicken lassen. Wie hast du den Eingang gefunden? Wir müssen ihn zubekommen.‹

Wir begannen voller Hast, mit unseren bloßen Händen Erde vor den Eingang zu schieben, stopften Steine davor, versuchten irgendwie, noch mehr Geröll anzuhäufen.

Wie sinnvoll das war, kann ich nicht sagen. Jedenfalls konnten wir uns etwas beschäftigen und hatten dadurch wenigstens das Gefühl, dass es uns schützen würde.

Nach wie vor wurde gekämpft. Der Widerhall der schweren Geschütze dröhnte in unseren Köpfen, der Lärm der Flieger war kaum mehr zu ertragen. Unablässig hörten wir den Kanonendonner.

Und plötzlich war es still.

Wir hatten keine Ahnung, wie spät es war. Immer noch kauerten wir in unserem Versteck, die Arme um die angezogenen Beine geschlungen. Reglos. Stumm. Wagten nicht, uns zu bewegen, geschweige denn nachzusehen.

Kein Lichtschein schimmerte mehr durch die Ritzen. Es war Nacht geworden.

Ohne uns abzusprechen, robbten wir schließlich zu dem Ausgang, wühlten uns durch das Geröll hindurch.

Ich schob mich vorsichtig aus der Öffnung. Über mir wölbte sich der Sternenhimmel. Nichts war zu hören, nur die Grillen zirpten. Eine ganze Weile lagen wir flach auf dem Boden, ehe wir uns aufzusetzen trauten.

›Ich muss ins Dorf‹, flüsterte ich. Er schüttelte den Kopf. ›Du kannst dort nicht hin, komm mit mir. Wir gehen nach Son Servera.‹

Ich schob ihn fort und lief los. Nur einen Gedanken im Kopf. Catalina. Ich musste mich überzeugen, dass es ihr gut ging, obwohl ich keine Ahnung hatte, wie ich zu dem Haus kommen sollte.

Wie durch ein Wunder traf ich aber niemanden. Erst viel später erfuhr ich, dass sich die Aufständischen aus dem Gebiet zurückgezogen und es den Republikanern überlassen hatten.

Ich versuchte mich gebückt zu halten, huschte von Baum zu Baum, suchte Schutz hinter den viel zu dünnen Stämmen. Dann erreichte ich den Hügel.«

Miguel hob den Kopf. Starrte auf die gegenüberliegende Wand. Nach einiger Zeit griff er in seine Hosentasche und zog ein Tuch hervor, mit dem er über sein Gesicht wischte.

Nicolau fasste nach der Hand, die auf der Tischplatte lag. Spürte, wie sie bebte.

»Du kannst es mir ein anderes Mal fertigerzählen«, sagte er vorsichtig. »Wir sollten vielleicht eine Pause machen.«

Heftig schüttelte Miguel den Kopf. »Nein«, sagte er, »ich will es hinter mich bringen.« Dann holte er tief Luft und fuhr fort, während er blicklos auf die Wand sah, als könne er die Geschehnisse dort ablesen.

»Ich arbeitete mich also vorwärts durch das Gestrüpp. Mein Herz pochte wie verrückt. Aber ich glaube nicht, dass ich mich noch vor irgendwelchen Soldaten fürchtete. Ständig dachte ich daran, dass sie ja nicht dort sein konnte. Selbst wenn ihr Vater nicht zu Hause wäre, sich in Palma oder sonstwo aufhielt, würde sie an einem solchen Tag das Haus nicht verlassen.

Dennoch hoffte ich heimlich darauf, irgendetwas zu finden, was mir sagte, dass es ihr gut ging.

Ich erreichte den Turm, ging um ihn herum, spähte hinein. Doch dort war nichts. Es erschien mir zu gefährlich, mich drinnen aufzuhalten.

Wenn noch Soldaten in der Nähe waren, würden sie sicherlich einen Blick in das Innere werfen.

Also lief ich auf das Gestrüpp zu, das rundherum wuchs und bereits eine beachtliche Höhe erreicht hatte. Ausreichend, um Schutz vor Blicken zu bieten.

Sofort als ich näher herankam, sah ich es.

Dort lag etwas. Ich pirschte mich vorsichtig näher. Sah den Rock, erkannte sie.

Freude und Entsetzten, Jubel und Verzweiflung. Da war alles gleichzeitig. Die Hoffnung, dass sie schlief, die Ahnung, dass es anders sein könnte. Ich warf mich neben sie, griff nach ihr, drehte sie herum.

Ihre Lider waren geschlossen, ein leichtes Lächeln lag auf ihrem Gesicht. Sie sah so ungeheuer friedlich aus. Doch da war dieser Fleck. Dunkel, feucht. Und kalt.

Ich kniete neben ihr, hielt sie fest. Konnte mich nicht mehr bewegen. Ich weiß nicht, was ich alles machte. Ob ich laut schrie oder ob es mir nur so vorkam. Ich schüttelte sie, beugte mich zu ihr. Rief immer wieder ihren Namen.

Sie antwortete nicht.

Ich hatte sie wieder. Und wusste, dass es für immer vorbei war. Der Schmerz, den ich fühlte, ist nicht mit Worten zu beschreiben. Ich wollte nur eines. Ebenfalls tot sein. Aber ich hatte nichts. Nicht einmal ein Messer.

Wenn doch jetzt Soldaten gekommen wären und mich erschossen hätten!

Den ganzen Tag über hatten wir uns gefürchtet, entdeckt zu werden. Jetzt im Freien entdeckte mich niemand. Ich war ganz allein. Mit ihr.

Irgendwann waren da Stimmen. Rufe. Ich hörte, wie man nach ihr rief. Sie suchten sie.

Immer noch saß ich dort. Wusste, dass man mich nicht finden durfte, und blieb dennoch. Die Stimmen kamen näher. Wurden lauter.

›Du musst weg. Fort von hier. Bitte. Tu es mir zuliebe. Denk an deine Mutter.‹ Ich starrte Catalina an. Wusste, dass sie nichts sagte, und hörte sie dennoch. Ihr Lächeln schien mir allein zu gelten. ›Bitte Liebster, geh. Ich habe es Mari Carmen doch versprochen. Sie dürfen uns nicht sehen.‹

Ich legte sie vorsichtig auf den Boden. Strich ihr noch ein letztes Mal über die Haare. Sie schien sich zu bewegen. Ich war fest davon überzeugt, dass sie mich ansah.

Die Stimmen waren ganz nahe. ›Wer ist da?‹

Ich sprang auf. ›Halt! Stehenbleiben!‹, schrie jemand, und ich rannte los. Hörte die Schüsse. Spürte beinahe die Kugel, die mich verfehlte. Rannte den Berg hinab.

Eine Zeitlang verfolgten sie mich, liefen mir nach, bis sich ihre Stimmen immer weiter entfernten.

Blind und eher instinktiv schlug ich den Weg zu unserem Dorf ein. Auch hier war niemand zu sehen. Ich hatte nur einen einzigen Gedanken: ›Sie ist tot.‹ Irgendwann begann ich damit, ihn laut auszusprechen, immer lauter, bis ich es nur mehr brüllte. ›Sie ist tot!‹

Nichts konnte den wütenden Schmerz besänftigen. Ich taumelte die Straße entlang. Sah plötzlich Soldaten, Milizionäre. Lief direkt auf sie zu. ›Sie ist tot‹, schrie ich. Tief in mir die Hoffnung, dass sie mich endlich erschießen würden. Es war mir nicht nur egal, ich sehnte mich förmlich danach. Sterben schien das Einzige, das noch Sinn hatte, und sei es nur, um diesen Schmerz nicht länger ertragen zu müssen.

Sie brüllten mich an. Dann lachten sie, schrien etwas. Ich konnte sie nicht verstehen, lief weiter, kam zum Dorfeingang. Hier war alles verwüstet. Große Steinquader lagen auf der Straße, heruntergefallen von den beschädigten Häusern.

Überall waren diese Soldaten, kamen aus den Häusern, deren Eingänge sie aufgebrochen hatten. Schienen drinnen nach etwas zu suchen, schleppten Gegenstände heraus.

Nirgendwo ein bekanntes Gesicht. Keine Nachbarn. Keine Einwohner. Nur Militär.

Ich erreichte unser Haus. Das Tor stand offen.

›Was suchst du hier?‹, schrie jemand.

›Sie ist tot‹, brüllte ich. ›Sie ist tot.‹

Er schlug mir ins Gesicht, schüttelte mich roh.

›Der ist ja verrückt‹, hörte ich mehrere Stimmen. Sie lachten grölend. ›Verrückt!‹

In unserem Haus war alles verwüstet. Die Tassen aus dem großen Geschirrschrank lagen auf dem Boden. Die meisten waren zerbrochen. Die Tür zu der kleinen Speisekammer stand offen. Nichts befand sich mehr auf den Regalböden. Nur eine Flasche mit Essig stand noch dort.

Die Schubladen der großen braunen Kommode waren aufgezogen. Eine hing halb heraus, war geborsten.

Der Inhalt lag überall verstreut. Ich sah die Tischdecke mit den feinen Spitzen, die meine Mutter nur zu besonderen Anlässen benutzte – auch sie war zerrissen, achtlos auf den Boden geworfen und wirkte so, als wären unzählige Stiefel über sie gelaufen.

Von meiner Familie war niemand zu sehen.

Ich taumelte auf die Straße zurück, lief weiter in Richtung der Kirche.

Dort waren unzählige von ihnen. Hatten offenbar auch die Bar geplündert. Sie schienen besoffen, grölten, sangen obszöne Lieder.

Ich ging auf die Kirche zu. Keiner beachtete mich. Innen war alles zerstört. Ein großes Loch klaffte hinter dem Altar, die Figuren waren heruntergerissen, lagen zerbrochen auf den Steinfliesen.

Als ich wieder herauskam, waren sie gerade damit beschäftigt, auf die Kirchenfassade zu schießen. Sogar auf das große Kreuz zielten sie und schütteten sich dabei aus vor Lachen.

Ich schrie sie an. Wollte nichts so sehr, als dass irgendeiner von ihnen sein Gewehr nimmt und mich endlich von meinem Schmerz befreit.

Einer schlug mir mit dem Gewehrkolben ins Gesicht. ›Seht euch diesen heulenden Irren an. Verschwinde, du Idiot‹, brüllte er.

Ich rannte weiter, schrie immer noch vor mich hin, konnte nicht aufhören damit, auch dann nicht, als ich keine Stimme mehr hatte, nur mehr krächzen konnte. ›Sie ist tot, sie ist tot, sie ist tot.‹

Irgendwie fand ich den Weg zum Meer. Niemand hielt mich auf. Scheinbar haben sie mich wirklich für nicht dicht gehalten, für eine Art Dorftrottel.

Oder sie waren so berauscht von ihrem Sieg, von den Plünderungen und Zerstörungen – und natürlich vom Alkohol. Jedenfalls kümmerte sich keiner um mich.

Dann erreichte ich das Landgut. Wie, weiß ich nicht mehr. Später hat mir der Verwalter erzählt, dass er mich mehr zufällig draußen gefunden hatte. Er dachte zunächst, ich wäre wahnsinnig geworden, schleppte mich ins Gebäude. Dort kam ich kurz zu mir, konnte aber nicht sprechen und wurde ohnmächtig.«

Miguels Gesicht war fahl. Seine Hand kalt.

Nicolau saß stumm neben ihm.

Nach einer Ewigkeit hob Miguel den Kopf. Er sah zu Nicolau und drückte seine Hand noch fester.

»Der einzige Trost, den ich dir heute geben kann, ist, dass Amina lebt. Sie ist glücklich und es geht ihr gut. Auch wenn sie nie mehr zu uns zurückkommt und du sie ebenso verloren hast wie ich meine Catalina.

Sie lebt und hat ihr ganzes Leben noch vor sich. Ein wunderschönes Leben. Ich weiß, dass dir das eines Tages ein großer

Trost sein wird. Dann, wenn du durch diesen schwarzen Tunnel hindurch bist und wieder ein Licht am Horizont siehst.

Auch für dich hält das Leben sicherlich noch einige Überraschungen bereit. Vielleicht wird es dir gehen wie mir. Vielleicht wirst du wirklich nie wieder eine so tiefe Zuneigung empfinden. Aber du wirst einem Menschen begegnen, mit dem es sich lohnt, den Weg gemeinsam zu gehen.«

Lange Zeit sagte Nicolau nichts, saß nur auf seinem Stuhl, die Hand zur Faust geballt.

Irgendwann holte er Luft. Es klang wie ein Stöhnen.

»Ich wünsche ihr von ganzem Herzen, dass sie glücklich wird«, seine Stimme versagte, er versuchte, sich zu beruhigen, doch es gelang ihm nicht. Als er Miguels Arm auf seiner Schulter spürte, gab er den Kampf um einen Rest von Beherrschung auf und ließ zu, dass ihm die Tränen über die Wangen liefen, während Miguel einfach nur neben ihm sitzen blieb.

Kapitel 11

Immer noch herrschten in München keine Frühjahrstemperaturen.

Seit mehr als einer Woche war Amina zurück, konnte sich aber nicht wirklich zurechtfinden.

In Gedanken war sie immer noch bei ihrem Vater und Erika. Ständig gingen ihr die Gespräche im Kopf herum. Irgendwie sehnte sie sich dorthin zurück. Andererseits fühlte sie sich unruhig, beinahe unzufrieden.

Was hatte sie hier eigentlich zu tun?

Ihre Mutter machte gerade eine Kreuzfahrt. Sie schien ziemlich glücklich zu sein mit ihrem derzeitigen Ehemann. Beinahe hätte sich Amina gewünscht, mitgefahren zu sein.

Es konnte doch nicht sein, dass sie sich nicht allein zu beschäftigen wusste, dachte sie.

Also traf sie sich mit ihren Freunden. Sie gingen zusammen zum Italiener, plauderten, lachten. Aminas bevorstehende Heirat war natürlich ein zentrales Thema.

Immer wieder drehten sich die Gespräche auch um Alain. Und alle schienen sich darin einig, dass sie um ihn zu beneiden sei.

Uschi, eine zierliche Brünette, die erst kürzlich zur Clique gestoßen war, brachte es auf den Punkt: »Schön, reich und berühmt. Beinahe zu viel für dich allein. Willst du uns nicht etwas davon abgeben?«

»Sie war schon immer unsere Prinzessin«, ließ sich Paul vernehmen, der seit Weihnachten mit Uschi zusammen war. »Und zu einer Prinzessin gehört nun einmal ein Prinz. Da konnte unsereiner nicht mithalten«, dabei zwinkerte er ihr zu.

»Dabei habe ich wirklich alles versucht, aber leider«, zog Arnd sie auf, »mich hat sie auch nicht erhört.«

Alle lachten. Auch Amina, dennoch störten sie die Reden. Ihr schien, dass sie von den anderen zwar bewundert, aber nicht mehr so liebenswürdig behandelt wurde wie früher. Irgendwie stand sie jetzt ein wenig abseits.

»Könnte das Neid sein?«, fragte sie sich später. Gleich darauf verwarf sie den Gedanken wieder. Sie war einfach zu empfindlich.

Als sie später allein in der Villa lag und nicht schlafen konnte, gingen ihr diese Gedanken weiter durch den Kopf.

Sie gehörte offenbar überall dazu, war auch gern gesehen. Aber sie schien nirgendwo wirklich hinzugehören.

Die Prinzessin war in einem Eisschloss gefangen. Allein. Und einsam.

Sie versuchte, die Gedanken zu verjagen, als Unsinn abzutun. Aber sie hielten sich hartnäckig fest.

Am nächsten Morgen erwachte sie mit Kopfschmerzen.

Während sie in der Küche ihren Espresso trank, beschloss sie spontan, zu ihrer alten Wohnung zu fahren.

Ihres Vaters Wohnung, wie sie jetzt wusste.

»Sie soll für immer dein Heim sein. Egal, was auch geschieht, ich möchte, dass du etwas Eigenes hast. Eines Tages wird sie dir gehören, so wie das Haus in Marbella Erikas Heimat ist.«

Amina dachte an die Worte ihres Vaters, während sie die Wohnungstür aufschloss.

Langsam ging sie durch die Räume.

Bisher war sie davon ausgegangen, die Wohnung gehöre ihrer Mutter. So zwanglos, wie sie hier aus- und einging.

Erika musste ein besonderer Mensch sein. Kaum eine Frau hätte das alles so widerspruchslos hingenommen. Kein Wunder, dass ihr Vater sie so sehr schätzte.

Sie hielt inne.

Falsch. Er schätzte sie nicht nur. Er liebte sie. So sehr, wie man sich das als Frau nur wünschen konnte.

Amina legte ihre Handtasche auf die Kommode und setzte sich in die weiche Ledergarnitur im Salon.

Es war ein völlig neuer Gedanke, dass ihr Vater eine Frau liebte. Tief und unerschütterlich. Und jetzt auch noch ganz offiziell.

Es war wunderschön gewesen, so offen mit ihm über seine Gefühle zu sprechen. Irgendwie fühlte sie sich ihm durch die Gespräche noch verbundener, als wäre sie jetzt auch noch seine Vertraute geworden, nicht nur seine Tochter.

Ihre Mutter war da ganz anders.

Sicherlich hatte sie jeden ihrer Männer ebenfalls geliebt. Aber auf eine ganz andere Weise, mehr über einen gewissen Zeitraum hinweg. Solange es eben gedauert hatte. Danach hatte sie ihre Gefühle einem anderen zugewandt.

»Du bist deinem Vater so ähnlich.« Das hatte Erika zu ihr gesagt. Es stimmte, auch sie wünschte sich eine Beziehung, die ein Leben lang hielt. Wollte mit ihrem Mann alles teilen und mit ihm zusammen alt werden.

Amina stand auf und pilgerte weiter. Öffnete eine Tür, schloss sie, stand im Badezimmer und wusste nicht, wozu sie eigentlich dort hingegangen war.

Die Wohnung war ihr so vertraut. Hier war sie oft mit ihrem Vater gewesen. Und natürlich auch mit ihrer Mutter. Manchmal sogar mit beiden gleichzeitig, früher, als sie noch hier gelebt hatten, und er zu ihnen auf Besuch gekommen war.

Nach der Heirat ihrer Mutter war sie hier ihren Vater besuchen gekommen. Oder hatte eher er sie besucht?

Wieder erinnerte sie sich an ihren Vater.

Damals, nach jenem Sommer. Er war besorgt gewesen und völlig ratlos.

Wie zwischen ihnen beiden vereinbart, hatte ihre Mutter ihn lediglich darüber informiert, dass sie Liebeskummer hätte. Es war ihr letztes Schuljahr vor dem Abitur gewesen. Gleich nach Weihnachten war er angereist, als man ihn informiert hatte, dass sie im Krankenhaus lag, mit einem völligen Zusammenbruch.

»Was hast du, Amina? Sprich doch mit mir. Wie kann ich dir denn helfen, wenn ich nicht weiß, was dich dermaßen bedrückt. Ich mache mir solche Sorgen um dich. Ist es wegen dieses Nicos?«

Jenes eine Jahr war für sie die Hölle gewesen. Sie war entsetzlich abgemagert. Alle machten sich Sorgen. Aber als Einzige wusste ihre Mutter die Wahrheit.

Niemand sonst durfte sie jemals erfahren. Auch ihr Vater nicht.

Schon schlimm genug, dass sie selbst es irgendwann Miguel erzählt hatte. In jener fürchterlichen Nacht, drei Jahre später.

Miguel aber schwieg, wie sie inzwischen mit Sicherheit wusste. Genauso, wie er es ihr seinerzeit versprochen hatte. Er würde ihr Geheimnis niemals verraten.

Immer noch ging Amina rastlos durch die Wohnung. Blieb vor den hohen Fensterscheiben stehen und blickte hinaus.

Der Ausblick über die Stadt war wunderschön. Trotz des trüben Wetters hätte sie ihn normalerweise genossen.

Sie mochte es, hier zu stehen, das verschiedene Rot der unzähligen Dächer und die tausenden Lichter zu bewundern.

Heute aber ging ihr Blick ins Leere.

Die Gedanken eilten wieder in die Vergangenheit zurück.

Nach dem Abitur war sie nach England aufs College gegangen, hatte im darauffolgenden Sommer Michelle in den Staaten besucht, die dort inzwischen lebte.

Noch weitere zwei Jahre waren verstrichen, ehe sie so weit war, um endlich nach Mallorca zurückzukehren.

Sie spürte wieder dieselbe Angst, Nico nach so langer Zeit gegenüberzutreten. Was sollte sie nur sagen, wie ihm die letzten drei Jahre erklären? Warum hatte sie nicht mehr geschrieben, warum war sie ferngeblieben, nach allem, was zwischen ihnen gewesen war? Nach den Versprechen, all diesen Plänen.

Er würde fragen. Da war sie sicher. Und dann?

Dennoch war ihre Sehnsucht nach ihm stärker gewesen als ihre Furcht. Sie würde es nicht überleben, wenn er ihr nicht verzieh, das wusste sie. Dabei konnte sie sich selbst nicht einmal verzeihen, was sie getan hatte.

Niemals würde sie das können. Mit ihrem ganzen Sein spürte sie, dass sie sich falsch entschieden hatte. Aber immer noch wusste sie nicht, was die richtige Entscheidung gewesen wäre.

Was, wenn er sich danach endgültig von ihr abwandte?

Sie hatte schon die letzten Jahre ohne ihn kaum überstanden. Ihn jetzt wiederzusehen, nur um ihn endgültig zu verlieren, könnte sie nicht mehr verkraften.

Und doch war dann alles ganz anders gekommen.

Er hatte nicht auf sie gewartet. Sie einfach vergessen. Ohne auch nur den Versuch gemacht zu haben, die Wahrheit zu erfahren.

Sie interessierte ihn nicht. Nicht mehr. Vielleicht hatte sie ihn auch nie dermaßen stark interessiert.

Für sie aber bedeutete er immer noch alles. Doch jetzt musste sie erkennen, dass seine Gefühle bei Weitem weniger tief gewesen waren.

Der Sommer ihrer großen Liebe, alle ihre Versprechungen, die gemeinsamen Pläne – nichts davon war übriggeblieben.

Sie war für ihn nichts als die Spielkameradin von einst, die er zweifellos immer noch gern hatte, mit der er ab und zu auch fortging, wenn er gerade niemanden anders hatte.

So wie bei ihrem letzten Zusammentreffen anlässlich Miguels Geburtstag.

Amina starrte immer noch aus dem Fenster. Draußen hatte es zu regnen begonnen. Dicke Tropfen liefen jetzt über die Scheiben.

In ihr war nichts als Leere, und sie merkte nicht einmal, dass sie inzwischen fror.

Wo gehörte sie hin?

War das hier ihr Heim, oder Alains Villa? Ihre Mutter lebte ihr eigenes Leben, genauso wie ihr Vater auch.

Und ebenso Nico. Ihn hatte sie schon vor so langer Zeit verloren.

Sie gehörte jetzt zu Alain, versuchte sie ihren Gedanken eine Richtung zu geben. Doch irgendwie fühlte es sich leer an.

»Alain«, flüsterte sie und presste ihre Stirn an das kühle Glas. »Ich vermisse dich. Wieso kann ich nicht bei dir sein?«

Sollte sie heute Nacht hier übernachten, fragte sie sich, oder doch lieber zu Hause, in der Villa?

Aber war die Villa wirklich ihr Zuhause?

Sie ging zum Thermostat der Heizung und betätigte den Schalter. Danach wanderte sie wieder rastlos durch alle Zimmer und drehte die Lichter auf.

Es gab nichts zu essen hier, fiel ihr ein.

Sie griff nach der Handtasche, nahm das Handy heraus und suchte die Nummer des Pizzadienstes.

Danach ging sie in die Küche und holte eine Flasche Wein aus dem Regal, öffnete sie und sah der roten Flüssigkeit zu, wie sie in das Glas floss.

»Auf mich und auf alle meine Wünsche«, flüsterte sie, während sie das Glas anhob, »ich werde glücklich und erfolgreich sein.«

Als es an der Tür läutete, wischte sie sich hastig mit der Handfläche über die nassen Wangen.

Während sie dem Boten den Schein entgegenhielt, nahm sie ihm den Pizzakarton ab. Dann drehte sie sich um und trug das Essen in die Küche.

***

Miguels Haus war an diesem Sonntag voller Gäste. Zwei seiner Neffen und ein Großneffe waren gekommen. Sie holten von dem Holz, das für sie bestimmt war, und brachten natürlich wieder unzählige Dinge für Miguel und Nicolaus Familie mit. Fleisch war dabei, Eier, Gemüse und Kartoffeln.

Doch mehr als das interessierten Miguel die selbstgemachten Würste.

Fast zärtlich strich er mit dem Finger über die rostroten *Sobrassadas* und die dunklen *Butifarras*.

Inzwischen hatte Antònia sie in der Speisekammer untergebracht, und Miguel war eigens aufgestanden, um die Würste nochmals ausgiebig zu bewundern.

»Riecht gut hier«, schnupperte er genüsslich. »Ist schon eine Weile her, dass ich sie selbst gemacht habe«, ein wenig Wehmut schwang in seiner Stimme mit, gleich darauf lächelte er wieder. »Wie wäre es jetzt mit dem Kuchen?«

Nicolau trat als Letzter in die Küche. Er war mit den anderen zusammen am Holzplatz gewesen, hatte beim Beladen der Anhänger geholfen, die inzwischen zum Abtransport bereitstanden.

Zusammen saßen sie dann um den großen Tisch, und wie immer, wenn sie zusammentrafen, gab es eine Menge, die sie einander zu erzählen hatten. Alle redeten durcheinander. Die Kinder, die mitgekommen waren – wohl auch, um Miguel zu besuchen –, drängten sich um den alten Mann. Zwei kleinere saßen auf seinen Knien, während er ihnen eine Geschichte von einem Lamm erzählte, das sich im letzten Sommer verlaufen hatte, sodass man es einen ganzen Tag lang suchen musste, ehe Nicolau es auf einem Felsvorsprung gefunden hatte, von dem es weder vor noch zurück konnte.

Nicolau lehnte sich zurück und beobachtete die Familie, wie sie so um den Tisch herum zusammensaß – so unterschiedlich jeder Einzelne von ihnen im Charakter und in seiner Art, und doch so eng miteinander verbunden.

Einmal mehr fiel ihm auf, dass jeder aus einer völlig anderen Richtung angereist war.

Als auch die Letzten am Abend das Haus verlassen hatten, war Miguel entgegen seinen sonstigen Gewohnheiten noch völlig munter und dachte gar nicht daran, gleich schlafen zu gehen.

»Mach uns eine Flasche auf«, befahl er Nicolau, »wenn du wieder nicht ausgehen willst.«

»Ich bin viel lieber bei dir als sonstwo. Außerdem wüsste ich nicht, wohin ich gehen sollte«, antwortete Nicolau, während er den Wein öffnete.

Miguel presste kurz die Lippen aufeinander. »Es ist Samstag. Junge Leute gehen in die Disco. Seit du bei mir bist, sitzt du ständig hier herum. Das ist nicht gut für dich.«

»Meine Discozeit ist vorbei. So jung bin ich auch nicht mehr.«

»Unsinn«, widersprach Miguel, »du bist noch nicht einmal dreißig. Es wird Zeit, dass du unter deinesgleichen kommst. Jetzt, wo es endlich wärmer wird und mehr los ist an der *Playa*, musst auch du wieder ausgehen. Ich will nicht, dass du mir deine gesamte Zeit opferst.«

»Hör auf damit. Ich opfere dir gar nichts. Wenn ich in meiner *Casita* wäre, würde ich abends auch nichts anderes unternehmen als jetzt. Außerdem will ich deine Geschichte weiterhören. Wieso eigentlich ist unsere Familie so weit verstreut? Jeder hat sein Land woanders.«

»Du hast keine Geduld«, antwortete Miguel. »So weit sind wir noch nicht. Aber wenn du uns ein Stück *Sobrassada* brätst, können wir weitermachen.«

Wenig später prasselte in dem Kamin ein warmes Feuer. Nicolau hatte ein paar Stücke der Wurst auf einen kleinen Rost gelegt, auf dem sie jetzt bräunten und einen verheißungsvollen Duft verströmten.

Miguel hielt den braunen Becher aus gebranntem Ton zwischen seinen Händen und drehte ihn hin und her, bevor er einen tiefen Schluck von dem Wein nahm. Währenddessen ließ er keine Sekunde die Wurst aus den Augen.

»Bring uns noch etwas von der Marmelade. Schon als Kind habe ich sie immer dazu gegessen.«

Nicolau lächelte, stand auf und brachte das gewünschte Glas.

»Scheint, als hätte ich auch das von dir. Ich mag sie ebenfalls dazu. Sonst macht das keiner von uns.«

Die Wurst lag heiß auf den Tellern, Miguel spießte ein Stück auf seine Gabel und tunkte es in die Marmelade, ehe er die Gabel genießerisch zum Mund führte.

»Manuel macht immer noch die beste *Sobrassada.* Genauso hat sie bei meinem Vater geschmeckt«, stellte er fest, bevor er sich zurechtsetzte und weitererzählte.

»Nur acht Tage später sind die Republikaner Hals über Kopf abgezogen. Madrid war wohl mit dem Erfolg nicht zufrieden, brauchte die Truppen woanders. So überließen sie uns unserem Schicksal. Außer Menorca blieben die Balearen in der Hand der Aufständischen.

Nicht einmal drei Wochen hat alles gedauert. Genau in unserer Ecke musste es stattfinden.

Überall hier gab es Tote. In Son Servera und auch bei uns im Dorf waren die Häuser beschädigt und aufgebrochen. Egal, wer sie eingenommen hatte, ob die Republikaner oder die Putschisten, das Ergebnis war mehr oder weniger dasselbe.

Die Kinder haben noch jahrelang die Patronenhülsen gesammelt, und nicht nur einmal ist es vorgekommen, dass man beim Pflügen auf den Feldern ein menschliches Skelett gefunden hat.

Das Schlimmste aber war die Zeit, die nun kommen sollte. Warum nur konnten wir nicht zur Tagesordnung übergehen? Die Aufständischen hätten das Kommando gehabt, und selbst die wenigen Fanatiker, wie Pep einer war, hätten mit der Zeit sehr schnell Ruhe gegeben. Aber es kam anders.

Er nannte sich Conde Rossi und kam mit dem Jagdgeschwader aus Italien herüber.

Während bei uns langsam die Einwohner in ihre Häuser zurückkehrten, vermehrten sich unter Rossis Einfluss die meist jugendlichen Anhänger der Falange in einem unglaublichen Ausmaß.

Zum Teil freiwillig, teils zwangsrekrutiert, nahmen sie als Hilfspolizisten dem Militär die schmutzigsten Teile der Arbeit ab.

Auf ihren Lastwägen überzogen sie das ganze Land mit Schrecken und Unheil. Niemand war mehr vor ihnen sicher.

Während die Bomberpiloten von Palma aus ihre Einsätze gegen das Festland flogen und danach in Palmas Kaffeehäusern ihre Siege gegen die wehrlose Zivilbevölkerung feierten, wütete bei uns der blutige Terror. Und nicht nur einmal ist in jenen Tagen eine offene Rechnung zwischen zwei zerstrittenen Familien auf diese Weise beglichen worden. Hatte man irgendwann einmal nicht den Gottesdienst besucht, wurde man bereits verdächtigt.

Pep floh. Er versteckte sich tagelang irgendwo in der Tramuntana, erzählte man sich erst viel später. Ob er denunziert wurde, ob er einer Patrouille in die Arme lief – ich habe es nie erfahren. Ich weiß nur, dass sie ihn erschossen haben.

Vermutlich irgendwo an einer der Friedhofsmauern, in der Nacht, um ihn dann zusammen mit den anderen zu verscharren. Seiner Mutter sagten sie nichts, verboten ihr sogar, um ihn zu trauern.

Auch das war eine ihrer grausamen Vorgangsweisen.

Mich holten sie drei Tage nach dem Abzug der Truppen.

Immer noch hatte ich meine Eltern nicht gesehen. Wusste nicht einmal, ob sie inzwischen wieder in unser Haus zurückkehren konnten.

Man brachte mich zuerst nach Manacor. Später dann nach Palma. Dass sie mich nicht ebenfalls erschossen haben, verdanke ich, wie so vieles im Leben, einem Zufall.

In Manacor war das Hauptquartier von diesem Rossi. In seinem schwarzen Hemd mit dem weißen Kreuz hielt er flammende Reden, zog immer mehr von den ganz Jungen in seinen Bann.

Mich und einige andere, die sie irgendwo mitgenommen hatten, sperrten sie in dem Schulgebäude ein.

Ich hörte die Schreie, auch in der Nacht, konnte mir nur annähernd ausmalen, was bei den Verhören vor sich ging. Irgendwann trieben sie den Rest von uns in den Hof, dann holten sie mich.

Ich war sicher, dass das mein Ende bedeutete.

Seltsamerweise hatte ich keine Angst davor. Immer noch war diese entsetzliche Leere in mir, die sich seit Catalinas Tod in meinem Inneren breitgemacht hatte.

Nur vor den Schmerzen, die sie mir zufügen würden, fürchtete ich mich.

In dem Raum war es dunkel, entweder hatten sie die Fenster verhängt, oder es war ein Raum ohne Fenster – ich weiß es nicht. Sie fragten mich nach Pep.«

Miguel schwieg. Nahm einen Schluck aus seinem Becher. Und dann noch einen zweiten.

»Weißt du«, sagte er dann, »ich habe oft darüber nachgedacht. Ob ich ihnen gesagt hätte, wo Pep ist, wenn ich es gewusst hätte. Oder was ich alles verraten hätte – selbst Dinge, von denen ich gar keine Kenntnis hatte –, wenn sie mich erst gefoltert hätten. Denn ich hatte überhaupt kein Wissen, das ihnen von Nutzen sein konnte.

Immer wieder musste ich an diese armen Kerle denken. Und was das Schlimmste war, sie machten auch vor Frauen nicht Halt. Nicht einmal vor Krankenschwestern. Ich habe sie gesehen, in den Verhörpausen. Jahre später noch habe ich ihre Schreie gehört, nachts, wenn die Albträume zurückkehrten.

Ich war doch erst sechzehn. Und hatte gerade das Liebste verloren, das Mädchen, das für immer meine Frau sein sollte. Natürlich dachte ich dazwischen auch manchmal an meine Mutter, an die ganze Familie.

Aber ich war so abgestumpft in meinem Kummer, dass ich kaum noch etwas fühlen konnte. Außer dieser Angst. Der Angst, ebenfalls diesen Qualen ausgesetzt zu werden und ihnen alles zu sagen, was sie hören wollten. Im Endeffekt Lügen, die ihnen nur wieder dazu gedient hätten, andere zu foltern und zu ermorden.«

»Wir wissen gottlob alle nicht, wie wir reagieren würden, wenn man uns erst foltert«, sagte Nicolau nach einer Weile und ließ dabei Miguels Blick nicht los.

Der nickte. »Ich hatte wohl unglaubliches Glück«, sagte er dann.

»Wie wurdest du gerettet?«, fragte Nicolau hastig.

»Ich hatte Glück«, wiederholte Miguel. »Nicht nur, weil ich damals nicht erschossen wurde, sondern weil ich niemals vor dieser Entscheidung stand. Ich musste niemanden töten, auch nicht aus Notwehr. Und ich musste niemanden verraten. Komm, Nicolau, morgen ist auch noch ein Tag, lass uns austrinken und schlafen gehen.«

***

Als sein Anruf sie weckte, brummte Amina der Schädel. Irgendwann mitten in der Nacht war sie auf der Couch aufgewacht. Überall brannte Licht. Die Kerze, die sie angezündet hatte, war zum Glück von selbst erloschen. Ihr war eiskalt, und sie schwankte ein wenig, während sie aufstand.

Schnell hatte sie das Licht ausgemacht und war in ihr Bett gekrochen. Jetzt versuchte sie, möglichst fröhlich zu klingen.

»Was ist mit dir, du klingst so merkwürdig?«, entlarvte Alains Frage sofort alle Bemühungen.

»Ich war gestern etwas länger auf«, versuchte Amina noch mehr Fröhlichkeit in ihre Stimme zu legen, »habe gelesen und bin dann wohl auf der Couch eingeschlafen.«

»Auf welcher Couch?«, fragte er prompt. Denn in der Villa gab es zwar große Hocker und bequeme Ohrensessel, auch so etwas Ähnliches wie eine Chaiselongue war vorhanden, aber als Couch hätte das keiner bezeichnet.

»Ich bin in meiner Wohnung«, sagte sie und stockte ein wenig, weil sie noch nie zuvor »meine Wohnung« gesagt hatte.

»Was machst du denn ausgerechnet dort? Ist deine Mutter wieder in München?«

»Das ist eine etwas komische Geschichte«, begann sie, »ich war gestern zufällig einen Sprung hier, allein. Dann wollte ich so spät nicht mehr zurück, also bin ich geblieben«, redete sie sich heraus. »Und wie geht es bei dir?«

Die nächsten zehn Minuten erzählte er von seinem Tagesablauf, den Dreharbeiten, kleinen Begebenheiten am Set. Danach war das Gespräch auch schon wieder zu Ende.

Amina setzte sich aufs Bett und überlegte, ob sie noch ein wenig weiterschlafen sollte – entschied sich dagegen, stand auf und ging ins Bad.

Ein bleigrauer Morgen sah zum Fenster herein. Was sollte sie anfangen?

Unwillig schüttelte sie den Kopf und machte sich daran, die Unordnung im Wohnraum zu beseitigen.

Sie könnte ihre Freundinnen anrufen, sich verabreden, überlegte sie und verwarf den Gedanken sofort wieder. Es wurde Zeit, endlich etwas Richtiges zu tun.

Lange genug war sie davongelaufen, hatte in den Tag hineingelebt, so sehr, dass das Chaos in ihrem Leben überhandgenommen hatte. Sie war an einem Punkt angelangt, wo sie andere brauchte, um nicht in völliger Inaktivität zu versinken.

Jetzt saß sie zwischen zwei Wohnsitzen in ihrer Heimatstadt und vertrödelte die Zeit damit, auf einen Mann zu warten, den sie irgendwann einmal wieder zu Gesicht bekommen würde. Falls er es wollte. Den sie im Herbst heiraten würde, nur um danach wieder allein zu sein.

»Heirate nur einen Menschen, mit dem du alles teilen kannst.« Das hatte ihr Vater gesagt.

Konnte sie mit Alain alles teilen?

»Natürlich«, versuchte sie sich sofort zu beruhigen.

Die Kaffeetasse in der Hand, starrte sie auf die Stadt, die sich zu ihren Füßen ausbreitete.

Überall dort wohnten Menschen, gingen ihrer Beschäftigung nach, lebten und arbeiteten.

Genau das würde sie endlich auch tun. Arbeiten. Leben.

Etwas, das sie die ganzen Jahre über nicht getan hatte.

Nicht mehr, seit jenem Sommer.

Wie immer, wenn ihre Gedanken an diesem Punkt ankamen, schob sie sie beiseite und dachte schnell an etwas anderes.

Was hatte sie eigentlich bisher gemacht?

Nach dem Abi war sie zwei Jahre in England am College gewesen, in den darauffolgenden Jahren hatte sie ihr Studium in München beendet.

Zur Belohnung hatte ihre Mutter sie auf eine Kreuzfahrt eingeladen. Und seither?

Was hatte sie denn geleistet? Sie hatte zwar gelebt. Aber auf Kosten ihrer Eltern, gestand sie sich ein.

Natürlich hätte ihr niemand einen Vorwurf daraus gemacht oder sie gar aufgefordert, einen Anteil an der Miete zu zahlen, endlich die Kosten für ihr Auto zu übernehmen. Dazu waren sowohl ihr Vater als auch ihre Mutter viel zu großzügig.

Letztes Jahr dann war Alain in ihr Leben getreten, hatte es völlig durcheinandergebracht.

Sie hatte sich sofort in ihn verliebt, war jetzt sogar verlobt.

Was bedeutete sie ihm eigentlich? Ganz ohne Zweifel war er ebenfalls verliebt. Aber mehr noch füllte sie wohl eine Lücke, die ihm nie besonders wichtig gewesen war. Immer schon hatte bei ihm die Arbeit an erster Stelle gestanden. Doch gerade davon hielt er sie fern. Nahm sie einfach nicht für voll.

Nicht ganz zu Unrecht, sagte sie sich und dachte an sein Lächeln, wenn sie ihm den einen oder anderen ihrer Zeitungsartikel gezeigt hatte. Kleine Geschichten, nett geschrieben, aber kein großer Wurf.

Ihr letzter Beitrag, der von der Bettlerin, der war freilich aus einem anderen Holz geschnitzt.

Sie konnte es also deutlich besser – wenn sie sich erst einsetzte. In ihr steckte mehr, als in teuren Kleidern auf roten Teppichen zu stehen und in die laufenden Kameras zu lächeln.

Sie musste anfangen zu kämpfen. Um ihr Leben und um Alain. Es war Zeit zu beweisen, dass sie ihren Unterhalt selbst verdienen konnte, dass auch sie beruflich erfolgreich war. Nur damit würde sie Alains Respekt gewinnen.

Schließlich wollte sie, dass er stolz auf sie war. Nicht nur, weil sie ein hübsches Gesicht hatte. Sondern weil man ihre Fähigkeiten schätzte. Auch ihr Vater sollte stolz sein, nahm sie sich vor.

Energisch ging sie in die Küche zurück, stellte die Tasse in die Spüle und griff nach dem Schlüsselbund.

***

Miguel hatte recht. Es brachte nichts, wenn er sich daheim verkroch. Deshalb musste er nicht zwangsläufig in eine Disco gehen. Der Gedanke ließ Nicolau ein wenig lächeln.

Diese Ausstellung von landwirtschaftlichen Maschinen, die nächste Woche in der Nähe von Barcelona stattfand, die sollte er vielleicht wieder besuchen.

Es würde nicht schaden, sich endlich um die Anschaffung einer Mandelschälmaschine zu kümmern.

Mit der beachtlichen Anzahl von neuen Bäumen, die sie in den vergangenen Jahren gepflanzt hatten, waren die zu erwartenden Erträge in einer Größenordnung, die den Einsatz eines solchen Gerätes sinnvoll machte.

Außerdem war er nicht der Einzige in der Familie, der Mandelbäume gepflanzt hatte. Die Investition würde sich in jedem Fall rechnen – auch wenn der Transport des Geräts ein noch zu lösendes logistisches Problem war.

Nicolau sprang auf, suchte nach dem Katalog, den er vor Kurzem erst erhalten hatte, und fand ihn ganz zuunterst in einem Berg von Papieren.

Biel und Rafa, seine beiden Arbeiter, konnten durchaus drei Tage lang ohne ihn auskommen. Am Wochenende wäre er dann wieder zurück.

Ein wenig Sorge bereitete ihm noch Miguels Reaktion. Ob er es akzeptieren würde, dass ein anderer als er die Nächte bei ihm verbrachte?

Doch wider Erwarten stimmte Miguel dem Plan sofort zu. Zog es sogar vor, die ganze Zeit bei Nicolaus Eltern zu wohnen.

So brachte Nicolau ihn mit dem Wagen hin, bevor er weiter zum Flughafen fuhr.

Dann saß er im Flieger und beobachtete, wie die Maschine von der Landebahn abhob, schnell an Höhe gewann und mit einer eleganten Schleife Kurs auf das Festland nahm.

Irgendwie fühlte er sich ein wenig angespannt. War es eine Art Vorfreude auf die Abwechslung?

Den folgenden Tag verbrachte er auf dem Ausstellungsgelände. Es war anstrengend, aber erfolgreich.

Befriedigt, weil er das Gewünschte gefunden hatte, ging er am letzten Abend noch auf einen Drink in die Hotelbar.

Sie saß am Tresen und lächelte freundlich. Mit einem anmutigen Nicken dankte sie ihm für seinen Gruß. Ihre Stimme klang angenehm, und bald schon waren sie in ein angeregtes Gespräch vertieft.

Mariella hieß sie und kam aus Barcelona. Sie war nur wenig mehr als mittelgroß, hatte große braune Augen und blonde Locken. Am Haaransatz konnte man die ursprüngliche Farbe, ein mattes Braun, erkennen. Ihr Gesicht wirkte apart und der Körper wohl geformt. Wenn sie sich bewegte, konnte Nicolau den süßlichen Geruch ihres Parfums riechen.

Irgendetwas in ihm wehrte sich gegen die Nähe, die sie bei ihm zu suchen schien, doch er kämpfte dieses Gefühl nieder.

Beim Gang zu den Waschräumen blieb er kurz vor dem Automaten stehen, der dort im Vorraum hing, wählte die gewünschte Sorte, nahm die Schachtel mit den Kondomen heraus und verstaute sie in seiner Hosentasche.

Als er bald darauf die Rechnung bezahlte, stand Mariella zugleich mit ihm auf. Im Lift drückte sie die Taste ihres Stockwerks, und nebeneinander gingen sie den hell beleuchteten Flur entlang.

Vor der Tür blieb sie stehen, hob ihm ihr Gesicht entgegen, und ihre Lippen trafen sich. Dann streckte sie die Hand aus, schob die Schlüsselkarte in den Schlitz und zog Nicolau mit sich ins Zimmer.

Sofort krallte sie die Hände in sein Haar, er griff nach ihr, spürte ihre Brüste, die sich gegen ihn drückten, tastete weiter und fasste sie an den Hüften.

Sie zerrte an seiner Jacke, fuhr mit den Fingern unter sein Hemd. Er konnte ihre Berührung auf seiner nackten Haut spüren, merkte nur am Rande, wie sie an seinem Gürtel fingerte.

»Fass mich an«, raunte sie ihm zu. Ihre Zungenspitze hinterließ eine feuchte Spur auf seinem Hals, wanderte bis hinauf zum Ohr, spielte an seinem Ohrläppchen und saugte daran, ehe ihre Zähne das Spiel fortsetzten.

Er packte sie, hob sie hoch und trug sie zum Bett, sank mit ihr zusammen hinein.

In eiliger Hast streiften sie einander die Kleider ab. Nicolau zog die Schachtel aus seiner Tasche und warf sie auf das Nachtkästchen.

Hungrig fielen sie übereinander her, beide willens, ihrer Lust so schnell wie möglich nachzugeben.

Mit den Händen tastete er über ihre Haut, fühlte den heißen Körper, der sich fordernd an ihn presste, ihn zu mehr drängte und erregte. Als sie mit geübten Fingern über seinen Schenkel strich, höher wanderte, hörte er auf zu denken, ließ sich fallen und nahm, was sie ihm bereitwillig bot.

***

Nur langsam kehrte seine Erinnerung zurück. Er blieb still liegen, das Gesicht von der anderen Betthälfte abgewandt. Trotz des Abstands spürte er überdeutlich den Körper, der sich mit ihm das Bett teilte.

Es musste schon Morgen sein. Im Flur schlug eine Tür und man hörte Stimmen.

Sie bewegte sich ein wenig. Der Rhythmus ihres Atems veränderte sich, dann merkte er, wie sie aufstand, hörte sie ins Bad gehen. Als sie die Tür hinter sich schloss, setzte Nicolau sich auf. Fuhr sich automatisch mit den Fingern durch die Haare.

Überall im Raum lagen Sachen verstreut.

Er sammelte sie ein, zog sich an. Dann verließ er das Zimmer.

Als er einige Zeit später den Frühstücksraum betrat, war sie schon da und winkte ihn heran.

»Guten Morgen«, sagte sie.

»Guten Morgen.«

»Was machst du heute?«, fragte Mariella, als er mit seinem Teller und einem Korb mit Brötchen vom Buffet zurückkam.

»Ich muss noch einmal zur Ausstellung. Alle Papiere unterschreiben. Und du?«, sagte er und sah an ihr vorbei.

Sie zuckte die Schultern.

»Ich fahre erst am Nachmittag nach Barcelona zurück. Wenn du Lust hast, können wir zusammen essen, ehe du zurückfliegst.«

»Ich fürchte, es wird zu lange dauern. Wahrscheinlich muss ich gleich direkt zum Flughafen«, er merkte selbst, dass er nicht sehr überzeugend klang.

Sie nickte. Schien zu überlegen. Dann griff sie in ihre Handtasche.

»Meine Telefonnummer. Falls du wieder einmal in der Gegend bist«, lächelte sie, »und dich nicht ausschließlich mit landwirtschaftlichen Maschinen beschäftigen willst.«

Er lächelte ebenfalls und steckte die Karte ein.

Als er später dann allein am Flughafen stand und darauf wartete, dass sein Flug aufgerufen wurde, spürte er die schmale Visitenkarte in seiner Jackentasche. Er zog sie heraus, sah sie kurz an und warf sie in den Papierkorb.

Kapitel 12

Amina schrieb. Ohne Unterlass flogen ihre Finger über die Tasten.

Sie hatte sich für ihren Laptop das kleine Beistelltischchen aus der Küche geholt und es so positioniert, dass sie nach Lust und Laune einen Blick aus dem Fenster werfen konnte.

Immer noch herrschte dasselbe trübe Wetter.

Früh am Morgen war sie zur Villa gefahren, hatte den Laptop geholt, einige Sachen in eine Tasche gestopft und war anschließend in die Wohnung zurückgekehrt.

Seither saß sie am Computer und arbeitete.

Auch einen Termin mit der Organisation, die sich um Bedürftige in der Stadt kümmerte, hatte sie vereinbart. Ständig sah sie das Gesicht der Bettlerin in der Fußgängerzone vor sich. Warum nur hatte sie sich damals gescheut, sie anzusprechen?

Die Zahlen, die man ihr später zur Verfügung stellte, beeindruckten sie. Auch der Besuch einer der Essensausgaben ging ihr unter die Haut.

Als sie daheim ihre eigene Einkaufstüte ausgepackt hatte und später die leckeren Sachen auf ihrem Teller liegen sah, konnte sie sich zunächst nicht entscheiden, etwas davon zu essen.

Unglaublich, wie viel Elend es überall gab.

Natürlich hatte sie es gewusst. Schließlich konnte man es nachlesen. Es gab genügend Berichte und Nachrichten darüber. Dennoch war es etwas völlig anderes, diesen Menschen persönlich zu begegnen. Mit ihnen zu reden. Ihnen dabei in die Augen zu sehen.

Es verging eine geraume Zeit, ehe sie den Teller näher heranzog und ein Stück von dem Käse nahm, den sie so gerne aß.

Noch während sie kaute, sah sie auf die beleuchtete Stadt hinab. Wie kalt es draußen war. Und dennoch lebten unzählige Menschen auf der Straße.

Immer noch voll der Eindrücke kehrte sie sofort wieder an ihren Computer zurück und schrieb so lange, bis ihr steifer Nacken und die schmerzenden Schultern sie zwangen, eine Pause einzulegen und ins Bett zu gehen.

***

Einige Tage später stand Amina am frühen Vormittag vor dem Verlagsgebäude. Der Chefredakteur hatte sie zu einem Gespräch gebeten, und sie fragte sich zum wiederholten Mal, was er denn wolle.

Noch nie hatte er sie zu sich bestellt. Kaum hatte er gegrüßt, wenn sie einander zufällig begegnet waren. Eher schien es, dass er nicht einmal wusste, wer sie überhaupt war.

»Geh nur hinein, sie warten schon auf dich«, sagte Lilli, das Mädchen für alles in der Redaktion. Sie wusste nicht nur sämtliche Termine auswendig, sie war auch als wandelndes Lexikon unverzichtbar.

Kurz darauf saß sie dem Chef gegenüber. Auch Paul war anwesend, der Redakteur, mit dem sie bisher stets verhandelt hatte.

»Ihr letzter Artikel über die Obdachlosen in München ist ausgezeichnet«, kam der Respekt einflößende Mann sofort zur

Sache. »Paul meint, dass Sie inzwischen fähig sind, auch eine größere Sache zu übernehmen.« Er fixierte sie über den Rand seiner Brille, und Amina fühlte sich wie ein kleines Schulmädchen.

Freude über die Anerkennung, Aufregung und ein bisher unbekannter Ehrgeiz stritten in ihr um den ersten Platz.

»Renate fällt früher aus als geplant«, mischte sich Paul ins Gespräch, »es sollte eigentlich noch ihre Reportage werden. Aber sie muss sich viel stärker schonen als gedacht. Ihre Schwangerschaft entwickelt sich kompliziert. Um es kurz zu machen: Willst du übernehmen?«

Die Aufregung trug den Sieg über ihre wechselnden Gefühle davon, und Amina spürte, wie ihre Wangen heiß wurden.

»Ja. Natürlich«, sagte sie – musste sich konzentrieren, um nicht zu stottern. »Was soll ich tun? Worum geht es?«

Beim Verlassen des Verlagsgebäudes war sie immer noch aufgeregt. Sie spürte ihr Herz heftig klopfen und atmete zu schnell. Die in den Manteltaschen vergrabenen Hände fühlten sich eiskalt an.

Eine eigene Reportage. Vier Folgen. Jeden Samstag eine. Am liebsten hätte sie einen kleinen Luftsprung vollführt, zwang sich jedoch dazu, ihre Züge unter Kontrolle zu halten und mit ruhigem Schritt zum Wagen zu gehen.

Sie hatte sechs Wochen Zeit, um zu recherchieren und die Sache abzuliefern.

Es ging um Menschen am Rande des Existenzminimums, solche, die den ganzen Tag über arbeiteten und sich dennoch nichts leisten konnten, weil sie nur wenig über tausend Euro verdienten.

Amina kehrte zu ihrer Wohnung zurück und stellte den Wagen in der Tiefgarage ab. Dann fuhr sie mit dem Lift hinauf.

Sie musste sich einen Plan zurechtlegen. Für ihre Recherche und die weiteren Arbeitsschritte. Womit sollte sie beginnen?

Immer noch nervös, zwang sie sich, logisch zu denken. Sie hatte ja keine Ahnung davon, wie diese Menschen lebten, wo sie arbeiteten, wie sie wohnten – und wie es überhaupt möglich war, mit so wenig Geld auszukommen.

Plötzlich kam ihr ein Gedanke. Hielt sich hartnäckig in ihrem Kopf fest. Erfüllte sie mit ungeheurer Euphorie und gleich darauf wieder mit Furcht und Zweifeln.

Sie müsste einen solchen Job annehmen, dachte sie. Und wenn es nur für vier Wochen wäre. Sie musste selbst erleben, wie es war. Mit diesen Menschen zusammenarbeiten.

Nur dann würde sie authentisch darüber schreiben können.

Amina sprang auf und begann im Raum herumzulaufen.

Obwohl sie ein wenig Angst vor der eigenen Courage hatte, spürte sie, wie ihre Begeisterung wuchs.

Sie würde es schaffen. Das war ihre Chance.

Alle würde sie überraschen und endlich zeigen, was für eine gute Reporterin sie sein konnte! Das war später auch ihr letzter Gedanke, bevor sie einschlief.

***

Die ganze Zeit über war Miguel auffallend gut aufgelegt. Schon als Nicolau ihn in seinem Elternhaus abgeholt hatte, war er voller Energie.

Auf der Fahrt zur Finca hatte er sogar gepfiffen.

»Wie geht es eigentlich mit unseren Schafen?«, fragte er, als sie den staubigen Fincaweg entlangfuhren. »Halt bitte einen Moment an.«

Inzwischen überzog ein dichter grüner Teppich den kargen Boden. Die Regenfälle der letzten Wochen hatten ihn hervorgezaubert. Längst war die Mandelblüte vorbei, im Schmuck der frischen Blätter präsentierten sich die Bäume in frühlingshafter

Frische, auch die dicken Knospen der Feigen öffneten sich zaghaft.

Unten am Meer wehte noch öfters ein kalter Wind, der dem Wasser weiße Schaumkronen aufsetzte. Aber hier, ein wenig abseits, im Landesinneren, war die Luft tagsüber mild; die Sonne, die schon einiges an Kraft besaß, wärmte die Steine der Trockenmauern, die um die Grundstücke herumführten. Eidechsen sonnten sich hier und huschten flink davon, sobald sich ihnen etwas näherte.

Miguel beobachtete lange die neugeborenen Schafe, die übermütig herumsprangen, dann zu ihren Müttern liefen, tranken, um gleich darauf ihre spielerische Jagd mit den Artgenossen wieder aufzunehmen.

»Wir haben sie überall dort stehen, wo noch keine neuen Bäume wachsen«, sagte Nicolau, der wusste, dass Miguels Hauptinteresse schon immer der Schafzucht gegolten hatte.

»Du wirst sie doch nicht ganz aufgeben?«, fragte er prompt.

»Natürlich nicht. Ich sehe die Mandelbäume als weiteres Standbein. Deshalb geben wir die Schafe sicherlich nie auf«, antwortete Nicolau und Miguel schien befriedigt.

»Mari Carmen hat sie sehr gemocht«, sagte Miguel dann. »Sie konnte ihnen stundenlang zusehen. Vor allem diesen Kleinen. Ich weiß noch, wie sie später darauf bestanden hat, die Neugeborenen einige Monate lang leben zu lassen. ›Sie wollen auch ein wenig ihr Leben genießen, schließlich haben sie nur dieses eine‹, hat sie immer gesagt. Heutzutage ist das ein völlig normaler Gedanke. Der Tierschutz hat vieles geändert. Auch ich halte es inzwischen für besser, die Lämmer erst später zu schlachten, wenn sie schon eine gewisse Größe erreicht haben. Aber früher …« Er schwieg.

Nicolau hob den Kopf. Er erinnerte sich, dass Miguel immer schon angeordnet hatte, die winzigen Milchlämmer bei den Muttertieren zu lassen. Doch niemals hatte er darüber nachgedacht.

»Du meinst, dir haben sie leidgetan?«, fragte er. Das Erstaunen war ihm anzuhören.

Miguel schmunzelte ein wenig, doch seine Augen blickten ernst. »Sagen wir, es war Mari Carmens Wunsch. Und den werden wir auch in Zukunft respektieren.«

»Wie war sie eigentlich? Mari Carmen, meine ich. Ich kann mich nur mehr dunkel an sie erinnern.«

»Du warst ja auch noch klein, als sie starb«, sagte Miguel und seufzte. »Sie war fünf Jahre älter als ich. Ihr Herz, weißt du. Das hat bei der Geburt damals zu stark gelitten. Seither hat sie immer wieder Beschwerden gehabt. Es war ohnehin ein Geschenk, dass sie doch ein so schönes Alter erleben durfte.«

»Ich wusste nicht, dass ihr Kinder hattet«, sagte Nicolau überrascht.

»Wir hatten keine Kinder zusammen, was uns beiden erst viel später leidgetan hat. Mari Carmen aber hat ein Kind erwartet, als wir heirateten«, Miguels Stimme war beinahe tonlos. »Lass uns heimfahren«, sagte er dann.

***

Nicolau kontrollierte die ganz jungen Bäumchen, die sie nach Weihnachten erst gepflanzt hatten, überprüfte die Bewässerung, sah sich die frischen Blattspitzen an – immer auf der Suche nach möglichen Schädlingen.

Die Rundgänge folgten der gleichen Routine, selten entdeckte er dabei einen schwereren Fehler, meist handelte es sich um unbedeutende Kleinigkeiten, deren sofortige Behebung ernstere Schäden verhinderte.

Diese Kontrollgänge entspannten und befriedigten ihn gleichermaßen. Zuzusehen, wie alles gedieh, erfüllte ihn mit einer warmen Freude. Noch während er die Bäume Reihe für Reihe abschritt, ließ er seinen Gedanken freien Lauf, kehrte zurück in die dunkle Zeit des Bürgerkriegs.

Beinahe vermeinte er den Lärm der Lastwägen zu hören, die ohne Vorwarnung in die entlegensten Winkel der Insel vordrangen, immer auf der Suche nach Opfern, sah die jungen Falangisten vor sich, fanatisiert, aufgepeitscht von dem Wahn ihrer Ideen, so wie es im übrigen Europa noch Millionen andere werden sollten.

Es hatte genügt, nicht zur Kirche zu gehen. Eine geballte Faust, die irgendein Missliebiger gesehen haben wollte, wurde bereits zum Verhängnis.

Vom Feld weg trieben sie die Männer zusammen, ohne eine Chance, sich zumindest kurz von ihren Frauen zu verabschieden. Auf den offenen Wägen karrte man sie nach Palma, oft noch den Schweiß redlicher Feldarbeit deutlich sichtbar auf ihren Hemden. Was dann kam, waren Kerker und schlimmstenfalls der Tod.

Wer Glück hatte, wurde zur Zwangsarbeit befohlen. Die anderen …

Nicolau bückte sich und legte einen verrutschten Schlauch zurecht, beschwerte ihn dann mit einem größeren Stein.

Die Friedhöfe.

Er blieb stehen und sah in die Weite des Himmels hinauf, der sich hoch über ihm wölbte.

Auch zu jener Zeit hatte er genauso ausgesehen. Blau, weit, mit unzähligen weißen Wölkchen, die friedlich dahinzogen. Doch auf der Insel herrschte alles andere als Frieden.

Nicolau erinnerte sich an den scheinbar emotionslosen Klang von Miguels Stimme, mit der er erst am Morgen weitererzählt hatte. Doch ein einziger Blick in sein graues Gesicht hatte ihn den inneren Aufruhr ahnen lassen, den Miguel nur mühsam zu beherrschen vermochte.

Opfer, zusammengetrieben im Schutz der Nacht. Oft beim Schein des Mondes, oder vielleicht erst beim Morgengrauen.

Dann eine Gewehrsalve, oder mehrere. Unzählige. Viel zu viele. Immer wieder. Sinnloses Erschießen.

Männer. Väter wie Söhne, die niemals mehr ihre Familien zu Gesicht bekamen, nie wieder zurückkehrten. Frauen und Mütter, die nicht einmal um sie trauern durften. Verboten auch das. Keine Nachricht, keine Auskunft und niemand, der darüber sprach. Auch noch viele Jahre später nicht.

An diesen Friedhofsmauern hatte sich die Unschuld in Schuld gewandelt. War auch Pep auf diese Weise gestorben?

Ein Land, versunken im sinnlosen Brudermord, unter dessen fadenscheinigem Deckmantel so manch alter Konflikt seine Lösung fand und die offene Rechnung mit Blut beglichen wurde.

An allen Ecken zeigte sich das hässliche Gesicht der Denunziation, und auf dem Nährboden des Unrechts wucherten die üblen Blüten der Feigheit.

Nicolau saß im Schatten der üppigen Krone eines Johannisbrotbaums, der in der Ecke des Grundstücks wuchs, und sah über das Land hinweg.

Noch immer schien die Sonne, ihre wärmenden Strahlen füllten die Natur mit Leben. Vögel zwitscherten, bauten ihre Nester, in der Ferne konnte man das Bimmeln der Schafsglocken hören. Kein Windhauch regte sich.

Wie immer berührte der silbrige Streifen des Meeres den Horizont. An der Küste erhoben sich die Silhouetten der Hotels, die sich alljährlich mit Tausenden von Touristen füllten und der Insel einen Teil ihres Wohlstands sicherten.

Nicolau versuchte sich seinen Großonkel vorzustellen, damals, im Alter von sechzehn Jahren. Fast noch ein Kind, und doch hatte er an einem einzigen Tag bereits seine Jugend verloren.

War ganz allein gewesen, dem Terror ausgesetzt, und hatte nur durch einen Zufall sein Leben behalten.

»Plötzlich sah ich Gabriel. Er war in Uniform und kam über den Hof direkt auf mich zu.«

Nicolau rief sich wieder Miguels Worte ins Gedächtnis zurück, sah ihn vor sich, wie er in seiner Kaffeetasse rührte und dann weitererzählte.

»Gabriel – es war derselbe, mit dem zusammen ich in jener Nacht durch die Frontlinie hindurch ins Hinterland entkommen war – damals, als die Kämpfe an der Küste schon begonnen hatten.

Gabriel verhielt kurz den Schritt. Unsere Blicke kreuzten sich, ehe er sich hastig abwandte, um in dem Gebäude zu verschwinden.

Er war es dann, der mich vor dem Schlimmsten bewahrte. Ich weiß es genau. Obwohl wir später niemals auch nur ein einziges Wort darüber gewechselt haben. In all den Jahren nicht. Bis zu seinem Tod.

Die Verhörmethode hatte sich verändert. Sie schrien mich zwar weiterhin an. Wollten immer wieder wissen, wo sich Pep versteckt hielt. Fragten auch nach den Versammlungen, forderten die Namen derer, die ich dort gesehen hatte. Ich leugnete, blieb bei meiner Version, dass ich niemals mitgegangen bin.

Auch weckten sie mich mitten in der Nacht, ließen mich nicht schlafen. Aber sie rührten mich sonst nicht mehr an.

Drei Tage später brachte man mich nach Palma, und ich wurde einer Gruppe von Zwangsarbeitern zugeteilt.

Wir haben dann diese Straße gebaut, oben, bei Alcudia. So vergingen viele Monate.

Ich lebte zwar, war aber gleichzeitig irgendwie tot. Mir war alles egal. Nur die Gewissheit, dass Catalina nicht mehr lebte und dass ich nicht einmal bei ihrer Beerdigung hatte sein dürfen, war noch lebendig in mir. In der Nacht habe ich mich in den Schlaf geweint, versucht, dabei keinen Ton von mir zu geben.

Eines Tages holten sie mich wieder. Sie stießen mich auf einen dieser Lastwägen und brachten mich zurück nach Palma.

Die Gänge des Gebäudes, durch das sie mich führten, kamen mir endlos vor. Dann ging diese Tür auf. Hinter dem Schreibtisch saß einer in Uniform. Und neben ihm stand Damian.

Die Augen ein wenig zugekniffen, hielt er den Kopf schief und musterte mich von oben bis unten, während sich seine Lippen zu einem abfälligen Lächeln verzogen.

Der Uniformierte starrte verkniffen vor sich hin, nickte nur kurz und deutete auf einige Papiere, die vor ihm auf dem Tisch lagen.

Damian griff danach und steckte sie ein. Er drehte sich zu mir, packte mich am Arm, grüßte mit einem übertriebenen Dank und zerrte mich zur Tür.

›Was …‹, begann ich, doch er rammte mir den Ellenbogen in die Seite. »Halt's Maul. Mit so einem wie dir rede ich nicht. Ich will kein Wort mehr hören.‹

Wieder steckten sie mich in einen Wagen. Aber diesmal war es kein großer Laster, mehr so ein kleiner Transporter. Damian und der Fahrer stiegen vorne ein, und wir fuhren los.

Meine Nervosität stieg, als ich merkte, wohin sie mich brachten.

Irgendwann ratterten wir durch unser Dorf. Ich verrenkte mir den Hals, versuchte, ein bekanntes Gesicht zu sehen. Unser Haus.

›Was ist mit meinen Eltern?‹, fragte ich.

›Schnauze!‹, schrie mich der Fahrer an.

Staubwolken wirbelten auf, während sich der Wagen zwischen den Grundstücken hindurch in Richtung von *Sa Canova* weiterkämpfte.

Dann hielten wir vor dem Gut. Damian öffnete die Tür und zerrte mich heraus, schleifte mich beinahe zum Hauseingang. Wir gingen durch den langen Gang, von dem aus rechts und links mehrere Türen zu den weiteren Räumen führten, bis Damian vor einer stehenblieb, anklopfte, mich vor sich durch die Türöffnung schob. ›*Buenas tardes, Don Salvatore*, hier ist er, bitte schön.‹

Ich sah die hohe Gestalt von Catalinas Vater am Fenster stehen. Er hielt die Hände auf dem Rücken verschränkt, blickte zum Fenster hinaus und drehte sich nicht einmal um.

›Schließ die Tür und lass uns allein‹, sagte er.

Ich stand offenbar in Don Salvatores Arbeitszimmer. Es war kein besonders großer Raum, aber rundherum befanden sich Regale mit dicken Büchern, ein hoher Schrank, in dem sich Berge von Papieren stapelten, und ein Schreibtisch mit einer Lampe darauf, die ausgeschaltet war.

Erst nach einiger Zeit drehte sich Don Salvatore zu mir. Ich konnte sein Gesicht nicht gut erkennen, da mich das durch das Fenster hereinfallende Licht blendete.

Irgendwann ging er auf seinen Schreibtisch zu und ließ sich in den Stuhl fallen.

›Stell dich hier hin‹, befahl er und deutete auf den Platz vor dem Tisch. Er musterte mich von Kopf bis Fuß. Sein Blick war hart, fast verächtlich.

›Um es kurz zu machen‹, sagte er, seine Stimme klang eiskalt. ›Mari Carmen ist schwanger. Und du wirst deine Pflicht tun. Ich erspare mir jedes weitere Wort. Ihr zwei habt nichts von mir zu erwarten. Wenn ich könnte, würde ich dir schon zeigen, was du verdienst. So aber muss ich an das Wohl meiner Familie denken. Und wenn dir die deine auch nur irgendetwas bedeutet, tust du, was ich sage‹, er stand auf, ging an mir vorbei zur Tür, dort drehte er sich um. ›Kein Wort über die Angelegenheit. Zu niemandem – wenn du nicht willst, dass ein Unglück geschieht‹, sagte er und ging hinaus.

Ich hatte immer noch nicht begriffen, was er meinte, stand nur weiter da, ohne mich zu bewegen.

Wieder öffnete sich die Tür einen Spalt breit und Mari Carmen huschte herein. Sie hielt den Kopf gesenkt, sah mich nicht an.

›*Hola*‹, flüsterte sie.

›*Hola*‹, sagte ich, ›was ist hier los? Dein Vater hat mich holen lassen, wie geht es dir?‹

›Er verlangt von dir, dass wir heiraten‹, sie stockte und ich merkte, dass sie weinte.

Das löste meine Verkrampfung, ich ging zu ihr, hob ihr Gesicht an und sah die Spuren. Blaue Flecken, die bereits grünlich schimmerten, das Auge, beinahe zugeschwollen. Ich begriff, dass ihr Vater sie wohl so zugerichtet hatte, und spürte, wie Hass in mir hochstieg.

›Setz dich doch bitte‹, sagte ich, fasste nach ihrer Hand und drückte sie in den Stuhl hinter dem Schreibtisch.

Sie weinte lautlos. Immer wieder zuckten ihre Schultern unter dem Schluchzen, das sie zu unterdrücken versuchte.

Ich kniete mich neben sie, versuchte sie zu beruhigen. Irgendwann versiegten die Tränen und sie starrte nur mehr bewegungslos auf ihre Hände, als sie mit leiser Stimme zu erzählen begann.

Es war einer von Mussolinis Fliegeroffizieren gewesen, die hier stationiert waren, ein Italiener also.

Nach Catalinas Tod hatte Don Salvatore Mari Carmen in das Haus nach Palma gebracht, zusammen mit ihren beiden Brüdern. Auch die anderen Mitglieder der Familie lebten inzwischen dort. Sie alle waren glühende Franco-Anhänger. So wie viele der einflussreichen Familien eben. In ihren Stadtpalästen trafen sie einander, feierten, während andere starben.

Dort hatte sie ihn kennengelernt.

Sie war jung, ausgehungert nach Liebe, nach Wärme. Der Kummer über den Tod der Schwester trieb sie ihm zusätzlich in die Arme.

Er hatte ein leichtes Spiel. Versprach ihr alles, verführte sie und wurde einfach nur versetzt, als herauskam, dass er in Italien eine Frau und mehrere Kinder hatte.

Immer schon war Mari Carmen die wesentlich ernstere der beiden Schwestern gewesen. Während Catalina alle Herzen im Sturm eroberte, war Mari Carmen die stille, in sich gekehrte. Catalina konnte sogar ihren Vater um den Finger wickeln, Mari Carmen hingegen betrachtete er mehr als ein notwendiges Übel.

Ganz schlimm war es nach Catalinas Tod geworden, für den er sie auf irgendeine Art verantwortlich machte. Auch dürften ihm Andeutungen zu Ohren gekommen sein. Über Catalina und mich. Vielleicht hatte uns irgendwann jemand zusammen gesehen. Vielleicht waren es auch nur Vermutungen, Gerüchte.

Beweise hatte er wahrscheinlich nicht. Wohl aber einen Verdacht. Jedenfalls gab er auch daran Mari Carmen einen Teil der Schuld. Und jetzt konnte er sich rächen. An uns beiden.

›Ich habe schon versucht, mich umzubringen‹, flüsterte Mari Carmen in diesem Moment, ›aber ich konnte es nicht.‹ Wieder begann sie zu weinen.

›Bist du verrückt?‹, fuhr ich sie an, packte sie an den Schultern und schüttelte sie. ›So etwas darfst du nicht einmal denken.‹

›Aber er will sich an deiner Familie rächen. Ich weiß es. Er hat es mir gesagt. Er bildet sich ein, dass du mich heiraten musst.‹ Die Tränen liefen ihr über die Wangen, sie versuchte erst gar nicht mehr, sie fortzuwischen.

Vorsichtig tupfte ich mit dem Ärmel über ihr Gesicht. ›Wenn du mich heiratest, bist du ihn los. Dann kann er dir nichts mehr tun‹, sagte ich.

Sie starrte mich an. ›Verstehst du denn nicht‹, flüsterte sie, ›ich … ich erwarte ein Kind.‹ Ihr Schluchzen füllte den Raum. In diesem Moment hätte ich alles getan, um sie nur ein wenig zu trösten. Also zog ich sie an mich, strich über ihren Rücken, wiegte sie in meinen Armen, bis sie ruhiger wurde.

›Ich muss jetzt gehen‹, sagte sie und sah mich an. Ihr Blick war voller Verzweiflung.

›Nein‹, sagte ich. ›Wir werden darüber reden. Jetzt.‹

Wieder starrte sie mich an.

›Wenn du mir vertrauen kannst, dann komm mit mir‹, sagte ich. Die Worte waren bereits in mir, wie ich merkte. Ich musste nicht mehr denken, musste sie nur noch aussprechen. ›Du weißt, dass mein Herz Catalina gehört. Aber ich werde dir ein guter Mann sein. Und ich werde immer für dich sorgen, für dich und für das Kind.‹

Nicolau saß reglos im Schatten der Baumkrone.

Siebzehn Jahre alt war Miguel damals gewesen, und er hatte sein Versprechen fortan jeden einzelnen Tag gehalten. Über fünfzig Jahre lang. Es war eine gute Ehe gewesen, die er mit Mari Carmen führte. Bis der Tod sie dann schied. So wie sie es seinerzeit gelobt hatten.

Die Hände tief in den Hosentaschen vergraben, stand Nicolau auf und fuhr mit seiner Wanderung über das Grundstück fort.

Die Nacht mit Mariella fiel ihm kurz ein.

Vielleicht hatte Miguel ja recht und er sollte wieder ausgehen. Auch wenn er nicht vorhatte, sich in Zukunft öfter auf solche Begegnungen einzulassen.

Mariella war zwar nett gewesen und die Nacht auf eine gewisse Weise auch befriedigend, dennoch war ihm der nächste Morgen unangenehm gewesen. Etwas hatte gefehlt.

Vertrautheit, Ehrlichkeit, irgendeine Form von Gefühl.

Ganz offensichtlich war es möglich, auch ohne die ganz große Liebe eine gute Ehe zu führen.

Auch er selbst würde niemals wieder dermaßen schrankenlos lieben können, dachte er.

Doch Amina war für immer aus seinem Leben verschwunden.

Warum also sollte er nicht heiraten? Eine liebe Frau, mit der er den Alltag teilen würde. Für die er sorgen konnte. Und die für ihn da war.

Er dachte an die Kinder seiner Schwester. Auch er wollte Kinder haben, sie aufwachsen sehen. Wissen, dass es sich lohnte, etwas aufzubauen.

Ohne noch weiter auf die Bäume zu achten, ging er bis zum Ende der Baumreihe, machte dort kehrt und schritt die nächste ab – ohne auch nur ein einziges Mal hinzusehen.

Er würde sich eine geeignete Frau suchen. Vielleicht wäre doch Núria die Richtige. Sie war verliebt in ihn, das hatte er bemerkt. Aus diesem Grund hatte er die Geschichte seinerzeit beendet, noch ehe sie sich irgendwelche verfrühten Hoffnungen machen konnte.

Aber er sollte doch wieder einmal mit ihr ausgehen.

Núria war zweifellos sehr hübsch und auch sanft und liebenswürdig. Außerdem stammte sie aus einer großen Familie mit vielen Geschwistern. Sie würde bestimmt eine gute Mutter und verlässliche Ehefrau abgeben.

Befriedigt beendete Nicolau seinen Rundgang, warf einen Blick auf das Land um sich und kehrte zu seinem Wagen zurück.

***

Seltsamerweise war Amina ein wenig aufgeregt.

Im Rückspiegel des Wagens, den sie einige Straßen weiter geparkt hatte, betrachtete sie nochmals ihr Gesicht.

Immer noch blickte ihr eine fremde Person entgegen.

Die schwarze Perücke mit den kurzen, wirbeligen Haaren ließ ihre Haut noch heller erscheinen und verlieh ihren Zügen eine ungewohnte Härte. Hinter den getönten Kontaktlinsen blickten sie ihre Augen seltsam ausdruckslos an.

Plötzlich musste sie lachen. »Wie auf einer geheimen Mission«, dachte sie.

Dabei wollte sie sich lediglich in einem Callcenter um eine Anstellung bewerben.

Ihren Lebenslauf hatte sie mit viel Sorgfalt zusammengestellt, dabei versucht, durch Weglassen gewisser Informationen das Bild einer anderen Frau zu zeichnen – einer berufstätigen, von ihrem Gehalt abhängigen, nur mäßig ausgebildeten Person.

Auch die äußere Verwandlung hatte sie mit viel Liebe zum Detail umgesetzt, hatte mehrere Stunden vor dem Spiegel gestanden, bevor sie mit ihrem Aussehen zufrieden war.

Trotzdem war sie jetzt nervös.

Pünktlich betrat sie das Büro. Die Empfangsdame musterte sie neugierig, führte sie dann in einen leeren Raum mit einem langen Besprechungstisch und verschwand wieder.

»Es tut mir leid, dass Sie warten mussten.«

Amina fuhr herum. Sie hatte nicht gehört, dass jemand den Raum betreten hatte.

Der Mann war größer als sie, zwischen dreißig und vierzig, hatte eine beginnende Glatze und stechend blaue Augen.

Mit einem breiten Lächeln kam er auf sie zu und gab ihr die Hand.

»Ich bin Max Huber. Es freut mich, Sie kennenzulernen. Möchten Sie etwas trinken? Einen Kaffee vielleicht?«, abschätzend musterte er sie.

Amina fühlte sich unbehaglich unter seinem Blick.

»Danke, nein«, brachte sie hölzern hervor und setzte sich an den Platz, den er ihr anbot.

»Was kann ich für Sie tun, Frau Strömer?«, fragte er. Seine Finger spielten mit einem Schnellhefter. Er schlug ihn auf und zog ihr Bewerbungsschreiben heraus.

»Sie sehen Ihrem Bild tatsächlich sehr ähnlich«, stellte er anschließend fest.

Sein Blick wurde ihr immer unangenehmer.

»Sie suchen noch Kräfte für telefonische Umfragen«, begann sie und bemühte sich um einen möglichst neutralen und geschäftsmäßigen Tonfall.

Er lehnte sich zurück.

»Ja«, sagte er gedehnt und lächelte.

»Sie haben meine Bewerbung erhalten, wie ich sehe. Darum bin ich hier. Weil ich den Job gerne haben möchte. Ich bin sicher, dass ich ihn zu Ihrer Zufriedenheit ausführen kann.«

Er lächelte immer noch.

»Daran zweifle ich nicht. Aber woher wissen Sie das?«, er wandte den Blick ihrem Bewerbungsschreiben zu und zog den Lebenslauf heraus. »Bisher haben Sie noch keinerlei Erfahrung mit Telefonmarketing. Oder?«

»Doch.« Amina konzentrierte sich auf die Geschichte, die sie erfunden hatte.

»Ich war zwei Jahre lang in England«, sie setzte ein – wie sie hoffte – gewinnendes Lächeln auf, »während dieser Zeit habe ich mich durch Gelegenheitsarbeiten über Wasser gehalten. Darum steht das auch nicht in meinem Lebenslauf. Weil … Sie wissen schon …«, immer noch musterte er sie. »Damals habe ich beinahe ein Jahr lang in einem solchen Betrieb gearbeitet«, redete sie weiter.

»Dann sprechen Sie aber perfekt Englisch«, deutete er auf ihren Lebenslauf. »Steht auch nicht hier. Warum das?«

»Ich wusste nicht, dass es für Sie wichtig ist«, kam Amina ein wenig aus dem Konzept.

Er beugte sich vor, ohne den Blick von ihr zu lassen.

»Und was steht noch alles nicht hier?«, fragte er.

Amina spürte, wie ihr heiß wurde. Das Gespräch verlief gar nicht so, wie sie es sich zurechtgelegt hatte.

Was überhaupt machte sie hier in diesem Konferenzsaal? Sie bewarb sich doch als einfache Telefonistin. Wieso redete er so lange mit ihr? Was lief falsch?

»Also?«, fragte er nochmals. »Was noch alles verschweigen Sie mir, Frau Strömer?«

»Nichts«, stotterte sie. »Ich brauche einfach nur einen Job. Ich werde mich auch ganz besonders einsetzen, das verspreche ich Ihnen.«

»Gut, dann nehme ich Sie«, sagte er und stand auf.

Sie sprang auf. »Danke. Das freut mich«, versuchte sie, ihre Erleichterung zu verbergen. »Wann kann ich anfangen?«

»Sagen Sie, Ihr Gehalt interessiert Sie wohl gar nicht? Und die Anzahl der Arbeitsstunden auch nicht.«

»Doch, natürlich … ich wollte Ihnen nur nicht vorgreifen. Sie werden es mir sicherlich sofort sagen«, versuchte sie, sich aus der Affäre zu ziehen.

»Frau Strömer«, begann er. »Ich habe keine Ahnung, was Sie hier für eine Schau abziehen. Das Einzige, was ich weiß, ist, dass Sie keinen Job brauchen. Oder glauben Sie im Ernst, nur weil Sie sich eine Perücke aufsetzen, erkennt Sie keiner? Und dann noch dieser Name: Amina Strömer. Wie viele Mitbewerberinnen gibt es da, denken Sie? Also? Was wollen Sie hier? Sagen Sie es mir freiwillig, oder soll ich mich erst bei Ihrem Redakteur beschweren?«

Amina konnte ihn nur anstarren. Sie spürte unangenehme Hitzeschübe auf ihrem Rücken und presste die Handflächen aneinander.

Erst als sie wieder auf der Straße stand, ließ ihre Aufregung ein wenig nach.

Am Schluss war dieser Max Huber sogar richtig nett gewesen. Nachdem sie sich entschlossen hatte, ihm die volle Wahrheit zu beichten. Doch die Anstellung hatte sie nicht bekommen.

Niedergeschlagen fuhr sie zu ihrer Wohnung zurück.

Der Plan hatte nicht funktioniert, musste sie sich eingestehen.

Auch wenn sie jetzt bereits um viele Erfahrungswerte reicher war, konnte sie dennoch ihren Namen nicht ändern, ohne weitreichende Gesetzesübertretungen zu begehen. Jeder Arbeitgeber würde sie anmelden müssen, dazu benötigte sie nun einmal amtliche Papiere.

Huber hatte recht. Ihr Name war in München zu bekannt. Was also sollte sie tun? Einfach aufgeben, die Geschichte anders aufbauen, Interviews mit Betroffenen führen und die Story aus der Sicht eines neutralen Beobachters schreiben?

Entschlossen schüttelte sie den Kopf. Sie würde nicht kneifen, nur weil sie im Moment anstand.

Es musste einen Weg geben, wie sie doch noch zu einem dieser Jobs kam. Diese Geschichte würde sie genau so durchziehen, wie sie es geplant hatte.

Wieder einigermaßen ruhig, machte sie sich ein belegtes Brot, setzte sich vor den Computer und begann zu recherchieren.

Kapitel 13

Sie saß jetzt tatsächlich in einem Zug.

Amina blickte aus dem Fenster und versuchte nichts zu denken, während die Landschaft vorüberzog.

Es war schon merkwürdig. Seit sie sich erinnern konnte, war sie verreist, schon als Halbwüchsige allein bis nach Mallorca geflogen. Ausgerechnet jetzt aber, da sie erwachsen war, wirbelte eine einfache Zugsfahrt nach Österreich dermaßen viel Staub auf.

Ihr Vater war besorgt, ihre Mutter entsetzt und Alain zumindest nicht einverstanden.

Dabei machte sie mit ihren inzwischen mehr als fünfundzwanzig Jahren nur etwas, das jeder Student normalerweise schon viel früher tat: Sie nahm einen Job an, um vier Wochen lang zu arbeiten. Und das nicht irgendwo in weiter Ferne, sondern in einem Nachbarland, in dem auch noch dieselbe Sprache gesprochen wurde.

Dennoch hatte ihr Entschluss alle aufgeregt.

In Salzburg musste sie umsteigen. Sie fühlte sich dabei, als würde sie eine Abenteuerreise unternehmen.

Lächerlich, dachte sie. Sie musste endlich versuchen, wieder rational zu denken.

»Kunstinteressierte Mitarbeiter mit Verantwortungsgefühl für Voll- oder Teilzeit gesucht«, stand in dem Inserat, auf das sie sich per E-Mail beworben hatte.

Schon am nächsten Tag rief man sie an. Inzwischen hatte sie einiges dazugelernt. Sie wäre gerade im Umzug von einer Wohnung in die andere, log sie. Damit man sie sicher erreichte, wäre es besser, ihr ebenfalls eine Mail zu schicken oder anzurufen. Als angeblich alte Adresse gab sie irgendeine Straße an, die ihr gerade in den Sinn kam.

Ehe man tatsächlich ihre Adresse brauchen würde, hätte sie auch dieses Problem gelöst. So, wie sie auch ihr Äußeres verändert hatte und ihren Namen – ganz ohne jede Gesetzesübertretung.

Ihre Fingernägel waren jetzt kurz geschnitten, die Haare glattgebürstet und auf dem Kopf zu einem strengen Knoten zusammengesteckt. Kein einziger Tropfen Make-up bedeckte ihre Haut, sogar auf pflegenden Lipgloss hatte sie verzichtet.

Was ihr Gesicht aber am stärksten veränderte, war eine viereckige Hornbrille, in die sie einfaches Fensterglas hatte einsetzen lassen.

An den Ohren baumelten billige Ohrringe mit verschiedenen Plastikperlen, und ihre Kleidung stammte aus einem Secondhandladen – wobei sie darauf geachtet hatte, nur Farben einzukaufen, die ihr überhaupt nicht standen.

Entsprechend war das Ergebnis. Der honigfarbene Rolli machte sie bleich, ließ ihre Gesichtshaut noch fahler aussehen. Auch der graue Faltenrock, die blickdichte Strumpfhose und die klobigen Schuhe hingen mehr an ihr, als dass sie sie kleideten, und gaben ihr etwas Plumpes.

»Suche Zwischenmieter für mein WG-Zimmer in der Zeit vom …«, lautete das zweite Inserat, das ihre Aufmerksamkeit auf sich gezogen hatte. »Begehrte Lage, tolle Lokalszene, Zentrums- und U-Bahnnähe.«

Dorian hieß er und wollte auf einige Wochen nach Mexiko. Sie fand die Miete nicht wirklich teuer. Erst zu spät fiel ihr ein, dass sie wohl besser hätte verhandeln sollen.

Schließlich war sie jetzt eine berufstätige Frau, die auf sich allein gestellt war und von vorne anfangen musste. Beinahe hätte sie gekniffen, aber ihr neu erwachter Sinn für Sparsamkeit ließ sie nochmals zum Telefon greifen: »Ich glaube, ich habe mich da vertan«, begann sie, als Dorian abhob. »Ich bin nicht sicher, ob ich dich richtig verstanden habe. Wie hoch ist die Miete nochmal?« Er war ziemlich hartnäckig. Dennoch gewann sie immer stärker den Eindruck, dass er keinen Mitbewerber hatte. Es war immerhin mitten im Semester, niemand brauchte jetzt ein Zimmer.

Als sie auflegte, hatte sie ihn um hundert Euro hinuntergehandelt und war so stolz wie schon lange nicht mehr.

Nach längerem Überlegen hatte sie sogar ihr Namensproblem gelöst. Wozu besaß sie einen zweiten Vornamen? Höchste Zeit, ihn endlich zu benutzen. Sollte jemand Fragen stellen, würde ihr schon eine geeignete Antwort einfallen.

Es war schon später Nachmittag, als eine Luise Strömer mit einem ebenfalls im Secondhandladen erworbenen Koffer, dem ein Rad fehlte, in Wien ankam.

Vor dem Bahnhof standen die Taxis in einer langen Schlange. Kurz nur war Amina versucht, sich den kleinen Luxus zu gönnen, dann biss sie die Zähne zusammen und suchte nach der U-Bahn, die Dorian ihr genannt hatte. Mit dem Notizzettel in der Hand kämpfte sie sich bis zu der angegebenen Adresse durch.

Es war ein altes Haus mit einer schön gegliederten Fassade, vierstöckig, so wie die meisten in der eher schmalen Straße. »Flo und Co« stand auf dem Knopf, wie Dorian es ihr gemailt hatte. Sie drückte. »Dritter Stock«, schallte es aus der Sprechanlage, während der Türöffner summte.

Das Treppenhaus hatte geflieste Wände im Entree und bunte Scheiben in den Gangfenstern. Eine schwarze Eisenlampe verströmte ein schwaches Licht.

An der Lifttür hing ein Zettel: »Außer Betrieb«.

Als sie ziemlich atemlos im dritten Stock ankam, stand die Tür am Ende des Ganges offen.

Niemand war zu sehen. Sie lugte in die Wohnung, die den Eindruck machte, als hätte die letzten zehn Jahre keiner mehr aufgeräumt. Überall lag Kleidung herum. Hing übereinander auf Haken, quoll aus dem großen Bord, das die ganz Längsseite einnahm, und füllte die kleine Bank zusammen mit Bergen von Büchern, die sich außerdem noch auf dem Boden stapelten.

»Hallo!«, rief Amina. Zögernd trat sie ein und blieb in der Mitte des Flurs stehen.

»Komm ruhig herein, ich bin in der Küche«, rief es von irgendwo.

Sie ließ den Koffer stehen und ging weiter, auf eine Tür zu, aus der das Klappern von Geschirr zu hören war.

»Hi«, sagte der junge Mann, der gerade dabei war, das Wasser von Kartoffeln in den Ausguss zu schütten.

Dabei verbrannte er sich die Finger, fluchte und ließ den Topf los, der samt Inhalt mit einem laut scheppernden Geräusch in das Becken fiel.

»Scheiße«, sagte er. Dann drehte er sich kurz um, warf ihr einen Blick zu und lächelte.

Es war ein gewinnendes Lachen, musste Amina zugeben. Irgendwie war er ihr sofort sympathisch.

»Hallo, ich bin Luise«, sagte Amina und streckte ihm die Hand hin, »du bist Dorian?«

Er schüttelte den Kopf. »Der ist nicht da«, sagte er. »Ich bin Florian, aber nenn mich Flo. Mir gehört die Wohnung. Dorian hat schon gesagt, dass du kommst. Er musste weg, schläft die nächsten zwei Nächte woanders, ehe er dann abfliegt. Ich soll dich fragen, ob du das Geld dabei hast. Er holt es sich morgen bei dir.«

Amina nickte, sah Flo zu, wie er sich die Hände an einem Tuch abwischte.

»Na dann komm, ich zeige dir alles«, sagte er.

Das Zimmer war überraschend sauber und aufgeräumt. Auch im Bad herrschte penible Ordnung.

»Regel eins«, sagte Flo gerade. »Bad und Klo sind vom Chaos auszunehmen.« Er grinste. »Melissa und Colin sind bei uns die Kreativen. Sie gestalten Flur und Küche, wie du siehst. Dorian und ich hingegen haben es lieber puristischer. Was du in deinem eigenen Zimmer anrichtest, ist deine Sache.«

In dem Moment rasselte es an der Eingangstür, die knarzend aufgeschoben wurde. Eine junge Frau kam in den Flur. Ihre Jeans wiesen einige wohl dekorativ gemeinte Löcher auf, dazu trug sie einen überweiten schwarzen Pulli. Sowohl um den Hals als auch an den Handgelenken klirrten mehrere silberne Ketten. Der einzige farbliche Kontrast waren ihre Haare, die in grellem Pink leuchteten.

Hinter ihr betrat ein Hüne die Wohnung. Struppige Haare umkränzten sein Gesicht, das von einem rotblonden Bart bedeckt war.

»Wenn man vom Teufel spricht«, feixte Flo. »Hier sind auch schon die Kreativen. Melissa studiert auf der Angewandten, und Colin ist Musiker. Das ist unsere Neue«, erklärte er, »sie heißt Luise und übernimmt Dorians Zimmer für die nächsten Wochen.«

Melissa musterte Amina nur kurz, ehe sie »Hi« sagte und gleich darauf in ihrem Zimmer verschwand. Colin riskierte ein Lächeln, hielt ihr seine Pranke hin, in der ihre Hand zur Gänze verschwand.

»Ich bin echt geschafft, geh sofort in die Waagrechte«, sagte er, bevor auch er sich zurückzog.

»Die beiden waren gestern auf einem Konzert, irgendwo in Tirol. Kaum anzunehmen, dass sie bisher auch nur eine Minute geschlafen haben«, erklärte Flo.

»Wo studiert Melissa?«, fragt Amina, um etwas zu sagen.

»Auf der Angewandten.« Nach einem Blick in Aminas Gesicht erklärte er: »Das ist die Kunstuni.«

Melissa steckte den Kopf durch den Türspalt. »Hat wer von euch ein Aspirin?«, fragte sie. »Mir platzt der Schädel.«

Amina griff nach ihrer Tasche, hielt ihr eine Tablette hin. »Vergelts Gott.« Melissa verzog den Mund zu einer Grimasse. »Ich seh euch dann irgendwann«, sagte sie und verschwand wieder.

»Was ist mir dir?«, fragte Flo, während er Amina musterte. »Du siehst auch nicht gerade zum Bäumeausreißen aus. Ich glaub, das wird heute ein kurzer Abend. Hast du Hunger? Ich kann dich zu meinem Festmahl einladen. Erdäpfel nach Art des Hauses. Ich musste sie alle kochen, weil sie schon seit geraumer Zeit jenseits ihrer gewöhnlichen Lebenserwartung waren.«

Er grinste breit, als er Aminas Gesicht sah. »Pellkartoffeln«, sagte er dann. »Um den Monatsletzten herum macht der Pizzadienst hier nicht mehr Halt, verstehst du?«

Amina spürte plötzlich, wie erschöpft sie war. Auch ihr Magen fühlte sich völlig leer an, was ihr bisher nicht aufgefallen war. Doch die Vorstellung, nochmals fortzumüssen, in einem Lokal alleine zu essen, entsetzte sie plötzlich.

Dankbar nickte sie. Versuchte ebenfalls, ein wenig zu lächeln. »Ich liebe alte Pellkartoffeln«, sagte sie.

»Okay. Dann erwarte ich dich. Dorian hat dir Handtücher bereitgelegt. Solltest du irgendetwas brauchen, sag es.«

In diesem Moment klingelte ihr Handy. Nach einem kurzen Blick verschwand Flo in der Küche.

»Alain«, rief Amina, »das freut mich aber. Wieso rufst du jetzt an? Du musst doch schon am Set sein?«

»Bin ich. Ich wollte nur wissen, ob bei dir alles in Ordnung ist. Wo bist du?«

»In Wien. In der Wohnung. Alles okay.«

»Hör zu. Ich habe mit deiner Mutter gesprochen. Wenn du von ihr kein Geld annehmen willst, verstehe ich das. Aber ich bitte dich, geh in ein Hotel. Ich überweise dir, was immer du brauchst. Es gibt sicherlich auch Appartements, in denen du in aller Ruhe arbeiten kannst. Dazu musst du doch nicht mit fremden Personen in einer WG leben.«

»Aber ich will dein …«, sie unterbrach sich. Dämpfte die Stimme. »Es ist wirklich alles bestens. Die Leute hier sind sehr nett. Ich habe sie schon kennengelernt. Sogar ein Abendbrot bekomme ich heute. Mach dir um mich keine Sorgen.«

»Jaaa. Ich komme sofort«, hörte sie ihn rufen. Es klang, als hätte er die Hand vor das Handy gehalten. »Liebes, bitte. Ich will nicht, dass dir irgendetwas passiert. Außerdem habe ich Sehnsucht. Vielleicht überdenkst du alles nochmal. Vor allem deine Idee mit diesem Job. Warum kommst du nicht zu mir nach L.A.? Du kannst doch auch von hier aus arbeiten. Wir sind zwar gerade in einer ultrastressigen Phase, und ich werde nicht viel Zeit haben, aber trotzdem kann ich dir vielleicht ein wenig helfen, mit einigen Tipps, meine ich. Dein Artikel wird bestimmt großartig werden – und wir könnten zumindest die Nächte zusammen verbringen. Was meinst du?«

Amina hielt die Luft an. Noch vor wenigen Tagen wäre sie sofort aufgebrochen. Aufregung, Sehnsucht – die Gefühle überschlugen sich.

»Das geht nicht«, hörte sie sich sagen und war beinahe ein wenig verwundert. »Ich muss es selbst erlebt haben. Zumindest als Zuschauer.« Sie sah sich um, hörte, wie Flo in der Küche hantierte. »Ich habe nun einmal beschlossen, mir und allen anderen auch zu beweisen, dass ich durchaus in der Lage bin, auf eigenen Füßen zu stehen. Und genau das tue ich hier.

Natürlich habe ich ebenfalls Sehnsucht nach dir. Aber deswegen kann ich nicht einfach aufgeben. Du tust das schließlich auch nicht.«

Er schwieg. »Ich muss leider weitermachen. Bitte denk darüber nach. Ich liebe dich. Bis morgen, und schlaf schön. Wir drehen heute bis in die Nacht, ich rufe dich nochmal an, bist du um acht Uhr schon auf?«

»Klar. Um zehn Uhr habe ich meinen Vorstellungstermin. Ich liebe dich auch«, sagte sie, ehe sie auflegte.

Als sie die Küche betrat, saß Flo schon an dem viereckigen Holztisch in der Mitte. Der große Raum, dessen Einrichtung ein nostalgisches und gemütliches Flair verbreitete, gefiel Amina sofort. An der einen Wand sah man eine ehemals moderne Küchenzeile mit deutlichen Benutzungsspuren, an der anderen stand ein hoher Geschirrschrank aus weiß lackiertem Holz. Daneben befand sich eine antike Kommode mit einer grauen Marmorplatte, auf der gleich zwei glänzende Espressomaschinen standen. Die Deckenlampe mit dem bunten Schirm verbreitete ein warmes Licht.

Aminas Blick blieb an dem alten Küchenherd hängen, dessen silbriges Rauchrohr mit einem weiten Bogen im Kamin mündete.

»Funktioniert der noch?«, fragte sie und trat näher.

»Wenn man ihn anzündet schon«, antwortete Flo und biss in die Kartoffel, die er in der Hand hielt. »Iss. Ich habe uns Kräutertee gemacht, ich hoffe, du magst ihn. Was anderes ist nicht da«, sagte er.

Sie setzte sich zu ihm und griff nach einer der Kartoffeln. Als sie Butter und Salz dazugab, merkte sie, wie hungrig sie war.

»Danke«, sagte sie. »Du bist echt nett.«

Flo grinste. »Ja. Ich bin der Allernetteste.« Gleich darauf musterte er sie. »Und du? Was hat dich hierher verschlagen? Was machst du eigentlich so?«

Auf die Frage vorbereitet, erzählte Amina die Geschichte von einem Freund, der zurzeit in L.A. arbeitete und danach in Wien weiterstudieren wollte. Daher wäre sie auf der Suche nach einem Job und einer kleinen Wohnung.

»Und morgen schon hast du einen Termin?«, fragte er ungeniert, und ihr wurde klar, dass er das Telefongespräch offensichtlich hatte hören können – was er nicht einmal zu verheimlichen versuchte.

»Bei einer Firma Kommwacht. Sie suchen Personal für ein Museum.«

»Kenn ich«, sagte Flo. Als er ihren erstaunten Blick sah, sprach er weiter. »Die suchen ständig Leute. Ist ein Riesenbetrieb. Für eine Personalleasingfirma aber relativ in Ordnung.«

»Personalleasing? Du meinst Leiharbeit?«

Wieder grinste er. »Klar. Die haben Verträge mit einer ganzen Menge von Museen und ähnlichen Betrieben. Alles Häuser, wo der Personalstand ständig wechselt, wegen der vielen Abendveranstaltungen und so. Das lässt sich über Personalleasing natürlich besser organisieren.«

Amina drehte die Kartoffel in ihrer Hand. Schon das Wort »Leiharbeit« erschreckte sie.

»Warst du noch nie bei sowas?«, fragte Flo.

Sie schüttelte den Kopf.

»Und wo hast du bisher gearbeitet?«

Amina schluckte. »Ich … bei meinem Vater«, sagte sie schnell. »Aber die Firma ist pleite und er ist in Rente.«

Flo schälte eine weitere Kartoffel.

»Bei der Kommwacht kannst du ruhig anheuern. Sie halten ihre Versprechungen weitestgehend, und die Abrechnungen sind korrekt. Wenn du später etwas Besseres findest, kannst du immer noch wechseln. Allerdings sind die Dienste ziemlich anstrengend«, sagte er und fügte mit einem schnellen Blick hinzu: »vor allem, wenn man es nicht gewohnt ist.«

»Was für Leute arbeiten denn dort? Ich meine … wer bleibt bei denen?«, fragte Amina und erntete einen weiteren verwunderten Blick.

»Willst du noch?«, fragte Flo und legte ihr die Kartoffel auf den Teller, während er eine weitere zu schälen begann.

»Studenten. Und solche, die ihr Studium nie fertigmachen werden. Dann noch einige, die vom Land pendeln, und Alte natürlich.«

»Alte?«

»Nicht mehr Vermittelbare. Wegrationalisierte, solche, die schon bessere Zeiten gesehen haben. Persönliche Krisen, Todesfälle, Scheidungen, Karriereeinbrüche, was weiß ich.«

»Was zahlen die so? Wie viel verdient man dort eigentlich?«

»Haben sie dir das nicht gesagt?«

Amina schüttelte den Kopf. »Sie wollen es erst morgen mit mir besprechen.«

Flo knurrte etwas Unverständliches.

»Verstehe. Damit du nicht gleich in Tränen ausbrichst. Dein Verdienst hängt davon ab, wie viele Stunden du zugeteilt bekommst. Aber rechne so mit elf-, zwölfhundert im Monat«, sagte er.

»Für ganztags?«, fragte Amina.

»Klar. Manchmal arbeitest du nur einige Stunden, dann wiederum dauert es auch mal zehn Stunden am Stück. Je nachdem, wie du gebraucht wirst.« Er sah sie an. »Sie sind sogar bereit, nach vierzehn Tagen einen Vorschuss auszuzahlen«, sagte er.

Amina senkte den Kopf. Hatte sie nicht genau so einen Job wollen, fragte sie sich.

»Dann drück mir mal die Daumen, dass sie mich nehmen«, sagte sie betont forsch und hob ihm das Teeglas entgegen.

Er stieß sofort mit ihr an.

»Morgen Abend feiern wir«, sagte er.

***

»Kennst du eigentlich diesen Nico?«, fragte Erika ihren Mann. Sie saßen zusammen auf der Terrasse und genossen die wärmenden Strahlen der Aprilsonne. Der Duft der jungen Jasminpflanzen in den Terrakottatöpfen, die Erika erst vor Kurzem dort aufgestellt hatte, lag in der Luft und mischte sich mit dem Kaffeegeruch, der aus den beiden Tassen stieg.

Konrad hob den Kopf.

»Wieso fragst du?«, sagte er und lehnte sich in seinem Stuhl zurück.

»Ich denke schon die längste Zeit darüber nach. Aminas Gesichtsausdruck, als sie mir von ihm erzählt hat. Diese Verlobung. Und dann der Entschluss, ausgerechnet in Wien einen Job anzunehmen, um darüber eine Reportage zu schreiben. Es passt irgendwie nicht zusammen.«

»Was soll daran nicht passen?«, fragte Konrad und setzte sich gerade auf.

Erika zuckte die Schultern. »Ich weiß nicht. Es ist mehr ein Gefühl. Was hältst du von ihm?«

»Von wem? Von ihrem Verlobten?«

»Nein. Von Nico.«

Konrad sah sie an. »Ich kenne ihn nicht. Habe ihn nie gesehen. Ich war ja nur ein einziges Mal bei ihnen auf Mallorca, wie du weißt.

Früher hat mir Amina ständig von diesem Nico erzählt. Er war offenbar ein Brudersatz für sie. Mein Fehler, dass ich dagegen nichts unternommen habe, aber wie konnte ich auch ahnen, dass es zwischen ihnen einmal mehr werden würde? Zumindest bei Amina.

In diesem schrecklichen Sommer dann, als sie siebzehn war, muss sie sich Hals über Kopf in ihn verliebt haben.

Isabel war leider nicht dort. Amina war allein mit dieser Michelle, der Tochter von Isabels damaligem Ehemann.

Was genau passiert ist, kann ich nur vermuten. Sowohl Isabel als auch Amina haben sich geweigert, mit mir darüber zu sprechen.«

»Du glaubst also auch, dass sie damals mit Nico geschlafen hat?«

Konrad verkrampfte sich.

»Bitte, Erika. Das will ich mir absolut nicht vorstellen. Selbst nach dieser langen Zeit nicht. Für mich ist der Kerl das Letzte. Er hat ein junges, unerfahrenes Mädchen schamlos ausgenutzt. Schon damals war ich nahe daran, nach Malle zu fliegen und ihn zur Rede zu stellen. Aber Isabel war strikt dagegen, und ich wollte nichts gegen ihren Willen unternehmen. Außerdem hat sie sehr glaubhaft versichert, dass das für Amina noch belastender wäre.«

»Ich erinnere mich noch an diesen Anruf von ihr«, sagte Erika langsam. »Isabel hat mitten in der Nacht angerufen, was sie sonst nie tat. Schon damals dachte ich, dass etwas ganz Außergewöhnliches vorgefallen sein musste. Dieser Nervenzusammenbruch von Amina – das kam mir so seltsam vor, bei einer Siebzehnjährigen. Alles nur aus Liebeskummer? Außerdem wurde es immer schlimmer, nicht einmal die Therapie hat gegriffen. Du bist dann über Weihnachten zu ihnen geflogen und hast dennoch nichts Genaues erfahren. Bis heute weiß ich eigentlich nicht, was der Grund dafür war.«

»Na dieser Nico. Sie war doch noch so jung, und es war das erste Mal, dass sie verliebt war. Er hat sich nachher nicht einmal mehr bei ihr gemeldet. Hat sie einfach fallen lassen.«

Erika schüttelte den Kopf. »Das eben kommt mir komisch vor. Viele junge Mädchen erleben ihre erste Liebe. Beinahe nie wird mehr daraus. Deswegen brechen sie aber nicht gleich zusammen. Und schon gar nicht unsere Amina. Sie ist eine starke und selbstbewusste Person. War sie übrigens damals schon, wusste genau, was sie wollte, und konnte sich sogar gegen ihre Mutter durchsetzen.

Und dann dieser Zusammenbruch.

Nach Weihnachten hat sie sich dann ausschließlich auf ihr Abitur konzentriert. Die Telefonate mit dir haben kaum länger als wenige Minuten gedauert, und du hast dich gegrämt, dass sie dich kein Stückchen an sich heranlässt.

Schon der Name Nico war von da an tabu. Nachher hat Amina einen perfekten Abschluss hingelegt und war nur mehr ein Schatten ihrer selbst.

Ich sehe sie vor mir, wie sie diese wenigen Tage bei uns war, ehe sie nach England ging. Sie wirkte, als hätte sie aufgehört zu leben. War gänzlich teilnahmslos.

Ich konnte es mir damals nicht erklären, und du warst sowieso völlig aufgelöst.

Erst nach all diesen Jahren scheint sich Amina wieder gefangen zu haben. Komisch, dass mir das auf einmal so auffällt. Nie haben wir etwas von einem jungen Mann gehört, in den sie sich verliebt hätte. Erst jetzt, in diesen Alain.« Erika schwieg.

Nach einer Weile fragte Konrad: »Und was daran kommt dir so komisch vor?«

»Ich habe mit ihr gesprochen, als sie bei uns war.« Erika holte tief Luft, schien zu überlegen, was sie ihrem Mann alles sagen sollte.

»Ich hatte den Eindruck, dass sie immer noch sehr sensibel ist, wenn die Rede auf Nico kommt.«

Konrad blickte vor sich hin, betrachtete das Meer.

Jeden Tag sahen sie denselben wundervollen Ausblick, immer noch genossen sie ihn beide gleichermaßen. Dennoch wusste Erika genau, dass ihr Mann gerade nichts davon wahrnahm.

»Verdammt noch mal, ich hätte ihm damals …«, Konrad erhob sich und trat an die Brüstung heran.

Erika legte ihre schmale Hand auf die seine. So standen sie eine Weile, bis sie das Gefühl hatte, weitersprechen zu müssen.

»Vielleicht bilde ich mir das alles nur ein. Aber ich glaube, Amina ist über ihre Gefühle für Nico nicht hinweg. Ich habe ihre Augen gesehen, als sie von ihm gesprochen hat.

Außerdem dürfte sie ihm keinerlei Schuld an den Vorkommnissen geben. Ihre Stimme wird so … ich weiß nicht, wie ich es beschreiben soll … so eigenartig, wenn sie nur seinen Namen ausspricht, fast sehnsüchtig.

Also muss etwas ganz anderes passiert sein. Und wenn das stimmt, dann mache ich mir Sorgen. Immer noch scheint sie etwas zu quälen. Daran hat auch ihre Verlobung nichts geändert.

Außerdem gefällt mir dieser Alain nicht. Für nichts hat er Zeit, mit dir hat er noch kein einziges Wort gesprochen, und in Amina sieht er wohl lediglich ein schmückendes Beiwerk. Bei diesem Mann dreht sich alles um seine eigene Person.

Amina hingegen braucht eine Familie. So stark sie auch ist, sehnt sie sich doch nach Nähe und Geborgenheit.«

Konrad spielte nachdenklich mit seiner Unterlippe.

»So habe ich das nie betrachtet«, sagte er langsam. »Alain hat nun einmal einen sehr stressigen Beruf. Gerade eben ist er mit einem wichtigen Projekt beschäftigt. Dieser Film könnte seinen endgültigen Durchbruch bedeuten. So zumindest hat es mir Amina erklärt.«

Erikas Atemzug kam einem Seufzer gleich. »Niemals würde sie sich über ihren zukünftigen Mann beschweren. Dennoch finde ich sein Benehmen ziemlich egozentrisch. Ruft er doch tatsächlich morgens um sieben hier an, nur weil ihm diese Uhrzeit passt, ohne auch nur einen Gedanken daran zu verschwenden, ob Amina vielleicht noch schläft.«

Konrad brummte irgendetwas, das wie »das geht uns nichts an« klang.

»Ich bin stärker denn je davon überzeugt, dass irgendetwas Amina in jenem schrecklichen Sommer ganz mächtig aus der Bahn geworfen hat. Und Isabel weiß es, da bin ich mir ganz sicher. Auch dass Amina später doch nicht in England fertigstudiert hat, sondern in München, sich damit begnügt hat, irgendwelche unbedeutenden Nebenjobs anzunehmen, plötzlich keinerlei Ehrgeiz mehr zu haben schien. All das hängt damit zusammen.

Jetzt aber scheint sie sich neu zu orientieren. Deswegen ist sie auch nach Wien gegangen. Sie will sich plötzlich beruflich beweisen.«

Erika schwieg eine Weile, hob dann den Kopf und sah Konrad an. »Hast *du* ihr gesagt, dass man nur einen Menschen heiraten soll, mit dem man alles teilen kann?«, fragte sie.

Er sah sie an. »Ich glaube schon, ja. Wieso?«

»Weil sie mir etwas Ähnliches gesagt hat. Ich war mir nur nicht sicher, ob der Satz von dir stammt. Er muss sie sehr beeindruckt haben.«

»Du hast immer schon einen sehr feinen Sinn für Zusammenhänge gehabt.« Konrad griff nach Erikas Hand und hielt sie fest. »Was genau beunruhigt dich?«

Sie zuckte die Schultern.

»Ich kann es nicht sagen. Aber was ich Amina vor allem wünsche, ist, dass sie endlich zu sich selbst findet. Dann wird sie auch die nötige Kraft haben, das Richtige zu tun. Wärst du sehr enttäuscht, wenn sie plötzlich Dinge tut, die dir unvernünftig erscheinen?«

Überrascht sah er sie an. »Was zum Beispiel?«, fragte er.

»Ich weiß nicht. Aber da ist einiges, was sie erledigen muss, und ich glaube, sie spürt es auch.«

»Alles, was ich will, ist, dass sie glücklich wird«, sagte er.

Konrad führte Erikas Hand an seine Lippen, während er sie enger an sich heranzog. »Habe ich dir heute schon gesagt, dass ich dich liebe?«, fragte er.

Sie lächelte. »Nein. Aber du kannst es gerne tun.« Dann stellte sie sich auf die Zehenspitzen und küsste ihn ganz zart.

»Ich liebe dich auch«, sagte sie.

***

Üblicherweise war er nur mit Miguel zusammen hergekommen. Niemals wäre es Nicolau eingefallen, den Friedhof auch allein zu besuchen.

Die hohen Zypressen in der Mitte unterstrichen die würdevolle Ruhe. Dunkel und ernst standen sie um die kleine Kapelle und verströmten einen harzigen Geruch.

Schnell schritt Nicolau die langen Reihen mit den Grabstätten ab, bis er vor der gesuchten stand.

Sein Blick durchsuchte die vielen Tafeln an den Seiten, überflog die Namen von Catalinas Eltern, den Großeltern, Namen von längst Verstorbenen, die er nicht kannte und die ihm nichts sagten.

Automatisch las er die Inschriften von Catalina und ihrer Schwester. Bis sein Blick bei jenem Namen verharrte, den er gesucht hatte. *Miguel Ferrer Pons* stand dort und daneben nur eine einzige Jahreszahl: neunzehnhundertsiebenunddreißig.

Miguels Sohn. Und doch wiederum nicht. Mari Carmens Sohn, dem Miguel seinen Namen gegeben hatte. Dem er bestimmt ein guter Vater geworden wäre, wenn es das Schicksal zugelassen hätte.

Der Kleine hatte nur drei Tage lang gelebt. Drei winzig kurze Tage, bevor er das Leben, das er gerade erst begonnen hatte, schon wieder verlor. So wie ihm beinahe auch seine Mutter in die ewige Ruhe gefolgt wäre, bei der Geburt, die ihr jede Möglichkeit auf ein weiteres Kind genommen hatte.

Sogar den Vornamen hatte der Kleine nach Miguel erhalten, obwohl es die Tradition erfordert hätte, ihn zumindest nach Mari Carmens Vater zu benennen, wenn schon nicht nach Miguels eigenem Vater.

Miguel und Mari Carmen hatten sich ganz offensichtlich über alles hinweggesetzt, mehr noch, der ganzen Welt damit offenbart, dass sie ihren Weg fortan alleine zu gehen wünschten.

Wie nicht anders zu erwarten, hatten Miguels Eltern unbeirrbar hinter ihrem Sohn gestanden, so erzählt dieser.

Sein Vater, der die Wahrheit zumindest ahnte, hatte sofort angeboten, die Heiratserlaubnis zu verweigern, trotz der zu erwartenden Konsequenzen, die ein offener Widerstand gegen Don Salvatore für die gesamte Familie nach sich gezogen hätte.

Schließlich war Miguel zum Zeitpunkt der Eheschließung noch minderjährig gewesen.

Doch Miguel war unbeirrt seinen Weg gegangen. Zusammen mit Mari Carmen, die ihr Wort niemals gebrochen hatte und ein Leben lang loyal und treu an der Seite ihres Mannes stand.

Don Salvatore hatte die beiden in dem Steinhaus untergebracht, in dem Miguel heute noch lebte. Hatte ihnen drei *Quarteradas* Land ringsherum überschrieben.

Damals war das Haus nur eine kleine Hütte gewesen, ähnlich derjenigen, die er jetzt bewohnte. Erst nach und nach hatten sie ausgebaut und vergrößert.

Wann eigentlich waren die Gefühle der beiden füreinander erstarkt, wann war aus tiefer Freundschaft mehr geworden?

»Als ich den Kleinen auf dem Arm hielt, wusste ich, dass das meine Familie ist«, hatte Miguel erst heute Morgen zu ihm gesagt.

Zu jenem Zeitpunkt war er immer noch keine achtzehn Jahre alt gewesen. Und schon hatte er eine Ehefrau, um deren Leben er bangen musste, und einen Sohn, den er sogleich wieder verlor.

Aber er hatte die Verantwortung für die Familie übernommen.

Tag und Nacht hatte er auf dem Land gearbeitet, hatte gepflanzt und Tiere gehalten. Die Produkte auf dem Markt verkauft, überall ausgeholfen, wo es ein paar *Pesetas* zu verdienen gab.

In diesen Jahren muss wohl das Gefühl der beiden zueinander gewachsen sein, dachte Nicolau.

»Verliebt? Nein, das waren wir wohl nie«, hatte Miguel ihm auf seine Frage hin geantwortet. »Aber wir vertrauten einander. Ohne dass wir es bemerkten, begannen wir unsere Zeit gerne miteinander zu verbringen. Viel war es ohnehin nicht, was uns zur Verfügung stand. Ich kam ja immer erst spät abends nach Hause, war zu müde, um noch lange wach zu bleiben.

Aber diese halbe Stunde, die gehörte uns ganz allein. War wie ein tägliches Ritual, das es einzuhalten galt.

Irgendwann merkte ich, dass ich mich schon morgens darauf freute, und ich wusste ganz genau, dass es Mari Carmen ebenso erging. Sah es an ihrem Gesicht, in ihren Augen, wenn sie mich ansah.

Ich war doch noch so jung, noch keine zwanzig. Es war nur natürlich, dass ich mich wieder nach einer Frau sehnte. Und sie gab mir auch darin bereitwillig alles, was sie konnte.«

Nicolau stand immer noch vor dem Grab und starrte auf die unzähligen Namen, die links und rechts des Eingangs zu dem kapellenartigen Mausoleum in den hellen Stein geritzt waren. Don Salvatores Familie, von der kein Einziger mehr lebte.

Vielmehr hatte Miguels Name es bis in den Giebel des kleinen Daches geschafft. *Familias Pons y Ferrer* stand dort schon seit Langem. Auch das war ein Wunsch Mari Carmens gewesen. Stück für Stück hatte sie ihr gesamtes Erbe Miguels Familie zukommen lassen, hatte mit ihrer eigenen Tradition gebrochen und ihnen allen das gegeben, was ihr selbst und ihren Nachfahren zugestanden hätte.

Kapitel 14

Ihre Füße schmerzten und der Rücken fühlte sich an, als würde jemand mit einem Messer darin bohren. Außerdem war ihr entsetzlich kalt.

Seit sechs Stunden schon stand Amina neben dem Gemälde im dritten Stock des modernen Museumsbaus, in dem Hunderte von Bildern eines kunstbegeisterten Mäzens untergebracht waren.

Nach jeder Stunde wechselte sie sich mit dem Kollegen ab, der die restliche Etage bewachte und in den zahllosen Sälen seine Runde drehte. Eine nach der anderen, immer in derselben Richtung. Eine Stunde gehen, eine Stunde stehen. Sie wusste nicht, was ihr lieber war.

Nur eine Minute niedersetzen. Den schmerzenden Rücken durchbiegen. Ein Glas Wasser trinken oder die eisigen Finger unter heißes Wasser halten.

Ihre Wünsche waren inzwischen auf ein Minimum reduziert, während sie versuchte, das Tuch mit dem Logo des Museums ein wenig enger um den Hals zu binden, als Schutz gegen den eisigen Hauch der Klimaanlage.

In ihrem Hosenbund steckte das Haustelefon, das sie mit der Alarmzentrale verbinden würde, für den Fall, dass etwas

Ungewöhnliches zu vermelden war. Bisher diente es mehr der Zentrale, die etwas von ihr wollte.

»Wenn Sie eine außertourliche WC-Ablöse brauchen, rufen Sie rechtzeitig an«, hatte man ihr eingeschärft.

Was war in so einem Fall wohl rechtzeitig, überlegte sie kurz. Eine halbe Stunde Mittagspause, von der gerade einmal zwanzig Minuten übrigblieben, wenn man den Gang durch das riesige Gebäude, über den davorliegenden Campus, bis hin zu den Umkleideräumen und wieder zurück, von der Pausenzeit abzog. Es ermöglichte kaum, einige Bissen des Brotes zu essen, das sie bereits nach dem ersten Tag gegen einen Müsliriegel und einen Becher heißen Tees aus dem Automaten eingetauscht hatte. Nur fünfzehn Minuten sitzen, das war ihr einziger Wunsch während des achtstündigen Tages, dessen Minuten sich vor allem nach der Mittagspause endlos dahinzogen.

Irgendwann während der Nachmittage kam nochmals eine Ablöse vorbeigehuscht, verteilte großzügig fünfminütige Pausen.

Es war heute schon ihr vierter Tag in dem ungewohnten Job, und zu ihrer Schande musste sie sich eingestehen, dass sie mehrmals versucht gewesen war, einfach aufzugeben.

Doch dann überlegte sie, wie sie diesen Rückzieher darstellen sollte, und blieb, wo sie war.

Die Kollegen hatten sie sogleich in ihrer Runde aufgenommen. Man sah sich während des Umkleidens am Morgen und dann nochmals nach Dienstschluss, wenn alle Brandschutztüren geschlossen waren, der letzte Besucher das Gebäude verlassen hatte und nur mehr die Kollegen in der Alarmzentrale vor den Bewachungsmonitoren zurückblieben.

Sie drehten nächtens ihre einsamen Runden durch das gespenstisch leere Bauwerk, bis am darauffolgenden Morgen der Betrieb von Neuem losging.

Mittags traf sie den einen oder anderen im Pausenraum. Auffallend viel wusste sie schon über die Schicksale, die man ihr offen erzählte.

Da war Helga, die alleinerziehende Mutter, deren Mann sich versteckt hielt, nur damit er keine Alimente zahlen musste. Rena, die aus dem Osten Europas nach Wien kam, um hier zu studieren, und nun schon seit Jahren tagein tagaus in dem Museum stand, zu müde, um noch an ihr Studium zu denken.

Der vierzigjährige Erwin, der sich immer noch mit seinem Vater eine Zweizimmer-Sozialwohnung teilte, und Lin-Chin. Sie hatte vor Kurzem erst ihren Job verloren, sechs Jahre, ehe sie in Rente gehen konnte.

Oberaufseher, so nannten sie den Verantwortlichen, der die Einteilung des Aufsichtspersonals vornahm. Amina erinnerte die Bezeichnung sofort an ein Gefängnis.

Doch er war nett zu ihr, hatte sie an ihrem ersten Nachmittag ablösen lassen und der Garderobe zugeteilt. »Geht es Ihnen gut?«, hatte er gefragt.

Die Tätigkeit in der Garderobe war für sie das Schlimmste. Der Geruch der fremden Kleidung, die Berührung der Mäntel, die ein anderer am Leib getragen hatte und die noch die Wärme ihres Trägers ausstrahlten, waren ihr unangenehm.

»Sei doch froh, er hat es gut mit dir gemeint«, meinte Lilly erstaunt, die in der Garderobe mit ihr zusammenarbeitete. »Das ist der begehrteste Dienst im ganzen Haus. Hier kann man sich manchmal niedersetzen, und reden können wir auch, oder sogar etwas essen, wenn keiner da ist.«

Doch Amina ersuchte, am nächsten Tag wieder in den Schauräumen eingesetzt zu werden. Keine Stunde länger hätte sie es inmitten dieser Kleidungsstücke ausgehalten. Zu intim war ihr die Nähe, so als würden die Mäntel sie berühren.

Sie zog die anonyme Neutralität der oberen Etagen vor.

Hier hatte sie das Gefühl, nur eine Beobachterin zu sein, ein Gast, der jederzeit wieder gehen konnte.

Als sie nach ihrem allerersten Arbeitstag nach Hause kam, wollte sie nichts anderes als duschen und in ihr Bett kriechen. Nicht einmal die auf dem Heimweg gekauften Wurstsemmeln, wie sie die Brötchen hier nannten, mochte sie essen.

»Wie war es?«, fragte Flo, der in der Küche stand. »Sehe schon, dir ist nicht wirklich nach Feiern zumute. Dann bis morgen«, sagte er. Kurz darauf hatte er bei ihr geklopft und einen heißen Tee gebracht. Beinahe wäre sie ob der netten Geste in Tränen ausgebrochen. »Danke«, konnte sie nur flüstern.

Auch Dorian hatte sie inzwischen kennengelernt, wenn auch nur, um sich gleich darauf wieder von ihm zu verabschieden.

Ohne nachzuzählen, hatte er ihr Geld in die Hosentasche gesteckt und dann viel Spaß gewünscht, nicht ohne nochmals zu betonen, dass sie pünktlich ausziehen musste. Anschließend war er mit Flo in dessen Zimmer verschwunden, ehe er endgültig ging.

Melissa und Colin bekam sie so gut wie nie zu Gesicht. Beide schliefen noch, wenn Amina morgens aufbrach, und kamen erst heim, wenn sie längst im Bett lag.

Nur Flo schien immer da zu sein.

Er studierte Psychologie, wollte Therapeut werden, wie sie inzwischen wusste – war im letzten Studienabschnitt und arbeitete stets nur am Wochenende in einer Pizzeria.

Gleich an ihrem ersten Morgen war sie halbnackt im Flur mit ihm zusammengestoßen. Sicher, dass noch niemand wach war, hatte sich Amina lediglich in ihr knappes Handtuch gewickelt, war mit nackten Füßen und offenen Haaren zu ihrem Zimmer gelaufen, als er unverhofft vor ihr stand.

»Hübsch«, sagte er, »alle Achtung. Sieht man gar nicht in den Klamotten, die du sonst so anhast.«

Sie hatte die erste Gelegenheit genutzt, um das Gespräch auf Alain zu bringen.

»Mein Freund und ich wollen heiraten, verstehst du«, sagte sie zu Flo. Sie standen miteinander in der Küche, Amina spülte ihre Tasse ab, während er mit einigen Töpfen hantierte.

Er schien sofort zu begreifen, denn er lachte.

»Du meinst, weil ich dich hübsch finde?«

»Ich möchte nur, dass du es weißt«, sagte sie.

»In Ordnung. Du bist schon in Ordnung«, antwortete er und stellte die Töpfe in den unteren Bereich des Geschirrschranks. »Übrigens. Ich habe auch einen Freund.«

Sie sah zu ihm. Wieder einmal schien ihn etwas ausgesprochen zu amüsieren.

»Dorian. Wir beide sind zusammen. Im Moment haben wir zwar etwas Ärger im Paradies, aber das wird schon wieder. Wenn er erst einmal aus Mexiko zurückkommt, hat er sich wohl beruhigt. Er ist manchmal ein wenig übersensibel, wenn du verstehst.«

Amina blieb in der Küche stehen, merkte nicht, dass sie ihn anstarrte.

Er drehte sich zu ihr um. Musterte sie. »Hast du ein Problem mit Schwulen?«, fragte er.

»Nein«, stotterte sie, »natürlich nicht.« Dann atmete sie durch, brachte sogar ein Lächeln zustande. »Ich habe bisher nur nichts davon mitgekriegt, sorry. Es hat mich einfach überrascht.« Kurz lachte sie auf. »Im Gegenteil. Ich bin echt froh darüber.«

Er grinste ebenfalls. »Du hast mir doch wohl nicht so eine billige Anmache zugetraut? Tut mir leid. Ich dachte, du hättest es begriffen, als Dorian hier war.«

»Flo ist nett«, dachte sie, als sie auf dem Heimweg war. Vielleicht sollte sie etwas für ihn mitnehmen. Was würde er gerne essen? Heute war der erste Tag, an dem sie sich etwas fitter fühlte.

Als sie den Supermarkt verließ, hatte sie außer Fleisch, Salat und Kochbeutelreis auch eine Flasche mit frischgepresstem Orangensaft gekauft. Ganz zuletzt, schon an der Kasse, fügte sie noch ein Paket mit Schnitten dazu.

Flo war wie immer in der Wohnung.

Die Tür zu seinem Zimmer stand offen, und sie konnte ihn am Schreibtisch sitzen sehen, ihr den Rücken zugewandt.

»Flo«, rief sie, und er drehte sich um.

»Ich hoffe, du hast Hunger, denn es gibt gleich etwas zu essen. Ich war einkaufen.«

Natürlich bestand er darauf, ihr zu helfen. Sie kochten gemeinsam und wuschen dann auch zusammen ab.

Als Amina später in ihrem Bett lag, stellte sie ein wenig verwundert fest, dass sie den Abend mit Flo nicht nur genossen hatte, sondern mit ihm auch über jedes Thema reden konnte. Er war ein sehr guter Zuhörer, und seine Kommentare trafen immer das Wesentliche.

Es tat gut, sich mit ihm zu unterhalten, dachte sie noch im Einschlafen. Er hatte wirklich den richtigen Beruf gewählt.

***

»Du hast mich gefragt, warum unsere Familie so weit verstreut lebt.« Miguel stützte sich beim Gehen auf Nicolaus Arm, etwas, das er vor Kurzem noch vehement abgelehnt hätte, wie Nicolau nicht ganz ohne Beunruhigung registrierte.

Wie immer wollte Miguel auch heute den Sonnenaufgang sehen, und so gingen sie auf die Terrasse. Es war zwar immer noch ein wenig kühl, aber man merkte, dass es längst schon Frühling war.

»Eigentlich hätten wir also den Bürgerkrieg relativ glimpflich überstanden«, begann Miguel, nachdem er es sich in seinem Stuhl bequem gemacht hatte. »Auf der Insel kam es zu keinen weiteren Kampfhandlungen mehr. Wäre da dieser Terror nicht gewesen, den Conde Rossi und seine fanatisierten Burschen angerichtet haben, gestützt auf den Beifall der Befürworter und ihrer Sympathisanten, es wäre beinahe ein Grund zur Freude gewesen. So aber haben auch wir unsere Unschuld verloren. Nachbarn wurden zu Gegnern, Freunde zu Feinden.

Und bis zum heutigen Tag ist nicht genügend Gras über die Gräber derjenigen gewachsen, die damals sinnlos dem Morden zum Opfer gefallen sind.«

Miguel unterbrach und sah der Sonne zu, die sich wieder einmal ihren Weg in den Himmel hinauf bahnte.

Dann seufzte er.

»Für Don Salvatore existierten wir zwei nach der Hochzeit nicht mehr. Während der Bürgerkriegsjahre lebte er zusammen mit seinen beiden Söhnen und noch einigen weiteren Familienmitgliedern in Palma. Erst gegen Kriegsende, als dafür im restlichen Europa der Horror begann, kehrte er nach *Sa Canova* zurück.

Mari Carmen ging nur mehr sehr selten in ihr Elternhaus – wenn es sich überhaupt nicht mehr vermeiden ließ. Am Namenstag ihres Vaters zum Beispiel, am Ostersonntag und am Weihnachtstag.

Ich aber betrat das Haus niemals wieder, versuchte ihrem Vater so gut es ging aus dem Weg zu gehen. Nur Mari Carmen zuliebe grüßte ich ihn noch, wenn es sich beim Kirchgang nicht vermeiden ließ.

Zu meinen Eltern aber hatten wir ständigen Kontakt. Sie entwickelten mit den Jahren eine tiefe Zuneigung zu Mari Carmen. Besonders mit meiner Mutter wurde sie immer vertrauter.

Es traf Don Salvatore zweifellos hart, als er seinen ältesten Sohn verlor. Er war schon lange Zeit zuvor immer öfters in dubiose Geschäfte verwickelt gewesen, war ein Säufer und Weiberheld. Arrogant und überheblich, wie er war, glaubte er, sich im Vertrauen auf das Geld und die Macht des Vaters alles erlauben zu dürfen.

Was genau geschehen ist, weiß niemand. Verstrickt in eine Affäre mit der Frau eines anderen, fand man ihn eines Morgens mit eingeschlagenem Schädel unter den Klippen.

Die Sache ist nie restlos aufgeklärt worden. Offiziell hieß es, dass der betrogene Ehemann ein Alibi gehabt hätte, aber so richtig glauben wollte man das nicht.

Das Verhältnis zwischen Don Salvatore und Mari Carmen wurde noch frostiger. Lediglich zu ihrem zweiten Bruder, Arnaldo, hatten wir Kontakt. Er kam uns sogar manches Mal hier besuchen.

Arnaldo war ganz anders als die restliche Sippschaft. Weder bösartig noch überheblich, eher von überschäumendem Temperament, lebenslustig und großzügig.

Für Mari Carmen war es daher ein Schock, als Arnaldo eine Tages verunglückte. Er war mit seinem Motorrad unterwegs gewesen, zu schnell, wie meistens. An jenem Tag aber hatte es geregnet, und die Straßen waren rutschig, Salz und Erde bildeten eine schmierige Schicht. Er hat wohl die Kurve falsch eingeschätzt. Jedenfalls konnte ihm niemand mehr helfen.

Don Salvatore hat seine Söhne noch viele Jahre überlebt. Er wurde immer einsamer und immer verbitterter. Am Schluss verließ er das Haus oben auf dem Hügel fast überhaupt nicht mehr. Nur der Pfarrer besuchte ihn noch.

Es war seine Strafe, dass er Tag für Tag mitansehen musste, wie das Land zunehmend verkam. Niemand kümmerte sich mehr darum, nachdem er alle hinausgeworfen hatte. Kein Verwalter konnte es ihm recht machen, kein Arbeiter leistete genug.

So ging es immer mehr bergab. Der Verfall des Anwesens begann schon zu seinen Lebzeiten.

Nur sein Geld, das war dem Alten noch wichtig. Darüber wachte er wie über einen Schatz.

Als er endlich doch starb, war Mari Carmen seine einzige Erbin. Nicht, weil er sie plötzlich mochte, sondern weil sonst keiner mehr da war.«

Hier unterbrach Miguel seine Erzählung, um Nicolau in die Küche zu schicken, damit er ihnen noch Kaffee brachte.

Als Nicolau mit den Tassen zurückkehrte, stand Miguel an der Brüstung. Er lehnte an einem der hölzernen Steher, die das breite Vordach trugen, und sah über das Land hinweg.

»Das alles gehörte plötzlich ihr«, Miguel machte eine weit ausholende Bewegung mit seinem Stock.

»Weißt du, dass deine Großtante immer schon gewollt hat, dass *du* es eines Tages bekommst? So, wie sie nach dem Tod ihres Vaters darauf bestanden hat, dass der gesamte Besitz hier auf mich übergeht.

›Alles, was ich zum Leben brauche, habe ich. Unser gemeinsames Haus, unser kleines Stück Land und einen Mann, der immer für mich sorgen wird. Das Haus dort oben werde ich nicht mehr betreten und auch den übrigen Besitz will ich nicht‹, hatte sie gesagt.

Daher bestand sie darauf, dass nach und nach alles, außer diesem Besitz hier, verkauft wird. Das Haus in Palma ebenso wie ein Gebäude in Manacor und noch einiges anderes.

Dann teilte sie das Vermögen in fünf gleiche Teile und gab es meinen Geschwistern. Jeder hat genau dasselbe erhalten.

Es war genug, um damit woanders Land anzukaufen.

Deine Großmutter etwa hat das Haus in Son Servera erstanden, in dem du aufgewachsen bist und wo deine Eltern immer noch leben. Jeder hat irgendwo gutes Land erworben und hat sich danach dort niedergelassen.

Du kennst sie ja, unsere Familie. Inzwischen sind wir über zweihundert Personen. Alle waren sie fleißig, haben gearbeitet und weiter aufgebaut.

Meine Brüder und Schwestern wussten natürlich, wem sie das zu verdanken hatten. Aber Mari Carmens Wunsch war es, alles wie ein Geheimnis zu bewahren. Sie wollte, dass jeder Einzelne stets dafür sorgt, unsere Familie zusammenzuhalten. Was auch die Zukunft bringen mag. In diesem Zusammenhalt liegt unsere besondere Kraft, in guten und in weniger guten Zeiten.

Wenn ich eines Tages nicht mehr bin, wirst du hier der Eigentümer sein. So wie ich die Geschichte dir erzählt habe, wirst du sie ebenfalls weitergeben. Denn eines Tages wirst du heiraten und selbst Kinder haben.

Bring ihnen bei, dass die Liebe das größte Gut ist. Das Einzige, was es wert ist, darum zu kämpfen. Wenn du einen Menschen findest, der zu dir hält, dir vertraut und dich wiederliebt, dann bist du ein reicher Mann.

Ich habe mein Leben gelebt, und ich bereue nichts. Jetzt seid ihr dran, ihr Jungen. Meinen Segen habt ihr. Und dass ich ganz besonders dir wünsche, dass dein Leben von Glück gekrönt wird, das weißt du.«

Miguel stand auf und trat neben Nicolau. Mit zittrigen Fingern griff er nach seinem Kopf, zog ihn näher zu sich heran und drückte die Lippen auf Nicolaus Stirn. Dann ging er ins Haus zurück.

***

»Auf keinen Fall möchte ich, dass du herkommst«, Aminas Stimme klang beinahe schrill. »Ich bin alt genug, um selbst zu entscheiden. Diese Sache werde ich durchziehen, weil es für mich und meinen Beruf wichtig ist. Und weder du noch Alain werden mich davon abhalten.«

Mit gesenktem Kopf lehnte sie an dem kleinen Tisch in ihrem Zimmer und hörte zu, wie ihre Mutter weiter auf sie einsprach.

»Ich weiß überhaupt nicht, wie ihr beide auf die Idee kommt, dass ich mich einer Gefahr aussetze. Ich bin doch nicht allein, sondern lebe in einer WG, hier gibt es Menschen, die mir weiterhelfen, wenn es sein muss. Und ich habe einen Job. Gehe jeden Tag zur Arbeit, so wie Millionen anderer Menschen auch.

Außerdem wissen wir, weshalb ich alles mache und dass es in nicht einmal drei Wochen bereits wieder vorbei ist. Anschließend kehre ich nach München zurück und kann sogar nach L.A. fliegen und Alain besuchen, wenn er es dann immer noch will.«

Wieder lauschte sie, fuhr sich mehrmals über die Stirn, als wolle sie die Gedanken dahinter in eine Ordnung bringen.

»Natürlich kann ich nicht während der Arbeit telefonieren!«, rief sie dann. »Mama. Ich stehe in einem Museum und bewache Bilder. Dabei darf ich doch keine Privatgespräche führen.«

Amina begann in dem schmalen Raum auf- und ab zu laufen, auch wenn es nur einige wenige Schritte waren, ehe sie wieder umkehren musste.

»Ich kann nirgends hinausgehen, wenn du anrufst. Ich bin dort im Dienst. Außerdem habe ich das Handy nicht bei mir. Es ist in der Garderobe, in meiner Tasche, in meinem Spind.«

Nach einer längeren Weile schüttelte sie ratlos den Kopf. »Es tut mir leid, aber ich habe eine halbe Stunde Mittagspause, da ist es unmöglich, dich zurückzurufen. Wenn du es genau wissen willst, reicht die Zeit gerade mal, um kurz auszuruhen und auf die Toilette zu gehen. Und es ist sinnlos, wenn du dich weiter darüber aufregst.«

Erschöpft setzte sich Amina auf ihr Bett.

Wieso nur wollte sie niemand verstehen?

Schon am Morgen hatte sie eine ähnliche Auseinandersetzung mit Alain geführt. Jetzt mischte sich auch noch ihre Mutter ein.

Als gleich darauf das Handy wieder klingelte, hätte sie es am liebsten ignoriert, doch dann blickte sie auf das Display und sprang auf.

»Daddy«, rief sie voller Freude, »ich habe schon so sehr auf deinen Anruf gewartet …«

***

»Weißt du, dass Amina heute Geburtstag hat?«, fragte Miguel, als Nicolau am Abend heimkam.

Nicolau steckte die Hände in die Hosentaschen und biss die Zähne zusammen. Wie hätte er diesen Tag jemals vergessen können? Die ganze Zeit schon dachte er an nichts anderes.

»Hast du ihr gratuliert?«, fragte Miguel.

Nicolau schüttelte den Kopf und griff nach der Brotdose.

»Hast du schon etwas gegessen?«, fragte er.

»Du kannst mir ein Brot mit *Sobrassada* machen«, antwortete Miguel. »Gehst du nicht aus, heute?«

»Nein. Wieso fragst du?«

»Ich dachte, du triffst dich vielleicht mit Núria«, sagte Miguel und beobachtete Nicolau, der damit beschäftigt war, dicke Stücke der roten Wurstmasse auf die Brote zu streichen.

»Möchtest du Marmelade?«, fragte er.

»Nur, wenn die Wurst gebraten ist. Kalt ist sie ohne Marmelade besser.«

Miguel ging Nicolau nach, der die Teller nach draußen zum Tisch trug. Noch während er in die Küche zurückkehrte, um ihnen ein Glas Wein zu holen, setzte sich Miguel in seinen Lieblingsstuhl.

»Wie ist sie, gefällt sie dir?«, fragte Miguel dann.

»Wer?«

»Núria. Antònia ist begeistert von ihr. Sie sagt, dass Núria sehr hübsch ist.«

Nicolau lächelte nur wenig. »Und da habt ihr beiden gleich beschlossen, dass ich Núria heiraten soll.«

Miguels Augen huschten hin und her, blieben an Nicolaus Gesicht hängen.

»Und?«, fragte er, während er den Kopf schräg hielt, »wirst du?«

Nicolau streckte die Beine aus. Sah in die Ferne, dorthin, wo das Meer zu sehen war und sich sein Blau mit dem des Himmels berührte.

Es dämmerte. Nicht mehr lange, und die ersten Sterne wären zu sehen.

Die Luft war mild, roch nach Kräutern und nach den Blumen, die Antònia inzwischen längs der Terrassenabgrenzungen aufgestellt hatte – rote und weiße, und auch gelbe. Nicolau fand sie schön, wie sie so dastanden in ihren Tontöpfen und leuchtende Inseln inmitten der erdfarbenen Fliesen bildeten.

Immer schon hatte er Blumen gemocht. Er erinnerte sich daran, wie gerne Amina stets in die Gärtnerei gefahren war. Jedes Mal musste er dort anhalten, wenn sie in der Nähe waren, nie war sie ohne eine neue Pflanze herausgekommen.

»Núria ist ein sehr nettes Mädchen«, sagte Nicolau langsam. »Sie ist sehr hübsch.«

»Heißt das, du wirst sie jetzt öfters treffen?«

»Antònia hat sie für nächsten Sonntag zum Mittagessen eingeladen. Ich denke, sie wird dir gefallen«, antwortete Nicolau.

»Was hast du vor mit ihr?«, beharrte Miguel.

Nicolau zögerte ein wenig. »So weit sind wir nicht. Aber es stimmt schon, dass ich mir überlege, ob sie die Richtige sein könnte.«

Miguel musterte ihn. Sprach einige Zeit nichts.

»Wenn du erst überlegen musst, dann ist sie es leider nicht«, sagte er dann ruhig.

»Gerade wir beide wissen doch, dass die großen Gefühle nicht immer ausreichen«, antwortete Nicolau, »du hast später mit Mari Carmen doch noch dein Glück gefunden. Auch wenn es erst Liebe auf den zweiten Blick war, habt ihr eine harmonische und gute Ehe geführt.«

»Das kannst du überhaupt nicht vergleichen. Zu keiner Zeit habe ich Mari Carmen dahingehend geprüft oder auch nur überlegt, ob sie eine geeignete Ehefrau abgeben könnte. Nachdenken kannst du, wenn du ein Pferd kaufen willst. Liebe oder nicht – ich gebe dir schon recht, dass es nicht immer nur die großen Gefühle sind, die letztendlich unser Glück begründen. Aber dieser feste Wunsch, mit einem bestimmten Menschen für immer zusammen sein zu wollen, der muss vorhanden sein.«

Nicolau sagte nichts. Betrachtete weiter die Landschaft und schwieg.

»Wir müssen ihr gratulieren«, ergriff Miguel nach einiger Zeit wieder das Wort.

Nicolau hob den Kopf. Obwohl er die Antwort genau wusste, fragte er dennoch: »Wem?«

»Amina. Sie hat niemals meinen Geburtstag vergessen. Ich möchte ihr alles Gute wünschen.«

»Ich habe keine Nummer«, Nicolau sah Miguel nicht an. Spürte, wie sich seine Ohren verfärbten, genau wie früher, wenn er als Kind gelogen hatte.

Miguel schob wortlos den Stuhl zurück und griff nach dem Stock.

Als er zurückkam, hielt er einen Zettel in der Hand.

»Hier habe ich ihre Nummer notiert. Vielleicht sollten wir nicht telefonieren, wer weiß, wo sie sich aufhält und wie spät es dort ist. Besser, du schickst ihr eine Nachricht über dein Handy. Schreib, dass wir an sie denken und ihr alles Gute wünschen.«

Nicolau wölbte die Lippen, biss darauf und rührte sich nicht.

»Jetzt mach schon«, drängte Miguel, worauf Nicolau wortlos sein Telefon aus der Tasche zog.

***

War sie am Morgen noch ein wenig überrascht gewesen, als ihr der Oberaufseher zum Geburtstag gratuliert hatte, so war sie mittags fast schon zu Tränen gerührt.

Alle hatten es gewusst – als hätten sie einen Großteil ihres Lebens miteinander verbracht, war es diesen ihr bisher völlig fremden Menschen wichtig gewesen, an ihren Geburtstag zu denken.

Ganz offensichtlich hatte der Oberaufseher dafür gesorgt, dass es die Runde machte.

Einige hatte ihr sogar eine Kleinigkeit mitgebracht: eine Tafel Schokolade, ein Billet, ja sogar einen Schlüsselanhänger mit einem kleinen Herzen dran.

Überrascht stellte sie fest, wie sehr sie sich darüber freute.

Der Tag verging plötzlich viel schneller als sonst, und sie ertappte sich dabei, dass sie den Museumsbesuchern strahlend zunickte, während sie an ihr vorbeikamen.

Sie würde morgen Kuchen mitbringen, für alle, wie ihr Lin-Chin geraten hatte.

Als sie sich dann auf den Heimweg machte, den sie wie immer zu Fuß zurücklegte, war sie bester Laune.

»Mal sehen, wer von meinen Mitbewohnern zu Hause ist, vielleicht kann ich sie auf etwas einladen«, dachte sie und ging beschwingt weiter, als das Handy eine SMS meldete.

»Komm in die ›Brücke‹, ehe du nach Hause gehst. Muss dich sprechen, es ist was los. Flo«, entzifferte sie.

Ihre gute Laune war schlagartig vorbei.

Was war passiert? Sie beschleunigte ihren Schritt, atmete kurz durch, bevor sie die Tür des Lokals öffnete, das sich bei ihnen um die Ecke befand.

Nicht nur Flo war da, auch Colin und Melitta saßen an dem runden Tisch in der Nische, gleich neben dem großen Fenster. Zögernd ging Amina auf sie zu.

Flo bemerkte sie als Erster und sprang auf. »Happy Birthday«, rief er. »Alles Gute zu deinem Geburtstag.« Er umarmte sie herzlich, ebenso wie die beiden anderen.

Plötzlich war da auch ein Luftballon mit einer Geburtstagstorte drauf.

Kaum, dass sie wieder saßen, brachte die Kellnerin eine Runde Sekt.

»Das geht auf Flo«, erklärte sie. »Und auch von mir alles Gute zu deinem Geburtstag.«

Der Luftballon wurde an einem der Stühle befestigt und schwebte weithin sichtbar über dem Tisch. Doch alle drei weigerten sich, von ihr zum Essen eingeladen zu werden.

»Das zahlt sich jeder selbst«, beendete Flo die Diskussion. »Wenn du möchtest, kannst du uns was zu trinken spendieren. Ist aber nicht wirklich nötig, wir wissen, dass du noch keinen Lohn bekommen hast.«

Amina saß in dem lauten Lokal und hatte sich schon lange nicht so wohl gefühlt.

Melissa entpuppte sich als die reinste Stimmungskanone, ein Scherz jagte den anderen.

Als Amina irgendwann später von den Waschräumen zurückkam, hielt Flo ihr Handy hoch. »Du hast eine SMS bekommen«, rief er ihr entgegen.

Überrascht nahm sie ihm das Handy aus der Hand.

»*Miguel te desea un feliz cumple, io tambien, Molts d'Anys, Nico.* Miguel wünscht dir alles Liebe zum Geburtstag, ich auch.

Alles Gute, Nico«, entzifferte sie und spürte, wie sich eine Hitzewelle in ihrem Körper ausbreitete, bis in ihre Wangen stieg.

Flo warf ihr einen Blick zu. »Von deinem Freund?«, fragte er.

Amina schüttelte den Kopf. »Der hat mich schon ganz zeitig am Morgen angerufen. Das hier ist mein Lieblingsfreund aus Mallorca. Er ist fünfundneunzig und war so etwas wie mein Ersatzgroßvater. Mit seinem Großneffen bin ich sozusagen aufgewachsen. Ich meine … wir haben die Sommer dort verbracht, bei Freunden«, verbesserte sie sich. Immer noch fühlten sich ihre Wangen heiß an. »Nico heißt er«, sagte sie dann noch.

Der Abend dauerte endlos.

»Schluss für heute, im Gegensatz zu uns muss Amina morgen früh aus den Federn«, sagte Flo irgendwann. Erst da gingen sie heim.

Beinahe schon im Einschlafen dachte Amina, dass sie schon lange keinen so schönen Geburtstag gehabt hatte. Schnell schlüpfte sie nochmals aus dem Bett, griff nach ihrem Handy und schrieb: »*Gracias, mil besos y un fuerte abrazo* – tausend Küsse, ich umarme euch«, ohne noch weiter zu überlegen, drückte sie die Sendetaste und war eingeschlafen, kaum dass sie wieder im Bett lag.

Kapitel 15

»Ich möchte noch mit dir zusammen nach *Sa Canova* fahren«, sagte Miguel im Anschluss an das Sonntagsessen im Haus von Nicolaus Eltern.

»Wenn du willst, gerne«, antwortete Nicolau und ignorierte Núrias sichtlich enttäuschten Blick.

»Es ist ein so schöner Tag. In meinem Alter weiß man nie, wie viele man davon noch hat.«

»Das weiß keiner von uns«, wies ihn Antònia lachend zurecht, und er brummte etwas vor sich hin, das wie »aber bei mir wird es enger«, klang. Dennoch sah er vergnügt drein, als er sich neben Núria in den Wagen setzte.

Wie immer war das Essen bei Antònia vorzüglich gewesen.

Zu Beginn gab es einige Tapas – *Acelgas, Albóndigas, Setas* –, Kügelchen aus wildem Mangold, Fleischbällchen, Pilze und natürlich die mit *Sobrassada* bestrichenen Kekse, die Miguel fast allein verspeiste, denn Antònia drehte den Teller ständig so, dass sie in seiner Griffweite standen.

Danach gab es Lammbraten mit goldgelb frittierten Frühlingskartoffeln.

Natürlich war auch Nicolaus Schwester Rosa mit ihrer Familie anwesend. Ein wenig erstaunt musterten María und Tomeu die ihnen fremde Núria.

»Wieso isst du heute bei uns?«, fragte María prompt. »Bist du Nicolaus Freundin?«

Núria wurde rot, suchte nach einer Erklärung und sah dankbar zu Rosa, die die Situation rettete. »Wir sind alle mit Núria befreundet«, erklärte sie.

Danach redeten alle durcheinander, lobten das Essen, lachten, erzählten – wie sie es eben immer taten, wenn sie zusammenkamen.

Nur Nicolau sprach wenig, stocherte auf seinem Teller herum, sodass es Antònia schließlich auffiel. »Was ist mit dir? Bist du krank? Lammbraten ist doch dein Lieblingsessen.«

Schnell beeilte er sich etwas zu sagen, ließ sich sogar noch ein weiteres Bratenstück geben, das er nur mit Mühe aufessen konnte.

»*Mil besos* – tausend Küsse«, immer wieder musste er daran denken. Bestimmt hatte Amina es nicht wörtlich gemeint. Und wenn, waren die Küsse wohl für Miguel bestimmt.

Dennoch ging ihm die Nachricht nicht aus dem Kopf.

Aminas Antwort war um drei Uhr morgens eingetroffen, zu dieser Zeit war es in Los Angeles sechs Uhr abends. Also war sie jetzt vermutlich dort.

Schließlich drehte ihr Verlobter gerade einen Film in den Staaten, wie er aus der Zeitung wusste.

Danach hatte er im Internet gesucht, schalt sich immer wieder einen Idioten und versuchte nicht daran zu denken, wie sie mit diesem Mann zusammen war.

Damals, in jenem wunderschönen Jahr, noch vor dem Sommer, da war sie an ihrem Geburtstag eigens nach Mallorca gekommen, auf ein Wochenende – zu ihm.

Sie hatten ihn zusammen gefeiert, am Strand gegrillt, in einer einsamen Bucht. Er hatte sie geküsst und im Arm gehalten. Seither wusste er, dass er sie liebte.

»Das Salz, Nicolau!«, die Stimme seiner Mutter riss ihn aus dem Grübeln. »Núria hätte gerne das Salz. Bist du sicher, dass du nicht krank wirst? Du siehst blass aus.«

Núria legte ihm zärtlich die Hand auf die Stirn. »Fieber hat er nicht«, sagte sie und lächelte ihm zu.

Nicolau zwang sich, ebenfalls zu lächeln.

Endlos kam ihm diesmal das Mittagessen vor. Alle schienen besonders langsam zu essen. Die Stunden vergingen kaum.

»Sie ist wirklich sehr hübsch«, stellte Miguel später fest.

Die Frauen besorgten den Abwasch. Man konnte sie in der Küche lachen hören.

Im *Patio* spielten die Kinder, jagten einem Ball nach oder beschäftigten sich mit den beiden Katzen, die faul in der warmen Sonne lagen.

Nicolau war mit den beiden Männern allein in dem großen Wohnraum.

Toni, sein Vater, holte eine Glasflasche mit grüner Flüssigkeit aus dem Schrank und schenkte ihnen selbst gemachten *Hierbas* in die winzigen Schnapsgläser ein. *»Salut«*, sagte er.

»Salut, amor y dinero«, antwortete Miguel.

»Ein sehr nettes Mädchen, diese Núria, du hast Glück«, stellte Toni dann fest und blickte sinnend auf sein halbleeres Glas. »Und? Diesmal endlich ernst, mein Sohn?«, fragte er dann.

Nicolau schüttelte abwehrend den Kopf.

»Wir haben noch jede Menge Zeit. Sie ist schrecklich jung. Kaum älter als zwanzig«, wich er aus.

Sein Vater lachte. »Dass ausgerechnet du so ein Zauderer bist, hätte ich nicht gedacht. Von mir hast du das nicht. Worauf wartest du eigentlich? Etwas Besseres kommt wohl nicht. Sie ist jung, schön und lieb. Was willst du also mehr?«

»Den Mondstaub«, dachte Nicolau plötzlich und kniff unwillig die Augen zusammen. Als er den Kopf hob, bemerkte er Miguels durchdringenden Blick.

»Hast du schon den Mondstaub gesehen?«, fragte der alte Mann, ohne ihn aus den Augen zu lassen.

»Was für einen Staub?«, meldete sich Toni. »Wovon redet ihr?«

»Nicht so wichtig, Nicolau weiß schon, was ich meine«, antwortete Miguel, ehe er das Thema wechselte und Toni in ein Gespräch über Schafzucht verwickelte.

Am frühen Abend brachen sie auf. Nicolau brachte zuerst Núria nach Hause, übersah die stumme Frage in ihren Augen und verabschiedete sich mit einem Kuss auf die Wange.

Kurze Zeit später arbeiteten sich die Räder des Geländewagens über die holprige Straße den Berg hinauf in Richtung *Sa Canova*.

Miguel stieg als Erster aus, ging einige Schritte auf das Haus zu, blieb davor stehen.

Den Fenstern fehlte das Glas, auch die Rahmen waren zerborsten. Wie finstere Höhlen wirkten jetzt die Öffnungen.

Das Dach der Scheune war inzwischen vollständig eingebrochen, dort, wo die morschen Balken noch hängengeblieben waren, wucherte ein Baum, dessen Äste frische grüne Blätter zierten.

Der gemauerte Torbogen, an dem noch Reste des früheren Portals zu erkennen waren, wurde von Schlingpflanzen überwuchert, und der breiten Treppe vor dem Eingang fehlten die Stufen.

Lange stand Miguel da und betrachtete das Gebäude.

Dann seufzte er.

»Da oben. Das dritte Fenster von rechts im zweiten Stock. Das war ihr Zimmer. Dort haben Catalina und ihre Schwester geschlafen.«

Nicolau starrte auf die Fassade, sah den bröckelnden Putz, die zahlreichen Verzierungen auf dem Giebel, von denen die meisten herabgefallen waren.

»Hier wäre wohl für einige Familien Platz«, sagte Miguel nach einer Weile. »Wer weiß, vielleicht richtest du es irgendwann einmal wieder her?«

Nicolau sah ihn an. »Bestimmt nicht. Das Haus ist viel zu groß. Und außerdem ist es baufällig.«

»Man müsste zunächst die Substanz richten, die Dächer. Es ist sicherlich eine Herausforderung. Aber wenn du eines Tages genügend Kinder hast …«, er lächelte. Nicolau ging bereitwillig darauf ein.

»Für dieses Gemäuer brauchst du mindestens fünf Stück«, sagte er nur scheinbar ernst.

»Und? Hast du ein Problem damit?« Jetzt war es sichtbar, dass Miguel sich amüsierte. »Du könntest es aufteilen, in einzelne Wohntrakte. Und sie würden alle genügend Platz hier finden. Selbst wenn sie nochmals so viele Enkelkinder hätten.«

Nicolau lachte. »In den Kasten geht ein normales Haus zehnmal hinein«, stellte er fest.

»Zwanzigmal«, pflichtete Miguel ihm bei und fuhr fort, das verfallene, aber immer noch imposante Anwesen zu betrachten.

Plötzlich drehte er sich um, und sein Gesicht war mit einem Mal ernst. »Komm, ich will den Talaiot sehen«, sagte er, packte den Stock fester und griff nach Nicolaus Arm.

***

Was für eine Stadt, dachte Amina einmal mehr, während sie gemütlich an den großen Gebäuden der Wiener Innenstadt vorbeiging.

Palais Liechtenstein, las sie, Palais Batthyány, Dietrichstein, Starhemberg … Offensichtlich dienten diese Stadtpaläste heute alle als Museen oder als Regierungsgebäude.

Sie blieb immer wieder stehen und sah zu den erleuchteten Fenstern hinauf. Prächtige Lüster hingen dort, die verzierten

Wandtäfelungen und Gemälde erinnerten an vergangene Zeiten.

Vierzehn Tage lebte sie bereits in Wien. Und die Zeit war ihr wie im Flug vergangen.

Heute machte sie zum ersten Mal einen ausgedehnten Spaziergang. Den Reiseführer griffbereit, besichtigte sie endlich ein wenig die Stadt.

Dabei konnte sie von der Wohnung aus problemlos zu Fuß herlaufen, so nah am Zentrum lag sie.

Doch in den letzten Tagen war Amina mit ganz anderen Dingen beschäftigt gewesen.

Nur mit Mühe hatte sie schließlich ihre erste Arbeitswoche im wahrsten Sinn des Wortes durchgestanden.

Sogar sonntags musste sie arbeiten, nur die Dienstage, an denen das Museum stets geschlossen war, hatte sie frei.

Doch da war sie lieber zu Hause geblieben, statt einen Besichtigungsrundgang zu machen, hatte den ganzen Tag über an ihrer Reportage geschrieben und erst damit aufgehört, als Flo sie abends zu einem kleinen Plausch in der Küche überredet hatte, der ihnen beiden fast schon zur Gewohnheit geworden war.

Der ruhige Flo, der so gut zuhören konnte, durch zarte Einwände das Gespräch in die eine oder andere Richtung lenkte, tat ihr mehr als gut.

Auch ihre Story, die Schritt für Schritt immer mehr Form annahm, wurde großartig – wie sie nicht ohne Stolz feststellte.

Nach ihrer ersten Wiener Woche hatte sie tatsächlich in der Redaktion angerufen und nach Erstattung ihrer Spesen gefragt.

Das einigermaßen verwunderte »Wie kommst du darauf, das ist nicht drin« von Paul schüchterte sie nicht ein.

Hartnäckig beharrte sie auf ihrem Recht. Sie argumentierte geschickt, ließ nicht locker und konnte schließlich doch einiges aus ihm herausholen.

»Eine Menge Geld«, dachte sie, immer noch verwundert über ihr neues Durchsetzungsvermögen. Der Betrag war schließlich mehr als ihre halbe Miete.

Außerdem hatte sie es sich angewöhnt, über alle Ausgaben genauestens Buch zu führen und auch sämtliche zu erwartenden Einnahmen zu vermerken. Als sich herausstellte, dass Letztere die Ausgaben deutlich überstiegen, fühlte sie eine bisher nicht gekannte Befriedigung.

Außerdem hatte sie sich vor drei Tagen privat mit ihrer Kollegin Helga getroffen.

Amina konnte nicht anders, als die Frau, die nur ein Jahr älter war als sie selbst, zu bewundern. Sie war so jung und hatte kaum Perspektiven, ihrem Leben noch eine Wendung zu geben. Zumindest jetzt nicht, wo sie sich allein um ihre fünfjährige Tochter kümmern musste und obendrein von ihrem Mann nichts zu erwarten hatte.

Nicht einen Cent zahlte er für das gemeinsame Kind, das er ebenso gewollte hatte. Damals, als er noch vorgab, Helga zu lieben.

Seine Liebe war vorbei, das Kind ein lästiges Übel und die Frau selbst nur noch ein Feindbild.

Dennoch war Helga nie schlecht gelaunt, kam voller Optimismus zur Arbeit und versuchte, in der noch so unbedeutendsten Kleinigkeit etwas Positives zu entdecken.

Amina hatte sie spontan nach der Arbeit begleitet, war mit ihr gemeinsam nach Hause gefahren.

Miteinander holten sie dann die kleine Lena von der Tagesmutter ab, und Amina bestand darauf, die beiden in die nahegelegene Pizzeria einzuladen.

Helgas anschließenden Dank hatte sie mit schlechtem Gewissen über sich ergehen lassen und es sich nicht nehmen lassen, Lena noch ein Eis zu bestellen – entgegen Helgas Protest, bei dem die Kleine sofort den Kopf gesenkt und geschwiegen hatte.

Es war Amina nicht leichtgefallen, sich beim Anblick von Lenas strahlenden Augen zurückzuhalten, die dreinsah, als wäre ihr das Christkind erschienen. Fast andächtig schob sie den Löffel in den Mund, probierte ein wenig Sahne und knabberte an der Waffel, als wäre ein Eisbecher die größte aller Köstlichkeiten.

»Du hast Lena eine so große Freude gemacht«, sagte Helga am nächsten Morgen, während sie ihr eine Packung »merci« aufdrängte. »Ich kann ihr im Moment so etwas nicht bieten. Dennoch habe ich ein schlechtes Gewissen. Du hast es ja auch nicht gerade leicht.«

Beinahe hätte Amina ihr die Wahrheit gestanden, musste sich mit aller Macht zurückhalten, um ihre Rolle weiterzuspielen.

In dieser Nacht schrieb sie stundenlang. Fiel erst nach Mitternacht erschöpft ins Bett und bezahlte dafür am nächsten Tag mit bleierner Müdigkeit und Kopfschmerzen.

Aber sie bereute es nicht.

Ihre Geschichte würde richtig gut werden, das merkte sie jeden Tag stärker.

Sie schlenderte jetzt weiter durch die engen Gassen mit dem Kopfsteinpflaster, blieb vor so mancher Auslagenscheibe stehen und besah sich interessiert die angebotenen Waren. Dann bemerkte sie das Gebäude mit den dunkelroten Fahnen, das ein wenig an florentinische Renaissancehäuser erinnerte. »Palais Ferstel« stand dort in goldener Schrift.

Sie ging darauf zu und betrat die Einkaufspassage im Erdgeschoss. Edle Geschäfte boten die unterschiedlichsten Luxuswaren an – von Kleidung über Antiquitäten bis hin zu einer Vielzahl kulinarischer Köstlichkeiten, die man auch gleich vor Ort verkosten konnte.

Blütenweiß gedeckt luden die kleinen Tische zum Verweilen ein, Werbetexte lockten mit Dingen wie Gänseleberparfait oder Trüffelpralinen.

Doch Amina fühlte kein Verlangen, etwas zu kaufen.

Keiner ihrer Kollegen hätte hier seine Einkäufe tätigen können, stellte sie mit einem Blick auf die Preise fest.

Dennoch gefiel ihr die Atmosphäre, und sie genoss den Anblick der Geschäfte, denen das prächtige Gemäuer einen perfekten Rahmen bot.

In einem der Innenhöfe drängten sich Touristen um einen imposanten Brunnen, machten Fotos oder hörten der Harfenspielerin zu, deren filigrane Töne in der ausgezeichneten Akustik wunderbar zur Geltung kamen.

Amina lehnte sich an eine der Säulen, blätterte in ihrem Reiseführer und beschloss, in Richtung des Stephansdoms weiterzugehen.

Durch enge Gassen gelangte sie zu einem breiten Boulevard. Beinahe alles hier schien Fußgängerzone zu sein.

Massen von Menschen schoben sich an ihr vorbei, drängten, wie eine Herde von Schafen, hinter den zahllosen Fremdenführern her, die, Rattenfängern nicht unähnlich, wahre Menschentrauben um sich versammelten und ihre Schar schnellstmöglich von einer Sehenswürdigkeit zur nächsten brachten – immer nur kurz pausierend, um die besten Fotomotive anzubieten –, wovon ihre Schäfchen auch ausgiebigst Gebrauch machten, ohne sich vorher auch nur die Mühe zu machen, erst einmal die Motive in Ruhe zu betrachten, geschweige denn, sie auf sich einwirken zu lassen.

Amina ging langsam. Beobachtete das Treiben ebenso, wie sie versuchte, die Stadt und ihre Eindrücke in sich aufzunehmen, und stellte überrascht fest, dass sie genau vor dem Dom stand.

Für das Wahrzeichen der Stadt hätte sie sich einen größeren Platz vorgestellt. Oder zumindest irgendeine Form von imposanter Umgebung.

Doch der Stephansdom stand ganz plötzlich da. Schien aus dem Meer der Häuser herauszuwachsen, überragte sie gewaltig an Höhe. Majestätisch und freundlich zugleich, erhaben und doch auch ein wenig gemütlich.

»Er passt irgendwie zu dieser Stadt«, dachte Amina, während sie ihn umrundete und anschließend durch das riesige Portal eintrat.

Trotz des Touristenstroms herrschte im Inneren eine besinnliche Ruhe. Ins Gebet versunken saßen die Menschen in den Kirchenbänken.

Amina beobachtete verstohlen ein altes Paar, das Hand in Hand beieinandersaß. Jeder der beiden schien seinen eigenen Gedanken nachzuhängen, dennoch wirkten sie unzertrennlich in ihrer Einheit.

Auf langen Eisentischen brannten Hunderte von Kerzen, flackerten beruhigend und verströmten einen Geruch von Wachs und Feuer. Die unzähligen Flammen wärmten schon allein durch ihren Anblick, und ihr Licht spiegelte sich in dem blank polierten Holz der Bänke.

Amina wusste nicht genau warum, aber sie trat näher, kaufte eines dieser Lichter und stellte es zwischen den anderen auf.

»Ich möchte eine glückliche Ehe führen«, dachte sie plötzlich. »Nach unendlich vielen gemeinsamen Jahren will ich mit meinem Mann auf einer solchen Kirchenbank sitzen, genau so wie die beiden dort drüben. Ich will Kinder haben, denen wir gute Eltern sind – um die wir uns kümmern, sie beschützen und sie zusammen aufziehen.

Wir werden für sie sorgen, solange sie uns brauchen, und für sie da sein. So wie auch wir beide immer füreinander da sein werden.«

Amina griff haltsuchend nach den Stützen einer Bank und setzte sich.

Sie spürte ein leises Schwindelgefühl und merkte, wie ihr Herz plötzlich im Hals klopfte. »Heirate nur einen Mann, mit dem du alles teilen kannst«, fast glaubte sie ihren Vater sprechen zu hören, so deutlich erinnerte sie sich an seine Worte.

»Ja«, dachte sie. »Er hat einen solchen Menschen gefunden. Und auch ich will einen Partner, den ich über alles lieben kann, und der mich mehr liebt als alles andere auf der Welt.«

Irgendwann wurde ihr kühl. Sie stand auf und ging hinaus. Warmes Sonnenlicht empfing sie vor dem Dom, Stimmengewirr, Gelächter und Musikfetzen drangen an ihr Ohr.

Ihr Rücken schmerzte ein wenig, immer noch war da ein leiser Schwindel, und ihr Kopf schien wie mit Watte gefüllt.

Vermutlich hatte sie nur Hunger, dachte sie. Es war Zeit, eine Pause zu machen.

Außerdem wollte sie in einem der typischen Wiener Kaffeehäuser einkehren. Doch welches? Wohin gingen hier die Einheimischen?

Als sie den Polizeibeamten bemerkte, ging sie ohne zu zögern auf ihn zu.

»Was wollen's denn haben?«, fragte er in dem etwas gedehnten Deutsch, das sie inzwischen schon so gewöhnt war, »mehr modern oder plüschig?«

Amina entschied sich für »plüschig« und betrat kurz darauf das Lokal, das er ihr empfohlen hatte.

Sie stellte fest, dass »plüschig« den Charakter bestens traf.

Weich gepolsterte Bänke standen in den Nischen vor den Fenstern, waren mit rotem Samt bezogen. Grauer Marmor verlieh den runden Tischen mit ihren schwarzen Eisenfüßen etwas zeitlos Gediegenes. Schwere Damastvorhänge säumten die Fenster, ohne den Blick auf die reizvolle Gasse zu behindern.

Die Kellner trugen schwarze Hosen und Sakkos mit seidig glänzenden Jackettaufschlägen. Die Hemden waren blütenweiß. Zwei von ihnen schienen so etwas wie einen Frack zu tragen. »Wie Pinguine«, dachte Amina und hätte beinahe gekichert.

»Herr Ober, zahlen«, rief der Mann am Nebentisch.

»Geh'n S', Herr Franz, bringen S' mir noch a Glaserl Wasser«, meldete sich ein zweiter.

Amina überlegte kurz, ob es wohl auch einen »Unter« gab, und wie man den ansprach, als einer der Befrackten schon an ihren Tisch kam.

»Grüß Gott, die Dame, einen schönen Nachmittag. Was darf's denn sein, bitte schön?«

»Einen Kaffee mit Milch. Und haben Sie auch ein Stück Kuchen?«, fragte Amina und merkte, dass er lächelte.

Wie ein Zauberer das Kaninchen, zog er hinter seinem Rücken eine Karte hervor, die er geöffnet vor sie auf den Tisch legte.

»Schale Gold, kleiner, großer Brauner, Wiener Melange, Verlängerter, Franziskaner, Cappuccino, Einspänner, Cafelatte, Häferlkaffee, worauf hätten Gnädigste denn Lust?«

Sie konnte ihn nur ratlos ansehen.

Nach einem abschätzenden Blick empfahl er ihr einen Franziskaner, und Amina nickte dankbar.

Ihren Wunsch nach einem Wasser ohne Kohlensäure quittierte er nur mit einem ernsten Nicken. »Einmal Leitung groß«, stellte er fest, und Amina überlegte, ob es sich dabei wohl um eine Mineralwassermarke handelte.

Danach schickte er sie mit einer ausholenden Handbewegung zur Kuchentheke, ehe er mit einem »kommt sofort, die Dame, bitte sehr« entschwand.

Der Franziskaner entpuppte sich als aromatischer Kaffee mit Milch und einer überdimensionierten Sahnehaube, der Millirahmstrudel, den sie bestellt hatte, war noch warm und wurde zusammen mit einer kleinen Kanne voll dottergelber Vanillesauce serviert.

Sie merkte, wie sie sich entspannte. Saß an ihrem Fensterplatz, verzehrte die »Mehlspeise« bis zum letzten Krümelchen und sah zu, wie draußen die Stadt gewissermaßen an ihr vorbeizog.

Handwerker waren ebenso darunter wie eilige Herren, die nur auf ihr gerade geführtes Telefonat konzentriert waren, oder elegante Damen auf hohen Stöckelschuhen, die winzige Hündchen – welche geradewegs vom Stylisten zu kommen schienen – hinter sich herzogen.

Wie würde wohl einmal ihre eigene Ehe aussehen, überlegte sie. Und wie nur sollte sie Alain vermitteln, was genau sie sich vorstellte, wenn sie es selbst nicht einmal artikulieren konnte?

Inzwischen rief er sie schon zu den unterschiedlichsten Tageszeiten an. Auch in kurzen Drehpausen dachte er offenbar an sie. Bemühte sich, auf ihren Tagesplan Rücksicht zu nehmen, um sie weder morgens noch spät in der Nacht zu stören.

Immer öfters sprach er davon, wie sehr sie ihm fehlte.

Wenn sie in Wien fertig war, würde sie zu ihm fliegen, nahm sie sich vor und versuchte, sich darauf zu konzentrieren. Merkwürdigerweise gelang es ihr nicht.

Es müsste ein wenig so sein wie jetzt mit Flo, schoss es ihr durch den Kopf.

Beinahe jeden Abend saßen sie in der heimeligen Küche zusammen, redeten, lachten, bekochten einander abwechselnd und wuschen dann immer gemeinsam ab.

Es war so gemütlich. So entspannend selbstverständlich. So vertraut.

Amina stützte das Kinn in die Handflächen und dachte weiter nach.

Natürlich wünschte sich Alain ebenfalls Kinder. Genau wie sie auch. Doch wo wollten sie ihren Wohnsitz schaffen? In München?

Kinder brauchten Beständigkeit, ein Heim, Eltern, die für sie Zeit hatten.

Wie sollte das mit Alains Beruf funktionieren?

Wollten sie ständig nur herumziehen? Von einem Kontinent zum anderen? Oder sollten sie lieber gleich nach L.A. ziehen? War das die Lösung?

Alles teilen hieß auch, alles gemeinsam entscheiden.

Außerdem wollte sie ihre berufliche Tätigkeit nie mehr ganz aufgeben, würde also auch in Zukunft eine Möglichkeit finden müssen, Storys zu schreiben – auch wenn sie damit zum Haushaltseinkommen ungleich weniger beitrug als Alain, so war es doch ihr Anteil. Es mussten ja nicht immer so aufwändige Recherchen sein wie gerade eben.

Würde Alain auch einmal zurückstecken, wenn es für sie wichtig war? Wäre er dazu bereit?

Amina unterdrückte ein Seufzen.

Sie würden darüber reden müssen. Es war Zeit, die Dinge zu klären, sagte sie sich und warf einen Blick auf die Uhr.

»Herr Ober, ich möchte zahlen, bitte«, rief sie mit möglichst fester Stimme.

Er nickte beflissen in ihre Richtung und kam mit der Rechnung.

Die kleine Verbeugung, als er das Trinkgeld vom Tisch in sein Portemonnaie gleiten ließ, und sein wie selbstverständlich klingendes »Küss die Hand, gnädige Frau, wünsche noch einen angenehmen Tag zu haben«, quittierte sie mit einem Lächeln.

***

Im Licht der untergehenden Sonne leuchteten die Steinquader des Talaiots goldfarben.

Nicolau stützte Miguel ein wenig, während sie über den unwegsamen Boden, der mit allerlei Gestrüpp bewachsen war, zu dem turmartigen Gebäude vordrangen.

Der viereckige Stein stand immer noch ein wenig abseits des Eingangs und schien darauf zu warten, dass sie sich setzten.

»Diesen riesigen Quader muss nachträglich jemand hergebracht haben«, sagte Nicolau, denn plötzlich hatte er das

Bedürfnis zu sprechen, »er sieht völlig anders aus als der Talaiot selbst.«

Nicolau fühlte sich irgendwie seltsam, schon die ganze Zeit über, genau genommen seit sie heute bei seinen Eltern gewesen waren.

Miguel sprach nichts. So saßen sie nebeneinander und blickten über das Land. Die meisten der Grundstücke, die man von hier oben aus sah, gehörten ihnen.

Hier sollte er einmal leben und weiter aufbauen. Oder zumindest dafür sorgen, dass die nächsten Generationen ebenfalls auf dem Land aufwachsen konnten.

Núria fiel ihm wieder ein, und Miguels Bemerkung am Nachmittag.

Er musste aufhören damit. *Mondstaub.* Was sollte das?

Er war ein Mann, kein Mädchen. Es wurde Zeit, in der Realität anzukommen.

Offensichtlich zog ihn immer noch diese Geschichte in ihren Bann, die Miguel ihm erzählt hatte. Sie schien ihn mehr beeindruckt zu haben, als er vor sich selbst zugeben wollte.

Immerhin war es irgendwie auch seine eigene Geschichte, die Geschichte seiner Familie. Seiner Urgroßeltern. Seiner Wurzeln.

Dennoch ließ ihn der Gedanke an Catalina nicht los. Dort hatte sie gelegen, in dem Unterholz. Nur mit Mühe konnte er den Blick von der Stelle wenden, warf Miguel einen heimlichen Blick zu, doch der sah weiter nur starr geradeaus, über die Ebene hinweg bis hin zum Meer, das wie stets in der Ferne glitzerte.

Klein wie Spielzeuge wirkten die großen Hotelbauten an der Küste. Alles war ruhig. Nur die Glocken der Schafe waren zu hören.

Es roch nach Erde, die noch feucht vom Regen der vergangenen Nacht war, nach Kräutern – Rosmarin und Thymian –

vermischt mit dem Duft der Nadelbäume, die den Hügel auf der Seite bewuchsen.

»Was ist damals passiert? Zwischen dir und Amina. Nach jenem Sommer?«, fragte Miguel plötzlich und sah weiterhin geradeaus.

»Wieso?«, war alles, was Nicolau hervorbrachte.

Miguel schwieg.

Nicolau musste sich räuspern, ehe er ein »Sie hat sich von mir getrennt« hervorbrachte.

»Woher weißt du das?«, fragte Miguel.

»Mein Gott. Ich weiß es eben«, Nicolau sprang auf. Lief einige Schritte, wobei er aufpassen musste, auf dem schmalen Vorsprung nicht zu stolpern.

Daher setzte er sich wieder. Sah kurz zu Miguel, der unbeweglich auf dem Stein saß und wartete.

»Sie hat plötzlich nicht mehr angerufen, nichts. Also habe ich geschrieben – meine Briefe sind zurückgekommen, irgendwann war dann ihre Mutter an Aminas Handy.«

Nicolau machte eine Pause, presste die Handflächen gegeneinander und schob sie zwischen seine Knie.

»Sie sagte, dass ihre Tochter mich bitte, sie nicht mehr anzurufen. Sie wolle mich nicht kränken, aber sie möchte nicht, dass ich mich weiterhin bei ihr melde.«

Wieder stand er auf, nur um sich gleich darauf abermals auf den Stein zurückzusetzen. Überdeutlich spürte er seinen Puls klopfen.

Sosehr er sich auch bemühte, er konnte nicht verhindern, dass sämtliche Erinnerungen wieder lebendig wurden. Dabei hatte er gehofft, sie längst überstanden zu haben.

»Sie selbst hat es dir niemals gesagt?«, bohrte Miguel weiter.

»Nein«, sagte Nicolau.

»Und du hast sie nicht gefragt? Nie? Auch später nicht?«

»Habe ich nicht.« Nicolaus Stimme klang schroff.

»Warum nicht?«, fragte Miguel weiter.

Nicolau wandte sich ihm zu, versuchte, Miguels Blick einzufangen, doch der starrte immer noch auf das Meer.

Er atmete tief durch. Fuhr sich mit der Hand ins Haar.

Dann zuckte er die Schultern. »Ich weiß nicht«, sagte er. »Vielleicht wollte ich es gar nicht hören. Außerdem – was hätte es gebracht? Amina ist drei Jahre lang nicht zurückgekommen. Drei endlos lange Jahre, in denen ich immer noch gehofft hatte, sie würde plötzlich vor mir stehen und es mir erklären. Immer wieder habe ich gedacht, es gäbe einen plausiblen Grund für ihr Verhalten. Als sie dann irgendwann wiederkam«, Nicolau stockte, als suche er tief im Gedächtnis nach der Erinnerung, »damals auf dem Fest bei uns im Dorf erschien, lachend vor mir stand, genau so, als wäre niemals etwas gewesen, da …«

»Da hast du eine andere gehabt und Amina längst vergessen«, vollendete Miguel beinahe rüde den Satz.

Nicolaus Kopf fuhr hoch. »Habe ich nicht! Wie kommst du darauf? Wer behauptet so etwas?«

»Amina«, antwortete Miguel.

Kapitel 16

Niedergeschlagen verließ Amina das Museum, hatte sich zur Fröhlichkeit zwingen müssen, während sie mit den Kollegen beisammen war. Die Stunden des Arbeitstages waren ihr noch endloser erschienen als sonst.

»Geht es dir nicht gut?«, hatte Helga mitfühlend gefragt, und Amina musste etwas von Kopfschmerzen erklären.

Jetzt schlug sie die ihrem Heimweg entgegengesetzte Richtung ein.

Ging ein Stück über die breite Geschäftsstraße mit den unzähligen Kaufhäusern, beachtete keine der Auslagen, die mit ihren Dekorationen die Aufmerksamkeit der Vorübergehenden zu erwecken versuchten, und bog in eine ruhige Straße ab.

»Warum?«, dachte sie, »Warum ausgerechnet jetzt?«

Den ganzen Tag über beschäftigte sie, was ihre Mutter ihr am Telefon eröffnet hatte.

Sie würde die Finca auf Mallorca verkaufen.

Niemand benötigte sie mehr.

Amina hatte keine Zeit übrig, und Isabel selbst schon lange kein Interesse mehr.

Natürlich hatte ihre Mutter recht. Es war unsinnig, den Besitz zu halten, die Kosten zu tragen und niemals hinzufliegen.

Dennoch zerriss es ihr das Herz. Sie merkte die Tränen, die ihr in die Augen drängten, und senkte den Kopf. Lief geradeaus durch die Gassen, hatte kaum eine Ahnung, wo sie sich befand.

Tausende Bilder huschten vorbei, wurden verdrängt und hielten sich hartnäckig fest.

Das Baumhaus. Miguel. Einsame Buchten. Sie selbst. Am Strand. Muschel suchend. Im Sommer.

Und Nico. Immer wieder Nico.

Sie würgte die Tränen hinunter, merkte, dass sie automatisch den Weg zurück zur Wohnung eingeschlagen hatte, und beschleunigte ihr Tempo, bis sie beinahe rannte.

Daheim angekommen, riss sie das Tor auf, nahm zwei Stufen auf einmal, schlüpfte in die Wohnung, lief durch den Flur und hastete an der Küche vorbei bis zu ihrem Zimmer.

Geflissentlich überhörte sie Flos Gruß, sah nicht mehr, dass er den Kopf aus der Küche herausstreckte und ihr erstaunt nachsah.

Sie schloss die Zimmertür hinter sich, warf sich aufs Bett und drückte ihr Gesicht ins Kissen.

***

Amina kam es vor, als wären Stunden vergangen, da spürte sie plötzlich eine Hand auf ihrem Rücken.

»Was ist los mit dir? Was ist passiert?«, fragte Flo.

Sie setzte sich auf, versuchte, sich die Haare aus dem Gesicht zu streichen, und merkte, dass er ihr ein Taschentuch gab.

Wieder liefen ihr Tränen über die Wangen, die sie nicht zurückhalten konnte.

Er blieb neben ihr sitzen, den Arm um ihre Schultern gelegt. So lange, bis sie ruhiger wurde.

»Du gehst jetzt ins Bad, und nachher kochst du uns einen Tee«, sagte er. »Ich mache einen Sprung in den Supermarkt und hole etwas fürs Nachtmahl. Dann reden wir. Einverstanden?«

Eine Antwort wartete er nicht ab, stand auf und zog sie vom Bett hoch, schob sie in Richtung der Badezimmertür, die er hinter ihr schloss.

Mit hängendem Kopf hockte sie später beim Tisch in der Küche. Biss winzige Stücke von dem Brot ab, das Flo ihr auf den Teller legte.

Er saß neben ihr.

»Das Haus soll verkauft werden«, stotterte sie nach einer Weile.

Flo runzelte die Stirn, schien nachzudenken.

»Auf Mallorca«, ergänzte sie.

»Du meinst das, in dem du aufgewachsen bist, mit diesem Nico.«

Sie hob den Kopf.

»Woher weißt du das?«

»Du hast es mir erzählt, an deinem Geburtstag, erinnerst du dich?«

Amina senkte den Kopf und blieb stumm.

»Jetzt komm schon, iss etwas«, er schob die Brote näher zu ihr.

»Ich war dort so glücklich«, flüsterte Amina und starrte auf den Teller.

»Erzähl mir. Wie ist es so auf Mallorca?«, fragte Flo. »Ich war noch nie dort. Aber es scheint ja nicht alles nur aus Bettenburgen zu bestehen.«

Amina schüttelte den Kopf. Wie automatisch griff sie nach einem der Brote und fing an zu essen.

»Es ist wunderschön, wenn du ein wenig die Touristenzentren meidest. Aber auch die sind außerhalb der Hochsaison ganz anders, als du glaubst.

Die Landschaft ist einfach unbeschreiblich schön. Und dann erst diese Menschen. Ich habe dort Freunde gefunden.«

Sie lehnte sich ein wenig zurück, fixierte irgendeinen Punkt an der Wand, ehe sie weitersprach. »Ich war sechs, als ich das erste Mal dort war. Nico ist drei Jahre älter als ich. Wir waren Spielkameraden. Von Jahr zu Jahr habe ich mich mehr auf ihn gefreut.

Ich bin ein Einzelkind, meine Eltern haben sich scheiden lassen, da war ich noch klein. Nicht, dass ich keinen guten Kontakt zu ihnen hätte – mein Vater hat wirklich alles für mich getan, aber irgendwie waren wir keine richtige Familie mehr. Mutter hat später wieder geheiratet, inzwischen bereits zum vierten Mal.

Es hat mir an nichts gefehlt … und trotzdem …«

»Trotzdem warst du einsam«, ergänzte Flo und reichte ihr ein weiteres Brot, das sie mechanisch in die Hand nahm.

»Miguel – das ist …«

»Nicos Großonkel«, ergänzte Flo, »und dein Großvaterersatz.«

»Das hast du dir alles gemerkt?« Amina sah ihn überrascht an.

»Natürlich. Ich mag dich doch«, sagte er ruhig. »Wie ist er eigentlich so?«

»Sehr nett. Man merkt ihm das Alter überhaupt nicht an. Ich kann ihm stundenlang zuhören. Er hat so vieles zu erzählen, weiß einfach alles, was mit dem Land zusammenhängt, auch mit Schafzucht kennt er sich aus. Er …«

»Ich habe eigentlich Nico gemeint«, unterbrach Flo. »Wie ist er?«

Amina starrte ihn an. »Wieso? Warum fragst du?«

»Weil du nicht wegen eines Hausverkaufs so unglücklich bist. Dazu kenne ich dich inzwischen viel zu gut.« Er sah sie an. »Willst du darüber reden?«

Amina kaute auf ihrer Unterlippe. »Ich glaube, du hast dir wirklich den richtigen Beruf ausgesucht«, sagte sie dann zögernd.

Er blinzelte ihr zu. »Zurzeit gibt es meine Beratung gratis. Was ist, spielst du das Versuchskaninchen für mich?«

Amina musste über die Bemerkung lachen und merkte, dass sie sich tatsächlich bereits ein wenig besser fühlte. »Ich bin froh, dich kennengelernt zu haben, du bist echt nett«, sagte sie, doch als sie tief Luft holte, klang es wie ein Seufzer.

»Du hast recht mit deiner Vermutung. Irgendwann wurde es mehr zwischen Nico und mir. Ich war siebzehn. Die erste ganz große Liebe. Wir schmiedeten Pläne. Ich war fest entschlossen, nach dem Abi für immer nach Mallorca zu ziehen, habe mich schon vorbereitet, bei einigen Hotels vorgestellt und so. Damals war ich sicher, dass es für immer halten würde zwischen uns.«

»Und was ist dann passiert?«

»Oh«, Amina vermied es, Flo anzusehen, »das Übliche. Während des folgenden Jahres ist alles zunehmend abgekühlt. Bis wir uns nicht einmal mehr geschrieben haben. Im Jahr darauf bin ich nach England gegangen, um zu studieren, und …«, sie brach ab, begann zu stottern. »Ich meine, ich war dort, weil … ich wollte studieren, aber …«, sie verstummte.

Flo legte seine Hand auf ihren Handrücken.

»Willst du meinen ersten Rat hören?«, fragte er.

Sie nickte, immer noch brannten ihre Wangen.

»Erzähl niemals Geschichten – du kannst nicht lügen.«

»Was meinst du damit?«

»Du bist keine Verkäuferin und du hast noch nie in so einem Betrieb gejobbt wie jetzt. Du bist gebildet, intelligent und sehr nett. Hilfsbereit und liebenswürdig. Aber … entschuldige, wenn ich das direkt sage, auch noch ziemlich naiv. Wie eben jemand, der nicht kämpfen musste. Der immer gut behütet wurde. Außerdem bist du sehr sensibel und lässt dich leicht ausnützen.«

Sie starrte ihn an. »Wie kommst du denn darauf?«, war alles, was sie herausbrachte.

»Du hast doch selbst gesagt, dass ich den richtigen Beruf gewählt habe.«

Amina sah das leichte Flimmern in seinen Augen und verstand, was er meinte. Es war ihre Entscheidung, wie viel sie erzählen wollte.

Kurz noch zögerte sie.

»Du hast recht«, sagte sie dann mit fester Stimme. »Ich mache eine Reportage. Für eine Zeitung. Es ist mein erster richtiger Auftrag. Bisher habe ich erst einige kleinere Geschichten verkauft. Aber das hier ist eine Chance.

Meine Eltern haben mich sehr behütet, auch das stimmt. Ich hatte es nie nötig, für mein Studium zu arbeiten. Irgendwie … es hat so eine Eigendynamik bekommen. Ich habe nie etwas Richtiges getan. Seit Kurzem bin ich verlobt. Alain ist derzeit in L.A. Er ist Regisseur.«

Flo schwieg eine Weile. »Liebst du ihn?«

Amina lächelte. »Ja, natürlich. Warum sonst verlobt man sich?«

»Und Nico?«

Sie schüttelte den Kopf. »Das ist etwas völlig anderes. Nico ist … er ist … das kann man nicht vergleichen.«

»Wieso nicht?«, fragte Flo.

»Weil … also Nico ist … er ist einfach nur mein Freund. Mein großer Bruder, wenn du so willst.«

»Gerade eben hast du gesagt, er wäre deine erste große Liebe gewesen.«

»Das ist lange vorbei. Jetzt ist er nur mehr ein Freund.«

»Und warum bist du dann so unglücklich, weil dieses Haus verkauft wird? Es ist doch eures, oder?«

»Es gehört meiner Mutter. Und ich bin eben sentimental. Irgendwie ist es für mich gleichbedeutend mit meiner Kindheit, meiner Jugend. Alle diese Erinnerungen, verstehst du? Alain wird viel in Amerika zu tun haben.

Ich habe in den letzten Tagen nachgedacht – ob es nicht sogar besser wäre, ganz dorthin zu übersiedeln.

Wir wollen beide Kinder. Ich möchte, dass sie in einer richtigen Familie aufwachsen. Ein Heim haben. Eltern, die da sind.

Das bedeutet aber einen Abschied von Europa. Und natürlich von Mallorca.«

Amina schwieg. Sie hielt den Kopf gesenkt. Ihre Lippen zuckten ein wenig, und sie kaute nervös an der Unterlippe.

»Außerdem will ich unbedingt weiterhin arbeiten. Ich weiß, dass mein Mann genug verdienen wird, aber darum geht es mir nicht.

Bei euch hier habe ich in den letzten Wochen so viel gesehen und erlebt. Das hat mich irgendwie reifen lassen. Jedenfalls möchte ich nicht ausschließlich von meinem Mann abhängig sein, darauf warten, ob er Zeit für mich hat. Ich will seine Partnerin sein und kein schmückendes Beiwerk.«

Flo nickte. »Ich sage dir, wie ich es sehe. Man kann vor seinen Problemen nicht weglaufen. Wohin auch immer du gehst und was immer du entscheidest: Du musst die Dinge vorher zu einem Abschluss bringen.

Wenn du das Gefühl hast, dass du auf Mallorca deine Kindheit zurücklässt, dann fahr hin. Verabschiede dich.

Es muss ja nicht für immer sein.

Deine Eltern leben beide in Europa. Also wirst du wiederkommen, sie besuchen.

Wer weiß, wo dein Alain in den nächsten Jahren noch überall arbeiten wird. Wohin euch euer Leben führt.

Nico ist dein Freund. Du verlierst ihn nicht, weil du für eine Weile über den großen Teich ziehst. Freunde verliert man nicht so einfach.«

»Ich habe Nico schon vor langer Zeit verloren«, entfuhr es Amina.

Flo blieb ruhig sitzen.

»Was ist passiert?«

»*Ich* war es, die sich nicht mehr gemeldet hat. Ich konnte es nicht, weil … es ging einfach nicht. Und danach war es zu spät. Als ich aus England zurückkam, da hatte er schon eine andere.«

»Hast du mit ihm darüber gesprochen?«, fragte Flo.

Amina schüttelte den Kopf. »Nein. Aber ich weiß, dass er es mir immer noch verübelt. Er versucht, mir auszuweichen, wenn er mich sieht.«

»Ist *er* inzwischen verheiratet?«

Amina schüttelte den Kopf. Sagte aber nichts mehr.

»Du solltest ihm erklären, warum du damals weggegangen bist«, drängte Flo.

»Nein!«, es klang wie ein Schrei, und Amina zuckte zusammen. »Nein«, wiederholte sie leiser, »das geht nicht. Das darf er niemals erfahren.«

»Aber er ist doch dein Freund. Glaubst du nicht, dass es für ihn ebenfalls leichter ist, wenn er endlich weiß, was deine Gründe waren? Mit der Wahrheit kann man lernen zu leben, es ist nur die Ungewissheit, die uns quält«, sagte Flo.

Amina schüttelte heftig den Kopf. »Ich weiß, du meinst es gut, aber das kann ich ihm nicht sagen. Niemals. Er würde mir nicht verzeihen, und ich verliere ihn für immer.«

»Weißt du«, sagte Flo schließlich, »ich glaube, das Hauptproblem dabei ist, dass du dir selbst nicht verzeihen kannst.«

Amina starrte ihn an. »Wie meinst du das?«

»Du kannst immer noch nicht aussprechen, was damals geschehen ist. Bist davon überzeugt, dass Nico es nicht verstehen würde, und lässt ihn daher im Ungewissen.

Du hast das Gefühl, etwas falsch gemacht zu haben. Aber das einzig Mögliche in so einer Situation ist, den Fehler zuzugeben. Solltest du jemanden dabei verletzt haben, so wird es dir helfen, ihn um Verzeihung zu bitten.«

Amina betrachtete den Boden und schwieg beharrlich.

»Willst du mir sagen, was geschehen ist?«, fragte Flo vorsichtig.

»Nein«, antwortete Amina. Dann erst sah sie auf. »Ich möchte darüber nicht reden.«

Flo stand auf und schenkte ihnen Tee nach.

»Ich habe damals etwas getan … es war falsch.«

Sie konnte nicht weiter, schluckte, versuchte, ruhig zu atmen, was ihr erst nach und nach gelang.

»Ich habe nicht anders können … das Schlimmste ist, dass ich immer noch nicht weiß, was richtig gewesen wäre. Ich glaube, du hast recht. Ich werde mir das niemals verzeihen.«

»Das musst du aber.« Flo fasste nach ihrer Hand, während er weitersprach. »Du hast dir lange genug Vorwürfe gemacht. Jetzt musst du die Dinge akzeptieren, wie sie sind. Egal, ob es richtig war oder falsch. Damals hast du eine Entscheidung getroffen. Es ist vorbei. Du kannst es nicht rückgängig machen.

Aber Nico solltest du es sagen. Damit er dich verstehen und ebenfalls abschließen kann.«

»Es würde ihn unendlich verletzen, da ist es schon besser, er hasst mich.« Sie sprach so leise, dass man sie kaum hören konnte.

Flo hielt weiter ihre Hand. »Ich glaube nicht, dass er dich jemals hassen könnte«, sagte er nachdenklich, »ebenso wenig wie du ihn.«

***

Wieso dachte Amina, er hätte sie vergessen, überlegte Nicolau.

Und woher wusste es Miguel?

Sie war es doch gewesen, die ihn verlassen hatte. Wegen eines anderen. Hatte ihn sofort vergessen und einfach ihr Leben weitergelebt.

Nicolau wollte nach dem Besuch des Talaiots allein sein – hatte Miguel nach Hause gebracht und war zu seiner *Casita* gefahren.

Das hier war sein Heim, das Haus, das er für sich und Amina gebaut hatte.

Ein halb verfallenes Gemäuer war es gewesen, bevor er es mit seinen eigenen Händen renoviert hatte. Damit sie es schön hatte und gemütlich, wenn sie endlich zu ihm kam.

Stattdessen musste er ertragen, dass sie plötzlich das Handy nicht mehr abhob, auf keine Nachricht reagierte.

In seiner Verzweiflung hatte er Briefe geschrieben. Mehr als einmal.

Eines Tages waren sie zurückgekommen. Alle. In einem orangefarbenen Kuvert und ungeöffnet. Die Schrift auf dem Umschlag war ihm fremd.

Natürlich hatte er gewusst, was das bedeutete. Noch lange, ehe ihre Mutter es ihm in aller Deutlichkeit gesagt hatte.

Aber er wollte es nicht wahrhaben. Hatte sich jahrelang an die Hoffnung geklammert, Amina würde zu ihm zurückkehren, würde einsehen, dass ihr Platz bei ihm war, weil sie ihn ebenso liebte wie er sie.

Alles hätte er ihr verziehen. Doch er hatte niemals eine Chance bekommen. Sie war fort. Für immer. Und hatte nie mehr mit ihm darüber gesprochen.

Die wenigen Male, die er sie seither gesehen hatte, war sie völlig unbekümmert gewesen.

Für sie war die Sache längst vergessen. Er war für sie nichts weiter als ein Spielkamerad aus der Kindheit, eine schöne Erinnerung bestenfalls.

Für ihn jedoch war sie alles. Die Frau, mit der er hatte leben wollen, für die er arbeiten, etwas aufbauen wollte.

Seine Geliebte, die Mutter seiner Kinder – seine Partnerin, die alles mit ihm teilte.

So wie Catalina und Miguel, mit Mondstaub und mit Lachen. Selbst in den nicht so guten Zeiten.

Alles hätte er dafür gegeben, wenn er ihr das Leben ein wenig leichter hätte machen können. Sie aber brauchte ihn nicht. Hatte damals schon einen anderen ihm vorgezogen und tat es jetzt wieder. In ihrem Leben war kein Platz für ihn.

Nicolau stand an die Mauer seines Häuschens gelehnt und sah zu, wie die Sonne langsam im Westen versank.

Die Hausmauer in seinem Rücken fühlte sich warm an, und die letzten Strahlen der roten Kugel, die sich anschickte, hinter dem bewaldeten Hügel zu versinken, wärmten ihn.

Dennoch war ihm kalt, und er steckte die Hände in die Hosentaschen.

Wie kam Amina dazu zu behaupten, er könne sie jemals vergessen?

Er musste Miguel dazu bringen, es ihm zu sagen, dachte er. Sosehr sich Miguel vorhin auch geweigert haben mochte, näher auf das Thema einzugehen, er würde darauf bestehen.

»Morgen«, überlegte er. »Morgen werde ich ihn nochmals fragen.«

Nicolau ging in sein Haus, holte sich eine Flasche Wein und ein Glas und ging zu der Bank an der Hausmauer.

Hier hatte er mit Amina sitzen wollen, hatte die Bank eigens an diesem Punkt aufgestellt, damit sie gemeinsam den Sonnenuntergang betrachten konnten.

Als Nicolau sich setzte, hätte man ihn für wesentlich älter gehalten, als er tatsächlich war.

Er drehte den Korkenzieher in den Korken und öffnete mit einem Ruck die Flasche.

***

Der Zug raste mit hoher Geschwindigkeit durch die Landschaft. Gleichförmig hörte sich das Geräusch der Räder auf den Schienen an.

Häuser huschten vorbei, Bäume, Masten.

Amina sah aus dem Fenster. Jede Minute, die verstrich, brachte sie ihrem Zuhause näher.

Dennoch war in ihr keine Freude.

Es war schön gewesen in Wien. Eine völlig neue Erfahrung.

Jetzt wusste sie, wie es sich anfühlte, stundenlag hart zu arbeiten. Herumzustehen. Stunde um Stunde, ohne Pause. Nicht, weil es Spaß machte oder weil es einfach nur eine Erfahrung war – sondern weil man es musste. Weil man das Geld dringend benötigte, das man am Ende eines Monats dafür erhielt.

Ohne jede Aussicht, dass sich daran etwas ändern würde.

»Wenn ich im Lotto gewinne«, begann Helgas immer gleicher Satz, jeden Freitag, wenn sie den Lottoschein ausfüllte.

Teilweise hatte sie dabei gelächelt, versucht, sich über sich selbst lustig zu machen. Und dennoch war das tiefe Wissen spürbar gewesen, dass nur die Unwahrscheinlichkeit eines solchen Gewinns die Eintönigkeit ihres Lebens verändern konnte.

Dabei war Helga kaum älter als Amina selbst. Und doch lagen Welten zwischen ihnen beiden.

Amina sah weiter aus dem Fenster.

Wie hielten die Menschen das nur aus, fragte sie sich. Gleich darauf gab sie sich selbst die Antwort.

Weil es ihr Leben war.

Sie waren genauso fröhlich oder deprimiert wie alle anderen auch. Freuten sich, wenn sie abends etwas vorhatten, erzählten am nächsten Tag davon.

Flo fiel ihr ein. Er war so ausgeglichen.

Obwohl er mit seinem Freund gerade Probleme hatte, war er dennoch jeden Tag gut drauf. Lebte unbeirrt sein Leben, machte seine Ausbildung, kümmerte sich um die Mitbewohner – und war einfach ein ganz lieber Kumpel.

Am letzten Abend hatten sie alle noch zusammengesessen. Auch Melissa und Colin schienen betrübt, dass sie fortging.

Amina war mit Flo übereingekommen, den beiden nichts von ihrem Gespräch zu erzählen. Sie war lediglich eine Mitbewohnerin, die eine Zeitlang in Dorians Zimmer gewohnt hatte.

Flo hingegen würde sie wiedersehen. Sie hatte ihn eingeladen, sie zu besuchen, sicher, dass es in ihrem zukünftigen Heim ein Gästezimmer geben würde, wo auch immer dieses Heim war.

Es wurde Zeit, nach vorne zu sehen.

Ihre Story war beinahe fertig. Wenige Tage noch, und sie konnte sie abliefern.

Dann würde sie Flos Rat annehmen und nochmals einen Abstecher nach Mallorca machen, ehe sie endlich zu Alain flog.

Er war inzwischen mehr als nur ungeduldig, sie bei sich zu haben. Hatte er anfangs noch die Trennung als etwas rasch Vorübergehendes dargestellt, schien es ihm jetzt nicht schnell genug gehen zu können.

Bei dem Gedanken lächelte Amina.

Selbstverständlich hatte auch sie Sehnsucht nach ihm. Es war schon mehr als zweieinhalb Monate her, seit sie einander zuletzt gesehen hatten.

Die Dreharbeiten würden bald vorbei sein, und Alain wollte sich danach stärker als geplant um den Schnitt kümmern, anwesend sein, während der Film fertiggestellt wurde.

Sie würde bei ihm sein, hatten sie beschlossen. Gemeinsam würden sie den Sommer verbringen und dann zurückkehren, um in München zu heiraten.

Sie könnte in L.A. eine Art Reisebericht verfassen, mit Insidertipps … Paul war nicht abgeneigt gewesen, wollte ein Konzept sehen.

Der Zug fuhr in eine Haltestelle ein und bremste.

Menschen stiegen aus, andere drängten herein.

Kurz nur war der Halt in dem Ort mit dem endlos langen Namen, den sie schon vergessen hatte, als sich die Lokomotive wieder in Bewegung setzte.

Was wohl Alain von ihrer Idee hielt, künftig ganz in L.A. zu leben?

Er wäre vermutlich begeistert, hatte sie doch schon aus seinen Telefonaten herausgehört, dass er in Zukunft wesentlich mehr Zeit in Amerika verbringen wollte.

Wieder lächelte sie. Anfangs war sie froh gewesen, ein einziges Mal am Tag seine Stimme zu hören. Inzwischen rief er mehrmals an. Stellte Fragen und wollte ihre Antworten hören.

Ja, sie liebte ihn, dachte sie. Natürlich liebte sie ihn. Was sonst?

***

Amina spürte genau, als Nicolau die Terrasse betrat, sie fühlte es am ganzen Körper und richtete sich auf.

»Sieh einmal, wer gekommen ist«, rief Miguel und hielt dabei weiterhin Aminas Hand fest.

»*Hola* Amina.« Nicolau blieb stehen.

»Setz dich zu uns«, befahl Miguel. »Amina muss morgen wieder zurück. Sie ist nur gekommen, um sich zu verabschieden. Nächste Woche geht sie für längere Zeit nach Amerika.«

»Ich hole uns etwas«, Nicolau machte kehrt und ging zur Küche.

Sie war dabei, Miguel von ihrem Aufenthalt in Wien zu erzählen, als er mit Getränken zurückkam.

»Amina hat eine große Reportage geschrieben, für eine Zeitung, mit mehreren Fortsetzungen. Dafür war sie einen ganzen Monat allein in Wien. Stell dir das vor«, berichtete Miguel.

»Hast du ein wenig Zeit für mich?«, fragte Amina und sah Nicolau an. »Ich würde gern mit dir reden.«

Er nickte. »Worüber?«, fragte er.

»Fahren wir an den Strand? Nach hinten, an die *Costa de los Pinos*. Dort ist jetzt wohl kaum ein Mensch, wir könnten ein wenig am Wasser entlanggehen.«

Es war tatsächlich niemand dort zu sehen, als Nicolau den Wagen auf dem kleinen Platz neben dem Lokal abstellte. Die Sonne schien warm und es war windstill.

Man hatte bereits damit begonnen, den im Winter angespülten Seetang, der in großen Bergen den Strand bedeckte, abzutransportieren. Er roch intensiv nach Meer, nach Algen, nach Fisch.

Am anderen Ende des intimen Strandes waren schon einige Sonnenschirme aufgestellt. Alles Zeichen dafür, dass die Badesaison immer näher rückte.

Schweigend gingen sie entlang des Wassers, kleine Wellen plätscherten über den Sand, rollten aus, um gleich darauf wieder zurückzufließen.

»Meine Mutter verkauft das Haus«, begann Amina schließlich.

Nicolau nickte. »Ich habe es schon gehört. Bist du deshalb hier?«

»Ja.« Dann schüttelte sie den Kopf. »Ich meine, nicht wegen des Verkaufs, das macht ein Makler. Es ist nur …«

Er blieb stehen und sah sie an. »Was?«, fragte er.

»Die Vorstellung, nicht mehr hierherzukommen, sie ist …«, wieder ließ sie den Satz offen, strich sich die Haare aus dem Gesicht und drehte sich zum Wasser.

»Heißt das, du kommst nicht wieder?«

Sie musste schlucken, kämpfte verzweifelt um Beherrschung. Die ganze Zeit hatte sie nicht mehr geweint.

»Nein, natürlich werde ich wiederkommen. Werden wir wiederkommen«, verbesserte sie sich. »Aber es wird nie mehr so sein, wie es war. Das Haus … alles hier … es ist meine Kindheit, meine Jugend. Und du …«

Er spielte gedankenverloren mit dem Fuß im Sand. »Wir werden dich hier vermissen«, sagte er langsam.

Amina atmete zitternd ein, hob dann entschlossen den Kopf und sah Nicolau an.

»Ich wollte mit dir allein sprechen, weil … ich weiß, ich habe dir damals sehr wehgetan, habe dich verletzt. Ich bitte dich, mir zu verzeihen.«

Er kniff ein wenig die Augen zusammen, auf seiner Stirn bildeten sich zwei steile Falten.

»Das ist doch schon so lange her.«

»Ja, das ist es. Dennoch weiß ich, dass du es mir immer noch verübelst, und darum wollte ich mich bei dir entschuldigen.«

»Ist schon in Ordnung«, sagte er, sah dabei an ihr vorbei.

Amina hob die Hand und legte sie auf seinen Arm.

»Ist es nicht. Ich weiß, dass du mir böse bist. Und du hast auch recht. Es war … unmöglich. Einfach unverzeihlich. Aber ich konnte damals nicht anders. Und dann habe ich mich einfach nicht mehr getraut, dir zu begegnen. Verstehst du?«

»Warum?« Er schien selbst überrascht über die Frage. »Warum?«, fragte er noch einmal. Er schüttelte ihren Arm ab und ging einige Schritte von ihr fort, kam dann wieder zurück.

»Weißt du eigentlich, was du mir damit angetan hast? Wie oft ich mir diese Frage gestellt habe, warum du mich so behandelst? Wenn du mich schon verlassen hast – wieso hast du nicht einmal den Mut gehabt, es mir zu sagen? Einfach nur irgendeine Nachricht. Irgendetwas. Und wenn es ein Zettel gewesen wäre. Stattdessen hat es mir deine Mutter mitgeteilt. Und meine Briefe hast du mir ungelesen zurückgeschickt!«

»Nico«, flüsterte sie. Inzwischen konnte sie nicht mehr verhindern, dass ihr die Tränen über das Gesicht liefen.

»Du weißt nicht, was … es war nicht möglich. Ich konnte es einfach nicht. Ich weiß, es war falsch. Wenn ich es irgendwie ändern könnte … bitte, verzeih mir. Ich kann es nicht ertragen, wenn du mich hasst.«

Er starrte vor sich hin. Griff dann plötzlich nach ihr und zog sie an sich.

»Ich will nicht, dass du weinst«, sagte er.

Der vertraute Griff nahm ihr den Rest von Beherrschung. Es dauerte lange, ehe sie wieder sprechen konnte.

»Entschuldige, ich wollte hier nicht heulen. Es ist nur … seit ich es gehört habe … das mit dem Haus … sonst bin ich eigentlich nicht so.« Fast hastig machte sie sich von ihm frei.

»Ich könnte dich niemals hassen«, sagte Nicolau wieder ganz ruhig.

»Das hat Flo auch gesagt«, entfuhr es ihr.

»Wer ist Flo?«

»Ein ganz Lieber. Er war der ›Chef‹ von unserer WG in Wien. Er will Psychotherapeut werden. Im Grunde genommen ist er schuld daran, dass ich heute hier bin«, sie versuchte zu lächeln, was ihr nicht wirklich gelang.

»Flo hat gesagt, dass ich mich mit dir aussprechen muss. Ich habe ihm ein wenig von uns erzählt. Eigentlich haben wir jeden Abend miteinander geredet … er … also es ist so, dass ich dich nicht verlieren will.«

Amina trat einen Schritt zurück und hob den Kopf. Bemerkte, dass Nico sie ansah.

Plötzlich war es einfach zu sagen, was sie ihm mitteilen wollte.

»Nico, du bist einer der wichtigsten Menschen in meinem Leben. Was ich getan habe, ist unverzeihlich. Trotzdem will ich dich nicht verlieren. Ich wünsche mir so sehr, dass du mein Freund bist. Bitte.«

Er sah sie weiter an. Ein kleines Lächeln lag um seinen Mund, aber seine Augen blieben ernst. Eine unbestimmte Trauer lag in seinem Blick.

»Ich bin immer dein Freund gewesen«, sagte er langsam, »daran wird sich niemals etwas ändern.«

»Oh Nico«, sagte sie. Dann gestand sie ganz leise: »Ich will, dass du weißt, dass ich dich geliebt habe. Damals. Vielleicht mehr, als ich verkraften konnte.«

Er schwieg eine Weile.

»Ich muss dir auch etwas sagen«, begann er. »Auf dem Fest. Bei uns im Dorf. Als du zurückgekommen bist.

Ich habe keine andere gehabt – damals. Vielleicht wollte ich dich provozieren, ich weiß es nicht. Es war dumm von mir. Aber ich hatte dich nicht vergessen.«

»Woher weißt du das?«, sie schrie beinahe.

Überrascht hob er den Kopf.

»Miguel hat es mir gesagt.«

»Was hat er dir noch gesagt?«

»Nichts … Amina, was hast du? Er hat mir nichts gesagt.«

Sie starrte ihn an.

»Was hätte er mir denn sagen sollen?«, fragte er.

Sie schüttelte den Kopf. Sah von ihm weg.

»Amina«, begann er vorsichtig. »Ich weiß das alles doch längst.«

Sie hielt die Luft an, spürte, wie Panik in ihr hochstieg.

»Ich weiß, dass du einen anderen gehabt hast. Zugegeben, es hat mir verdammt wehgetan. Aber wenn du … also wenn du gewollt hättest … Ich hätte es dir verziehen.«

Sie konnte ihn nur anstarren. Fassungslos.

»Nico«, war alles, was sie herausbrachte.

Er lächelte, diesmal erreichte das Lächeln auch seine Augen, und er hob die Hand, fuhr mit dem Finger ganz zart über ihre Wange.

»Ich möchte, dass du glücklich wirst, hörst du. Werde ganz schrecklich glücklich mit deinem Mann.

Wir zwei bleiben Freunde, für immer. Und irgendwann, wenn ihr in der Nähe seid, dann kommt ihr auch wieder auf Besuch. Einverstanden?«

Kapitel 17

Er holte sie tatsächlich persönlich vom Flughafen ab. Hatte die Arbeit seinen beiden Assistenten überlassen und war gekommen.

Amina ließ den Koffer irgendwo stehen und lief los, geradewegs in seine ausgebreiteten Arme hinein.

»Alain, du bist …!«, weiter kam sie nicht, spürte seine Lippen auf den ihren.

»Du weißt gar nicht, wie ich mich nach dir gesehnt habe«, flüsterte er ihr ins Ohr.

Vor dem Flughafengebäude wartete der Wagen der Produktionsfirma.

Glücklich schmiegte sich Amina auf der Rückbank an Alain.

»Mein Liebling, ich lass dich nie wieder fort«, sagte er.

Viel zu schnell verging die Fahrt, als der Wagen auch schon anhielt, eine Schranke passierte, weiter über das Gelände fuhr und schließlich ganz zum Stehen kam.

»Ich muss weitermachen«, sagte Alain. »Rick bringt dich nach Hause, dort wartet Amy schon. Sie kümmert sich um unseren Haushalt. Sag ihr einfach, was du möchtest, sie wird heute bei dir bleiben, bis ich wiederkomme. Wenn es dir recht ist, verbringen wir den Abend daheim. Du wirst sicher müde sein. Leg dich ein wenig nieder und versuch zu schlafen – ich wecke dich, wenn ich komme.«

Ein letzter Kuss noch, und er stieg aus.

Die Fahrt vom Filmgelände zum Haus kam ihr lang vor, obwohl sie sicherlich wesentlich kürzer war als die vom Flughafen.

Amy erwartete sie schon. Sie war ungefähr in Aminas Alter, und sie fanden einander sofort sympathisch.

Amina sah sich neugierig im Haus um.

Es war einstöckig und nicht übermäßig groß, verfügte aber doch über drei Schlafzimmer und wirkte trotz seiner modernen Architektur gemütlich.

Durch die Glaswände des Hauses hatte man einen fantastischen Blick auf die Stadt, die sich zu Füßen des Hügels ausbreitete, auf dem es stand.

Amina duschte, zog sich bequeme Sachen an und beschloss, zum Pool zu gehen. Inzwischen hatte ihr Amy etwas zu essen gerichtet – Schinken, Käse, etwas Obst – und dazu einen frischen Fruchtsaft gemacht.

Die Kissen auf den Liegen waren weich, die Luft warm. Im Schatten des großen Sonnenschirms, das monotone Plätschern des Wassers im Ohr, das unentwegt über den Rand der Überlaufrinne floss, schloss Amina die Augen und war bald darauf eingeschlafen.

Sie träumte, dass sie über ein Grundstück voller Blumen lief, überall weideten Schafe, sprangen unter den Bäumen umher, zupften an den Blüten und spielten Fangen.

Sie selbst trug ein weißes Kleid und einen Sonnenhut aus Stroh mit einer roten Schleife.

Sie wusste, sie lief zu ihrem Geliebten, der irgendwo am anderen Ende auf sie wartete. Ohne nachzudenken lief sie weiter. Die Landschaft veränderte sich, wurde karger, der Boden erdiger, nichts wuchs hier mehr, auch die Bäume waren kahl, streckten ihre nackten Äste dem Himmel entgegen.

Immer noch lief sie weiter. Der Himmel verfinsterte sich, es wurde kühler und sie fror in ihrem dünnen Kleid.

Amina wollte etwas rufen, aber sie konnte nicht. Je weiter sie lief, desto ferner schien der Treffpunkt zu sein. Sie fühlte sich einsam, Furcht stieg in ihr auf.

Plötzlich sah sie ihn vor sich, erkannte die vertrauten Umrisse. Er stand mit dem Rücken zu ihr, konnte sie nicht sehen und schien sich immer weiter zu entfernen, je näher sie an ihn herankam. »Nico«, wollte sie rufen, brachte aber keinen Ton hervor.

Jemand schloss sie in die Arme, sie spürte einen Mund auf dem ihren.

»Liebling.«

Amina seufzte, öffnete die Lippen und schlug die Augen auf.

»Wach auf, du Murmeltier. Amy hat gesagt, du schläfst seit beinahe vier Stunden.«

Sie brauchte einen Moment, um überhaupt mitzubekommen, wo sie war.

»Alain. Wieso … ich wollte doch schön sein für dich, wenn du kommst.«

Sie umarmte ihn, zog ihn an sich.

»Du bist wunderschön«, flüsterte er ihr ins Ohr, sie spürte, wie er sie hochhob, und schlang die Arme um seinen Hals, als er sie zum Haus trug.

***

Miguel Ferrer saß auf seinem Lieblingsstuhl unter dem Vordach des steinernen Fincagebäudes, schaukelte und wartete. Worauf, wusste er selbst nicht genau. Doch er ahnte es.

Und mit jedem Tag ahnte er es stärker.

Er hatte sie gesehen. Mehrmals schon. Sie war zu ihm gekommen, in der Nacht, wenn keiner mehr wach war, und sie war so schön gewesen. Genau wie damals, in jenem Sommer.

Die offenen Haare fielen ihr bis zur Taille, und sie lächelte, wie nur sie jemals gelächelt hatte.

Am Morgen, wenn er aufwachte, glaubte er, ihren Duft im Zimmer zu spüren.

Miguel schaukelte langsam weiter. Er dachte an Amina, an ihren letzten Besuch. Es war ein Abschied für immer gewesen. Doch er empfand keine Trauer. Nur Freude, dass er sie nochmals hatte sehen dürfen.

Sie war nicht glücklich, dachte er. Er hatte es an ihren Augen gesehen. Zu schnell füllten sie sich mit Tränen, auch die Miene der Zufriedenheit war einer nervösen Unrast gewichen, die sich besonders verstärkte, sobald Nicolau in der Nähe war.

Miguel seufzte. Er wusste, was er immer noch hoffte. Aber er hatte keine Zeit mehr, mit irgendjemandem darüber zu sprechen.

Für einen ganz kurzen Moment nur wünschte er sich, doch noch ein wenig mehr davon zur Verfügung zu haben.

Er wusste, was er Amina damals versprochen hatte. Und er hatte ihr Geheimnis bewahrt. Bis zum heutigen Tag.

Wenn er jetzt fortging, würde dieses Wissen mit ihm gehen.

Durfte er das? Durfte er weiterhin schweigen, obwohl er überzeugt war, dass es falsch war?

So viel Unglück war schon geschehen – weil zu viel geschwiegen wurde.

Nicolau schwieg ebenso wie Amina.

Und er selbst tat es auch.

»Mari Carmen«, dachte er, »was soll ich bloß tun? Nicolau war doch auch *dein* ganz besonderer Liebling. Immer schon haben wir ihn wie unseren Sohn geliebt. Unseren Nicolau. Er war der Junge, den wir miteinander nicht haben durften.

Du würdest wissen, was ich tun soll, könntest mir das Richtige raten.

Aber ich … ich weiß es nicht. Darf ich mich in das Leben dieser beiden einmischen? Nur weil ich selbst überzeugt bin, dass es notwendig ist?«

Es war ein warmer Tag. Nicolau war seit dem Morgen unterwegs, bei den Pflanzungen, den Schafen. Später würde er wiederkommen, wie immer. Danach den Abend mit ihm verbringen.

Miguel freute sich darauf, obwohl er wusste, dass Nicolau zu viel Zeit bei ihm verbrachte. Jugend gehörte zu Jugend. Aber er würde es trotzdem nicht mehr ändern. Es stand nicht dafür, die Zeit war zu kurz, dachte er und schaukelte weiter.

Miguel war müde. In letzter Zeit war er öfters müde.

In der Ferne war das Läuten der Glocken zu hören. Sonst war es still, bis auf das Rattern eines Traktors. Ob es wohl Nicolau war, der ihn fuhr?

Miguel fielen langsam die Augen zu, die Atemzüge wurden gleichmäßig und der Kopf sank ihm auf die Brust.

Catalina stand an den Stamm des Baumes gelehnt, wie immer in einem weißen Kleid, und lächelte ihm zu. »Komm«, sagte sie, »lass uns ein wenig an den Strand gehen. Wir wollen Muscheln suchen. Vielleicht finden wir ein Meeresauge.«

Miguel wollte aufstehen, aber seine Beine gehorchten ihm nicht.

»Ich habe Amina gesehen«, sprach Catalina weiter, »was hast du ihr getan? Sie hat geweint.«

»Ich habe ihr nichts getan«, antwortete Miguel. »Ich kann nichts für ihren Kummer. Sie selbst muss entscheiden.«

»Manchmal brauchen wir dabei Hilfe, Miguel«, sagte Catalina. »Du weißt doch, was richtig ist und was falsch. Warum sagst du es nicht – du hast dein Leben gelebt, weißt so viel mehr als diese beiden.

Wir müssen den Jungen helfen, wenn sie nicht mehr weiter können. Selbst wenn es falsch ist, sich einzumischen, müssen wir es tun. Also beeil dich, ehe es zu spät ist. Ich warte auf dich, komm her zu mir.«

Miguel wollte auf sie zugehen, ihre Hand ergreifen, die sie ihm verlangend entgegenstreckte.

»Willst du dich nicht lieber niederlegen? Ich helfe dir.«

Miguel schlug die Augen auf und sah, wie sich Nicolau über ihn beugte.

»Nein«, antwortete er. »Sie hat recht. Ich habe keine Zeit mehr, ich kann jetzt nicht schlafen.«

»Du hast jede Menge Zeit. Ich bin eine halbe Stunde früher hier als sonst.«

Miguel ergriff Nicolaus Arm und stand auf.

»Bleibst du bei mir?«, fragte er.

»Natürlich. Wo soll ich denn sonst hin?«

»Ich muss mit dir reden, Nicolau«, sagte Miguel hastig. »Heute. Ich kann nicht mehr länger warten.«

Nicolau lächelte ihm beruhigend zu. »Aber sicher können wir reden. Das tun wir doch jeden Abend. Vorerst ruhst du dich noch ein wenig aus. Wenn du dich nicht niederlegen möchtest, mache ich es dir hier bequem. Und nach dem Abendessen kannst du mir alles erzählen, was du auf dem Herzen hast. Einverstanden?«

***

Amina war mit Amy zusammen unterwegs. Die junge Frau stammte aus Puerto Rico und war zwei Jahre älter.

Die anfängliche Sympathie hatte sich verstärkt, sodass sie schon nach kürzester Zeit beinahe Freundinnen waren. Auch Amy schien darüber nicht unglücklich, genoss es, mit Amina Spanisch sprechen zu können.

Alain hatte darauf bestanden, dass sich Amina in der ihr unbekannten Stadt nicht allein aufhielt.

»Das hier ist nicht Wien«, sagte er auf ihren Einwand hin. »Amy lebt schon mehrere Jahre hier. Ihr beide kommt gut miteinander aus. Also unternehmt etwas miteinander.«

Gleich beim ersten Mal hatten sie jede Menge Spaß gehabt.

Amina bestand darauf, Amy bei der Hausarbeit ein wenig zu unterstützen, und während ihrer Streifzüge erledigten sie gleich auch alle notwendigen Einkäufe.

Ein wenig fühlte sie sich wie in der WG. So, als würden sie zusammen für alles verantwortlich sein.

Was Amina ein wenig bekümmerte, war, dass Alain keine Zeit daheim verbringen wollte.

Stattdessen führte er sie jeden Abend in die schönsten Restaurants.

»Ich möchte mich doch mit dir zeigen«, entgegnete er auf ihren Einwand. »Daheim war ich jetzt lange genug.«

Sie fand es schön, mit ihm auszugehen, genoss die Aufmerksamkeit und Bewunderung, die sie beide sogar hier erregten. Dennoch waren sie nie allein. Ständig trafen sie irgendwen, alles Leute, mit denen Alain beruflich zu tun hatte.

Amina hätte viel lieber gemütlich beim Pool gesessen, hätte die wunderschöne Aussicht genossen und einfach nur geredet und gelacht.

Vielleicht sogar einmal gemeinsam mit Alain gegrillt. Er hätte sich um das Fleisch kümmern können und sie hätte den Salat zubereitet.

So wie sie es mit Flo erlebt hatte, oder viel früher noch mit Nico.

Seit jenem Gespräch auf Mallorca dachte sie wieder öfter an ihn. Es tat längst nicht mehr so weh.

Flo hatte auch darin recht gehabt. Sie musste lernen, mit ihrer Erinnerung zu leben, musste sich irgendwann selbst verzeihen und Nico seinem eigenen Leben überlassen.

»Ich möchte Flo zu uns einladen«, sagte Amina eines Morgens zu Alain, »in den Ferien, wenn die Uni Pause macht. Er hat mir so sehr geholfen, mich einzuleben, damals in Wien. Außerdem würde ich ihn gerne wiedersehen.«

Alain sah von dem Schriftstück auf, das er las. »Ich weiß nicht, wie lange wir noch bleiben. Es könnte sein, dass wir bald nach Europa gehen.«

»Aber wieso denn? Du wolltest doch verstärkt hier arbeiten?«

»Das werden wir auch. Aber leben werden wir hier nie. Der nächste Film wird zum Großteil in Italien gedreht. Im Sommer sollten wir uns vielleicht die Locations ansehen. Danach können wir auch einige Tage Urlaub anhängen. Ich muss gestehen, ich bin ein wenig ausgepowert. Freust du dich auf unseren Urlaub?«

Amina sah ihn an. Überlegte.

»Ich dachte, du wolltest ebenfalls Kinder?«, sagte sie zögernd.

»Was hat denn das damit zu tun? Natürlich will ich Kinder. Später. Wir haben doch jede Menge Zeit. Vorerst wollen wir einmal unser gemeinsames Leben genießen. Du begleitest mich von jetzt an überall hin. Ich möchte nie mehr von dir getrennt sein. Das wolltest du doch?«

»Sicher«, sagte sie. »Aber wenn wir eines Tages Kinder haben … Kinder brauchen Eltern, ein Heim.«

»Was willst du mir denn damit sagen? Natürlich brauchen sie das. Wir haben immer noch München, dort ist unser Heim.«

»Aber dort werden wir nie sein.«

»Natürlich werden wir das. Wenn auch nicht immer. Aber Kinder sind doch dabei nicht das Problem. Die kann man überallhin mitnehmen. Und eine Nurse brauchen wir ohnehin, also müssen wir darauf achten, jemanden einzustellen, der unabhängig ist und mitkommt. Oder siehst du das anders?«

»Nein«, sagte Amina. »Du hast vermutlich recht.«

»Liebling. Uns beiden steht die ganze Welt offen. Und du sollst selbstverständlich weiterhin deine Geschichten schreiben. Du ahnst nicht, wie stolz ich auf dich bin. Aus dir wird noch eine richtige Berühmtheit werden.«

Sie musste lachen. »Jetzt mal langsam. Ich freue mich auch, dass die Story so gut angekommen ist, dass mich sogar der Chefredakteur persönlich angerufen hat. Und natürlich ist es toll, wenn sie mich ab Herbst für die Sonntagsausgabe einplanen, ich jede Woche etwas machen soll. Es soll etwas von einem Reisebericht haben, aber doch mit Tiefgang. Ich freue mich sehr darauf.«

Er zog sie an sich. »Da findest du bestimmt jede Menge Anregungen, wenn wir viel reisen. Und ich bin froh, wenn du Beschäftigung hast, während ich arbeite.«

»Alain«, bat sie ihn, »könnten wir nicht wenigstens heute zu Hause bleiben? Ich möchte mit dir allein sein. In den Restaurants … ständig treffen wir jemanden. Dich kennt hier offenbar jeder. Nicht, dass die Leute nicht interessant wären, ich unterhalte mich auch gern mit ihnen. Aber wir sind nie ungestört.«

»Liebling«, er gab ihr einen Kuss auf die Stirn. »Heute geht es nicht. Wir treffen uns mit dem Produzenten und seiner Frau. Es wird dir bestimmt gefallen. Außerdem möchte ich ein wenig mit dir angeben. Ich schicke dir später Rick mit dem Wagen, dann muss ich nicht erst zurückkommen.« Er sah auf die Uhr und sprang auf. »Bis heute Abend, mein Schatz. Mach dir einen schönen Tag«, rief er, während er zur Tür ging.

»Alain!«

Er blieb stehen und drehte sich um.

»Ich freue mich auf dich«, sagte sie.

»Vergiss nicht. Ich liebe dich«, er warf ihr einen Kuss zu, ehe er die Tür hinter sich schloss.

***

Sogar am Abend war es warm.

Die Farben der Landschaft leuchteten sanft im Licht der untergehenden Sonne. Hoch oben am Himmel war bereits die Sichel des Mondes weithin sichtbar.

Seit letzter Woche war es Juni, und alles wartete auf den Sommer, der seinen Einzug hielt.

»Möchtest du etwas trinken?«, fragte Nicolau.

Miguel schüttelte nur den Kopf. »Aber du nimm dir etwas.«

Er wartete, bis Nicolau mit einem Bier zurückkam.

»Ich muss dich etwas fragen«, begann Miguel dann sofort.

Nicolau sah ihn ein wenig verwundert an.

»Als Amina hier war, vor drei Wochen, was habt ihr beide da geredet?«

»Warum möchtest du das wissen?«, fragte Nicolau.

»Weil ich dir etwas sagen will und nicht weiß, ob ich es kann«, antwortete Miguel.

Nicolau dachte nach, während er die Augen wie üblich ein wenig zusammenkniff.

Dabei erinnerte er sich an Aminas beinahe panische Reaktion, als ihr bewusst wurde, dass Miguel etwas mit ihm besprochen hatte.

»Was weißt du?«, fragte er gedehnt. »Ich habe mich das bereits mehrmals gefragt. Amina hat dir irgendetwas gesagt. Das stimmt doch, oder? Was ist es?«

»Vorher musst du mir sagen, was ihr gesprochen habt, bei diesem letzten Mal.«

»Nichts Besonderes. Sie hat wohl die ganze Zeit über ein schlechtes Gewissen gehabt, weil sie damals einen anderen hatte und mich verlassen hat. Sie fürchtete, ich würde es ihr immer noch verübeln«, sagte Nicolau leichthin.

Miguel beobachtete ihn. »Verübelst du es ihr?«

»Es hat mir wehgetan, damals, aber das ist schon sehr lange her.«

»Sie hat dir tatsächlich gesagt, dass sie einen anderen hatte?«

Überrascht hob Nicolau den Kopf. »Das ist das ganze Geheimnis? Das weiß ich doch schon die längste Zeit.«

»Also hat sie es dir *nicht* gesagt.« Miguels Augen ließen Nicolau immer noch nicht los.

»Nicht direkt. Sie war ohnehin ziemlich unglücklich an jenem Tag. Doch ich denke, es ist jetzt erledigt, und sie hat begriffen, dass es nicht mehr wichtig ist.«

Miguel stützte seinen Kopf auf die Hände, die den Stock umklammert hielten.

»Wenn du das glaubst, bist du ein Narr«, sagte er unvermittelt heftig. »Außerdem machst du dir selbst etwas vor. Ich sehe dir doch an, dass du sie immer noch liebst.«

»Müssen wir das jetzt unbedingt besprechen?«, fragte Nicolau und stand auf.

»Setz dich hin, ich bin noch lange nicht fertig«, befahl Miguel. »Du denkst, sie hätte dich verlassen und sich einfach einen anderen genommen. Nach allem, was zwischen euch war, nach den ganzen Plänen und den unzähligen Jahren, die ihr miteinander verbracht habt?

Ausgerechnet Amina, die jede freie Minute hergeflogen kam, um mit dir zusammen zu sein? Dass du damals dumm und zu jung warst, vor lauter verletztem Stolz und aus Eitelkeit so etwas gedacht hast, kann ich noch verstehen. Aber inzwischen solltest du die Frau, die dir so viel bedeutet, ein wenig besser kennen. Vielleicht auch einmal nachdenken, ohne ständig davon auszugehen, dass du der Einzige bist, der damals verletzt wurde.

Doch du bringst es nicht einmal fertig, sie nach ihren Gründen zu fragen. Setzt einfach ständig etwas voraus und bist auch noch stolz darauf, deine Gefühle vor ihr zu verbergen.«

Überrascht sah Nicolau ihn an. Er konnte sich nicht erinnern, Miguel jemals so aufgebracht erlebt zu haben.

Ratlos schüttelte er den Kopf.

»Aber *ich* war doch nicht schuld an unserer Trennung«, sagte er. »Es war Amina, die mich nicht mehr wollte. Ihre Mutter hat es mir mehr als deutlich gesagt.«

»Weil der Psychologe der Meinung war, dass es für Amina besser wäre, wenn sie eine Zeitlang keinen Kontakt zu dir hat. Ob das richtig oder falsch war, kann ich nicht beurteilen. Jedenfalls ging es ihr mehrere Monate verdammt schlecht. Sogar ihr Vater musste nach München ziehen.

Später dann hat Amina sich nicht getraut, dir die Wahrheit zu sagen, hatte Angst davor, dich wiederzusehen. Angst vor deiner Reaktion. Darum ist sie nach England aufs College gegangen. Und als sie sich halbwegs gefangen hatte … nun, den Rest kennst du. Sie hat dich im Dorf gesehen, mit einem anderen Mädchen, und war sicher, du hättest sie längst vergessen.«

Nicolau saß bewegungslos auf seinem Stuhl.

»Sprich weiter«, sagte er. Seine Stimme klang rau. »Was weißt du darüber?«

»Liebst du sie immer noch?«

»Ja, verdammt noch mal. Das weißt du doch ohnehin!«

Miguel sah auf das Land hinaus. Inzwischen war die Dämmerung hereingebrochen. Die Bäume warfen blaue Schatten über die helle Erde.

»Sie war schwanger, nach diesem Sommer«, sagte Miguel ruhig.

Nicolau fuhr sich mit den Händen über das Gesicht, strich mit fahrigen Fingern eine Haarsträhne zurück.

»Woher weißt du das?«, er war kaum zu verstehen, doch Miguel schien die Frage nicht hören zu müssen, um zu antworten.

»In jener Nacht, nach dem Fest, habe ich sie hier gefunden. Sie saß auf den Stufen der Terrasse und war völlig verzweifelt. Da hat sie es mir erzählt, und ich habe geschworen, es niemals zu verraten. Am allerwenigsten dir.«

»Was …«, Nicolau musste sich unterbrechen, nahm einen neuen Anlauf. »Was ist mit dem Kind?«

»Sie hat es abgetrieben.«

Nicolau konnte nicht sitzen bleiben, spürte, wie ihm heiß wurde. Er ging einige Schritte nach vorne, bis er am Rand der Terrasse stand. Während auch er die Landschaft betrachtete, versuchte er, sich zu beruhigen.

»Ich hätte bei ihr sein müssen«, sagte er dann. »Meine Güte, ich hatte überhaupt keine Ahnung. Wieso nur …«

»Sie war wohl mit der Situation überfordert. Schließlich war sie gerade einmal siebzehn und du auch erst zwanzig. Sie hat gewusst, dass ein Kind alles verändern würde, euer beider Leben. Vielleicht wollte sie nicht abhängig sein. Oder dich nicht unter Druck setzen.

Ihre Mutter hat ihr sogar angeboten, sich um das Kind zu kümmern, während sie ihre Ausbildung fertig macht. Dennoch hätte sie ihr Abitur wohl erst nach der Geburt nachholen können. Also wäre sie in Deutschland geblieben, zumindest für eine lange Zeit. Oder sie hätte ohne jeden Abschluss zu dir kommen können. Ohne Arbeit, ohne Aussicht – dafür mit einem Säugling.

Nicht ganz unverständlicherweise war ihre Mutter wohl eher der Meinung, dass es besser wäre, das Kind nicht zu bekommen. Amina allerdings hat alles psychisch gar nicht gut verkraftet, macht sich wohl heute noch Vorwürfe. Und eure Liebe ist letztendlich daran zerbrochen.«

»Wieso hat sie es mir verschwiegen?«

Miguel sah ihn schweigend an, ehe er fragte: »Und was hättest du unternommen?«

»Ich weiß es nicht. Aber ich wäre selbstverständlich zu ihr geflogen. Hätte sie niemals allein gelassen.«

»Das hättest du auch so tun können«, sagte Miguel und hörte nicht auf, ihn anzusehen.

Nicolau presste die Lippen zusammen, kam langsam zum Tisch zurück und setzte sich schwerfällig.

»Ich war mir so sicher … so absolut sicher, dass …«

Erst nach einer langen Weile sprach er weiter: »Kennst du das Gefühl, dass man die Zeit zurückdrehen möchte? Dass es nichts gibt, was man tun kann, obwohl man es sich so sehr wünscht?«

Miguel nickte. »Solltest du jemals die Gelegenheit dazu bekommen, dann bring es in Ordnung. Amina hat verdient, dass du ihr die Wahrheit sagst.«

***

Amina fand die Zeit in Los Angeles schön, das pulsierende Leben der riesigen Stadt, die wunderschönen Strände.

Allerdings begann sie sich immer öfter zu fragen, wie wohl ihr zukünftiges Leben aussehen würde.

Alain arbeitete ununterbrochen, sogar an den Wochenenden. Abends dann trafen sie sich mit anderen Leuten, gingen in Restaurants, besuchten Partys.

Und waren nie allein.

Alain schien dieses Leben zu gefallen. Amina sah, wie entspannt er wirkte, obwohl er gleichzeitig doch auch ständig unter Strom zu stehen schien. Dynamisch, selbstbewusst. Das war das Leben, das ihm behagte.

Sie selbst aber sehnte sich nach mehr Ruhe, nach Gesprächen, nach Zweisamkeit.

War es wirklich das, was sie wollte? Ein Leben auf der Überholspur? Glamour? Bewundert werden, vielleicht sogar beneidet, dafür keinerlei Art von Familienleben zu haben? Nicht einmal ein richtiges Heim? Kinder, die in Luxusbehausungen aufwuchsen, aber niemals in der Geborgenheit einer ländlichen Umgebung spielen konnten?

Ihr Baumhaus fiel ihr ein, Mallorca, die eigene Kindheit.

Sie dachte oft an Wien zurück, an die Gemütlichkeit der abgewohnten Küche, in der man stets erst irgendwelche Dinge zur Seite räumen musste, um ein Plätzchen zum Sitzen zu finden.

Die Gespräche mit Flo fehlten ihr. Immer wieder dachte sie an die herzliche Atmosphäre anlässlich ihrer improvisierten Geburtstagsfeier. Dabei waren diese Menschen doch Fremde für sie gewesen, die sie kaum einige Tage vorher kennengelernt hatte.

Auf seine Art trug Alain sie zweifelsohne auf Händen, aber in seinem Leben würde sie immer erst an zweiter Stelle stehen. Den wichtigsten Platz darin nahm sein Beruf ein. Die Arbeit, die ihm alles bedeutete.

Konnte sie sich damit abfinden?

»Heirate nur einen Menschen, mit dem du alles teilen kannst.« Einmal mehr musste sie an die Worte ihres Vaters denken.

Gefiel ihr ein Leben als Frau eines erfolgreichen Mannes?

Amina begann über das Leben ihrer Eltern nachzudenken.

Während ihre Mutter begeistert darüber war, jeden Tag auszugehen, sich zu stylen, im Mittelpunkt zu stehen, genoss ihr Vater die Ruhe seines Heims. Mutter liebte Kreuzfahrten, Shoppingtouren, gesellschaftliche Events.

Ihr Vater war das genaue Gegenteil. Er lebte sein zurückgezogenes Leben mit Erika, die zweifellos das Zentrum seines Lebens war … Und sie selbst?

Welche Art Leben stellte sie sich vor, fragte sich Amina jetzt beinahe täglich, und immer häufiger erhielt sie Antworten, die ihr nicht gefielen.

War es möglich, dass sie dabei war, einen falschen Weg einzuschlagen?

Sie hatte immer ein gemütliches Heim wollen, gestand sie sich schließlich ein. Hatte stets davon geträumt, mit ihrem Mann zusammen alt zu werden. Fürchtete nichts mehr als eine Scheidung. Vielleicht auch deshalb, weil sie sich immer noch an die schmerzvollen Tage der Trennung ihrer Eltern erinnerte, die ihr dieses Heim für immer genommen hatten.

Zunehmend stellte sie auch fest, dass sie ein völlig anderer Typ war als ihre Mutter. Sicher liebte sie es ebenfalls, von Zeit zu Zeit shoppen zu gehen, in einem Restaurant zu essen. Aber ihre Mutter lebte Lebensabschnittsbeziehungen. Mit Sicherheit hatte sie jeden ihrer Männer geliebt. Solange die Beziehung eben dauerte. Danach zog sie weiter. Ehrlich und ohne Bedauern. Deshalb stand sie selbst heute noch mit allen ihren ehemaligen Partnern in Kontakt, war sogar mit ihnen befreundet.

Auch Konrad, ihren Vater, hatte sie wohl geliebt, doch irgendwann war das zu Ende gegangen. Selbst sie, die gemeinsame Tochter, hatte die Ehe vor dem Ablaufdatum nicht retten können.

Würde es ihr ähnlich ergehen? Würden sie und Alain in zwanzig Jahren immer noch zusammen sein, fragte sie sich.

An diesem Punkt brach Amina stets ihre Überlegungen ab. Bemühte sich, an die schönen Stunden mit Alain zu denken. An seine Aufmerksamkeit, seine Großzügigkeit. Klammerte sich an die Hoffnung, dass sie in ihrer Ehe alles finden würde, was sie sich erträumte.

Und konnte doch nicht verhindern, dass die Gedanken zurückkehrten, meist schon kurz, nachdem Alain sie am Morgen wieder allein ließ.

Kapitel 18

Alles roch nach Sommer. Entlang der Küste herrschte Hochbetrieb. Tausende von Menschen suchten jetzt Erholung in den Badeorten am Meer.

Im Hinterland hingegen war es ruhig. Schwer lag die Hitze über dem Land. Es regnete kaum und die Erde war trocken, doch die Schafe suchten unermüdlich weiter nach fressbaren Gräsern zwischen den verdorrten Halmen.

Nicolau und seine beiden Helfer mussten nun täglich sämtliche Bewässerungen überprüfen.

War es sonst reine Routine, bedeutete ein Fehler im System bei diesen Temperaturen ernste Schäden an den Bäumen, besonders bei den Neupflanzungen.

Dennoch kam Nicolau stets besonders pünktlich zur Finca zurück, um nach Miguel zu sehen.

Ohne es auszusprechen, beobachtete die Familie mit Sorge, wie die Hitze Miguel mehr als üblich zu schaffen machte.

Er litt in der Nacht unter Schlaflosigkeit, döste dafür am Nachmittag in seinem Schaukelstuhl unter dem Terrassendach und verspürte kaum noch Lust, auch nur wenige Schritte zu gehen.

Guillem Amengual, der Arzt, kam alle zwei Tage, überprüfte den Blutdruck und horchte den Herzschlag ab.

»Miguel wird schwächer, das gefällt mir nicht«, hatte er erst vor wenigen Tagen zu Antònia gesagt, während sie ihn zu seinem Wagen begleitete. »Diese Hitze ist nicht gut für ihn. Wir müssen hoffen, dass es bald ein wenig abkühlt.«

Seither blieb Antònia nach dem Mittagessen noch ein wenig länger. Wartete, bis Miguel seinen Mittagsschlaf machte.

Und Nicolau kam abends früher als üblich zurück, ließ sich von Biel und Rafa einen Teil der Arbeit abnehmen.

Auch an diesem Tag ließ Nicolau seinen Wagen gleich neben dem Einfahrtstor stehen, wollte nur schnell nachsehen, ob Miguel etwas brauchte, ehe er ein letztes Mal zu dem Grundstück oben auf der Bergkuppe fuhr.

Er sprang, zwei Stufen auf einmal nehmend, zu der Terrasse hinauf und lächelte ein wenig, als er Miguel dösend in seinem Stuhl sitzen sah.

Immer noch hatte er seinen Strohhut auf dem Kopf. Der Stock aber war ihm entglitten, lag neben ihm. Er musste ihn fallengelassen haben, während er eingeschlafen war.

Nicolau ging langsamer, um kein Geräusch zu machen. Er wollte Miguel nicht wecken, ging leise um ihn herum und hob den Stock auf, den er neben dem Stuhl in Griffweite anlehnen wollte.

Noch während er sich danach bückte, hielt er in der Bewegung inne.

Sein Blick heftete sich auf Miguels Gesicht.

Hastig streckte er die Hand aus und berührte seinen Arm.

Gleich darauf schüttelte er ihn ein wenig.

»Miguel«, seine Stimme war gepresst, »Miguel, hörst du mich?«

Miguels Kopf sank haltlos zur Seite, während sein Körper durch das Gewicht nach vorne fiel.

Rasch fasste Nicolau ihn unter den Armen, fing den leblosen Körper auf, drückte ihn an sich und ging gleichzeitig in die Knie.

Nicolau legte die Stirn an Miguels Schulter. Er hielt ihn fest in seinen Armen und begann dann erst zu weinen.

***

Innerhalb der nächsten Stunden wussten es alle.

Die ganze Familie war auf dem Weg, und vom Dorf her kamen die Bewohner, um einen letzten Abschied zu nehmen.

Miguel lag aufgebahrt in der Mitte des Wohnraums. Unzählige Kerzen verbreiteten ihr Licht, aus der hinteren Ecke klang das Gemurmel der Frauen, die den Rosenkranz beteten.

Nicolau stand wie erstarrt auf seinem Platz, sprach automatisch die üblichen Worte, nahm die Kondolenzbezeugungen entgegen und fühlte sich so einsam wie nie zuvor in seinem Leben.

Noch während die Frauen Miguels besten Anzug aus dem Schrank in seinem Zimmer geholt hatten, entnahm Nicolau der Dose die Dinge, die Miguel bei sich haben wollte.

Fast erstaunt bemerkte er, wie seine Hände dabei zitterten.

Als sie später Miguel in den Wohnraum betteten, legte Nicolau ihm die Locke, Catalinas Rosenkranz und das dritte der Meeresaugen zwischen die gefalteten Hände, ehe er ihm zögernd noch einmal über die Wange strich.

Es war viel zu heiß draußen und noch in derselben Nacht würde man Miguel abholen kommen, wusste er.

Guillem trat hinter ihn, legte ihm die Hand auf die Schulter. »Ich weiß, das ist im Moment kein Trost. Aber er hat es ganz leicht gehabt.«

Nicolau nickte. Er erlebte die Ereignisse beinahe wie in einem Film, nur dass er die Hauptperson war.

Sein Vater stützte Antònia. Rosa stand bei Toni. Doch er selbst war allein.

Und mit einem Mal wurde ihm bewusst, dass er ab jetzt tatsächlich ganz allein war.

Natürlich hatte er die Familie. Selbstverständlich waren da seine Eltern, die Schwester, seine Neffen. Aber niemand kannte ihn so gut wie Miguel. Mit niemandem hatte er jemals so offen gesprochen.

Irgendetwas war fort. Miguel hatte es mitgenommen auf seine Reise.

»Amina«, der Gedanke an sie durchfuhr ihn wie ein Stich.

Er musste es ihr mitteilen. Es würde ihr wehtun, und er hatte keine Möglichkeit, sie zu trösten.

Ob ihr zukünftiger Mann wusste, was Miguel ihr bedeutet hatte?

Das Meeresauge. Miguels Vermächtnis. Er musste es ihr zukommen lassen. Also würde er mit ihr in Kontakt treten müssen.

Er schob den Gedanken zur Seite. Später erst würde er sich darum kümmern.

Irgendjemand drückte ihm ein Glas in die Hand. Es fühlte sich kühl an. »Nicolau, du musst etwas trinken, du bist ganz bleich. Ist dir nicht gut?« Eine der Cousinen stand neben ihm.

Sie und einige andere hatten es übernommen, den Strom der Besucher mit Getränken zu versorgen.

Es war immer noch heiß, obwohl die Sonne bereits seit einiger Zeit untergegangen war.

Stunde um Stunde verging. Immer mehr Menschen kamen.

»Warum setzt du dich nicht?«, hörte er die Stimme seiner Mutter. Er spürte, wie sie seinen Arm berührte.

Immer wieder sagte er dieselben Worte, automatisch, ohne dabei zu denken. Am Ende hätte er nicht sagen können, wie viele Hände er geschüttelt hatte.

Dann kamen sie. Hoben Miguel zu zweit hoch und legten ihn in diesen Sarg aus Metall, ehe sie ihn in den Wagen schoben.

Nicolau sah dem Gefährt nach, beobachtete, wie es aus dem Tor rollte, in den unbefestigten Weg einbog und in einer Wolke aus Staub langsam verschwand. Immer wieder sah er die roten Bremslichter zwischen den Bäumen aufleuchten, bis auch sie sich verloren.

Irgendwann war auch der Letzte gegangen.

Zu erschöpft, um sich niederzusetzen, stand er unschlüssig in dem jetzt so kahlen Raum. Die Kerzen waren alle verloschen. Vielleicht hatte sie auch jemand ausgeblasen.

Hatte man eigentlich alles besprochen? Die Messe. Den Abschied. Er konnte sich nicht daran erinnern, mit dem Pfarrer mehr als einige Sätze gewechselt zu haben. Doch vermutlich hatte das irgendeiner für ihn übernommen. Vielleicht sein Vater.

Nicolau ging aus dem Raum hinaus ins Freie.

Der Himmel war übersät mit Sternen.

Er sah hinauf und konnte die Unendlichkeit der Milchstraße beinahe körperlich fühlen.

Er müsste das Haus abschließen und nach Hause gehen, dachte er. Trotz ihrer Bitten hatte er es abgelehnt, bei seinen Eltern zu übernachten.

Er war nicht darauf vorbereitet gewesen, dass ihn Miguels Verlust dermaßen treffen würde.

Die Leere in seinem Inneren erschreckte ihn.

Da war nichts mehr, das ihn hielt, niemand, für den zu leben es sich lohnte.

Beinahe vermeinte er Miguels mahnende Stimme zu hören.

»Unsere Familie hält immer zusammen. In den guten und den weniger guten Tagen.«

Er sah über das Land, das jetzt endgültig das seine war. Auf dem Hügel im Osten konnte man die Umrisse von *Sa Canova* erkennen. Ein Stück davon entfernt stand irgendwo der Talaiot. Ganz allein, einsam, wie er selbst auch.

Nicolau verriegelte die Fensterläden und schloss die Tür.

Seinen Wagen ließ er auf der Finca stehen, trat den Heimweg zu Fuß an. Langsam ging er zwischen den Steinmauern durch, bemerkte, wie das weiche Licht des Mondes die Steine auf dem Weg hell leuchten ließ, und schritt immer weiter bergan, bis er bei seiner *Casita* ankam.

Dort setzte er sich auf die Bank vor dem Haus und wartete darauf, dass der neue Tag anbrach.

***

Amina legte die beiden Seidenkleider obenauf und verschloss danach den Koffer.

Ihre anderen Gepäckstücke standen bereits im Erdgeschoss vor der Eingangstür, Amy hatte dafür gesorgt, dass auch Alains Sachen gepackt waren.

Morgen also sollten sie L.A. wieder verlassen, dachte sie und fühlte eine bedrückende Leere. Irgendwann würden sie sicher wiederkehren, aber dann vermutlich in ein anderes, von der Filmfirma angemietetes Haus.

Auch von Amy würde es morgen wohl ein Abschied für immer sein.

Alain schien das alles nichts auszumachen. Er war mit seinen Gedanken längst in Italien, dachte über die Schauplätze nach, an denen der nächste Film spielen würde.

Ausgerechnet am heutigen Abend konnte er mit ihr nicht ausgehen.

So wenig Amina inzwischen die Abende in den unterschiedlichsten Restaurants mochte, heute wäre ihr alles recht gewesen, nur um nicht in dem Haus bleiben zu müssen, dessen leere Schränke in Verbindung mit den gepackten Koffern im Flur sie an den Abschied erinnerten.

Sogar Amy hatte feuchte Augen gehabt, sich eine Träne von der Wange gewischt, als sie sich vorhin voneinander verabschiedet hatten.

Jetzt war Amina allein.

Auf Alain sollte sie nicht warten. »Es wird spät werden. Wir müssen noch einige Sachen durchgehen«, hatte er gemeint. »Ich kann dann morgen im Flieger schlafen. Du aber ruh dich aus. Damit du fit bist.«

Sie holte sich etwas von dem Käse, den ihr Amy noch bereitgestellt hatte, öffnete eine der kleinen Bierflaschen und ging mit ihrem Teller hinaus auf die Terrasse.

Inzwischen war es dunkel, und die Lichter der Stadt leuchteten zu ihr herauf. Wie immer war es ein wundervoller Anblick, aber heute stimmte er sie traurig.

Sie brach ein Stück Brot ab und setzte sich auf die Liege, als ihr Handy in der Hosentasche vibrierte.

Vielleicht ist er doch früher fertig geworden, dachte sie hoffnungsvoll und zog es heraus.

Sofort spürte sie eine Anspannung, als sie den Namen des Absenders sah.

Binnen Sekunden fiel ihr ein, dass es in Europa gerade einmal frühester Morgen sein musste, und ein ungutes Gefühl machte sich in ihr breit, noch ehe sie die Nachricht las.

Liebste Amina, ich habe eine sehr schlechte Nachricht. Miguel ist gestern gestorben. Er hat einen wunderschönen Tod gehabt, ist einfach am Nachmittag eingeschlafen. Dennoch weiß ich, dass es Dir wehtun wird. Ich möchte Dich so gerne trösten und hoffe von Herzen, dass es stattdessen Dein Mann tun wird. Miguel hat in letzter Zeit oft von Dir gesprochen. Er hat mir aufgetragen, Dir eines der drei Meeresaugen zu übergeben, die er sein Leben lang gehütet hat wie einen Schatz. Das zweite hat er mir vermacht, das dritte aber wollte er bei sich behalten, auf seinem letzten Weg.

Ich würde es Dir gerne schicken. Wenn Du ruhiger bist, melde Dich bei mir und sag mir Deine Adresse, da ich nicht glaube, dass Du in absehbarer Zeit kommen kannst. Versuch, nicht allzu traurig zu sein, er hätte es nicht gewollt. Ich umarme Dich. Dein Nico

Amina sprang auf, warf dabei die Bierflasche um und merkte es nicht einmal. Sie unterdrückte ein Keuchen und presste die geballte Hand auf ihren Mund.

»Miguel ist tot«, war alles, was sie denken konnte.

Tausende von Erinnerungen stürmten auf sie ein.

Sie begann, um den Pool zu laufen, in der Hoffnung, dass sich dadurch ihre Verzweiflung mildern ließe.

Doch sehr schnell drängten sich andere Gedanken vor. Mallorca, Miguels Familie, die Finca. Und natürlich … Nico.

Sie sah den großen Wohnraum von Miguels Haus, den Esstisch, um den alle herumsaßen, hörte ihr Lachen, die Gespräche.

»Du musst dir selbst verzeihen«, hatte Flo erst vor Kurzem in Wien zu ihr gesagt.

Sie war von Mallorca fortgelaufen, weil sie genau das nicht konnte.

Der Gedanke überfiel sie mit ungeheurer Wucht, und sie blieb mit einem Ruck stehen.

Auf Mallorca hatte sie damals leben wollen, mit den Menschen, die sie seit ihrer Kindheit kannte. Und mit Nico. Sie wollte nicht in der Welt umherziehen. Ständig in neuen Häusern leben, darauf warten, dass man Zeit für sie hatte.

Amina hob den Kopf und sah zu den Sternen hinauf.

»Ich liebe ihn immer noch«, dachte sie. Es tat nicht einmal mehr weh, sondern fühlte sich eher an wie eine sanfte Brise, die eine brennende Wunde kühlt.

Eben erst, in Wien, hatte sie bewiesen, dass sie auch alleine zufrieden leben konnte, hatte Menschen gefunden, in deren Gegenwart sie sich wohlfühlte.

Um wie viel mehr würde sie das erst auf Mallorca können! Selbst wenn Nico nicht mehr zu ihrem Leben gehörte, so war er doch wieder ihr Freund, das zeigte sein Schreiben. Er hatte ihr endlich verziehen. Dann würde auch sie es irgendwann schaffen.

Auch vor ihm war sie fortgelaufen, erkannte sie jetzt.

»Du kannst vor deinen Problemen nicht davonlaufen, du musst sie lösen«, Flos Ratschläge waren noch wertvoller, als sie das im ersten Moment begriffen hatte.

Kurz nur dachte sie an Alain. Ihm würde sie wehtun müssen, überlegte sie und spürte, wie sich ihre Brust dabei schmerzhaft zusammenzog.

Er war ein so toller Mann. Und sie mochte ihn auch sehr – war lange Zeit unglaublich verliebt in ihn gewesen. Die gemeinsame Zeit war einfach wunderschön, und sie wollte sie nicht missen. Aber er war nicht der Mann, den sie brauchte, weil er sie nicht verstand.

Für ihn war sie nur eine gutaussehende Frau, in die er ebenfalls verliebt war, die er vielleicht sogar lieber hatte als alle anderen zuvor.

Aber er liebte sie nicht. Er liebte seine Arbeit. Von ihren Bedürfnissen hatte er keine Ahnung.

Sie konnte ihn niemals heiraten.

Nico wäre der Richtige gewesen, doch dafür war es jetzt zu spät.

Sie würde lernen müssen, damit zu leben, und eines Tages vielleicht einen Partner finden, mit dem auch sie ein Stückchen Glück fand. Jemanden, der so aufmerksam und liebenswürdig war wie Flo, der sich um sie kümmerte, mit dem sie über alles reden konnte.

In der Zwischenzeit musste sie ihren eigenen Weg suchen. Sie hatte jetzt sogar eine berufliche Zukunft, wusste, wo sie hinwollte, und obendrein gab es ihre Eltern, die immer zu ihr stehen würden.

Seufzend drehte sie sich um und betrachtete einen kurzen Moment das Haus. Plötzlich war es ihr so fremd, als hätte sie niemals Zeit darin verbracht.

Sie musste mit Alain reden. Sofort. Heute Nacht noch, dachte sie. Dann ging sie ins Haus, fuhr ihren Laptop hoch und begann, nach einem Flug zu suchen.

***

Es war ihre Mutter, die Amina in London am Flughafen abholte.

»Mein Liebes, schön, dich zu sehen. Wie war der Flug? Du siehst ein wenig abgespannt aus. Wollen wir unterwegs eine Kleinigkeit essen? Danach kannst du dich ausruhen, und am Abend gehen wir beide schick aus, ja?«

Amina umarmte sie ein wenig länger, als sie es sonst tat. »Ich habe den ganzen Flug über geschlafen. Das passiert mir sonst nie. Ich glaube, ich bin ein wenig neben der Spur. Wir können aber gerne irgendwo hingehen.«

Isabel griff nach Aminas Hand und hielt sie fest. Betrachtete stumm den linken Ringfinger, an dem gut erkennbar der weiße Streifen zu sehen war, den ihr Ring hinterlassen hatte.

»Ich glaube, es ist doch besser, wir fahren erst einmal nach Hause. Harold ist geschäftlich unterwegs, wir haben jede Menge Zeit zu reden«, sagte Isabel dann und hakte Amina unter.

Amina blieb stumm, während ihre Mutter die Fahrtzeit zu der eleganten Wohnung in der Londoner Innenstadt mit belanglosen Geschichten aus ihrem Leben überbrückte.

Doch kaum waren sie angekommen, drückte sie Amina in die weiche Polstergarnitur, holte ihnen beiden etwas zu trinken und sagte: »Also dann erzähl, was genau ist passiert?«

Stockend zunächst, dann etwas flüssiger begann Amina zu berichten. »Das Schlimmste daran ist: Ich habe Alain verletzt. Für ihn kam meine Entscheidung wie ein Blitz aus heiterem Himmel. Er war ahnungslos, hat nicht damit gerechnet, dass ich mit seiner Art von Leben nicht klarkomme.«

Ihre Mutter schwieg. Drehte den Stiel des edlen Glases zwischen den Fingern und sah eine Weile zum Fenster hin.

Dann seufzte sie und stellte das Glas auf dem niedrigen Tischchen neben ihrem Sessel ab.

»Er wird es schon verkraften«, sagte sie langsam, »auch wenn ich eure Trennung bedaure. Aber es ist schon merkwürdig. Ich glaube fast, ich habe so etwas Ähnliches geahnt.

In den letzten Wochen musste ich immer wieder über uns beide nachdenken. Mir ist früher niemals aufgefallen, wie grundverschieden wir doch sind.

Du gleichst viel eher deinem Vater als mir. Auch Konrad wollte lieber daheim bleiben, ist während unserer ganzen Ehe stets nur mir zuliebe ausgegangen.

Und was willst du jetzt machen?« Sie richtete ihren Blick wieder auf Amina.

»Ich werde das tun, womit ich schon in Wien begonnen habe. Paul – das ist der für mich zuständige Redakteur – hat mir angeboten, regelmäßig Geschichten für die Sonntagsbeilage zu schreiben. Darüber freue ich mich wirklich sehr. Es ist immerhin ein guter Anfang. Außerdem habe ich beschlossen, endlich das zu tun, was ich bereits nach meinem Abi machen wollte: auf Mallorca leben und mir dort einen Job suchen.

Vielleicht findet sich etwas für halbtags, damit mir genügend Zeit zum Schreiben bleibt. Und ich werde mir dort eine kleine Wohnung mieten.«

»Das ist kompletter Unsinn«, fiel ihre Mutter ihr ins Wort, »du wirst natürlich auf der Finca wohnen. Die Zeit, um sie zu verkaufen, ist ohnehin nicht die beste. Außerdem genügt es vollkommen zu schreiben, du brauchst keinen weiteren Job. Ich werde gleich heute mit deinem Vater sprechen.«

»Das eben möchte ich nicht, Mama. Ich werde bald sechsundzwanzig. Dank eurer Großzügigkeit ist es mir immer gut gegangen. Ich war nie gezwungen zu arbeiten. Aber genau das werde ich von jetzt an tun. Mir meinen Lebensunterhalt selbst verdienen.«

Isabel überlegte kurz, nickte dann. »Also von mir aus. Such dir einen Teilzeitjob. Aber die Finca wird nicht verkauft. Wenn wir dich besuchen wollen, brauchen wir sie. Wer weiß? Vielleicht kommen wir ja einmal alle gemeinsam, auch Konrad und Erika.

Wenn du also unbedingt einen zusätzlichen Job willst, kannst du gleich einen haben. Du lebst auf der Finca und pflegst sie im Austausch dafür. Auf diese Weise spare ich die Kosten für die monatliche Betreuung, und dem Haus tut es sicher gut, wenn es wieder bewohnt wird.«

Amina wollte widersprechen, sah aber ein, dass das im Moment zwecklos war.

»Einverstanden. Aber vorerst nur für ein Jahr. Bis ich Fuß gefasst habe.«

»Du kannst ja später einen Teil der Betriebskosten übernehmen, wenn es dir so sehr darum geht, etwas beizutragen«, sagte Isabel leichthin, um gleich darauf das Thema zu wechseln. »Wie geht es eigentlich Nico, und was macht sein Onkel? Wie alt ist er geworden?«

Erschrocken hielt sie inne, als Amina zu weinen begann.

»Miguel ist gestorben«, brachte sie heraus. »Nico hat es mir gesagt.«

»Wann? Hat er dich angerufen?«

Amina schüttelte den Kopf. »Er hat eine Nachricht geschickt.«

»Weiß er, dass du kommst?«

»Nein. Das ist auch unwichtig.«

Isabel reichte ihr ein Taschentuch und hielt Aminas Hand fest. »Du warst doch nochmals auf Mallorca, ehe du nach L.A. geflogen bist?«, fragte sie zögernd.

»War ich. Ich glaube, ich wollte mich verabschieden. Miguel besuchen«, sagte Amina hastig, »als hätte ich gewusst, dass es das letzte Mal ist.«

»Und Nico?«, beharrte ihre Mutter.

Amina sah an ihr vorbei. »Dem geht es gut. Er hat sich in letzter Zeit ganz besonders um Miguel gekümmert.«

Erst nach einer Weile sprach Isabel weiter. »Ist Nico vielleicht der Grund für die Trennung von Alain?«

Amina sah auf. »Aber nein doch! Natürlich nicht. Das zwischen Nico und mir … das ist schon seit Ewigkeiten zu Ende.«

Ihre Mutter schwieg. Dabei strich sie mit dem Daumen über Aminas Handrücken, zog sie noch ein wenig näher an sich heran.

»Damals, nach jenem Sommer, als du schwanger warst … Amina, ich denke in letzter Zeit immer öfter daran. Ich war mir absolut sicher, dass die Lösung, die wir gewählt haben, das Beste für dich war. Du warst noch so jung … und Nico ebenfalls.

Als du später dann zusammengebrochen bist … ich weiß heute nicht mehr … War es falsch?«

»Nein, Mama. Das war es nicht. Ich habe mich doch selbst so entschieden. Aber als es dann vorbei war … da ist mir erst richtig bewusst geworden, dass diese Entscheidung gleichzeitig auch die endgültige Trennung von Nico bedeutet. Wie hätte ich ihm das alles jemals sagen können? Heimlich habe ich zwar immer noch gehofft, dass irgendein Wunder geschieht. Aber … Das Einzige, was ich mir vorwerfe, ist, dass ich ihm nicht selbst gesagt habe, dass es aus ist, zu feige dazu war, mit ihm zu sprechen – und dass ich seine Briefe ungelesen zurückgeschickt habe.«

Amina saß neben ihrer Mutter, die immer noch ihren Arm streichelte.

»Nico denkt, ich hätte ihn wegen eines anderen verlassen.«

»Woher weißt du das?«, fragte Isabel.

»Er hat es mir selbst gesagt. Bei meinem letzten Besuch auf Mallorca haben wir uns endlich ausgesprochen. Er hat mir verziehen.«

»Du hast ihm gesagt, dass du das Kind …«

»Nein, natürlich nicht«, fiel ihr Amina ins Wort, »der einzige Mensch, der das weiß, bist du. Nicht einmal Daddy habe ich es gesagt.«

»Was also hat er dir dann verziehen?«

»Dass ich ihn betrogen habe – was er sich fest einbildet. Er hat mir gesagt, dass er mir sogar verziehen hätte, wenn ich damals zu ihm zurückgekommen wäre.«

Ihre Mutter schüttelte ein wenig den Kopf. »Warum sagst du Nico eigentlich nicht, dass du ihn immer noch liebst?«, fragte sie.

»Aber das tue ich doch gar nicht! Wirklich nicht. Ich … wir sind Freunde. Das …«, sie begegnete dem Blick ihrer Mutter und verstummte. »Ich kann es ihm nicht sagen, es wird schon werden. Mit der Zeit bekomme ich meine Gefühle bestimmt in den Griff. Vorerst ist nur wichtig, dass ich lerne, endlich loszulassen. Nico soll glücklich werden. Er hat es verdient.«

»Schätzchen«, Isabel zog sie an sich, und Amina ließ ihren Kopf auf die Schulter der Mutter sinken. So verharrten sie eine Weile und waren einander näher als je zuvor.

»Wenn du meinen ungebetenen Rat hören willst: Kümmer dich nicht um Dinge, für die du nicht verantwortlich bist. Nico ist erwachsen. Er braucht keinen Schutz von dir«, sagte Isabel leise.

»Ich will nicht, dass er mich bedauert. Jetzt denkt er, dass ich in ihm nur einen Freund sehe. Endlich ist alles fast ein wenig wie früher. Das möchte ich auf gar keinen Fall zerstören. Es würde Nico nur neuen Kummer bereiten, wenn er wüsste, dass es bei mir immer noch mehr ist.«

»Er wäre der erste Mann auf der Welt, der sich grämt, weil eine Frau ihn liebt«, stellte ihre Mutter trocken fest.

»Amina, du bist wirklich eine intelligente Frau. Und in vielem bist du wesentlich reifer, als ich es in deinem Alter war. Aber mit Männern kennst du dich überhaupt nicht aus.« Sie klopfte beruhigend Aminas Hand, als die etwas sagen wollte. »Wenn es Nico ist, den du willst, dann zeig es ihm. Ich müsste mich schon sehr irren, wenn er nicht immer noch etwas für dich empfindet.

Wie alt ist er jetzt? Achtundzwanzig, dreißig? Und immer noch unverheiratet? Kommt dir das nicht seltsam vor? Er ist nicht nur äußerst attraktiv, sondern auch eine ausgezeichnete Partie. Das wissen bestimmt auch die Mallorquinerinnen. Also stimmt irgendetwas nicht.«

»Mama«, brachte Amina hervor. »Er ist eben der geborene Single. Vermutlich hat er irgendwo seine Freundinnen.«

»Nico?« Isabel lachte. »Niemals. Der ist kein Casanova, sondern ein absoluter Familienmensch. Dass den noch keine eingefangen hat, ist beinahe ein Wunder.

Weißt du, Amina, früher konnte ich mir nicht vorstellen, dass du mit so einem Leben glücklich wirst – Familie, Mann, Kinder. Aber vermutlich ist es genau das, was du brauchst. Also sieh zu, dass du nach Mallorca kommst.« Sie musterte Amina, die schweigend auf ihrem Platz saß. »Wenn du immer noch nicht müde bist, würde ich jetzt doch gerne etwas essen gehen. Harold bleibt die nächsten Tage in Norfolk. Er ist bei einem wichtigen Kunden. Ich hoffe doch, du leistest mir inzwischen Gesellschaft?«

»Natürlich«, antwortete Amina. »Auf mich wartet schließlich keiner.«

»Wenn du dich da nur nicht irrst«, antwortete Isabel.

Kapitel 19

Am frühen Nachmittag bemerkte Nico das rote Auto, das weithin sichtbar auf der Finca von Aminas Mutter stand.

Die *Persianas* des Hauses standen offen, und die Verkaufsschilder, die erst vor zwei Monaten entlang des gesamten Zaunes angebracht worden waren, fehlten.

Nico hätte selbst nicht erklären können, warum, doch er wusste, dass es Amina war, die sich dort aufhielt.

Nach einer weiteren Stunde, die er damit zubrachte, vor seiner *Casita* auf und ab zu gehen, setzte er sich in den Wagen und fuhr hin.

Das Einfahrtstor stand offen, und er hielt direkt vor dem Haus. Niemand ließ sich blicken.

Ohne weiter zu überlegen, ging er über den steinigen Grund abwärts in Richtung des Johannisbrotbaumes, dessen tief herabhängende Zweige er zur Seite schob, während er sich gleichzeitig bückte, um in das Innere des Blätterzeltes vorzudringen.

Amina saß auf der Schaukel, die immer noch wie früher von dem Baumhaus herabhing. Ihre Beine hielt sie nur fußhoch über dem Boden ausgestreckt, während ihre Hände die Taue, mit denen die Schaukel in den Ästen befestigt war, fest umklammert hielten.

Als sie ihn bemerkte, sprang sie von der Schaukel und lief auf ihn zu.

Er zog sie ohne zu überlegen an sich und spürte, wie sie die Hände um seinen Nacken legte.

Der Geruch ihrer Haare, der Duft ihrer Haut – das alles bewirkte, dass er sie noch fester an sich drücken und doch gleichzeitig von sich fortschieben wollte.

Er konnte nichts mehr denken, merkte aber, dass sein Kopf wie von selbst den Weg zu ihrer Halsbeuge fand, und ließ sie abrupt los.

Sie hielt den Blick gesenkt, wie er erleichtert feststellte, denn ihm war bewusst, dass sie ihm jetzt sämtliche Gefühle an den Augen hätte ablesen können.

Unfähig, den Aufruhr in seinem Inneren zu beherrschen, trat er einen Schritt zurück und blickte ebenfalls auf seine Füße.

Da fasste sie nach seiner Hand.

»Es tut mir so leid, Nico«, sagte sie.

Sich weiterhin bei der Hand haltend, gingen sie gemeinsam zum Haus zurück, in dessen Inneren Amina kurz verschwand, um gleich darauf mit einem Krug und zwei Gläsern zurückzukommen.

»Ich habe noch keine Milch im Haus, muss erst einkaufen fahren, also kann ich dir noch keinen Kaffee anbieten«, sagte sie.

»Wann bist du gekommen?«, fragte er, nur um etwas zu sagen.

»Vor drei Stunden«, antwortete Amina und schenkte ihnen Limonade ein.

»Dein Mann? Ist er … ist er mit dir …?«

Amina schüttelte den Kopf, sah über das Grundstück, schien die üppig wuchernden Bougainvilleas zu betrachten, die entlang der Begrenzungsmauer gepflanzt waren.

»Es ist sehr heiß«, sagte sie dann. »Nico, wann … ich habe mich nicht einmal mehr von Miguel verabschieden können.«

»Doch, das hast du. Er hätte sicherlich gewollt, dass du dich an ihn erinnerst, wie er war, beim letzten Mal.«

Wieder sah sie vor sich hin.

»Wie lange bleibst du diesmal?«, fragte er.

»Lange«, antwortete Amina. »Ich … ich gehe nicht mehr zurück.«

Er hob den Kopf und sah sie an. »Wieso …?«, begann er und brach ab.

Sie vermied es, ihn anzusehen, ihr Blick schweifte über das Land, blieb irgendwo am Horizont hängen.

»Ich gehe nicht mehr fort«, wiederholte sie, »sondern habe beschlossen, hier zu leben. Ich hoffe, du hast nichts dagegen«, schloss sie mit dem Versuch eines Lächelns.

Er konnte nichts sagen. Griff nach dem Glas und nahm einen kräftigen Schluck.

Erst als Amina ihm nachschenkte, merkte er, dass er das Glas leergetrunken hatte.

Sein Blick wanderte wie von selbst zu ihrer Hand hin.

Sie musste es bemerkt haben, denn sie hob die gespreizten Finger in die Luft.

»Wir werden nicht heiraten«, sagte sie.

»Wieso …?«, wieder konnte er nicht weitersprechen.

Sie sah an ihm vorbei, schüttelte leicht den Kopf. »Es geht nicht, wir sind zu verschieden.«

»Das tut mir leid. Ich meine … woher … bist du heute direkt aus Amerika gekommen?«

»Ich war vorher noch in London, bei meiner Mutter. Sie lässt dich grüßen.«

»Danke«, sagte er. Ihm war heiß. Viel heißer noch als vorhin auf dem Grundstück. In der prallen Mittagssonne war ihm der Schweiß in Bächen über den Rücken gelaufen. Dennoch war es dort kühl gewesen im Vergleich zu jetzt.

Wie unter Zwang hob er den Kopf und sah Amina an.

Zu spät versuchte sie ihren Blick abzuwenden, gleich darauf huschte er zurück zu ihm, und Nicolau merkte deutlich die Unsicherheit in ihren Augen.

Da plötzlich wurde er ganz ruhig.

»Hast du morgen Nachmittag Zeit für mich?«, fragte er.

»Ja. Natürlich. Was brauchst du denn?«

»Ich hole dich nach vier Uhr ab. Einverstanden? Wenn du möchtest, fahre ich dich jetzt zu dem Supermarkt hin und helfe dir beim Tragen. Mit meiner heutigen Arbeit bin ich fertig.«

Sie war nervös. Er konnte es daran sehen, wie sie die Gläser zusammenstellte und dabei beinahe den Krug umgestoßen hätte.

»Gerne. Wenn es dir nichts ausmacht … ich muss mich erst ein wenig eingewöhnen. Es ist irgendwie anders, als auf Besuch zu kommen. Außerdem … wir könnten vielleicht nachher zusammen essen. Wenn du willst, mache ich uns Spaghetti. Ich will nicht … ich muss so viel an Miguel denken … natürlich nur, wenn du nichts Besseres vorhast.«

»Schließ die *Persianas*. Wir fahren«, sagte Nicolau und steckte die Hände dabei in die Hosentaschen, nur um Amina nicht wieder zu berühren.

Obwohl sich eine bisher unbekannte Gelassenheit in ihm ausbreitete, hämmerte sein Herz immer noch heftig gegen die Rippen, während er ihr die beiden Einkaufskörbe abnahm und im Wagen verstaute.

***

Nicolau kam pünktlich.

Amina war schon seit über einer Stunde bereit und wartete auf ihn. Als sie sein Auto endlich in einer Wolke aus Staub den

Weg zu ihrem Haus heraufkommen sah, ging sie schnell ins Innere.

Möglichst gelassen trat sie gleich darauf wieder auf die Terrasse, während er die Autotür zuschlug.

»*Hola* Nico«, sagte sie.

Sein Gesicht war ernst, ganz anders als noch gestern Abend. Die Züge unbewegt, wirkte es unendlich traurig, und das Lächeln, das Amina eben aufgesetzt hatte, erstarb.

Er kam sofort zu ihr, zog sie kurz an sich, streifte mit den Lippen ihre Schläfen. Dann strich er ihr zärtlich eine Haarsträhne zurück.

»Die Familie hat beschlossen, dass ich Miguel heute alleine begleiten soll auf seinem allerletzten Weg. Kommst du mit mir?«

Besitzergreifend streckte er seine Hand nach ihr aus. Sie konnte den Blick nicht abwenden.

Da lag so vieles in seinen Augen, die noch eine Spur dunkler zu sein schienen als sonst: Trauer, Erregung, ein tiefer Aufruhr – und noch etwas anderes, das sie erschütterte, obwohl sie keine Worte dafür fand.

Automatisch legte sie ihre Hand in die seine, und er umschloss sie fest, während er mit ihr zum Wagen ging.

Auf dem Beifahrersitz war etwas – eine mit grauem Samt ausgeschlagene Schachtel, in der von einem dunklen Tuch bedeckt ein Gefäß stand.

Nicolau hob die Schachtel heraus, wartete, bis Amina eingestiegen war und den Sicherheitsgurt anlegte, bevor er ihr die Schachtel in den Schoß stellte.

Ihre Blicke begegneten sich.

Amina umklammerte die Urne, barg sie förmlich in ihren Armen.

Schweigend fuhren sie zum Hafen.

Als Nicolau ihr beim Aussteigen helfen wollte, schüttelte sie nur den Kopf.

Das Boot war sofort zu erkennen.

Es war eines der ganz kleinen Fischerboote, aber es versank beinahe unter dem Meer von Blumen.

Sie gingen um das Hafengebäude herum darauf zu, als ihnen schon ein Mann entgegenkam.

»Das ist Xisco«, sagte Nico mit ruhiger Stimme, »er bringt uns hinaus.«

Xisco griff nach Amina. Nicolau stützte sie gleichzeitig, während sie das schwankende Boot betrat.

Seinen Arm schlang er um ihre Taille und hielt sie fest, während Xisco den Motor startete.

Tuckernd setzte das Boot erst von der Kaimauer zurück, wendete und fuhr in gemächlichem Tempo zwischen den beiden Hafenlichtern aufs Meer.

Der Fahrtwind war beinahe ein wenig kühl. Das Meer lag ruhig vor ihnen und glitzerte in der Sonne. Winzige Salzwassertröpfchen sprühten auf und legten sich auf ihre Haut.

Irgendwann waren sie weit genug draußen auf dem endlosen Wasser.

Die beiden Männer tauschten einen Blick, und Xisco drehte das Boot in die richtige Richtung. Dann erst stellte er den Motor ab.

Leise schwappten die Wellen gegen den Schiffsrumpf, in weiter Ferne hörte man den Schrei einer Möwe.

Sonst war es ruhig. Das Boot schaukelte ständig weiter, während Amina das Tuch von der Urne zog und sie Nicolau reichte.

Er öffnete den Verschluss und gab sie zurück in ihre Hände. Dabei ließen seine Augen sie keinen Moment los.

»Zusammen«, sagte sie nur, worauf er seine Finger sofort um die ihren legte.

Amina kümmerte sich nicht um die Tränen, die ihr jetzt ungehindert über die Wangen liefen, als sie das Gefäß ganz langsam neigte.

Der sanfte Wind erfasste die Ascheflocken, trug sie hinaus über das Wasser, auf dessen Oberfläche sie sich niederließen, um dann ganz sanft auf den winzigen Wellen zu schaukeln.

Nicolau bückte sich nach den Blumen, ein Ruck ging durch das Boot, als der Motor ansprang.

Vorsichtig, beinahe wie in Zeitlupe, bewegten sie sich vorwärts. Die Blumen, die sie währenddessen ins Wasser warfen, bildeten eine lange Straße, schaukelten im Wasser und verwandelten es in ein Blütenmeer.

Auf dem Rückweg saßen sie dicht nebeneinander auf den weiß gestrichenen Planken des Decks. Immer noch hielt Nicolau Amina an sich gedrückt.

»Lo siento mucho«, sagte Xisco zum Abschied und gab Amina einen Kuss auf die Wange, während er und Nicolau sich umarmten.

Als sie neben Nicolau zurückging, hatte Amina immer noch das Gefühl, als würde der gesamte Boden unter ihren Füßen schwanken.

»Komm«, sagte Nicolau nur und steuerte auf das Lokal zu, das unmittelbar am Wasser lag. »Ein Kaffee wird uns guttun.«

»Kannst du dich noch an Oliver erinnern?«, fragte er, als der Kellner zu ihnen trat.

Amina sah auf. »Natürlich.« Und zu dem Kellner gewandt, sagte sie: »Du warst doch derjenige, der mir früher immer meine Bocciakugeln geklaut und sie dann für seine eigenen ausgegeben hat. Nur damit du bestimmen konntest, wer mit welcher Farbe spielen darf.«

Oliver zwinkerte ihr zu, während sie sich begrüßten. »Anders konnte man deine Aufmerksamkeit ja nicht erringen. Du hast doch immer nur Nicolau gesehen. Bist du für länger hier?«, fragte er.

Noch bevor sie antworten konnte, tat es Nicolau. »Amina bleibt für immer«, sagte er, und sie konnte ihn nicht ansehen, merkte, wie ihre Hand zu zittern begann.

»Das freut mich«, Oliver nickte, »wenigstens *eine* gute Nachricht heute. Was wollt ihr denn trinken?«

***

»Ich muss noch einen Moment beim Friedhof anhalten«, sagte Nicolau. »Der Steinmetz braucht ein Foto.«

Wieder ließ er Aminas Hand nicht los, als sie miteinander zwischen den Grabreihen hindurchgingen.

Es war immer noch warm, doch die hohen Zypressen vermittelten ein Gefühl von Kühle.

Vor dem Familiengrab standen Dutzende von Kerzen auf dem Boden, Blumen lagen da, großteils schon verwelkt. In der Glut der Sonne verströmten sie einen morbiden Geruch nach Vergänglichkeit.

Während Nicolau die Größe der einzelnen Tafelfelder abmaß und danach die Schrift fotografierte, blieb Amina in den Anblick der vielen Namen versunken.

»Wer war eigentlich Catalina Pons Servera?«, fragte sie. »Hatte Mari Carmen eine Schwester?«

Nicolau hielt inne. »Ja. Sie war etwas jünger.«

»Was ist mit ihr geschehen? Sie war doch erst … fünfzehn, als sie starb!«

Amina sah Nico an. »Und wer ist Miguel Ferrer Pons? Er muss ein Säugling gewesen sein, als er starb. Wieso heißt er Miguel und trägt den Mutternamen von Mari Carmen? Haben die beiden etwa einen Sohn gehabt? Davon hat mir Miguel nie etwas erzählt.«

Nicolau verstaute sein Handy in der Tasche, bevor er Amina den Arm um die Schultern legte.

»Das ist eine sehr, sehr lange Geschichte. Du musst ein wenig Geduld haben. Vielleicht erzähle ich sie dir im Winter, wenn wir beide vor dem Kaminfeuer sitzen.« Er zog sie an sich, und sie spürte seine Lippen, die ihre Schläfe berührten.

Schauer jagten über ihren Rücken. Ihr war heiß und kalt zugleich, wieder begann der Boden zu schwanken.

Haltsuchend lehnte sie sich an ihn.

»Er hat sie beide geliebt«, Nicolau sprach leise. »Darum möchte ich auch, dass sein Name in der Mitte zwischen ihnen eingraviert wird.

Er hat Catalina geliebt und verloren. Und dafür Mari Carmen bekommen, mit der er glücklich wurde. Das Meeresauge aber, das er dir vermacht hat, das hat ihm Catalina geschenkt.«

Amina konnte nichts sagen. Ihr Hals war vollkommen trocken.

»Auch ich habe dich beinahe für immer verloren.« Nicolau drehte sie zu sich herum und schob sie, ohne sie eine Sekunde loszulassen, gerade so weit von sich, wie es seine ausgestreckten Arme zuließen. »Ich liebe dich, Amina, habe niemals damit aufgehört. Die ganze Zeit über nicht.«

Sie öffnete die Lippen, versuchte etwas zu sagen, aber sie brachte keinen Ton heraus.

Er lächelte ein wenig, fuhr ihr mit der Hand zart über die Wange und sagte: »Lass uns nach Hause gehen.«

***

Noch nie zuvor hatte Nico sie in seine *Casita* mitgenommen. All ihre Gefühle wirbelten durcheinander, nicht erst seit gerade eben, eigentlich den ganzen Tag über schon, bereits seit jenem Moment, als sie ihn gestern wiedergesehen hatte. Doch seit seinen Worten auf dem Friedhof konnte sie keinen einzigen zusammenhängenden Gedanken mehr fassen.

Alles, was sie noch halbwegs denken konnte, war sein Name.

Amina hockte auf dem Beifahrersitz, beobachtete zum Schein die vorbeiziehende Landschaft und gab sich völlig dem Wirbelsturm hin, der in ihr tobte.

Kaum, dass der Wagen vor dem kleinen Haus anhielt, öffnete sie schon die Tür und sprang heraus.

Doch da kam er bereits um die Motorhaube herum auf sie zu, nahm sie bei den Armen und drückte seine Lippen auf die ihren.

Ihre Beine gaben nach, alles rundherum löste sich auf. Sie klammerte sich an ihn. Spürte seinen Mund auf dem ihren, erwiderte die Küsse und wollte, dass es niemals aufhörte.

»Amina«, seine Stimme schien ihm ebenfalls nicht mehr zu gehorchen.

Sie versuchte, ihn überall gleichzeitig zu berühren, zerwühlte sein Haar, fuhr ihm über die Schultern, über den Rücken.

»Ich liebe dich«, flüsterte sie. »Nico. Ich kann ohne dich nicht leben.«

Er hob sie hoch, trug sie ins Innere des kleinen Hauses. »Das hier habe ich damals für uns beide gebaut«, raunte er ihr zwischen unzähligen Küssen zu. »Ich habe so unendlich lange darauf gewartet, dass du zu mir kommst.«

Sie umklammerte ihn so fest, dass sie selbst Mühe hatte zu atmen. Und dennoch schien er immer noch meilenweit von ihr entfernt. Sie wollte ihn ganz, wollte mit ihm verschmelzen, ihn wiederhaben.

»Schlaf mit mir. Jetzt. Bitte«, sagte sie und erkannte ihre eigene Stimme nicht.

Irgendwann merkte sie, dass er sie durch eine Tür drängte, sie aufs Bett legte, und wollte nach ihm greifen, doch da lag er bereits neben ihr.

Dann war er endlich ganz da. Sie drückte ihn an sich, vergrub ihr Gesicht an seiner Halsbeuge.

Das war er, der so lange entbehrte, so unendlich vertraute Moment. Niemals sonst hatte sie sich so geborgen gefühlt, so sicher.

Sie hielt ihn in ihren Armen, spürte sein Gewicht und wünschte sich, dass es niemals aufhörte. Wollte für immer so liegen bleiben, wissend, dass er ihr gehörte, wenn auch nur für diesen Augenblick.

Sie suchten und fanden einander, bis es kein Weiter mehr gab und sie endlich eins waren.

Als er sich zur Seite rollen wollte, hinderte sie ihn daran.

»Bleib«, flüsterte sie.

»Ich bin zu schwer für dich«, er hatte seine Stimme noch immer nicht unter Kontrolle.

»Bitte bleib hier, ich habe dich so lange vermisst«, auch sie konnte nicht richtig sprechen.

Sehr viel später erst lagen sie nebeneinander auf dem breiten Bett. Nicolau hielt sie im Arm, ihr Kopf ruhte auf seiner Brust, und sie konnte seinen Herzschlag hören. Jetzt pochte sein Herz wieder ruhig, klang beständig und fest.

Mit letzter Kraft drehte sie sich ein wenig, fuhr mit der Hand über seine Brust abwärts, verharrte unterhalb seines Bauchnabels, während ihre Lippen die kleine Stelle genau über dem Herzen suchten.

Es war sein leises Seufzen, das ihr beinahe die Tränen in die Augen trieb.

»Ich liebe dich«, dachte sie, ehe sie einschlief.

***

Als Amina die Augen aufschlug, merkte sie, dass auch Nico wach war.

Sie musste sich bewegt haben, denn er drehte sich ein wenig, und sofort fanden sich ihre Lippen erneut.

Alles war neu und gleichzeitig wieder vertraut. Als wären sie niemals getrennt gewesen, und doch schien die Vergangenheit unendlich weit entfernt.

Amina musste ihn ständig berühren, nur um ganz sicher zu sein, dass es Wirklichkeit war und sie ihn wiederhatte.

Sofort entflammte der Wunsch, ihm ganz nahe zu sein, näher als jetzt, näher als jemals zuvor, und bereitwillig kam er ihrem Wunsch nach, so als hätte er nur darauf gewartet.

Langsam sickerten die Stunden dahin, und es wurde Nacht.

Sie wachten nur auf, um sich wieder zu lieben, fielen kurz darauf gemeinsam in den Schlaf.

Irgendwann bemerkte Amina, dass Nicolau aufstand und hinausging. Es war schwül im Zimmer. Die Fensterläden waren geschlossen, und die Luft roch stickig.

Sie stieg aus dem Bett und lief ihm nach.

Er stand auf der Terrasse.

Der ganze Himmel war übersät mit Sternen, und ein sanftes Mondlicht ließ die Konturen der Bäume wie Schattenrisse aussehen. Auch draußen war es sehr warm.

Er bemerkte sie sofort und drehte sich um, zog sie in seine Umarmung.

»Es ist so wunderschön hier«, flüsterte sie. »Diese Sterne. Sie sind unendlich groß.«

Er spielte mit ihrem Haar.

»Was ist, gehen wir ein Stückchen spazieren?«

»Jetzt?«, fragte sie.

»Bist du zu müde?«.

Sie schüttelte den Kopf. Als sie ins Haus wollte, hielt er sie zurück.

»Soll ich etwa so gehen?«, fragte sie und lachte übermütig.

Er bog ihren Kopf zurück, während er sie erneut küsste.

»Von mir aus gern.«

Sie stupste mit dem Zeigefinger gegen seine Brust. »Und was, wenn wir jemandem begegnen?«

»Wem außer einer streunenden Katze willst du um diese Zeit begegnen?«

In gespielter Verzweiflung nahm er ihren Arm und ging zum Schlafzimmer zurück. Suchte ihr ein Shirt heraus und schlüpfte in eine kurze Hose, die aussah, als hätte er sie selbst abgeschnitten.

»Das ist zu kurz«, beschwerte sie sich und nestelte am Saum.

»Wenn du fürchtest, ich könnte deinen Slip zu sehen bekommen, zieh ihn einfach nicht an«, zog er sie auf.

Sie schlug spielerisch nach ihm, und es dauerte eine Weile, ehe sie wieder auf der Terrasse standen.

Gemeinsam gingen sie über das Grundstück, Nico half ihr, über die Trockenmauer zu klettern. Dabei ließ er wie zufällig seine Hand unter den Saum des Shirts gleiten, woraufhin sie übermütig quietschte.

Lachend hob er sie herunter und küsste sie, noch bevor sie wieder festen Boden unter den Füßen hatte.

An der breiten Senke vorbei – in der die schon mehrjährigen Mandelbäume ihre inzwischen beachtlichen Kronen in den Himmel hoben – gingen sie weiter, bis sie zu der Fahrrinne kamen, die nach *Sa Canova* hinaufführte.

Aminas Herz geriet aus dem Takt, als sie merkte, wohin genau er wollte.

»Jetzt ist alles hier dein Land«, bemerkte sie.

»Unser Land«, sagte Nico nur und hielt den Blick geradeaus gerichtet, während sie ihn von der Seite her ansah.

Kurz hielten sie vor dem Herrenhaus. Es sah wunderschön aus. Verwunschen und ein wenig geheimnisvoll. Das sanfte Licht verbarg die Schäden und den fortgeschrittenen Verfall vor dem suchenden Auge des Betrachters.

Wie eh und je lag es majestätisch da und überblickte von seinem Hügel aus das gesamte Gebiet, das sich zu seinen Füßen ausbreitete. Überthronte die Hotelbauten an der Küste, die zu dieser Stunde nur noch spärlich beleuchtet waren, und schien das Meer zu grüßen, dessen silberner Streifen wie stets das Land mit dem Horizont verband.

Nicolau hielt Amina fest und ging mit ihr vom Haus fort in Richtung des Talaiots.

Fürsorglich hielt er einzelne Zweige zur Seite, die vorwitzig in den schmalen Weg hineinragten.

Der Turm stand dort, als hätte er auf sie gewartet, und der Stein neben dem Eingang fühlte sich beinahe ein wenig kühl an.

Trotz der Ruhe war die Nacht voller Geräusche. Grillen zirpten, deutlich konnte man die Glocken der Schafe hören, irgendwo krähte ein früher Hahn, obwohl der Mond noch hoch am Himmel stand.

Selbst jetzt ließ Nicolau ihre Hand nicht los.

»Ich war am Morgen beim Architekten«, sagte er, »und habe ihn mit dem Umbau von Miguels Haus beauftragt. Wir müssen die Leitungen erneuern. Bei dieser Gelegenheit sollten wir ein zweites Bad einbauen. Auch diese Mauer zur Küche würde ich gerne entfernen lassen. Immer schon wollte ich eine Familienküche, mit einem großen Tisch, um den sich alle versammeln, wenn im Kamin ein Feuer brennt. Was meinst du?«

Wieder geriet ihr Herz aus dem Takt.

»So einen großen Tisch brauchen wir beide auch wieder nicht«, antwortete sie.

»Es dauert nicht lange, bis unsere Kinder groß genug sind, um mit uns dort zu sitzen«, sagte er ruhig. »Es wäre schön, wenn du dich um den Umbau kümmerst. Damit wir spätestens Weihnachten einziehen können.«

Irgendetwas drückte ihr die Kehle zu, schnürte ihr die Luft ab, und sie sprang auf.

Sie atmete tief ein, versuchte, ihre Panik zu beherrschen, und setzte sich wieder.

Nervös rieb sie ihre schweißnassen Hände gegeneinander. Ihre Stimme klang hoch und gehetzt, als sie zu sprechen begann.

»Nico, ich muss dir etwas sagen.«

Als sie seine Hand auf ihrem Arm spürte, schüttelte sie sie ab, konnte seine Berührung jetzt nicht ertragen.

»Ich habe etwas Entsetzliches getan, niemals wollte ich, dass du es erfährst, darum bin ich auch nicht mehr gekommen … es ist … ich habe furchtbare Angst, dass du mir das nicht verzeihen kannst. Ich würde es nicht überleben, dich nochmals zu verlieren … ich …«

Sie wehrte sich, als er nach ihr griff, keuchte und versuchte sich aus seiner Umarmung zu befreien. Doch er hielt sie fest, strich beruhigend über ihre Schultern, über ihren Kopf.

»Ganz ruhig, mein Liebling, es ist alles gut. Bitte hör mir zu. Ich weiß es bereits. Miguel hat es mir gesagt. Kurz bevor er gestorben ist.«

Sie starrte ihn an, die Augen weit aufgerissen, aus denen Tränen hervorquollen.

»Es war ein furchtbarer Fehler, ich hätte das niemals machen dürfen«, flüsterte sie.

Nur langsam wurde sie ruhiger, immer noch streichelte er sie.

»Amina«, sagte er, »das alles war nicht deine Schuld. Es war vielmehr meine. Ich habe die Verantwortung für dich gehabt, war der ältere, hätte es besser wissen müssen. Und später dann, als du dich plötzlich von mir zurückgezogen hast, da war ich nur mit mir selbst beschäftigt, habe mich gekränkt, war zu eitel und zu stolz, um zu bitten.

Ich hätte wissen müssen, dass es keinen anderen geben kann. Egal, was du gesagt hast.

Wenn ich nur damals zu dir gekommen wäre. Wir hätten diese Entscheidung gemeinsam treffen können.

Niemals hätte ich dich damit allein lassen dürfen.«

Zu erschöpft, um etwas zu sagen, ließ sie sich weiter von ihm halten, atmete seinen Geruch ein und wurde langsam ruhiger, während er weitersprach.

»Ich habe lange darüber nachgedacht, und ich weiß nicht, ob wir zusammen eine andere Lösung gefunden hätten. Aber ich hätte für dich da sein können. Stattdessen habe ich dich im Stich gelassen, und es fällt mir schwer, mir das zu verzeihen.«

Sie hob den Kopf, sah den Kummer in seinen Augen und strich ihm mit den Fingern über das Gesicht.

»Ich habe dir doch überhaupt keine Möglichkeit gegeben. Alles, was ich damals fühlte, war Panik. Die Vorstellung, für ein Kind zu sorgen, hat mich zutiefst erschreckt. Und das Schlimmste ist, dass ich bis heute nicht weiß, was richtig gewesen wäre.«

Er wiegte sie ganz leicht hin und her. Immer wieder küsste er ihr Gesicht, ihre Augen, flüsterte ihr alle die Worte zu, die sie so gerne hören wollte. Bis sie spürte, wie ihre Anspannung nachließ.

»Weißt du, was mir besonders wehtut?«, fragte sie nach einer Weile. »Dass ich deine Briefe ungelesen zurückgeschickt habe. Dabei habe ich mich so sehr danach gesehnt, sie zu lesen. Es war, als wollte ich mich selbst bestrafen.«

»Du kannst sie jederzeit lesen«, sagte er, »sie gehören dir. Ich habe sie alle aufgehoben.«

Erst nach einer sehr langen Zeit hob Amina den Kopf, küsste Nico nochmals und setzte sich auf.

»Sieh nur«, sagte sie, »wie wunderschön. Der Mond hat plötzlich einen riesigen Hof. Dann dieser Nebel rundherum. Es funkelt, als hätte jemand einen goldenen Schleier ausgebreitet.«

»Das ist der Mondstaub«, sagte Nicolau.

»Woher hast du das?«, fragte Amina. »Das habe ich noch nie gehört.«

»Catalina hat es gesagt. Nur wer wirklich liebt, kann ihn sehen.«

»Das ist das Schönste, was ich jemals gehört habe«, flüsterte Amina und schmiegte sich noch enger an ihn.

Sie blieben weiter dort sitzen neben dem Eingang des Talaiots. Sahen zu, wie der Mond irgendwann verblasste und die Dämmerung einsetzte.

Und saßen immer noch zusammen auf dem flachen Stein, während sich der riesige rote Ball der Sonne durch die Wolkentürme über dem Horizont schob, aus dem Nebel auftauchte und seine Herrschaft über den neuen Tag begann.

Da erst stand Nicolau auf und streckte seine Hand nach Amina aus.

»Miguel hat in allem recht gehabt. Er wollte für uns beide eine Familie, die immer zusammenhält«, sagte er.

Als Amina ihre Hand in die seine legte, schlossen sich seine Finger über ihren, so fest, als würde er sie nie wieder loslassen wollen. »Also, komm mit mir nach Hause. Wir wollen ihn doch nicht enttäuschen.«

ENDE

16727613R00207

Printed in Poland
by Amazon Fulfillment
Poland Sp. z o.o., Wrocław